新时代文学批评丛书

吴义勤　主编

批评就是发现

黄发有　著

山东文艺出版社

图书在版编目（CIP）数据

批评就是发现 / 黄发有著 . -- 济南：山东文艺出版社，2024.3

（新时代文学批评丛书 / 吴义勤主编）

ISBN 978-7-5329-7043-8

Ⅰ. ①批… Ⅱ. ①黄… Ⅲ. ①中国文学—当代文学—文学评论—文集 Ⅳ. ① I206.7-53

中国国家版本馆 CIP 数据核字（2023）第 230412 号

批评就是发现

PIPING JIU SHI FAXIAN

黄发有　著

主管单位	山东出版传媒股份有限公司
出版发行	山东文艺出版社
社　　址	山东省济南市英雄山路 189 号
邮　　编	250002
网　　址	www.sdwypress.com
读者服务	0531-82098776（总编室）
	0531-82098775（市场营销部）
电子邮箱	sdwy@sdpress.com.cn
印　　刷	山东华立印务有限公司
开　　本	710 毫米 ×1000 毫米　1/16
印　　张	17.75
字　　数	226 千
版　　次	2024 年 3 月第 1 版
印　　次	2024 年 3 月第 1 次印刷
书　　号	ISBN 978-7-5329-7043-8
定　　价	72.00 元

版权专有，侵权必究。如有图书质量问题，请与出版社联系调换。

开辟文学批评的新时代
——"新时代文学批评丛书"总序

吴义勤

党的十八大以来，中国特色社会主义进入新时代，中国文学也翻开了崭新的一页。置身新时代新征程，面对丰富的史诗性伟大实践，广大作家胸怀"国之大者"，牢记初心使命，深入生活，扎根人民，与时代共振，与人民共情，用心用情用功书写新时代的中国故事，展现中国人民昂扬的精神风貌，谱写了新时代文学的辉煌篇章。

文学批评与文学创作是文学发展的车之两轮、鸟之两翼，一个时代的文学发展既需要广大作家的笔耕不辍、创新创造，也需要批评家的积极呼应、理论引领。在新时代文学不断攀登高峰的历史进程中，新时代文学批评也发挥了至关重要的作用，取得了丰硕的发展成果，形成了独特的新时代文学批评景观。习近平总书记高度重视文学批评工作，近年来就繁荣新时代文学批评发表了一系列重要讲话，作出了一系列重要指示批示。我们策划这套"新时代文学批评丛书"，就是要全面学习贯彻落实总书记关于文学批评的讲话与指示批示精神，一方面旨在呈现新时代文学批评的基本样貌、发展成果，另一方面也希望从中获得推动文学批评发展的经验和启示，为推动新时代文学理论批评建设和新时代文学繁荣提供有益的镜鉴。

本丛书遴选的作者都是长期持续坚守在新时代文学批评现场并卓有成就的优秀批评家。从年龄结构上，他们涵盖了"60后""70后""80后"，这也是当下文学批评的主力军；从批评对象的文学门类上，覆盖了小说、诗歌、散文等多个当下最具影响力的艺术门类，可以说是对新时代文学的全面阐释和研究。通过这套批评丛书，读者一方面可以深入了解新时代文学批评的丰富实践，同时可以通过文学批评了解新时代文学发展的基本风貌和历史特征。

在内容上，本丛书侧重于遴选研究新时代文学的评论文章，以对新时代十年来具有代表性的作家作品、有广泛影响的新文学现象、引人关注的文学热点事件以及文学发展中存在的症候性问题为主要研究对象，是对围绕新时代文学展开的文学批评成果的一次全面梳理和集中展示。我们希望以出版批评丛书的方式，深入总结文学批评发展的历史经验，同时吸引更多研究力量来增强对新时代文学研究的力度和深度。

本丛书的出版要感谢山东出版传媒股份有限公司副总经理李运才、山东文艺出版社社长徐迪南，他们提供了非常多的支持和帮助，也提出了许多富有建设性的意见和建议。新世纪之初，我曾和山东文艺出版社共同策划出版了一套"e批评丛书"，在学术界产生了良好的反响。今年，又再次在山东文艺出版社出版这套"新时代文学批评丛书"，可谓是一种极为特殊也极为难得的缘分，也体现了山东文艺出版社多年来一直积极参与、支持中国当代文学批评事业发展的出版精神。在此，我代表丛书编委会向山东文艺出版社表示衷心的感谢并致以崇高的敬意。

两套丛书虽然出版时间不同，但在内容上又有着一种延续性和整体性。"e批评丛书"着力呈现的是二十世纪九十年代文学批评的发展成果，也是当时年轻的"60后"批评家的一次集体亮相。"新时代文学批评丛书"更侧重于展现新世纪尤其是新时代以来的文学批评成果，参与作者既包括了"e批评丛书"中的部分作者，又吸纳了"70后""80后"等新生批评力量。两套丛书虽然侧重点不同，但形成了一种巧妙的呼应，构成了一种互补关系，具有了批评史意义上的"整体性"，某种意义上，它们就是一种特殊形态的近三十年来中国文学批评的发展史。

当然，对于新时代文学批评成果的总结展示并不意味着我们回避当下文学批评存在的问题。新时代以来，随着时代语境和文学生态的不断变化，文学批评面临着更为复杂严峻的形势和挑战，文学批评如何更好地发挥作用，真正成为助推文学发展的"磨刀石"和"利器"？这是所有文学批评者面临的共同课题和任务。出版这套丛书，我们一方面意在梳理总结这一时段文学批评发展的成果和经验，同时也希望能够从中析出当下文学批评发展存在的一些问题，以史为镜，为未来更好地推动中国文学批评发展，更好地发挥文学批评引导创作、推出精品、提高审美、引领风尚的作用提供启示和帮助。

新征程是充满光荣与梦想的远征，新时代文学正在我们面前浩浩荡荡地展开，作为文学发展的重要一翼，中国文学批评也正在砥砺前行，积极开辟一个文学批评的新时代。

是为序。

批评就是发现

目录

001　**第一辑　批评之批评**

002　当代文学批评的方法论思考
015　论中国当代文学批评史的史料拓展
029　文学评论的文体问题
041　网络文学研究的反思与突破
053　当代文学史视野中的审稿意见
070　不合时宜的理想
085　批评就是发现
091　"今日批评家"的特色与意义
105　行动中的美学
　　　——《当代作家评论》二十年（1984—2003）
116　评《中国当代文学史新稿》
125　重新理解当代文学史
132　当代文学史料研究的方法论意义
　　　——《中国当代文学史料问题研究》简评

139　第二辑　作家论

140　在抒情与史诗之间
　　　　——张炜简论

148　莫言的启示

161　写作的"生长性"
　　　　——刘醒龙小说读札

171　君子之风
　　　　——赵德发论

179　"历史"的版本
　　　　——评叶兆言的《驰向黑夜的女人》（原名《很久以来》）

186　和平年代的英雄梦
　　　　——论朱苏进兼及军旅文学的转向

199　生命与文化的双重乡愁
　　　　——评於可训的小说创作

208　心理现实主义的探索
　　　　——朱辉小说读札

217　边地乡村的宿命与寓言
　　　　——朱山坡小说漫议

226 在场感与复合美
　　——余一鸣小说近作漫论

240 复调的青春叙事
　　——李修文论

248 凝望与倾诉
　　——评关仁山的小说创作

256 文化渡者的东方情怀
　　——从许世旭看中韩文学交流

268 空灵的探险
　　——许达然散文简论

273 **后记**

第一辑

批评之批评

当代文学批评的方法论思考

在普通读者眼中，当代文学批评就是关于当代文学作品的读后感，谁都能说上几句，因此，没有什么神秘之处可言，讨论方法论问题不无将简单问题复杂化的嫌疑。进入 20 世纪 90 年代，学院内汇聚了越来越多的文学批评家。不无反讽意味的是，在学院体制中，文学批评似乎天生就低人一等，较为自由的文体区别于正儿八经的学术论文，轻易被从事其他学科研究的学人视为野狐禅，被看成缺少学术含量的花拳绣腿。为了改变这种处境，不少学院的批评家们致力于将文学批评理论化、规范化，使得篇幅、注释、格式都符合学术考评机制。值得注意的是，学院批评给文学批评穿靴戴帽的倾向，又抑制乃至窒息了文学批评的活力。文学评论处在层层夹缝之中，在作家与读者、学院与市场、理论与趣味之间左支右绌。面对这种困境，有必要思考文学批评的定位和方法。关于文学批评的方法论操演，最为热闹的是 20 世纪 80 年代中期，社会历史批评、精神分析、现象学、新批评、叙事学、原型批评、新历史主义、后现代主义、后殖民主义等西方文艺方法论被移植过来，系统科学领域中的系统论、控制论、信息论（"老三论"）和耗散结构论、协同论、突变论（"新三论"）都曾为批评界追捧。针对当前文学批评普遍存在的问题，在对文学批评进行症候分析的基础上，在此探讨以纠偏方法论来改进批评生态的可能性。

一、文学史视野中的价值评估

当代文学批评是批评家对同时代的作家作品、文学现象和文学潮流所做的评价，批评主体作为在场的观察者和见证者记录文学现场的生动场景，发表近距离观察的感悟与思考。同时代人由于置身于同样的文化时空之中，境遇的相似性容易激发精神的共鸣，文学成为联结批评家及其批评对象的精神纽带。他们通过对话与碰撞，敞开自己幽深的内在世界，也在相互映衬、相互补充的过程中，共同塑造他们自身的精神群像。当代文学批评保留了丰富的时代信息，批评家之评价保留了鲜活的文化元素。恰如陈思和所言："每一代人感受时代都有自己的方式，也形成相应的独特表达。"①同时代人相互知根知底，而且批评家自己也是时代中人，因此，对所处时代的精神特质和文化细节都有独到的、深刻的理解。

随着文学生产的日益繁盛，文学批评的重要任务是进行初步的评鉴。在年产近万部长篇小说的今天，后世的文学史家要对这些作品进行细致的审读和辑佚，那是不可能完成的任务。也就是说，那些被同时代批评家所忽略的作家、作品，即使有独特的价值，要想在后世被发掘出来并绽放异彩，只能是一种美妙的传说。正因如此，文学批评是文学史研究的准备工作。在某种意义上，成功的文学评论是文学史的草稿。就像李健吾对沈从文的《边城》、巴金的"爱情三部曲"、曹禺的《雷雨》的评价，其核心观点奠定了历史评价的基调。

另一方面，批评家对同时代文学的言说，也容易陷入当局者迷的陷阱。首先，批评主体在文化视野、知识结构、理解能力等方面的局限，容易导致其产生偏见乃至误判。其次，由于缺乏必要的距离，错综复杂的世俗因素和盘根错节的利益关系会对批评产生种种干扰。最后，由于作品和材料太过芜杂，在删繁就简的过程中难免会遮蔽不少有价值的东西。蔡尚思认为选择历史材料时常常陷入两难境地，"选择的标准，大多数是论影响的大小，统系的正偏，随正史而转移"，其不足"以横的方面说，则只要正统而不要偏系"，"以纵的方面说，则只顾古鬼而不顾后人，名为客观，实则最为主观"。②当代文学批评在跟踪文学的最新动向时，往往表现出追新逐异的赶潮倾向，这与蔡尚思所批评的"只顾古鬼而不顾后人"正好

---

① 金理、陈思和：《做同代人的批评家》，《当代作家评论》2012年第3期。
② 蔡尚思：《中国历史新研究法》，上海古籍出版社2013年版，第58、58—59、59页。

逆向而行，其通病是片面而短浅。

  没有文学史作为参照，文学评论就变得随意而缺乏必要的约束。在现在盛行的作品研讨会上，经常能够听到"里程碑""杰作"等谬赞，高帽子满天飞，文学自身的评判标准被金钱、权力、人情等世俗标准所扭曲。评论家如果缺乏文学史视野，也容易进退失据，缺乏自己的价值基点，譬如所谓"创新"和"独创"，其参照系就是过往的浩如烟海的作品。布鲁姆在《西方正典》中论道："审美批评使我们回到文学想象的自主性上去，回到孤独的心灵中去，于是读者不再是社会的一员，而是作为深层的自我，作为我们终极的内在性。一位大作家，其内在性的深度就是一种力量，可以避开前人成就造成的重负，以免原创性的苗头刚刚崭露就被摧毁。伟大的作品不是重写即为修正，因为它建构在某种为自我开辟空间的阅读之上，或者此种阅读会将旧作重新打开，给予我们新的痛苦经验。许多原创作品并非原创，而是爱默生式的反讽让位于爱默生式的实用主义：创新者知道如何借鉴。"[①]布鲁姆非常形象地论述了文学谱系中"创新"与"继承"的关系。如果忽略文学史的源流，"创新"因常常被夸大而变得廉价，"创新"的真正价值也容易被遮蔽。对于本土文学传统而言，文学评判的参照系并不限于本土的文学史，还包括国外更为辽阔的文学版图。在 80 年代中期的文坛上，先锋文学确实令人耳目一新，但在欧美文学的文化坐标上，先锋文学始终无法摆脱或深或浅的模仿痕迹。蒂博代将文学批评区分为自发的批评、职业的批评和大师的批评。对于职业批评，他重视内在的历史意识："它的确是一种历史的批评，既然只有文学史才能使这种条理和这种运动成为可能，只有文学史能够向批评家提供这种历史的厚度，这种延续的现实，这种时间的继续，这种坚实和充实。"[②]

  文学批评应当具有历史意识，以一种历史视野衡量当下文学的价值。否则，"当下"就成了对历史的涂抹，批评家成了粉刷匠，用色彩斑斓的油漆覆盖历史的真实图景。当批评家不满足于仅仅考察个别的作家作品

[①]〔美〕哈罗德·布鲁姆：《西方正典》，江宁康译，译林出版社 2005 年版，第 8 页。

[②]〔法〕蒂博代：《六说文学批评》，赵坚译，生活·读书·新知三联书店 2002 年版，第 101—102 页。

时，他们往往会转而研究当下文学的断代问题。综观近年来学界关于"90年代""新世纪"文学的研究成果，大多陷入了这样的误区：为了突出"90年代""新世纪"的文化新质，为了突出自己的理论描述的独特性，片面地夸大了"90年代""新世纪"的思想意义。一些学者将"90年代"与"80年代"纳入相互对立的二元关系模式，比如把两者设定为群体时代与个体时代、一元文化与多元文化、启蒙语境与非启蒙语境等二元之间的对抗；还有学者把"新世纪"与"20世纪"割裂开来，进行正反对举。不管是所谓"新学"与"后学"，一些国学大师"三十年河东三十年河西"的循环论观念，还是韩东、朱文等人高举的"断裂"旗号，都在突出历史分期的超越性、断裂性的同时，漠视甚至故意遮蔽历史延续性。王德威"没有晚清，何来五四"的说法备受关注。那么，没有80年代，何来90年代？没有20世纪，又何来新世纪？

发现是文学批评的重要使命，它以活泼的趣味激活文学的生命。文学批评是文学史研究无法回避的基础工作，同时文学批评又有别于文学史研究，批评家不能越俎代庖地提前对当下的文学进行分类和淘汰，更不能给自己偏爱的作品提前加冕，预订"经典"席位。在新近流行的文学批评概念中，"经典化"是一个热词。按照蒂博代的说法，经典的批评"涉及的是已经做了分类的过去的文学世界，每日的批评针对的是还没有进行分类的现时的文学界，其作用是感觉现时，理解现时，帮助现时自我表达，而不是立即着手进行分类，也不是根据历史的观点校正自己的位置"①。

批评家对历史连续性的忽略，使得当代文学批评大多侧重共时分析，强调不同话语的空间分布与基本结构，却很少从文学史的整体框架或更为宽阔的历史视野把握研究对象。随着时间的推移，一些新近推出的当代文学史著作的修订版，新增了"90年代文学"和"新世纪文学"等专章，与整体理论框架完全脱节，狗尾续貂，敷衍了事。文学史编撰成了一种接龙游戏。我们很有必要反思现在通行的文学史体例，即根据时序发展的逻辑将文学进行分类，比如20世纪中国文学史一律被划分成"五四文学""左

---

① 〔法〕蒂博代：《六说文学批评》，赵坚译，生活·读书·新知三联书店2002年版，第62页。

翼文学""沦陷区文学""解放区文学""十七年文学""'文革'文学""新时期文学"等，然后往不同部分填充所谓流派与重要作家，把有机的整体切割得支离破碎。除了像鲁迅、茅盾、郭沫若、巴金、老舍、曹禺、沈从文、张爱玲等作家有资格享受专章专节，大多数作家的文学创作与文学活动只能被机械地分期分割成碎片，被拼贴进不同时期、流派等集群性文学概念。更值得注意的是，所谓的文学史写作缺乏对文学批评与文学命名的反思与清理，比如时下不少当代文学史仍然照搬"伤痕文学""反思文学""改革文学""寻根文学""先锋文学""新写实小说""新生代小说"等命名的策略，并将这些概念拼凑成文学史的主要逻辑。泛滥的命名不仅无助于把握文学发展的内在规律，而且成了一种阻碍研究者走向文学深处的路障。

将"80年代文学""90年代文学""新世纪文学"作为相对独立的研究对象，很容易陷入条块分割的误区。在中国当代文学史的框架中，研究某一个十年的文学发展状况，现在通行的方法就是划空间化的共时分析。当然，由于从文学史角度研究"80年代文学""90年代文学""新世纪文学"并不充分，共时分析同样有不可忽视的理论价值。必须警惕的是，研究"80年代文学""90年代文学""新世纪文学"，如果没有将此前的文学史作为参照与参考，没有对后续发展的可能性进行思考，而先入为主，难免会掩盖文学自身的丰富性与复杂性。"十年一变"和时序的断裂如同无形之手，扭曲了文学发展的动态过程。以20世纪90年代的文学为例，这一时期是文学发展的调整期、过渡期和准备期。90年代的生机与活力得益于80年代的思想解放与启蒙追求，同时承载着80年代没有解决的历史遗留问题，更因为较大规模的历史转换而获得了与80年代迥然有别的文化特质。在时间维度上，90年代文学的变化以继承文学史的历史连续性为前提，90年代的问题与意义又将作为历史后效，展现在21世纪中国的文学实践与审美探索之中。在空间形态上，各种话语的冲突与分野并非封闭的、孤立的、绝对的，它们在互动与共生之中孕育着种种可能性。

原创性、想象力、形式和语言的独特性，这是批评家判断文学品质的重要指标。批评家的个人趣味和风格化追求，会给文学批评带来较为鲜明的个性特征。而且,文学的评判标准不可能像度量衡制度一样一成不变,譬如被批评家普遍看重的"新",其中的价值也必须区别对待。特里·伊格尔顿(亦译"泰瑞·伊格顿")认为:"东西并不是新就有价值。化学武器是晚近才有的东西,但大家并不会因为它是新东西就乐意接受它。此外,传统也不完全是沉闷而一成不变。"① 面对同样的批评对象,不同批评家各有侧重的评判和不同价值观念之间的碰撞,交汇成相对客观的综合评判。另一方面,文学经典的传播接受也会有盛衰枯荣的变化,在不同时代、不同人群之中触发的往往是不同形式、不同层次的精神回响。伊格尔顿有这样的评述:"有些批评家认为,文学经典与其说它的价值不会随时间改变,不如说它能随时间不同而产生新的意义。我们可以这么说,文学经典是经得起时间考验的。随着时间演进,它会获得各种不同的诠释。"② 正因如此,文学批评也必须经受历史的检验,那些鲜活的信息和深刻的洞察都会沉淀下来,被后继的文学史研究所吸纳和接受。文学批评应当自由活泼,生机勃勃,但不应口无遮拦,随意敷衍,更不应沦落为一桩利益交换的生意。在研究方法上,文学批评可以不涉及历史,但背后应当有一种潜在的历史眼光作为支撑。只有这样,文学批评才可能轻盈而自在,不至于轻浮而自大。那些具有历史厚度和充满预见性的观点,更是能够穿越黑暗的时光隧道,像矿灯一样指引后代的读者和文学史家去探寻文学的真相。缺乏文学史视野的文学批评,就像速朽的新闻一样,过期作废。诚如蒂博代所言:"无视文学史的批评家没有任何久存文学史的可能,而缺乏批评审美观的文学史家则会陷入到一种沉闷的学究气之中而无人理睬。"③

---

① 〔英〕泰瑞·伊格顿:《如何阅读文学》,黄煜文译,商周出版2014年版,第268页。

② 〔英〕泰瑞·伊格顿:《如何阅读文学》,黄煜文译,商周出版2014年版,第280页。

③ 〔法〕蒂博代:《六说文学批评》,赵坚译,生活·读书·新知三联书店2002年版,第88页。

二、文化批评与审美批评的融合

20世纪90年代以来,文化批评逐渐盛行,而审美批评的声音则变得微弱乃至沉寂。在中国文学史上,文以载道和经世致用观念根深蒂固,深入人心,这也使得审美批评底气不足。商业时代中功利意识的膨胀,使得审美批评缺乏足够的吸引力,显得根基浮浅。在20世纪80年代前期,思想解放潮流从文学实践中获得精神支持,这也推动批评家自觉地借鉴社会学、历史学、政治学的视野与方法,使得社会历史批评在文学批评中占据主导地位。80年代中期,在西方文学尤其是现代派文学思潮的影响下,一部分年轻作家通过探索形式来冲破文学成规,摆脱工具情结对文学创作的控制。与先锋文学的形式实验相呼应,形式主义批评迅速崛起。但是,汹涌的市场化进程将文学推向文化的边缘,先锋写作走向衰退,洪峰、余华、格非、苏童、叶兆言等先锋作家在90年代以后,创作风格发生了转变,写实成为文学主潮,一意孤行的形式革新在消费文化与文学时尚的夹击之下难以为继,形式批评也偃旗息鼓。

90年代初期,"文学危机论"风行一时,在当时文人下海风潮的冲击下,文学留守者人心惶惶,迫切地寻求拯救文学的良药与解救自己的对策,在慌不择路的情境下,重新制造轰动效应成为一种浮躁的共识。为了让文学变得"有用",能够迅速带来实惠,不少揭不开锅的文学期刊拿出大量版面来刊登"广告文学",从酒厂和烟厂拉赞助,文学中的铜臭弥漫开来。意味深长的是,一些曾经呼唤文学回归审美本体的批评家也随风转向,强调文学的现实功用。追根究底,这些文学主体并不在乎文学是否"有用",他们担心的只是自己会在市场化潮流中迅速贬值,变得一无用处。

文化批评在90年代崛起,是多方面影响的结果。首先,90年代迅速推进的商业化潮流,使得大众文化快速发展,这种文化环境给文化研究的拓展带来了绝佳的机遇。文化研究在西方学术界的发展,恰恰以大众文化的繁荣为时代土壤。受到西方思潮的启发,一些学者和批评家将欧美文化研究的思维与方法移植过来,考察本土文化与本土文学的问题,探讨发展的出路与对策。其次,是批评界探求新思维与新方法的尝试。批评主体喜新厌旧的心态,也是推动这一趋向不断壮大的精神动力。最后,不能忽视批评主体的功利取向，一些批评家试图通过这种转向，重新建立与现实的互动关系，使得批评的功利性、依附性、消费性价值得以兑现。

面对文化与文学在商业化环境中的蜕变，文化批评在思维和方法上都具有一种针对性。文化研究的开路先锋雷蒙德·威廉斯认为："'文化'原来意指心灵状态或习惯，或者意指知识与道德活动的群体，现在变成也指整个生活方式。这种演变并非偶然，如同'文化'一词本来的意义以及这些意义之间的关系的演变，具有普遍的重要意义。"[①]他在谱系学的层面考察了"文化"的意义的变化，而敏锐地关注社会与现实的变化，恰恰是文化研究的优势与特色。文化批评在90年代中国文坛的成长，是适应时代变化的选择。文化批评走出了形式批评的象牙塔，在开阔的视野中重新激活了介入现实、批判现实的精神力量。

值得注意的是，文化批评的流行表现出矫枉过正的趋势。一方面，在"文化批评"的旗帜下，其间混杂了西式的文化研究、社会历史批评和阶级论批评，它们共同的趋向是重视文学的外部研究；另一方面，文化批评作为审美批评的替代者，它的目标并非补偏救弊，而是驱逐审美批评。这样，文化批评很难与审美批评进行正常的对话，更不可能形成良性互动。一些批评主体转向文化批评，在某种意义上是以放弃独立性为代价。批评主体对自己的话语边界缺乏必要的限制，以一个专门家的学识进行全方位的、不负责任的"时评"，对于大而无当的"主义"的热情掩饰了面对"问题"的无能。从20世纪90年代以来，一些文学批评家逐渐失去了对文学发言的内在激情，处于一种"失语"状态。另一方面，一些批评家跨越了自己的学术边界，执迷于"左"与"右"的代言，无节制地发表言论，陷入话语"失禁"状态。在实用主义盛行的语境中，友情批评、广告批评、文化酷评、媒体批评渐成风尚，批评成了风中芦苇，独立品格遭受严峻的考验与挑战。

无法回避的是，认真读作品的批评家越来越少，而且随便翻翻作品的人还能够理直气壮地在各种会议上发言，甚至著书立说。在新近发表的批

[①]〔英〕雷蒙德·威廉斯：《文化与社会》，吴松江、张文定译，北京大学出版社1991年版，第21页。

评文章和学术论文中，一些标题中包含"20世纪中国文学""中国当代文学"等字眼的篇章，居然只讨论了三五个作家的若干部作品，以偏概全。更为常见的是，在对"90年代文学""新世纪文学"进行整体把握的文章中，作者较为普遍地采取"抽样分析"的方法，从个别特例中归纳出普遍的现象，将孤零零的树木置换为整片森林。我始终认为，细致阅读作品是文学批评的起点，也是批评家对作品、作家和文学必要的尊重，更是对自己所从事的职业必要的尊重。文本细读和扎实的个案研究既是审美批评的起点，也是严肃的、负责任的文化批评的起点。抛开具体的文本和案例，不仅难以考察文学的形式特征和审美风格，也难以研究外部因素对文学发展的影响与渗透。现在流行的蹩脚的文化批评，往往把文学作品中虚构的故事和人物，作为社会研究和政治分析的文化依据。严格意义上的社会学、政治学研究应当以深入的调查作为基础，将感性的、虚构的文学经验等同于社会现实，这固然使批评主体的表达获得了更大的自由度，但是，混淆虚实的主观性、臆测性很难避免误导结果。90年代包括"人文精神"讨论、后现代思潮、"新左派"与"自由主义"论争在内的文化争鸣中，不少核心成员是文学批评家，其中对"人文精神"的反思有一些真知灼见，但这种争论是知识分子内在分裂的体现，其间多有党同伐异的意气之争，激情有余理性不足。不少批评家在面对新近问世的文学作品时，采取了"六经注我"的姿态，无视作品的审美价值，将作品中的经验与姿态作为建构自己的理论乌托邦的证词与工具。这必然导致批评主体对作品的误读甚至是篡改。像解读"底层小说"的一些批评文字，就充满了被刻意放大的偏见。

　　文化批评的优点是视野开阔，通过综合分析，开展交叉互动的关系研究；审美批评的特色是对文学性的守护，深入文学的内部，把握文学的形式特征与艺术品质。此外，两者也都有各自的局限性：文化批评容易大而无当，流于空泛；审美批评容易自我封闭，只见树木不见森林。因此，文化批评与审美批评的融合，能够打通文学批评的内外分界，在扎实的文本细读与个案分析的基础上，对文学发展进行多角度、多层次的宏观把握。当然，两种批评方法的有机结合有较高的难度，而且每个批评家各有侧重。对我而言，虽不能至，然心向往之。在某种意义上，兼收文化批评与审美批评的长处绝非中庸的调和主义，而是一种孜孜以求的批评理想。几年前我写了一篇题为《文学评论的文体问题》的文章，其中有这样一段："有灵气的批评以内在的审美激情和想象力作为支撑，对自由的创造冲动充满敬意，善于发现正在生长的新的可能性。在文体追求上，有灵气的批评拒绝陈词滥调，以美文为目标。文学评论要流传下去，必须具有文学性，能给读者带来美的享受，将史识、哲思与诗性有机地融合起来。评论与创作不同，它无法脱离抽象思维与逻辑思维，抽象的名词和概念如同骨骼一样，支撑起评论的基本框架，但是如果评论毫无文采，通篇都是枯燥的名词和概念的堆砌，这无异于自锁樊笼。"[1]

不管是文化批评还是审美批评，精神基础都是批评主体的独立性。刘西渭（李健吾笔名）在《咀华二集》的跋中特别强调批评家的独立性："他的自由是以尊重人之自由为自由。他明白人与社会的关联，他尊重人的社会背景；他知道个性是文学的独特所在，他尊重个性。他不诽谤，他不攻讦；他不应征。属于社会，然而独立。没有是非可以说服他，摧毁他，除非他承认人类的幸福有所赖于改进。"[2] 他还认为，批评家在自由与限制的悖论中确立自己的个性："他有自由去选择，他有限制去选择。二者相克相长，形成一个批评者的存在。对象是文学作品，他以文学的尺度去衡量；这里的表现属于人生，他批评的根据也是人生。人生是浩瀚的，变化的，它的表现是无穷的；人容易在人海迷失，作家容易在经验中迷失，批评者同样容易在摸索中迷失。做人必须慎重，创造必须慎重，批评同样必须慎重。对象是作品，作品并非目的。一个作家为全人类服役，一个批评者亦然：他们全不巴结。"[3] 因此，只有守护独立性，文学批评才能建构属于自己的原创性。

三、创造美学与接受美学的互动

完整的文学史是作家、作品和读者三位一体，文学史家、批评家、翻

---

[1] 黄发有：《文学评论的文体问题》，《东吴学术》2012年第5期。
[2] 刘西渭：《咀华二集》，文化生活出版社1947年版，第161页。
[3] 刘西渭：《咀华二集》，文化生活出版社1947年版，第162页。

译家、文学记者仅仅是专业的读者群，在全部读者中只占少数比例。作家自己同样是特定的读者，他阅读自己的作品，更多地阅读其他作家的作品。因此，无视读者的文学批评注定会有所遗漏，无视读者的文学史只能是残缺的文学史。在对当代文学的批评与研究中，受到传统的文学观念的影响，文学史成了作家作品的罗列史，文学的功能史与作用史被忽略不计，读者在文学生产中的贡献被深度遮蔽。20世纪60年代末70年代初，以汉斯·罗伯特·姚斯为代表的一批德国文艺理论家、教授开创了接受美学（亦称"接受理论"），将研究重点转向文学的接受和传播。遗憾的是，迄今为止，理论体系较为完备的文学接受史极为罕见。从90年代以来，中国的大众传媒日益繁荣，越来越多的批评家开始关注文学与传媒的关系，也有不少论文和著作问世，但这些成果大多是一些印象式文字，缺乏必要的资料准备与系统研究。不少学者将文学的传播接受作为一个静态的研究对象，忽视了对文化语境、传播接受对象的具体考察。

在相当长的时间范围内，文学研究与文学批评被锁定在生产美学的封闭结构之中，将作者的创作方式和作品的艺术价值作为重点研究对象，以一种静态思维考察作家、作品稳定不变的特性。通过引入接受美学的视野与方法，文学批评以动态而开放的思维衡量作家、作品在特定时空中不断变化的传播过程和接受方式，创作意识和接受意识的交互作用带来了解释作家、作品的新路径，读者不同的社会身份、文化气质、审美趣味赋予文学接受丰富的文化内涵与审美异趣。作家、作品在传播接受过程中的起伏变化，会以不同的方式反馈到文学生产的流程中，使文学主体应时而变。从"十七年"到"文革"，文学生产被纳入严格的计划之中，文学传播接受的反向作用被屏蔽，高度统一的文学生产流程无视读者趣味的差异。进入新时期以后，文学消费和文学阅读的动能被慢慢激活，尤其在网络媒体崛起以后，针对不同的读者群体和变化的文学风尚，文学生产与文学接受都采取了分而治之的对策，分众传播的格局逐渐成形。在总体趋势上，当代文学的传播接受从封闭、依附、权力化走向开放、独立、市场化，读者的地位和作用越来越受到重视，文学传播接受的多样化带动了文学生产的多样化和类型化，文学的功能结构发生根本性的转换。在全球化的文化背景下，中国当代文学的国际传播与接受产生了逐渐增强的影响力，汉学家的评判成为衡量作家、作品地位的重要指标,尤其是诺贝尔文学奖等重要奖项,作为特殊杠杆,悄然地翘起文学的价值天平。

在接受美学的视野中,当代文学批评的空间得到了较大幅度的拓展。在传统的文学史版图上,只有作家尤其是经典作家才是当然的主角,像批评家、文学史家、编辑家、翻译家的作用都被低估,对文学媒介的研究也较为肤浅。以文学媒介研究为例,目前常见的是对《人民文学》《收获》《当代》等重要期刊的研究,关于地方性文学期刊的研究成果较为稀见,对当代文学副刊、文学出版、文学的跨媒体传播的研究都较为薄弱。现在通行的文学史基本是大师和杰作的历史,对艺术品质较为粗糙但社会影响巨大的作品往往不屑一顾。作品自身的审美特质是文学传播接受过程中的关键信息,但不断变化的政治环境、社会现实和文化潮流又会对这些信息产生渗透、改塑的作用。从传播接受的研究角度来说,要准确地描述出文学传播接受的动态轨迹,就必须考察不同类型作家、作品的传播接受状况。而且,对当代文学的评判绝非尘埃落定,那些被批评家戴上"大师""杰作"桂冠的作家、作品,在不久的将来可能会被彻底遗忘。深入研究文学传播与文学接受,寻找到一块重要的文学拼图,将使得文学研究变得更为健全而完善。

研究文学的传播接受,一方面应当考察作家、作品在传播接受过程中激发的读者反应与社会效果,另一方面,不应忽略传播接受对文学发展的反向推动。从90年代以来,作家对市场效果做出的快速反应,使得文学的消费化成为大趋势。在越来越多的作家笔下,写作表现出向八卦新闻靠拢的趋势。流行的社会新闻以吸引受众为目标,新闻从业者在遴选素材时也以此为内在驱动力,千方百计追求"轰动效应"。布迪厄(亦译"布尔迪厄")一针见血地揭示了其中的奥秘:"社会新闻,这向来是追求轰动效应的传媒最钟爱的东西;血和性,惨剧和罪行总能畅销……"[①]

随着网络媒体的快速崛起,网络文学创作以类型化和产业化实践吸引广泛的受众,媒体融合的趋势不断得到强化,跨媒体写作与跨媒体传播正

[①] 〔法〕皮埃尔·布尔迪厄:《关于电视》,许钧译,辽宁教育出版社2000年版,第14页。

在强势地改变文学的生产方式。在这样的形势下,无视媒介对文学的影响无异于掩耳盗铃。梅罗维茨认为:"当一个新的因素加入某个旧环境时,我们所得到的并不是旧环境和新因素的简单相加,而是一个全新环境。"①

在新的媒介环境和文学传播格局中,无视文学的消费与接受,便难以准确地把握文学复杂的动向。将文学的接受研究作为文学批评的重要维度,以开放、动态的研究替代习以为常的封闭、静态的分析,这既是变革的文学生产方式给文学批评带来的新挑战,也为文学批评开疆辟土提供了新的历史机遇。

---

① 〔美〕约书亚·梅罗维茨:《消失的地域:电子媒介对社会行为的影响》,肖志军译,清华大学出版社2002年版,第16页。

论中国当代文学批评史的史料拓展

当代文学批评史是当代文学史的独立分支,也是当代文学学术史的重要组成部分。从20世纪90年代以来,进入这一领域的研究者多了起来,有分量的学术成果陆续问世,整体的学术质量迅速提升。洪子诚、陈思和、王德威、陈晓明、孟繁华、吴俊、李建军、殷国明、林岗、洪治纲、牛学智、杨光祖等学人在这方面都有比较集中的成果,从不同角度审视当代文学批评的理论发展、方法探索与个体实践。2019年,中国社会科学出版社开始推出张江主编的"当代中国文学批评史"丛书,出版计划包括《当代中国文艺政策发展史》《当代中国文学批评观念史》《当代中国诗歌批评史》《当代中国小说批评史》《当代中国散文批评史》《当代中国外国文论接受史》《当代中国戏剧批评史》《当代中国外国文学批评史》《当代中国网络文学批评史》和《当代中国电影批评史》,总共十卷。吴俊在主持教育部哲学社会科学研究重大课题攻关项目"中国当代文学批评史"的过程中,陆续推出《文学批评的向度》《中国当代文学批评史料编年》《中国当代文学史料丛刊》丛书等著述,在史料建设、理论探讨等方面都取得了令人瞩目的成绩,推动了这一学术领域的深化和系统化。程光炜、吴秀明、张均等在搜集与研究当代文学史料的工作中,也一直重点关注当代文学批评史料的领域,为学术界带来不少新发现。跟当代文学创作研究相比,对当代文学批评的研究起步较晚,近年才取得较大突破,这一学术领域有较大的发展空间和学术后劲。结合近年的学术工作,我在此就当代文学批评史料工作容易忽略的边边角角,针对电子媒介时代人文学科史料碎片化与窄化的倾向,谈谈如何进一步挖掘史料,通过扩充视野来促进学术研究。

一、不同媒介形态的史料拓展

就目前当代文学批评史研究的现状而言，它和当代文学研究的整体状况基本一致，在史料来源方面较为重视图书史料和期刊史料，对报纸史料的关注还远远不够。21世纪以来，随着读秀、超星、中国知网、维普、万方等大型数据库的建立，不少图书资料和重要的学术期刊都已经数字化，查找和引用较为便捷。在报纸当中，《人民日报》《参考消息》都建立了较为完整的数据库，大多数报纸最近二十年的资料也有了电子版本，但是"十七年"和20世纪八九十年代的报纸往往只有纸质版本。相对于期刊、图书而言，报纸出版频率高，数量庞大，散页形式最容易散佚，不容易保存。而且，除了1985年7月改版为报纸的《文艺报》、上海的《文学报》和已经停刊的山东的《作家报》、河北的《文论报》，其他报纸的信息包罗万象，与文学创作、文学评论有关的信息极为分散，查找和搜集都较为困难，不少图书馆的馆藏资料也残缺不全。像已经停刊的《作家报》《文论报》，目前很少有图书馆收藏，要查找已经极为不易。大多数图书馆的报纸库都设于地下库房，为了节省空间，一摞摞报纸顶天立地地堆放，工作人员要调出读者需要的资料也颇为艰难。因此，不少图书馆不提供旧报查阅的服务。此外，还有一个客观原因，用新闻纸印刷的报纸纸张很容易受潮、脆裂，占用大量的库存空间，保存成本极高，美国有多家图书馆就以此为理由，在将旧报纸转换成缩微胶片之后，销毁了一大批年代久远的报纸。新世纪以来，与当代文学有关的编年史、作家年谱日渐增多，如果留意观察，会发现报纸史料的出现频率偏低。确实，随着网络媒体的迅速崛起，报纸的影响力被削弱，越来越多的报纸停刊。对于年青一代而言，报纸是一个陌生的旧媒体，他们也很少从报纸中获取信息。文学史研究要还原历史，就必须回到当时的历史语境之中，不管是"十七年"，还是20世纪80年代，《人民日报》《光明日报》《文艺报》面对文学的发声，社会影响力通常要超过大量专业期刊。因此，在研究"十七年"和20世纪80年代的文学现象时，忽略报纸史料很容易导致视野缺损，某些方面成为盲区，在判断上甚至产生偏差。值得注意的是，我在翻阅20世纪90

年代之前公开出版或自印的当代文学史料时，发现报纸在目录索引中占据很重要的位置。此外，一些年长的学者在著述中也较为重视报纸史料的引用。

在当代文学批评和批评史研究中，文学期刊是最为重要的史料来源。值得注意的是，在期刊史料搜集和使用过程中，普遍存在两种趋向。其一是忽略原刊，从数据库获取史料。确实，依靠中国知网等大型数据库可以节省时间，电子检索可以直奔主题，省却了漫无边际的阅读与查找。但是，这也会带来不少问题。问题之一是数据库资料不全。不少重要期刊缺席，尤其是在数据库建立之前已经停刊的刊物，基本没有被收录。增刊、特刊、子刊的信息大都缺失，期刊的广告、启事、插图也无从查找。问题之二来自一些反复改名的刊物，数据库在收录时要么只收录新刊信息，要么将刊物的前身统一纳入新刊名的条目。譬如：很多学院升格为大学，原来的学院学报和后来的大学学报就被混为一谈，不少学者在引用原来的学院学报时把刊名都写错了。现在不少研究生严重依赖数据库，基本不看原刊，他们完全搞不清楚刊物的源流，那么在研究批评史时就很难有清晰的历史线索。

其二是集中关注所谓的核心期刊，漠视边缘刊物。置身于80年代和90年代前半期的文论期刊，当时还没有被核心期刊的指挥棒所牵引，一些边地文论期刊办得有声有色。已经停刊的甘肃的《当代文艺思潮》和福建的《当代文艺探索》在文学批评场域中曾经产生了重要影响，北京的《文学评论丛刊》《新文学论丛》，上海的《文艺论丛》《文学角》（前身为《上海文学》杂志社编辑的内部读物《写作参考》），山西的《批评家》，安徽的《艺谭》，北京的《方法》和内蒙古的《民族文艺报》，存续的时间都不长，也各有特色。新锐研究者对这些消失了的刊物较为陌生，基本没有将这些刊物纳入他们的史料库。《当代文艺思潮》在朦胧诗论争、人道主义大讨论、文艺研究方法论探索、女性文学和西部文学研讨等方面都卓有影响，"第五代批评家专号""青年理论探索专号"和"大学生论当代文学"专栏大力扶植新锐力量，给文艺批评注入生机和活力。《当代文艺探索》兼重文艺理论与文学批评，传播当代文艺思潮的前沿信息，关注台港文学动态，是闽派批评集结的重要阵地。《上海文化》的前身《上海文论》因"重写文学史"专栏而经常被提及，但其他栏目和文章少有人提及。

目前我忝为主编的《百家评论》经过多次改版、改刊，从《文学评论家》《文学世界》《新世纪文学选刊》到《百家评论》，学术影响也因此被分割，缺少持续性。湖南省文联主办的《理论与创作》也多次易名，先后改为《创作与评论》《文艺论坛》等。至于《作家通讯》《文艺情况》《文艺通报》《中南作家通讯》《文艺界通讯》《部队文艺通讯》《当代文学研究丛刊》《当代文学研究资料与信息》（前身为《当代文学研究参考资料》）和《中外文学研究参考》（前身为《文学研究动态》）等内部刊物或学术丛刊，因为资料残缺或稀见，就更少有人关注。这些刊物刊发的会议发言、创作计划和内部资料，不少是独家资讯，有极高的史料价值。内部文学刊物在当代文学期刊中数量最大，以培养基层作者为要务，不少作家都从此出发。汪政对江苏的文学内刊进行了专门的调研，他发现只有九种公开的文学期刊的江苏居然有一百五十种左右的文学内刊，"在这一百五十种左右的文学期刊中，大部分是县区级和乡镇级的，还有遍布在学校和不同行业里的文学内刊"[1]。他以《补天戏苑》《黄土桥》为例，总结道："在长期的办刊实践中，许多文学内刊办出了特色，办出了水平，办出了经验，形成了自己的风格与个性，不管是内容，还是装帧，不少期刊比起一些公开出版物毫不逊色。"[2] 莫言的处女作《春夜雨霏霏》就发表于河北保定的内刊《莲池》1981年第5期。陕西延川作为内刊的《山花》，前身是创刊于1972年9月的同名文学小报，创办者曹谷溪时任延川县革委会通讯干事，当时路遥、陶正、闻频、白军民、梅绍静、史铁生等年轻人在此集结，开始各自的文学探索。贵州铜仁的内刊《梵净山》由郑一帆、张子原、王治权创办，1984年10月创刊后一直坚持至今，在全国都有一定的影响。就文学批评而言，也有一些内刊，譬如贵州省文联主办的《今日文坛》，吉林省文联、作协主办的《文采》，以及各地高校主办的以书代刊的文学研究辑刊。

---

[1] 汪政：《苔花如米小　也学牡丹开——文学内刊随谈》，《文艺报》2019年9月30日。

[2] 汪政：《苔花如米小　也学牡丹开——文学内刊随谈》，《文艺报》2019年9月30日。

在图书史料方面，当代文学史研究也有一些视野盲点。首先，内部资料一直没有得到应有的重视。"十七年"时期，受到当时出版条件的限制，有不少资料都是学术机构自行印刷的，譬如1959年北京师范学院印行的《新中国文学史》（上下册）、南开大学1956级中文系编著的《新中国十年文学史》（1960年10月印行，上中下三册）。具有更高史料价值的，则是各地文联、作协自行编辑出版的历次文代会资料或文集。新时期初期，二十三所高校中国现当代文学学科学人和上海图书馆协作编写的"中国当代文学研究资料"丛书，出版近百种，历时十余年，作家专集大多正式出版，也有部分资料集由编写院校自行印刷。由于这些内部印行的资料不易为外部人员获取，它们的学术影响受到很大限制。在90年代以前，有不少学术著作采用内部发行的形式，譬如"供内部参考"的《人道主义与现代文学》（作家出版社，1965）和"内部发行"的何望贤编的《西方现代派文学问题论争集》（人民文学出版社，1984），这类采取特别的发行和传播方式的图书属于不宜公开之列，当时一般限定在特定的读者群体之内。

其次，成套的全集、文集或丛书是重点关注的对象，批评家的单书和多作者的主题合集容易被忽略。像1983至1985年湖南人民出版社出版的"中国当代文学评论丛书"、浙江文艺出版社1985至1989年出版的"新人文论"丛书、上海文艺出版社1987至1993年陆续出版的"牛犊丛书"、学林出版社1994至1996年出版的"火凤凰新批评文丛"（陈思和、王晓明总策划）、时代文艺出版社1993年出版的"二十世纪中国文学丛书"（谢冕主编）、安徽教育出版社2000年出版的"20世纪中国文学研究丛书"（严家炎主编）、山东文艺出版社2004至2005年出版的"e批评丛书"（吴义勤主编），都产生过较大影响。文学批评是寂寞的事业，独立发声是它的本色，集群亮相则更容易受到关注。事实上，能够出版全集、文集的作家、批评家往往有较高的学术地位，全集、文集也给学人查找资料带来极大便利，可以说，全集、文集是批评史研究的基础性史料。值得注意的是，出版全集、文集的作家、批评家大都功成名就，已经步入文学事业的晚期。动态研究、共时观察是当代史研究的重要方法，也是有别于古代史研究的突出特点。如果当代文学批评史研究偏重考察已有定评的成果，忽略边缘的批评家和活跃在现场的批评力量，难免失去自身的活力。

最后，缺乏对文学批评的版本问题的考察。与文学创作相比，评论文章或评论著作的版本变化往往更为突出，因为创作的价值观可以隐藏在形象、意象的背后，而评论的观点明确，且更容易受到时潮的影响。另外，当代批评的对象没有时间下限，随着时间的推移，处于运动状态的作家、思潮、文学媒体都会不断更新，这也逼迫批评者持续跟进。与文学史研究相比，跟踪性的文学批评难免有错位和偏差，这就像射击比赛一样，文学史研究打的是固定靶，文学批评史研究打的是移动靶，很容易打偏或脱靶，批评主体的调整差不多是一种常态。对一些评论家的文章进行细致对比，不难发现收入文集、全集的版本和其初版本相比已有明显的补充或修改。恰恰因为变化频繁，版本的比对就有更高的价值，从中可以勾勒出一个批评家的个性、风格和思想发展的轨迹。遗憾的是，这种工作目前还很少有人重视。

二、不同评论体裁的史料挖掘

新世纪以来，文学评论的学院化趋势日益明显，文学评论的文体也变得日渐单一，学报体成为主调。评论文体的翻译腔也是一个突出现象。评论者故作高深，不仅套用外来理论，而且在行文上一味地模仿佶屈聱牙的洋腔洋调。而且，文学评论越写越长，由于在报纸上发表的短章在高校不计工分，学院派批评家对此兴趣寡淡，偶尔为之，也常常是从长文中截取一段，改头换面，或者把短文作为长文的组装配件，写作时就在"部分"的框架中进行构思和撰述。这样写出来的短文，在结构上显得破碎，缺乏整体感，在文气上难免不连贯。中国古典文学评点和现代文学批评灵活多样，序言、跋语、笔记、书信、批语、日记、题记形态各异，有声有色，言简意赅，有话则长，无话则短，寥寥数句，尽得风流。当代文学批评应该接续传统文脉，自觉地向传统文论学习，形成独特的批评个性与文体风格。文学批评文体窄化的这种发展趋势，难免影响文学批评的研究，使得书信、日记、序、跋等史料淡出学术视野。而且，在电子媒体全方位渗入日常生活的情境下，纸面形式的书信、日记已经变得日渐稀奇，在现当代文学研究中，它们从来就没有得到足够的重视，因此，它们在批评史研究中受到冷落似乎在情理之中。

文学批评是一种精神对话，就形式而言，书信体或书信中的文学批评在对话语境中展开，具有很强的互动性。现在，多数文学批评自说自话，缺乏对话意识。基于此，我个人以为书信中的文学批评具有很高的史料价值和学术意义。事实上，书信中的文学批评因具有私密性，很少引起关注，有关研究有极大的施展空间。程永新的《一个人的文学史》收录了不少编辑和作家的往来书信，但当代文学史上大多数编辑家和作家之间的书信要么散佚，要么没有公开。在电话、电子邮件、QQ、微信和短信成为主要通信方式后，这些资料更难保存，结集出版的可能性大为下降了。基于此，对作家、批评家关于文学话题的书信的发掘与研究，具有抢救史料的意义。2019年9月28日，甘肃评论家杨光祖在微信朋友圈发布了一张照片，一封作家张弦致雷达的信，其中第二段是这样写的："我很喜欢你的评论文章，你常能将作品中许多连作者自己也没有弄得很清楚的问题，一语道破。启发了读者，也启发了作者。文笔也质朴可视，没有居高临下的味道。当然，如果再活泼、轻松一点，就更好了。"此真乃通人之论！寥寥数言，既道出了雷达的文学评论的妙处，也以点穴之句指出了文学评论的通病。铁凝在回忆自己与编辑家张守仁、章仲锷的交往经历时，谈到了他们的共同特点，那就是把作家的事业当成自己的事业。在《笨花》出版之后，章仲锷专门给作家写了长达六页的信件，其中既有充分的肯定，也"找点小疵"，指出了一些错字。我一直对编辑与作家往来的书信怀有特殊的兴趣，譬如王仰晨与巴金的通信，数量较多，讨论也很深入，其中有丰富的信息。

在文学书信中，读者来信具有很高的研究价值。受到接受美学与读者反应批评理论的影响，近年研究当代文学读者的成果多了起来。这类成果存在一个普遍的瓶颈，那就是原始史料的匮乏，大多依据报刊公开选发的读者来信内容来推断读者的真实想法。值得注意的是，"李定中事件"提醒我们，这些史料并不完全可靠，公开发表的读者来信跟其原貌很可能有出入。我收藏了一份《萌芽》杂志社整理、油印的《读者来信情况汇报》（1957年9月16日）。顺德的罗丹铃来信说："《萌芽》很好，我们都很爱看它，但纸的质量不高，一本内容丰富的书，经不起几个人接触就烂了，画页模糊了，《萌芽》的售价不算低，纸质问题是否可以考虑。"上海市陆行中学陆纪周来信说："《萌芽》上反映学生的生活文章少得可怜，对学生的作品又是这样冷淡。"南京水利学校发行站来信说："本来《萌芽》销路很好，近来（8月13日来信）发生卖不掉，据反映说是因为《萌芽》内容质量太低。"四川雅安邬安鸿、山东孙东舟、解放军史刚来信说："近来《萌芽》有新的特色，表现在作品的精炼上，如《雨》《雪》《小会计》《小巷深处》等，还有海洋斗争和革命三十年小品文等我们都很喜欢。关于爱情小说这类的作品，拣一些生动、短小精悍、有教育意义、富于崇高感情的可适当采用；应该多刊短小精悍又能表达中心全意的'诗'，但《萌芽》的诗却长而不好。"这份油印材料是内部材料，仅供杂志社内部或管理部门参阅，其中的内容跟我们从公开发表的读者来信中得到的信息就有明显的差别。因此，如果研究者能够获取更为丰富的史料，打开的将是一个被长期遮蔽的另一种真实。

日记的私密性更强，这是记录者的备忘录、自言自语，其中常有一些不想公开的内容。公开发表的文学批评往往是作者深思熟虑的文字，因顾及外部环境和人际关系，难免有一些言不由衷的内容。因此，日记更能反映作者的真实想法。当然，那些作者在记日记时就计划公开的内容另当别论，譬如《胡适日记》。下面以沙汀的日记为例，说明从作家日记中打捞批评史料的趣味性与可行性。从沙汀1963年1月8日的日记中摘录一段："《燕燕》的反响不错。王朝闻他们提的一些修改意见，跟我的基本一致。但叫我感觉奇怪的是，包括艾芜在内，不少人对《秀才外传》大为称赞！甚至于说经过加工，可能比《拉郎配》《乔老爷上轿》还好。这真叫作莫名其妙！我立刻向宗林同志说：'我还是要坚持我的看法！'"[①] 同年4月29日有这样一段："上午，巴公同仰晨来谈。仰晨认为洪钟写的《大波》后记不得体，而且太长，要求我重写，我同意了。同时我提到一般作家对劼人的生平知道得太少了，他们以为应作介绍。"[②] 同年9月9日有这样

---

① 沙汀：《沙汀文集·第九卷·日记》（下册），四川文艺出版社2017年版，第447页。

② 沙汀：《沙汀文集·第九卷·日记》（下册），四川文艺出版社2017年版，第523页。

一段:"上期《延河》突出地发表了一篇柳青的文章,提纲似的,要求大家参加讨论前年《文学评论》上评介《创业史》的文章,这篇评论作为附录也发表了。这种做法使人感觉惋惜!记得前年在广州时,柳青让我看过一篇有关批评《创业史》的反批评文章。当时看了,曾经劝他不要发表,因为我素不同意作家缠到与自己作品有关的争论中去,而且他的论点也有些含混、空洞,不见得全都正确。当然,现在发表的未见得就是那篇文章,但他做得太小气了。"① 同年11月30日记录了沙汀在北京见到韦君宜的情况:"我们主要是谈创作上一些问题,我举了两个例子来说明创作上一些简单化的倾向,以及产生这种倾向的原因:对党的号召不结合生活实际认真钻研。在谈到《播火记》时,她告诉我,她们曾建议作者考虑修改一个结尾,但是被拒绝了,很为惋惜!因为在我看来,这个建议是值得考虑的,而且应该考虑,否则至少对人物会有损害。"② 1964年10月22日有这样一段:"写不下去,因为神使鬼差,我又想起翔鹤的《广陵散》来了。我曾经称赞过它,认为是一篇什么'正规'历史小说,只是调子有些低沉。现在看来,什么'正规'历史小说,这是资产阶级的文学观点。而客观事实是,凡有历史小说,无不是'以古喻今'的,何况既就历史而论,这篇小说的观点也有问题。"③ 同年12月19日,沙汀在北京与何其芳深谈。"这次说话的主要内容是他评价夏公的文艺思想。有些东西,我过去并不觉得怎样,现在经他评价起来感觉的确存在问题。我们还谈到翔鹤的历史小说,而这些作品,我是一直赞扬过的,怎么也成为当前批评的对象!"④ 我在此集中地引用沙汀日记,是为了说明代表性的作家、

---

① 沙汀:《沙汀文集·第九卷·日记》(下册),四川文艺出版社2017年版,第575页。
② 沙汀:《沙汀文集·第九卷·日记》(下册),四川文艺出版社2017年版,第620页。
③ 沙汀:《沙汀文集·第九卷·日记》(下册),四川文艺出版社2017年版,第639页。
④ 沙汀:《沙汀文集·第九卷·日记》(下册),四川文艺出版社2017年版,第657—658页。

批评家的日记中确实包含不少有价值的史料,像《延河》发表柳青文章的背景及作家对于批评的态度,沙汀对于陈翔鹤的短篇历史小说的评价的转变,沙汀在与著名作家交游过程中获悉的文坛新动向,这些鲜活的史料能够为文学批评研究带来别样的视野与气象。

网络文学的出现为文学批评史研究带来新的挑战。从1997年12月25日"榕树下"个人主页创立开始,网络文学已经走过了二十余年的历程。迄今为止,重点关注网络文学的职业批评家依然寥寥可数,但在文学网站、BBS(电子布告栏系统)、博客、微博、微信、QQ空间等各类网络平台,评说文学尤其是网络文学的言论汗牛充栋。与专业文学评论相比,网友的点评没有多余的修饰,不穿靴戴帽,直奔主题。我多次在文学聚会中听到一些网络作家坦诚的讨论。他们说专业性的文学评论太高深,绕来绕去绕得头晕,有话总是不愿直说,看了累心,相对而言,更喜欢浏览与文学有关的网络跟帖和微信、微博等自媒体留言,这些跟帖和留言三言两语,毫不掩饰,往往是言说者的真情流露,尽管其中也时常有一些偏激之词,但能够反映说话者内心的真实想法。这些反应迅速、机智、活泼,恰恰反衬出职业化、专业性的文学评论迟钝、呆板、摆谱。因此,评论不妨写得短一些,少一些虚与委蛇的客套,少一些无关痛痒的敷衍,多一些不吐不快的直言,多一些精准点穴的真话。正因如此,一些年轻的网络文学研究者越来越重视"野生评",没有功利目的的"野生评"是发布者自然流露的真实态度。2000至2005年天涯社区文学板块的网友留言大都具有"野生评"的特征,网友参与社区运营,正式员工主要负责站务管理。为了度过"互联网寒冬",当时的天涯社区没有商业目标,以生存为第一要义,在内容上给网友提供了自由发挥的空间。总体而言,关于针对网络文学的网友自发评论,目前既没有做好起码的史料准备,也缺乏能够自圆其说的研究成果。对于即时更新的网络文学创作而言,专业性的网络文学评论的影响微乎其微,而网友评论的跟进,有时能够改变网络类型小说的情节设置和细节安排。如果能对在线的网友评论进行深入研究,有助于我们准确把握媒体格局变化带来的批评机制的转型。

具有自述性的访谈录和有关文体,在当代文学批评与批评史研究中一直受到重点关注。总体而言,当代文学史研究和当代文学批评史研究都有过分看重作家、批评家自述史料的倾向。譬如一些作家论、批评家论往往以研究对象的自我评价作为基本线索，研究者耗费心思的劳作仅仅是印证研究对象的自我定位。以口述史料为例，它的价值在于讲述者的亲历性，弥补现有史料的不足，可以修复一些断裂的环节，提供丰富的细节，使得历史解释有多元参照。与此同时，口述历史的局限性也很明显："主观性、零散性，记忆的不确定性（选择性记忆），故意隐瞒，扭曲事实，修改经历，忽略与忘却。"[①] 当代文学领域的口述史料大都以口述者自己作为焦点，与自身利益密切相关，这难免成为一种自我塑造乃至自我表演，因此，这类史料并不可靠，不能作为核心史料，只能作为一种关键参照。一个作家对同时代另一个作家的评判，如果没有旁证史料为据，基本不可采信。《小说月报》有一个栏目"作家现在时"，其中有一个规定动作，要求入选的作家推荐几本心目中的理想小说，仔细阅读后发现进入他们视野的绝大多数是西方现当代小说，国内同辈作家的作品基本进不了他们的法眼。而且，一个作家对圈子内作家、圈子外作家的评判标准很难一致，一个作家对一个同辈作家的公开评价和私下评价也时常不一致。值得注意的是，也有一些打上了特殊时代印记的交代文字容易被忽略。人民文学出版社2016年出版的《冯雪峰全集》搜集的是冯雪峰接受外调的陈述材料，其中有非常丰富的关于文学发展、作家交游、文学批评的信息和资料，时间跨度大，涉及的范围较广，内容庞杂，有助于研究者掌握不同时期复杂的文学背景。广西师范大学出版社2000年出版的《郭小川全集》，史料形态多样，同样具有重要的参考价值。

三、克服史料碎片化的困扰

新世纪以来，从各类学术会议的发言和人文学科的著述中，我们经常会听到对一种学术倾向忧虑不已的声音，那就是历史研究的碎片化趋势。其实，历史研究的碎片化，源头正是史料的碎片化。正如傅斯年所言："一

---

① 李德英：《中国近代史研究中资料的多样性和局限性》，见〔美〕裴宜理、陈红民主编：《什么是最好的历史学》，浙江大学出版社2015年版，第44页。

分材料出一分货,十分材料出十分货,没有材料便不出货。两件事实之间,隔着一大段,把他们联络起来的一切设想,自然有些也是多多少少可以容许的,但推论是危险的事,以假设可能为当然是不诚信的事。"[1] 如果学术研究主要依靠二手史料,把名家论断作为方向指引,不进行深入考证和独立思考,就很难有所突破。考辨旧史料和发掘新史料,一方面为学术同行打下了继续掘进的基础,另一方面,可以促发新观点和新结论,或者推动修正和完善已有结论。

随着电子检索和数据挖掘方法逐渐普及,人文学科的研究者可以便捷地获取各种已经电子化的资料,这些资料分布在不同时期、不同学科、不同媒介形式中。应当引起重视的是,在电子化背景下,人文学科的史料运用出现了一些新的问题。首先,海量的资料会给研究者带来被信息淹没的压迫感。仅仅依靠这些资料本身,很难验明正误,如果缺乏对这些资料的深入辨析,研究者很容易迷失在信息的泡沫中,抓不住重点,甚至以讹传讹。其次,信息检索直奔主题,很容易遗漏一些重要的史料,也无法掌握那些关联紧密的周边史料。譬如对秦兆阳的现实主义理论与批评观念的研究,如果忽略了其作为作家、编辑家的多种实践,就事论事,研究就可能失之偏颇。我在审阅一些以批评家或某一时期文学批评为研究对象的研究生论文时,发现就批评论批评的现象比较普遍。譬如研究周扬或冯牧,他们既是评论家又是文艺界官员,如果将他们等同于学院评论家,结论就难免有偏差。此外,研究者在分析周扬或冯牧的评论文章时,如果对他们的研究对象缺乏了解,很容易犯常识性错误。当研究者对某一个领域知之甚少时,要对研究对象在这个领域的贡献或局限做出评判,这是根本无法完成的任务。最后,过分倚重电子资源。因此,那些没有转换成电子数据的史料很难进入学术视野,电子检索尤其是全文检索的盲点也会遮蔽一些有价值的信息。人文学科的史料浩如烟海,已经电子化的大多数是公共性较强或商业价值较高的信息,而那些专门化的、无利可图的、稀见的信息电子化程度极低。以文学批评著作为例,总体上是一种小众读物,发行量较低,大多数只出一版,纸质书不易搜集,也很少会被大型数据库收录。

---

[1] 傅斯年撰,朱渊清导读:《史学方法导论》,上海古籍出版社2011年版,第142页。

近些年，中国现当代文学的学科发展日益成熟，伴随着高校本科生和研究生的扩招，学术队伍的规模不断扩大。一方面，学术研究表面上很兴旺，似乎每个领域、每个文体都有人在做；另一方面，研究者要出新变得越来越困难，学术新人为了完成发表任务，快速成长为专家，往往锁定一个具体问题深耕不辍，这就使得自己被限制在一个很小的范围内，所掌握的史料数量有限，覆盖面较窄，很难走出碎片化的境地。从20世纪90年代以来，高校对教师的考核越来越看重科研项目，学者要申请立项就必须有前期成果，获得立项后又要按期结项，课题化生存模式将学者束缚在自己的一亩三分地上，很难再有心思做随心所欲的发散性研究。在现当代文学专业的研究生的学位论文中，作家论的占比一直不低，不少研究者试图把个例上升到普遍现象，当然也有不少研究者自觉或不自觉地把研究对象从时代语境中抽离出来，使之成了一个因被偏爱而得优待的特例。此外，不少研究者喜欢在大题目下做抽样分析，譬如：研究余华作品的外译与传播的论文，在泛泛列举各种外文版本的出版和反响情况后，深入分析的其实只有英译本；一些讨论某一个时期的文学评论的论文，实际上仅仅研究了小说评论，基本没有涉及散文、诗歌、戏剧等文体的评论。当代文学或当代文学批评史，如果没有将之置放在当代社会文化进程的大背景中，思路和认识都可能片面化。以当代文学批评史为例，它与当代人文思想史、美学、外来文化思潮、文化制度、人文教育、文化媒介都有较为密切的关系，它是时代进程中的一个侧面，跟周边的文化领域有不同形式的互动。尤其重要的是，研究者不能一味地拓展自己的知识面，应当有重点地寻找外围的突破口，关键在于必须深入把握周边史料与研究对象之间的有机关联。伴随着视野和思路的扩大，研究者能够通过拓展史料，打破学术惯性和固有的思维模式，从中获得新的资源和新的发现。如果观念越过史料或者观念大于史料，就难免失去平衡，顾此失彼。这正如钱锺书所言："在历史过程里，事物的发生和发展往往跟我们闹别扭，恶作剧，推翻了我们定下的铁案，涂抹了我们画出的蓝图，给我们的不透风、不漏水的严密理论系统捅上大大小小的窟窿。"[1]

---

[1] 钱锺书：《七缀集》（修订本），上海古籍出版社1994年版，第159页。

在史料的搜集和引用上,每个学者会有不同的习惯与偏好,各有侧重。中国当代文学史的研究,要想在整体上推进和深化,研究者应当更为全面地掌握史料。如果没有各种史料的坚实支撑,人文历史学科那些不着边际的"新观点"只能是空中楼阁。新发现往往建立在新材料的基础上,史料拓展可以带来新的可能性。扎实的史料建设工作能够夯实学术地基,使得这一领域的学术研究变得更为丰富而立体。

文学评论的文体问题

最近几年，在专业刊物和综合性报纸上，时常见到批评家反思批评现状的文章。一方面，作者不满于批评的乏力；另一方面，作者在字里行间往往流露出对于文学批评日渐落寞的态势的失望和无奈。有趣的是，大多数作者开出的药方不外乎鼓舞士气的"强心剂"和包治百病的"道德丸"，纵然喊得声嘶力竭，却收效甚微。2012年6月16日，在由《扬子江》评论编辑部承办的"当代文学评论期刊的现状与发展"学术研讨会上，《新华文摘》编审陈汉萍敏锐地提出文学批评的文体问题已经是积重难返，随后几位资深主编也纷纷做出热情回应。他们在日常的编辑工作中发现，短小精悍、见情见性的批评文章越来越少，收到的稿件篇幅越来越长，文后的注释密密麻麻，文章引经据典，绕来绕去，难见直击要害。确实，就批评家个体而言，要凭借一己之力改变批评现状，力挽狂澜，有点不切实际。但是，如果批评家们能够在改变文体定位、改进批评文风方面达成共识，自觉践行独立而自由的批评精神，批评风气当有大的改观。

一、格式化批评

20世纪90年代以来，随着市场经济的繁荣，文学逐渐淡出公众的视野。在80年代以前以文学主阵地立身的文学期刊，面对财政拨款"断奶"和新媒体呼啸而来的双重压力，陷入被双方边缘化的尴尬处境。对文学评论而言，发表阵地急剧萎缩。在文学呼风唤雨的80年代，不少以发表文学作品为主的期刊都开辟了评论栏目，然而，能够一期不断地坚持至今的似乎只剩下《上海文学》，其他杂志停停歇歇，或者干脆取消了评论栏目，偶尔发几篇评论作为点缀。与此同时，越来越多的综合性报纸取消了文艺评论的版面，用"读书"版替代，甚至干脆把读书版也取消了。目前硕果尚存的高水平文艺评论专刊，当数《人民日报》副刊的"文艺评论"版、《光明日报》的"文艺观察"版和《文汇报》的"文艺百家"版，而各省的党报一般在文艺副刊上刊发文艺评论，但载文数量极低。在《作家报》《文论报》相继停刊后，以文艺评论为主业的报纸仅存《文艺报》和《文学报》。在这种情境下，多数报纸选择在文化娱乐版面发布文艺信息，文艺评论被纳入那些成天跟踪影视明星和文化掮客的"娱乐记者"的"版图"。在新时期的文学期刊中，文学批评期刊的变动最为频繁，《当代文艺思潮》《当代文艺探索》《批评家》在种种压力下停刊，《文学角》《上海文论》《文学评论家》《当代文坛报》在不断的改版中消失。在转企改制的新形势下，硕果尚存的几家文学评论期刊的前景也不明朗。湖南的《理论与创作》改名为《创作与评论》，杂志从原来专门发表文艺评论转向主要发表创作，文学评论则敲敲边鼓，同类型的杂志还有北京的《作品与争鸣》和江西的《创作评谭》。颇有反讽意味的是，进入新世纪后，一些文学创作期刊纷纷缩短刊期，出版"下半月刊"或"理论版"，为了创收而全面出卖版面，在高校研究生和中小学教师中兜售，使批评丧失了必要的独立性，金钱成了左右批评尺度的重要杠杆。2012年6月，《中国青年报》刊发报道《云南一官方文学杂志出"野鸡刊"敛财》后，《大家》杂志的"理论"版被迫停刊。更具戏剧性的是，时下一些网络诈骗集团假冒"核心期刊"的名义，诱使那些急于发表论文的作者上当受骗。在复杂的批评生态中，代为捉刀的"枪手"潜滋暗长，只要有需求，就充满了商机。他们见缝插针，浑水摸鱼，通过拼凑，轻松牟利。

　　文学批评的队伍主要由三方面组成，即大学有关科系研究当代文学的学者、作家协会和文联系统的研究人员、媒体方面的文艺记者。值得注意的是，90年代中期以来，一大批作协和文联系统的研究人员进入学院空间，而媒体批评由于片面追求趣味性，热衷于对文学批评进行脱文学化而事件化的处理，为骂派批评推波助澜，逐渐失去了公信力。这就导致了学院批评一家独大的局面。在学院空间里，这些年对教师的考核越来越严格，制定的量化指标也越来越苛刻，不发表就出局。而且，只有在核心期刊上发表的论文，才可计入科研工作量，在其他报刊上发学术文章都是无用功。更为有趣的是，不少学校都对发表文章的篇幅有明确的规定，少于三千字的文章不计算工作量。这样，学院体制就以制度设计来约束学者的文体选择。你必须写长文章，不能写那种自由散漫、信手拈来的短文章；你必须注重学理性，给文章穿靴戴帽，在文献和注释上做足功夫，不能信马由缰，跟着感觉走。

可以预见的是，随着核心期刊的遴选机制越来越严格，作协、文联系统主办的文学评论刊物如《当代作家评论》《文艺争鸣》《南方文坛》《小说评论》《当代文坛》《扬子江文学评论》等，为了生存和发展，必将进一步规范化，向学院体制靠拢。譬如在每一篇文章的正文之前附上内容提要、关键词，并在题注或文末注明项目基金来源。引文率作为评价期刊影响力的重要的定量指标，日益受到办刊人、作者和学术机构的重视。引文率的计算公式是：规定期限内，某期刊刊登论文的总引用次数除该期刊发表论文的总数。由此推论，如果总引用次数保持基本稳定，发文量越少，引文率就越高。基于此，最近几年文学评论刊物发表的长篇大论越来越多，快言快语、直截了当的短评越来越少。从引文率的角度来看，名家文章的引文率普遍高于新人文章的引文率，以名家为研究对象的论文的引文率高于以新人为研究对象的论文的引文率，宏观研究类论文的引文率总体上要高于个案分析类论文的引用率。名家路线和宏观路线之所以日见其盛，是因为学术生产链环环相扣、相互牵制。在这样的语境中，愿意埋头阅读、精工细作地撰写作家论和作品论文章的学者自然日渐寂寥。

在这个网络时代，不接触电脑的人变得越来越稀罕。使用电脑写作的人，大都知道"格式化"，不经过格式化，计算机就不知道到哪儿存储和读取数据。而格式化对磁盘或分区的初始化操作，都会导致现有的磁盘或分区中的数据被清除，这类似于数学中的"归零"。不经过格式化，你在电脑上的所有操作都是无法被识别和记录的。现在文艺评论的处境，就是必须接受不同形式的格式化操作。要想你的文章在评论刊物、大学学报或社科院系统的学术杂志上发表，你就必须按照规定的格式进行写作，譬如要有内容提要、关键词和参考文献，不同类型的杂志对注释也有不同的规定，一些杂志还要求你必须附上标题和内容提要的英文翻译。至于那些在研讨会上宣读的文字,也得遵守行规,你不能长篇大论讲个没完,喧宾夺主,占用了别人的时间,你更不能不识好歹,将研讨的作品批得体无完肤。在这种主办者花钱买好话的场合,大表扬小批评已经是坐在你对面的作家可以忍受的底线。拿人家的好处还去砸人家的场子,这在江湖上属于不讲规矩、违背道义的"恶行恶事"。你愿意参加游戏,而且想继续玩下去,你就得遵守游戏规则。

按理说,文学评论的文体应该自由活泼,在篇幅上有话则长,无话则短。但现实的情况是,写得长的并非完全出于自愿,而是为了能计算工作量,为了迎合编者的趣味。而那些写得短的呢?对于交版面费发文章的研究生来说,篇幅变长就意味着要从羞涩的腰包里掏出更多白花花的银子,因此,写文章时难免瞻前顾后,不时点点"字数统计"工具栏,达到学校规定的字数要求后就赶紧打住。现在还流行一种写得短的批评文字,那就是名批评家们在各种作品研讨会上宣读的文字,文字稿交给会议主办方后,被安排在各大报刊发表。这样的文字言简意赅,充斥着行话和套话,批评家不着边际地充分肯定一番作家和作品,算是尽了责任,对各方都有个交代。这种文字类似于广告词,篇幅自然不能太长。会议主办方追求的无非是名家集体捧场的效果,他们以自己的名誉作为抵押,为作品的品质做集体担保。既然研讨者在乎的只是名家的名号,名家们自然不愿吃力不讨好地讨论作品的长短与是非,说一箩筐敷衍塞责的恭维话,皆大欢喜。如果确有什么真心话,那是批评家们私下里交流才肯说出来的。

二、八股化写作

蒂博代将批评分为自发的批评、职业的批评和大师的批评,但职业的批评在当今中国文坛差不多已经一统天下。在中国当前的文化情境中,纸面文学是一个利润空间不断萎缩的行业,公众关注度越来越低,也就很难吸引公众中有教养的人发表评论。只要看看豆瓣网和博客、微博上对纸面文学新作的评说,就不难发现发表观点者大多为圈内人和中文专业在读本科生、研究生。常常被忽略的是百度贴吧中和网络文学有关的贴吧,其间汇聚了大量玄幻小说、穿越小说、职场小说的粉丝,在虚拟的网络空间里抱团取暖，他们毫不掩饰自己追赶时髦的趣味，而且在意见上常常呈现出趋同的倾向，喜欢一部作品或一个人物就将之捧到天上，讨厌就将之打入地狱。这些言论像荒郊野草一样自生自灭，几乎没有职业批评家会倾听他们的声音。至于大师的批评，在中国也是相对陌生的事物，现代作家中鲁迅、周作人、朱自清、茅盾、沈从文、老舍都能写一手好的批评文字，而当代作家中能够接续这种传统的可谓寥若晨星，要么学养不够，要么不愿意干吃力不讨好的事情。

至于职业批评，在学院的考核机制中，撰写文学评论已经退化为一种计件工作。这种写作模式与中国科举时代盛行的八股文极为相似。习作八股文的目的是求取功名，进而升官发财。现在学院里研究文学的要获得学位和职称，论文是必备的敲门砖。当功利主义不断膨胀，论文写作和论文产业必然迅速地泡沫化。只要篇幅符合要求，而且发在核心期刊上，根据发表期刊的等级，一篇论文可以获得相应的工作量。在读研究生要获得硕士和博士学位，教师要晋升职称，都必须在核心期刊上发表若干篇论文，论文数量多的就被认为是学术水平高的。在这种情境下，文学评论就忽略了对文学作品的艺术性的品鉴，而是越来越注重考证、概括、探本溯源和逻辑建构，刻意忽略当代作品的鲜活性和趣味性。因为太注重文采和情趣，容易被视为缺乏"学术性"，这在学院中无异于自降一格。于是，平庸的论文也被认为比精彩的随笔要高出一筹。在学院空间里有一种带着偏见的传统，即研究古代文学的看不起研究现代文学的，研究现代文学的看不起研究当代文学的，当代文学被认为是一个缺乏学术含量的研究领域。当代文学研究包括两个方面，即文学史研究和当代文学批评，前者与学院传统一脉相承，容易获得学术上的认可，而后者被认为是旁门左道，只不过是浮皮潦草的"读后感"，缺乏地位。正因如此，不少研究当代文学的学者往往在年轻时涉足文学批评，在成名之后逐渐远离批评界，转入文学史研究。同样值得注意的是，不少专攻当代文学的学者为了追求学术性，都急于从西方学术资源中寻找学理依据。另一方面，现在学院里研究当代文学的年轻学者几乎都有博士学位，他们写过学士论文、硕士论文、博士论文，已经对论文写作规范驾轻就熟，如果他们缺乏对批评文体的文学性的自觉追寻，就很难跳出思维惯性，也难以写就灵光四射的批评美文。

更为关键的是,现在中文系招收研究生时,必考的科目是文学史和文学理论。在每年的研究生招生面试中,都会发现一些考高分的学生根本就没有阅读原著,他们评价某一个作家或某一部作品,只不过是在背诵或转述某一本或者若干本文学史教材中的观点。与这种现象相应的是,不少学者讨论当代文学的论文很少涉及具体的作家作品,而是大而无当地归纳现象与预测走势。随着90年代以来文化批评的流行,越来越多的文学学者热衷于跨界表演,以专门家的学识纵论时事,而文学仅仅成为一种由头,为信口开河、东拉西扯的宏论打掩护。当不读原作的风气逐渐弥散开来,文学批评的可信度也就大打折扣。

当一个批评家总是从文学史中寻找参照系,有意地忽略甚至忘却作家作品的个性,也隐瞒批评者自己的真实想法和内心感受,那么,他挖空心思的评判和阐释,得出的只不过是四平八稳、老生常谈的陈腐观点。当试图从传统中找到所有文学现象的源头和脉络时,批评者对于文学新元素的态度通常是迟钝的和抵触的。80年代中期,先锋文学潮头初起时,学院批评家基本上选择了观望的姿态,到了90年代中期,先锋写作风流云散,先锋文学却成了学院中热闹的话题。另外,对于玄幻小说、穿越小说、职场小说和跨媒体写作等新兴文学现象,学院批评也基本上保持沉默。从这种滞后性中可以看出,事后诸葛亮的批评姿态使批评主体对文学实践缺乏介入性,无法和流动的文学现场展开有效的对话和互动。如果将所有新生作家和新作品,都放到宏大的文学史坐标上进行定位,这无异于替新生儿算命。面对难以摆脱的必然的尴尬,既不想说谎又不想遭打的批评家,也只能像鲁迅《立论》中的"老师"所指点的那样含糊其词。过度膨胀的"学术性",使学院批评弥漫着浓重的八股气和头巾气。把一篇万字长文看完了,却常常弄不明白作者对作品的明确态度。鲁迅说文艺批评必须"坏处说坏,好处说好",他给《生死场》作序,一句"叙事和写景,胜于人物的描写",已经力透纸背。但一些学院批评主体在"辩证"的名义下,说什么都吞吞吐吐,在分析了一通长处之后,总要再说一阵"局限性",从好处挑出瑕疵。与此同时,时下形形色色的研讨会中,与会者善于从坏处"看到"闪光点,从拙劣的习作中"发现"大师潜质,这无异于将脓肿视为桃花。

充斥匠气的批评注重写作的格式、规范和技巧，却缺乏鉴赏能力和审美感悟，缺乏将生命融入其中的精神共鸣，更缺乏突破成规的创造性。黑格尔在《精神现象学》中分析道，工匠的行为"乃是一种本能式的劳动，就像蜜蜂构筑它们的蜂房那样"[①]。匠气外泄的批评之所以流行，在于这类批评是可以训练出来的，基本特点是写作技巧熟练、观点四平八稳、形式中规中矩、语言拿腔作调，"依葫芦画瓢"，可以批量复制。而那种独创一格、灵气逼人的批评，类似于金庸《天龙八部》中段誉的"六脉神剑"，必须在元气酣畅、自由放松的状态中才能发挥威力。有匠气的批评是有套路的，说的也是套话，再简单的问题都要先过一遍理论的筛子，那些感性的片段也被分门别类地放入概念和名词的套子里，使之变得晦涩而深奥。有匠气的批评对理论工具形成了依赖心理，这类似于现代木工借助图纸、标准尺寸和机械，务求精确，这在打造形状规则的木质家具时优势明显，但在处理不规则的木材或木雕等个性化工艺时，就难免显得生硬和模式化。一旦找不到用惯了的工具，又被要求像传统的木匠仅凭目测来完成开榫、打眼等复杂的工序，他们就无从下手。至于骂倒一切的骂派批评，思维也是受惯性所控制，缺乏对作家的平等人格的尊重，缺乏对美的敏感和对艺术的真诚，那种气势汹汹、睥睨一切的语言也缺乏美感。恰如鲁迅所言："八股无论新旧，都在扫荡之列，我是已经说过了；礼拜五、六派有新八股性，其余的人也会有新八股性。例如只会'辱骂''恐吓'甚至于'判决'，而不肯具体地切实地运用科学所求得的公式，去解释每天的新的事实，新的现象，而只抄一通公式，往一切事实上乱套，这也是一种八股。"[②]那些有灵气的批评之所以独特，正因为能够用寻常的语言，深入浅出地解释复杂的艺术问题。老舍在《关于文学的语言问题》中说得好："有的人写了一辈子东西，而始终没有自己的风格。这就吃了亏。也许他写的事情很重要，但是因为语言不好，没有风格，大家不喜欢看；或者当时大家看他的东西，而不久便被忘掉，不能为文学事业积累财富。传

---

　　① 〔德〕黑格尔：《精神现象学》（下册），贺麟、王玖兴译，商务印书馆1979年版，第192页。

　　② 鲁迅：《鲁迅全集》（第五卷），人民文学出版社2005年版，第111—112页。

之久远的作品，一方面是因为它有好的思想内容，一方面也因为它有好的风格和语言。"①

三、有自由才有灵气

本雅明在《机械复制时代的艺术》一文中对灵韵的消逝深表惋惜。时代的变迁、新技术的出现，都给以文字为媒介的文学艺术带来种种冲击和束缚。文学要重新召回正在消逝的灵韵，除了要突破种种文体形式的约束和限制，最重要的还是要保持主体内心的自由。1953年年底，陈寅恪拒绝了出任中国科学院第二历史研究所所长的邀请，并赋诗明志，《答北客》最后一句为"不采苹花即自由"。文人要获得独立和自由，必须拒绝外部功利的诱惑，同时要坚持艺术的信念。那些情愿以牺牲自由为代价的写作，注定无法孕育独立的思想，出自瞻前顾后的状态中的文字也注定没有灵气。90年代以后，中国的人文学术界出现了思想淡出、学术凸显的格局，这和文人群体退回象牙塔的逃避状态密切相关。由此可知，文学评论要保持求真求美的品格，具备贴近文学现场的干预性和才情充沛的灵气，前提是确立评论主体的自主性。

有灵气的批评以批评主体内在的审美激情和想象力作为支撑，他们对自由的创造冲动充满敬意，善于发现正在生长的新的可能性。在文体追求上，有灵气的批评拒绝陈词滥调，以美文为目标。文学评论要流传下去，必须具有文学性，能给读者带来美的享受，将史识、哲思与诗性有机地融合起来。评论与创作不同，它无法脱离抽象思维与逻辑思维，抽象的名词和概念如同骨骼一样，支撑起评论的基本框架，但是如果评论毫无文采，通篇都是枯燥的名词和概念的堆砌，这无异于自锁樊笼。宋人包恢在《答曾子华论诗》一文中说："状理则理趣浑然，状事则事情昭然，状物则物态宛然，有穷智极力之所不能到者，犹造化自然之声也。"② 针对宋代诗

---

① 老舍：《老舍文集》（第十六卷），人民文学出版社1991年版，第93页。
② 〔宋〕包恢：《答曾子华论诗》，见曾枣庄、刘琳主编，四川大学古籍整理研究所编：《全宋文》（第三百一十九册），上海辞书出版社2006年版，第287页。

歌以文为诗,偏重说理的风气,包恢强调诗歌不能生硬地讲道理,诗歌对事物的表现必须具有艺术的感染力,充满生动的、个性化的审美情趣。我想,好的文学评论也应该做到"理趣浑然""事情昭然""物态宛然"。

李健吾的《咀华集》和《咀华二集》之所以反复被人惦念,就是因为这些文字学养沛然,却没有学究气。他抛弃了种种清规戒律,摆脱了先入为主的偏见,通过纯化与提升印象,形成整体的审美判断,而且贯彻了批评的"公正"原则。堪称佳话的是,《咀华集》作为巴金主编的"文学丛刊"之一公开出版,但书中第一篇就对巴金的《爱情三部曲》进行剖析,并对巴金的热情有余、冷静不足提出中肯的批评,其温柔敦厚的语调令人心悦诚服,这样的"气量和风度",在现当代文学史上极为罕见。还是在这一篇文字中,李健吾说:"批评之所以成功一种独立的艺术,不在自己具有术语水准一类的零碎,而在具有一个富丽的人性的存在。一件真正的创作,不能因为批评者的另一个存在,勾销自己的存在。批评者不是硬生生的堤,活活拦住水的去向。堤是需要的,甚至于必要的。然而当着杰作面前,一个批评者与其说是指导的,裁判的,倒不如说是鉴赏的,不仅礼貌有加,也是理之当然。这只是另一股水:小,被大水吸没;大,吸没小水;浊,搅挥清水;清,被浊水搀上些渣滓。一个人性钻进另一个人性,不是挺身挡住另一个人性。头头是道,不误人我生机,未尝不是现代人一个聪明而又吃力的用心。"[①] 这段形象的文字,道出了批评者不卑不亢和批评相生相成的尊严。他当时关注的作家,大多数都是被主流所排斥的边缘作家,这一点尤其令人敬佩。更令人难忘的是他评说《边城》的文字,他将之定位为"idyllic[②] 杰作":"细致,然而绝不琐碎;真实,然而绝不教训;风韵,然而绝不弄姿;美丽,然而绝不做作。这不是一个大东西,然而这是一颗千古不磨的珠玉。"[③] 这样的批评是与《边城》并生的奇葩,它们交相辉映,互为镜像。而那些有匠气的文字如同放之四海而皆准的公式,可以用来评价任何一部作品。作者在文中还提到批评最应该警惕的歧途:"把一个作

---

① 刘西渭:《咀华集》,文化生活出版社1936年版,第2—3页。
② idyllic,意为田园牧歌的。——自注
③ 刘西渭:《咀华集》,文化生活出版社1936年版,第74页。

者由较高的地方揪下来，揪到批评者自己的淤泥坑里。"①最终的结果只是"一个批评者反而批评的是自己，指摘的是自己，曝露的是自己，一切不过是绊了自己的脚，丢了自己的丑，返本还原而已"②。不能不提的还有傅雷的《论张爱玲的小说》。他充分肯定《金锁记》为"我们文坛最美的收获之一"，又指出《倾城之恋》"勾勒得不够深刻，是因为对人物思索得不够深刻，生活得不够深刻"，"并且作品的重心过于偏向俏皮而风雅的调情"，他对《连环套》的批评则可谓严厉。③"至于人物的缺少真实性，全都弥漫着恶俗的漫画气息，更是把taste'看成了脚下的泥'"，"在扯了满帆，顺流而下的情势中，作者的笔锋'熟极而流'，再也把不住舵。《连环套》逃不过刚下地就夭折的命运"。④文中充满真知灼见，文字气贯如虹，那种掏心窝子的赤诚更是让读者动容："技巧对张女士是最危险的诱惑。无论哪一部门的艺术家，等到技巧成熟过度，成了格式，就不免要重复他自己。"⑤

与文学评论相比，文学史著作的风格要更加客观、稳重和理性。文学评论应该展开充分的交流与争论，而文学史著作表述的应该是获得广泛认同的共识。但是，因为批评的不充分，缺乏不同观点之间的交锋与互动，当前国内的现当代文学史著作版本繁多，各执一词。现在国内重要的大学几乎都有自己的学者主编的现当代文学史教材，如果一个学校的本科生去报考另一个学校的研究生，那就很可能遭遇一种特色化的尴尬：同一个答案，在一个学校是正确的，到另一个学校就是错误的。譬如当代文学史的分期问题，某一个具体作家在文学史上的地位问题，大都有明显的分歧。现在的文学史著作，主要的功能是作为大学教材使用，主要传播

---

① 刘西渭：《咀华集》，文化生活出版社1947年版，第69页。

② 刘西渭：《咀华集》，文化生活出版社1947年版，第69页。

③ 傅雷著，傅敏编：《傅雷文集·文艺卷》，当代世界出版社2006年版，第112、114、114页。

④ 傅雷著，傅敏编：《傅雷文集·文艺卷》，当代世界出版社2006年版，第116、117页。

⑤ 傅雷著，傅敏编：《傅雷文集·文艺卷》，当代世界出版社2006年版，第118页。

对象是大学的教师和学生。因此，不应该板着脸孔说一些条条框框，还是应该将对历史脉络的描述与作品鉴赏结合起来。诚如蒂博代所言："无视文学史的批评家没有任何久存文学史的可能，而缺乏批评审美观的文学史家则会陷入到一种沉闷的学究气之中而无人理睬。"①夏志清的《中国现代小说史》不无意识形态的偏见，但它依然盛传不衰，很重要的一点就是他对作品的不凡见识，他对沈从文、张爱玲、钱锺书、张天翼的独特发现，改写了新文学的历史版图。司马长风的《中国新文学史》对代表作品的细读同样具有典范意义，他对钱锺书《围城》的鉴赏可谓别开生面，他对钱氏的文字予以高度评价："钱锺书的文字做到纯白，又洗脱欧化语法，灵活多妙趣，如春风里的花草，清流里闪光的鱼，读起来最舒畅。"但他对其不足也毫不讳言："《围城》是钱氏的处女作，因此露出不少技巧上的生涩。诸如情节的进展，未能扣紧主题，若干陪衬人物写得太细致，有枝蔓之感；有些地方太着重幽默趣味，穿插不必要的笑料，冲淡了主题和情节；还有全书二十四万余字，三百四十多页，只分九章，可以说过分呆重，读来要喘长气，全书似缺乏通体计划，行云流水，信笔而写。……感情的浓度稍感不足。总括的印象是：才胜于情。"②这种紧贴作品并理解作家难处的鲜活文字，令人印象深刻，可谓过目难忘。文学史不能总是堆积挤干了水分的硬货和干货，尤其是教材，还是要有趣味，让学生喜闻乐见，就像不能成天让婴儿啃硬馒头一样。而不少教材的文字深奥难懂，名词术语密不透风，给生机勃勃的文学缠上理论的裹脚布，将人绕得晕头转向，附带着也打消了学生对一门课程乃至对文学的兴趣。

　　文学评论要有灵气，文体就应该多样化，根据评论对象的特殊性，有针对性地选择文体，打破文体在篇幅、格式、文风上的种种清规戒律，论文、随笔、序、跋、对话、演讲在文体上也无高低贵贱之分，关键还是看文章的质量。像《中国新文学大系1917—1927》各卷的序言，就是文学评论的经典之作。我非常认同蒂博代的精彩论述："浪漫主义是一种感情交流

---

① 〔法〕蒂博代：《六说文学批评》，赵坚译，生活·读书·新知三联书店2002年版，第88页。

② 司马长风：《中国新文学史》（下册），昭明出版社1978年版，第100页。

的运动，批评只有吸取了感情交流的力量才能变为创造性的批评。数学家设想一个圆的时候没有任何感情交流的因素。而一个有生命的物体孕育另一个有生命的物体却是在和生命和自己的感情交流中完成的。批评中创造的一代显然应该介于一个中间的位置上。批评家所能孕育的只是已经存在的东西，同数学家一样，但是他是通过感情交流来孕育的，这一点又像有生命的物体。创造对他来说，就是感情交流。经验告诉我们，这种感情交流，这种创造，有三种形式：同一个艺术家的感情交流、同一部作品的感情交流、同一种流派的感情交流。从这里产生了创造性批评的三种形式。"[1]按照布迪厄的说法，文学是"以输为赢"的事业，如果文学无法唤起一个批评家的任何感情交流的渴望，或者说批评仅仅是一种工作，仅仅是出席研讨会时的一种应酬手段，这样的批评注定是和创造性没有丝毫关联的。因此，我真心希望文学批评少一些匠气，多一点灵气。

---

[1]〔法〕蒂博代：《六说文学批评》，赵坚译，生活·读书·新知三联书店2002年版，第208页。

网络文学研究的反思与突破

21世纪以来,网络文学的生产与消费快速增长,新媒体的崛起带来了文学发展格局的变化,网络文学成为贯穿电影、电视、网络游戏、图书出版等产业链条的新兴文学类型。应该肯定的是,经过一批学人和评论家的辛勤耕耘,网络文学研究已经渐成气象。从界定网络文学的概念到讨论评价标准,从考察文学网站到探究网络文学生产机制,从评论网络文学新作到研究网络文学史,从分析网络文学题材类型到解读男频女频,从研判网络文学IP传播到观察网文出海,从溯源网络文学历史脉络到评估未来影响,从运用人工智能技术到引入数字人文方法,网络文学研究遍地开花,活力四射。

最近几年,为了编选"中国网络文学理论评论年选"系列图书,我系统阅读了每年最新的网络文学理论评论成果,并查找、阅读了更早的网络文学研究论著,在此基础上发现学术界在不断取得进展与成效的同时,也存在一些比较突出的问题与误区。在反思网络文学研究的局限性与片面性的前提下,在此分析网络文学研究的走势,探索网络文学研究的新思路与新方法。

一

作为一个新兴的学术领域,网络文学研究亟待拓展和深化。不应回避的是,网络文学研究相对滞后。一方面,一些网络文学研究者的文学理念形成了比较稳定的框架,对新生事物的接受较为迟缓,直接挪用长期形成的印刷文学和纯文学研究模式,忽略了网络文学的特殊性。另一方面,目前从事网络文学研究的学术队伍在数量、质量方面都有欠缺，对网络文学的研究还不够深入，对网络文学整体结构的把握较为薄弱。而且，网络文学的社会影响日益增强，应当加强对网络文学发展的正确引导。通过检视与反思网络文学研究的既有成果，我认为在三个方面有待改进。

首先，以静态研究考察动态对象。关于汉语网络文学的起源，学术界有多种说法。1998年曾经被贴上"网络文学元年"的标签，但近年网文界众说纷纭。关于起源时间的讨论，最早可以追溯到1991年4月5日，中国留学生梁路平、熊波等人在美国创办中文电子周刊《华夏文摘》。吉云飞在《制作起源：中国网络文学的五种起源叙事》一文中认为，两部文学作品《第一次的亲密接触》《风姿物语》与三个文学平台"黄金书屋""榕树下"和"金庸客栈"共同支撑起关于中国网络文学的起源叙事。他个人主张，从文学本体角度来看，《风姿物语》是最好的起点；从生产机制角度来看，金庸客栈是真正的源头。[1]比较不同的起源叙事，我们不难发现评价标准的多样性，在媒介、文学、生产之间，不同的说法各有侧重。研究者选择的评价标准与学术视野，会对其论述与结论产生根本性影响。贺予飞对网络文学的代表作起源说、事件影响起源说和平台功效起源说提出疑问，她认为，"代表作起源说暴露了研究者的网络文学认知谱系与发展定位观的局限"，"事件影响起源说存在命名合法性危机"，"平台功效起源说存在评价域不对等的问题"，她认为，"'网生'起源说是一种目前最为恰切的中国网络文学起源判断"。[2]从这些争议中可以看出，处于动态的网络文学具有内在的丰富性与复杂性。

研究网络文学的学术队伍中，大多数学者拥有中国现当代文学或文艺理论的学术背景。出身于中国现当代文学专业的学者，习惯从作家作品研究、文学思潮研究入手，或者进行跟踪性的网络文学评论，或者致力于将网络文学纳入中国现当代文学史的理论框架中。出身于文艺理论专业的学者，感兴趣的是网络文学的新现象、新问题和新特征，较少从微观的作家

---

[1] 参见吉云飞：《制作起源：中国网络文学的五种起源叙事》，《文艺理论与批评》2021年第2期。

[2] 贺予飞：《中国网络文学起源说的质疑与辨正》，《南方文坛》2022年第1期。

作品分析入手，关注的多为具有普遍性的、宏观的问题，侧重考察网络文学的特性、网络文学对文艺格局的影响、网络文学的未来走势，他们用来阐释网络文学的概念、理论与方法，有不少来自西方文论或者其他学科与行业。

在网络文学影响日益强盛的背景下，不少研究者将网络文学置放于文学史视野中进行整体考察。这种研究思路背后包含着为网络文学正名的努力。在网络文学发展初期，网络文学常常被纯文学作家所鄙视，被评价粗糙，缺乏艺术品质。正因如此，不少研究者都试图将网络文学融入中国现当代文学的现有框架中，弥合纸面文学与网络文学的裂隙，考察网络文学的源流脉络与谱系结构，寻找合法性依据。然而，这样的思维系统，事实上进一步强化了纸面文学的主流、正统地位，确认了网络文学作为依附性存在的地位，年轻的网络文学变得老态龙钟。在研究者求同的过程中，网络文学的异趣就被遮蔽了。

坦率地说，近年网络文学研究成果数量激增，多数还是跟风研究，尤其在研究生学位论文方面，低水平、主题重复的现象比较突出，真正具有原创性的成果还不够多。在技术与商业力量的共同催化下，新世纪网络类型小说的数量爆发性增长。这一研究领域吸引了不少年轻的学人，在考察网络文学的研究生学位论文选题中，类型小说研究有很高的关注度。要说清楚某种类型的网络小说的特征，年轻的研究者往往会采用比较分析的方法，突出不同类型之间的区别度。论证往往从两个方面展开：一方面，从历史中寻找依据，主张这一文类早就有了，而且传承有序；另一方面，强调它与相近文类迥然有别，并呈现出一种较为稳定的状态。譬如仙侠小说，不少研究者都会追溯到被奉为鼻祖的还珠楼主的创作，这条线索确实有利于评估一些作品的价值，以《蜀山剑侠传》等作品为参照系，凸显文本之间的承续关系。值得注意的是，不少仙侠小说往往兼容了玄幻小说、修真小说、科幻小说等文类元素，以及网络游戏的成分。再譬如穿越小说，就其与传统文学的亲缘关系来说，近的追到黄易的《寻秦记》，远的遥望陶渊明的《桃花源记》。至于穿越小说与架空小说之间的本质差别，很多研究者自己都说不清楚。从当代穿越到古代，在多数穿越小说中只是一种叙事策略或娱乐噱头，删除有关内容对作品并没有太大影响。绝大多数穿越小说或架空小说被改编成影视时，这些桥段都被剥除。至于玄幻、奇幻、仙侠、修真等小说类型，大同小异，生硬地划分难免牵强附会。文学网站采用分众传播的策略，细分文类有利于网友根据自己的趣味进行快捷的选择，意义主要体现在商业层面。从文学研究角度来看，盗墓文、女尊文、种田文之类的文类划分，显得太过随意，在理论上难以自圆其说。就网络类型小说而言，文类的混融是一种常态，而且杂交的范围不断扩大，不仅限于以语言为媒介的文体，还常常移植影视、游戏、动漫等电子艺术的元素，文类变异的速度也呈现出加快的趋势。以传统思维审视快速变化的新生事物，无异于守株待兔。

其次，以概念移植脱离具体语境。伴随着媒介技术的不断革新，针对网络文学的政策适时调整，网络文学的面貌日新月异，与传统纸面文学较为稳定的状态相比，网络文学的更新频率更为快速。面对网络文学的"快闪"状态，不少研究者内心焦虑不已。那就是为了摆脱不可描述的尴尬处境和理论上的孤立无援感，急于为网络文学定性，或者对网络文学进行先锋性预设。譬如，外来的"超文本"理论曾经被不少学者用来描述网络文学的本质特征，典型例证是一些网站举办的"小说接龙""回环链""擂台"之类的活动。事实上，这种形式化的游戏跟报刊连载的方式更为接近，和超文本的非线性网络结构有不小的差异。在2010年之前，有不少学者用"后现代"主义的理论框架来阐释网络文学，认为网络文学失落主体性，削平深度模式，文本具有颠覆性与解构性。横向移植的外来理论与本土实践相脱节，这表明不能将中国的网络文学作品与西方重视形式实验的网络文本混同起来，研究者也不能简单地挪用外来的理论与概念。

我们不妨先看看网络文学研究中不断出现的新词：赛博空间、比特、大数据、互联网+、二次元、区块链、AI（人工智能）、异托邦、后媒体、后女权、元宇宙、VR（虚拟现实）、AR（增强现实）、IP（知识产权）、人设、4R理论、OSMU（一源多用）模式、5W传播模式、互联网模因、SWOT分析法、CiteSpace（引文空间）、调色盘、互动仪式链……这些术语确实让人耳目一新，但细察之下不难发现，一些研究者自身对这些概念也缺乏深入了解，只是通过移植看似新奇的术语，对网络文学进行表层的现象描述，概念自始至终只是一件马甲，处于一种悬置、空转的状态。研究者对移植概念的痴迷，使其研究处于不及物状态。纯粹的理论推演过度依赖外来的或其他专业领域的术语与方法，使网络文学研究陷入一种玄学化倾向，用玄思秘语构建一种阐释壁垒，用先行的概念阉割了网络文学的生机与活力。这类论著很少对具体的作家作品进行分析，习惯在宏大的框架中讨论抽象的、普遍的问题，大而无当，抽去概念和引文，剩下的往往是一些脱离具体时空的、正确的废话。学院研究者对网络文学现场的隔膜，使得他们操持的那一套话语散发出浓重的八股气息，陷入转述的迷宫，他们在概念的丛林中绕来绕去，缺乏独立见解，学术观点高度同质化。这类研究在学术话语内打转，缺乏原创性与现实性，对理论发展和网络文学实践都毫无实质性意义。

最后，以封闭视野剪裁跨界景观。互联互通的网络技术不仅给网络文学带来跨界生产与传播的赋能，而且强化了网络文学与商业、社会、媒介、艺术的内在关联，盘根错节地扭结在一起。基于此，网络文学研究就有了开阔的学术空间和多重可能性，研究者可以从文学、传播学、社会学、经济学、管理学、心理学、信息科学、法学等学科角度展开考察。值得注意的是，由于分科过细，专业壁垒森严，不同学术背景的研究者往往偏居一隅，运用自己熟悉的理论和方法，选取网络文学的一个侧面，各说各话，缺乏必要的对话和融通。这恰如鲁迅在《〈绛洞花主〉小引》中所言，一部《红楼梦》，"经学家看见《易》，道学家看见淫，才子看见缠绵，革命家看见排满，流言家看见宫闱秘事"[1]。

近年网络文学产量的过度膨胀，也给研究者带来困难，即不易对网络文学创作的整体态势做出较为全面的把握。新进场的年轻学人习惯选择在局部小范围内腾挪，试图快速地成长为一个专家。在研究网络文学的研究生学位论文中，以一种网络类型小说为研究对象的选题占了一定的比例。这种视野限制，很容易造成学术成果的碎片化状态。有不少玄幻小说受到网络游戏的影响，在叙事框架、人物关系、情节演进等方面都贯穿"升级换地图"这一主线，如果忽略这些影响因素，纯粹从语言艺术的历史脉络中寻求解释，得出的结论往往给人隔靴搔痒的感受。

---

[1] 鲁迅：《鲁迅全集》（第八卷），人民文学出版社2005年版，第179页。

在最近三十年的文学研究中，最大的弊病是不读作品。面对海量的网络文学作品，一些研究者似乎更为理直气壮地认为可以不读。一是根本读不完，二是自认为不少作品不值得读，三是研究者不必再读。随着数字人文成为学术热潮，逐渐有一些研究者运用程序来分析网络文学作品，这样研究者即使不读作品，也可以依靠机器来得出结论。人工智能技术突飞猛进，许多难题似乎迎刃而解。但在文学研究领域，对人工智能的过度依赖还是会陷入种种尴尬境地。汉语在词义方面具有模糊性、多义性特征，在语法方面具有灵活性、随意性特征，这给机器分析带来困难和挑战。这从人工智能创造的主体微软小冰制作的诗集《阳光失了玻璃窗》就能得到印证，有些诗行根本不符合语法规则，甚至犯了低级错误，诗意表达机械而生硬。在一些研究网络小说的影视改编、IP 转化的论文中，研究者将影视作品中的对白误作网络文学的原文，也就是说，有个别研究者看了影视剧，而没有通读网络文学作品的原文。颇为诡谲的是，有时同一部作品在不同的论著中，呈现出完全不同的面貌，有些内容甚至来自研究者的臆测或添加。如果对网络文学原作缺乏深入了解，不管研究者运用的理论和方法多么新颖，从什么角度切入，都注定无法取得有价值的成果。

二

在经过二十余年的发展之后，网络文学研究者应当自觉地对网络文学研究的规律进行阶段性总结，在对网络文学研究的误区与盲点进行深入剖析的前提下，以创新为引领，深入复杂的文学现场，不断拓展研究视野，聚焦学术前沿，正确引导网络文学的价值追求，自觉承担推动网络文学繁荣的历史责任，构建并完善网络文学评价体系。网络文学研究要更上层楼，我以为应当在以下三个方面实现突破与超越。

第一，立足现场的历史评价。网络文学入史问题有很高的关注度。网络文学研究者也有较为普遍的焦虑，希望通过学术推动，提升网络文学的地位，改变支流或末流的尴尬处境，也就是实现所谓的主流化或经典化。要梳理清楚网络文学尚且不算长的历史，我以为应当重点关注网络文学自身，在此基础上考察网络文学与各种参照系的相互关系。网络文学主流化并不是让网络文学变成传统文学，而是以自身的活力塑造自我，在适应环境的过程中影响乃至重塑周边的环境。网络文学研究者应当具备历史意识，将网络文学置放于较长的历史发展过程中进行评判，但不能过于迫切地进行定位与定性，应该立足鲜活而纷繁的现场，面向未来，"风物长宜放眼量"。

与传统的纸面文学不同的是，网络文学的早期史料大量流失，不少文学网站都已关闭，一些还在运营的网站的早期网页也已经烟消云散。只有个别网站还保留着后台数据，多数网站的后台数据已经被清空。最近几年，欧阳友权和邵燕君牵头的团队都花了很大的力气进行史料整理与编纂工作。欧阳友权主编的《中国网络文学年鉴》系列图书已经出版多卷，持之以恒，全面、及时地记录网络文学的新进展，为后来的研究者留下备忘录。邵燕君带领一批年轻人挖掘网络文学起步阶段的原始史料，让研究者通过这些残余的材料感受网络文学的历史现场。史料包含的信息会有一定的指向性，且史料本身芜杂、含混，甚至自相矛盾，这就需要研究者进行选择、整合与提炼，发现史实之间的联系，寻找内在的线索与逻辑，用史观与史识照亮研究对象。必须指出的是，研究者的历史把握不能脱离具体的史料，更不能为了创立新说而指鹿为马。有些研究者以先入为主的文学史观，将网络文学纳入清晰完整的文学史叙事，以论带史，甚至以论代史。关于网络文学的起源，之所以言人人殊，是因为一方面网络文学的发生是多方面合力的结晶，另一方面网络文学早期史料支离破碎，一些当事人对同一事件的回忆也有很大差异，这些残缺和断裂就为研究者留下了很大的想象空间。事实上，个别言说者的立场也包含着争夺话语权和维护自身利益的诉求。

要对网络文学进行深入的、细致的整体把握，应当在不同层面、不同角度展开扎实的个案与局部分析，由点到线，由面到体，找准突破口，找到枢纽性问题，在此基础上的宏观把握才能既有纵深的掘进，又有阔达的通观。在文学史研究领域，研究者一直重视宏观把握，力图综合呈现文学发展的整体走势，将文学的方方面面融会贯通，纳入历史框架。当研究者所知有限，只是对网络文学某个侧面比较熟悉时，以此为基础的宏观把握很难避开以偏概全的陷阱。在当前的学术评价体系中,大题目在申报项目和奖项方面有优势,大而无当的研究比较常见,那种从小切口进入且有大视野、纵深感的研究并不多见。网络文学还一直在变,如果研究者急切地用传统规范来衡量它,将它纳入一种静态的秩序中,这无异于刻舟求剑。作为新生事物,网络文学正在突破文学的边界,界限分明的文学研究也容易导致视野的缺损与遮蔽。网络文学的发展轨迹,已经让许多草率的结论或过于自信的预判沦为笑柄。因此,研究者不妨从容一些,少安毋躁,不仅要及时关注新进展和新现象,记录鲜活的动态进程,还要有真正的创新和突破,不是抢夺话语权的跑马圈地,而是稳扎稳打地向前推进,这些放慢脚步的深入考察,更有可能形成持续的学术积累。

网络文学要实现历史化的目标,网络文学研究要成为一个具有独立性的研究领域,高质量的网络文学评论是二者的坚实基础。文学评论是文学史的草稿,如果草稿浮皮潦草,文学史的地基就无法牢靠。就目前的状况来看,流量大、商业价值高、IP转化快的作家作品容易引起关注,而不少流量小、艺术特点显著、个性鲜明的作家作品无人理会。就文体来看,网络类型小说被置于聚光灯下,其他文体算不算网络文学都存在争议。也就是说,网络文学评论的视野还不够开阔,发展也不平衡。更为关键的是,网络文学评论的质量还有待提高。网络文学创作数量庞大,质量悬殊,一些名家的作品质量也不稳定,这就要求评论家敢于亮剑。遗憾的是,敢于褒优贬劣的评论还比较缺乏。野生的评论机智幽默,三言两语就能抓住要害,但显得随意而破碎,而且过度放纵个人喜好,常常缺乏客观性与公正性。在评论标准的把握上,有些评论者把点击量、排行榜、IP转化价值等量化标准作为重要的参照系,过分强调网络文学的商业价值。目前评论队伍单薄,极为缺乏具有复合知识结构、接受过系统学术训练的网络文学批评家。网络文学评论的健康发展,离不开新生力量的不断成长与积极探索。正如欧阳友权所言,要改变网络文学评论相对薄弱的现状,应该破除一些事实上的悬置困境和观念上的认知障碍,迈过作品阅读屏障,突破观念认知屏障,破除网络文学评论标准的屏障,如此才能实现科学、准确、有效的网络文学评论。①

第二，扎根本土的学术创新。从事网络文学的研究者，往往会陷入原创焦虑中。一个研究新事物、新现象的人，操持的都是陈词滥调，连自己都会怀疑自己。无法回避的是，原创并不是横空出世的理论空想，更不是毫无保留地汇入流行文化，自造新词。要提炼出原创的概念，构建具有创新价值的理论体系，既要融入时代，从鲜活的现实中获取灵感与启示，又要在传承中创新，在借鉴中提升。

其一，扎根网络文学的本土实践。要避免理论的空转，研究者必须深入网络文学现场，直面网络文学发展中出现的新现象、新问题、新趋势，倾听网络文学跳动的脉搏。从 2003 年以来，网络文学持续高速发展，成为推动影视等周边产业发展的新引擎，"网文出海"更是发挥了数字化传播的优势，带动中国文化系统化走向世界。根据中国作家协会网络文学中心 2021 年 9 月 26 日在浙江乌镇发布的《中国网络文学国际传播报告》，网络文学已经成为中国文化产品走向世界最大的 IP 来源，年轻的"Z 世代"在海外受众中占据绝对主导地位，西方的年轻人将中国的网络文学作为了解中国的一扇重要窗口。网络文学取得如此成绩，很大程度上源于创作者多方位、宽领域的创新实践。就网络文学研究而言，要针对网络文学的变化和发展，不断深化认识和总结经验，去伪存真，去芜存菁，实现理论创新。

其二，实现传承与创新的良性互动。研究网络文学的学者往往会忽略本土的理论与文化资源，将网络文学简单地视为技术与资本催生的产物，倾向于从外来理论中寻找解释的依据。事实上，网络文学离不开中国自身的文化传统，历史题材或现实题材创作更是对本土历史与时代进程的独特想象和多彩记录，幻想题材也不断从本土文脉中获取滋养，在电子文化语境中别开新枝。网络文学创作是在继承、吸收、转化的基础上另辟蹊径，让传统文化资源在与时代精神的对话中焕发生机。蒋胜男认为，不管什么时代，用什么载体，中国人看的、讲的，都是中国故事，都是从古到今人类内心的原始需求。网络文学研究不能将网络文学生硬地植入中国文学已

---

① 参见欧阳友权：《突破网络文学评论的三道屏障》，见《新时代文艺发展与文艺评论（笔谈）》，《吉林大学社会科学学报》2022 年第 1 期。

有的框架，但脱离中国文化土壤，将网络文学视为陌生的天外来客，显然有悖于事实。那些能够经得起时间考验的网络文学作品之所以能够持久地吸引网友，正在于它们不是凭空虚造的。要么具有深厚的文化根基，并且注入了新的内涵和生命力；要么贴近现实，用活色生香的语言、大众喜闻乐见的形式描述时代变迁的轨迹。因此，不仅不能忽略本土的文化传统与理论资源，还应该通过创造性传承，引来源头活水，激发内生性的创新动力。

其三，以理论借鉴推动创新发展。研究者不能生搬硬套外来概念或其他行业的术语，但在深入了解的基础上，可以发挥其镜鉴意义。通过借鉴，研究者可以看清对方、自己的优劣，发现自己的理论盲点与观念误区。要把借鉴落到实处，应当正确面对双方的差别与优劣，无视差异的混同很容易造成时空错位，忽略具体历史阶段与现实空间的特殊性。在网络文学研究中，借鉴的目的是在多元对话的空间里，对网络文学实践进行更有活力、更有启示性的阐释。通过纠错与完善，理论与阐释可以不断推进、优化。在比较研究的视域中，一定要知己知彼，如此才能做出准确的价值评判与文化选择。英语作为占据主导地位的语言，在网络时代影响力进一步增强，但汉语网络文学与英语网络文学差别明显，而且汉语网络文学一枝独秀，成为独特的文化奇观。网络文学不仅增强了中华文化的凝聚力，其源源不断的海外传播也增强了中华文化的亲和力与影响力。正如黄鸣奋所言："从跨文化、跨媒体与跨门类比较中，我们或许有望找到诠释网络文学的恰当话语，实现西方文论与中国文论、当代文论与古典文论、文学理论与艺术理论的结合，促进文学理论本身的推陈出新。"[①]

第三，学科融通的跨界研究。网络文学具有网络性和文学性，具有独特的内部结构与运行机制，作为文化产业中的新贵，与商业资本有千丝万缕的联系，作为舆论场中的流量高地，具有无法忽视的意识形态功能。因此，网络文学研究不仅仍然需要贴近作品的艺术分析，还需要突破学科壁垒的交叉透视，跨学科的文化研究大有用武之地。近年，一些社会学、新闻传播学、经济学、心理学、法学、人工智能领域的新锐学者在网络文

[①] 黄鸣奋：《比较文学视野中的网络文学研究》，《社会科学辑刊》2004年第5期。

学研究领域别出心裁，让我们看到了这个研究对象有可供开掘的巨大空间，这是一座值得我们深入探索的学术富矿。像储卉娟的《说书人与梦工厂——技术、法律与网络文学生产》（社会科学文献出版社，2019）、朱丽丽等人合著的《数字青年：一种文化研究的新视角》（江苏人民出版社，2017）等著作，研究视角、学术发现都有独特之处，给站在文学内部的研究者打开了一扇扇隐形的窗口。还有一些论文，譬如张冬静、吴漾、周宗奎、谭亚莉、曹敏的《青少年网络小说阅读对自我概念清晰性的影响：角色认同和沉浸感的中介作用》（《心理科学》2021年第4期），张雅雯的《中国网络文学翻译与海外传播研究现状可视化分析（2002—2019）》（《东北亚外语研究》2020年第4期），张博瑶的《蚁群算法在网络文学IP开发选择中的应用研究》（《新媒体研究》2020年第21期），洪乐为的《网络文学版权保护中的"法律与技术"命题——基于抄袭问题的法理探析》（《中国出版》2019年第9期），关注的问题和运用的方法都别具一格。

　　网络文学研究不是一块封闭的学术领域，研究者应当具有开放的视野。网络文学作为新生力量正在悄然改变当代文学整体生态，媒介技术革新与文化潮流转换是网络文学生长、发展的时代土壤，同时汉语网络文学从本土文学传统中不断汲取养料，从外来文化与外来文学中获得启示。在新的文化语境与媒介环境中，研究者不能把网络文学与印刷文学对立起来，不能把网络文学从社会文化潮流中剥离出来，而就之与周边世界纵横交错的关系标识出网络文学在时代坐标中的位置。学术界对于网络文学的描述，简单地贴标签的做法曾经盛行一时，不屑者讥之为趋时媚俗的"文化垃圾"，推崇者奉之为开天辟地的新创，两者逻辑如出一辙。网络文学已经发展三十年左右，今天我们应当具有更大的包容度，研究也应当更加客观，更加理性，平心静气地开掘它的丰富性与复杂性。在网络已经深度介入我们的生活的背景下，网络文学和所谓的传统文学逐渐融合，和网络完全绝缘的作家与文学新作变得越来越稀罕。在速度为王的时代氛围里，对网络文学的静态分析依然有合法性，但更应加强的是动态分析，网络文学和不同的文学种类、周边文化产品处于动态的关系结构中，相互制约，相互影响。

要做到学科的融通，研究者要兼顾两方面。一方面，要自觉地优化自己的知识结构，不断学习新的理论和方法。网络文学对研究者形成了新的挑战，要求研究者更新知识结构，更新研究方法。一个学者不可能什么都懂，但可以有针对性地掌握一两个相近学科的知识，不能满足于浮光掠影，要沉下心来潜精研思。另一方面，要加强不同学科之间的交流与协作。目前网络文学研究界的学术交流，基本上限制在文学研究圈内部，应该打开门户，促进来自不同学科领域的学者碰撞思想，相互激发。有趣的是，来自不同学科的研究者往往把所属学科的评价标准摆在优先的位置，譬如：一些研究文化产业的学者将商业价值放在首要位置，以商业美学视角衡量网络文学的综合价值；一些研究社会学的学者关注网络文学作者与网络文学平台之间的劳资关系，至于网络文学内部的艺术问题，要么不感兴趣，要么不甚了了；一些新闻传播学领域的学者往往持有"媒介决定论"的立场。多学科之间的对话，可以让研究者在相互参照中窥见自己的短板与局限，直面差异性与冲突性，在不断调整中修正自己乃至超越自己。只有这样，研究者才能摆脱屁股决定脑袋的惯性，超越本位主义倾向，学术界对网络文学的把握才能更为全面、客观、准确。

数字人文既是方法论，正在重新塑造人们的知识结构、思维方式、审美观念与研究模式，也是一种处于形成过程中的新的世界观，研究者的目标和立场包含了对价值的判断与选择。总体来看，网络文学研究成果中，对数字人文方法的使用还比较生涩，比较常见的是只有数字，没有人文。还有一种现象是研究者并没有真正掌握数字方法，为了赶时髦，匆促上阵，这样很难保证成果质量，甚至弄巧成拙。如果研究者放弃判断，让机器与算法来取代缺席的主体，这样的结论不仅草率而且危险。只有将科学知识和人文知识有机地融合起来，研究者借助数字方法来激发传统人文科学理论与方法的活力，进而强化自身的创造性研究，数字人文才能拥有开阔的未来。

当代文学史视野中的审稿意见

审稿意见是编辑出版部门对来稿质量好坏以及是否刊发、出版做出明确判断的评价意见，大都写在格式化的审稿单上，或者以书信、电子邮件的形式与作者交流，作为工作文件的审稿意见大部分没有公开。为了避免引起一些不必要的麻烦或纠纷，绝大多数媒体机构会拒绝来访者查找审稿档案的请求。而且，审稿意见的存档期限往往很短，不少新闻出版单位为了腾出存储空间，时间不长就会销毁这些审稿意见。近年有些图书馆、档案馆、文学纪念馆接受机构和私人的捐赠，收藏了一些珍贵的审稿单据，但设置了较高的查阅门槛，要么要求开具烦琐的证明，要么收费高昂，让一些研究者望眼欲穿。还有一些老作家的亲属与门生，要求查阅当年捐献的原始文献，最终也吃了闭门羹。因此，对于神龙见首不见尾的审稿意见，自然很少有人去深入思考其中的奥秘。最近十余年，我在搜集史料的过程中，陆陆续续积存了一百多份原始的审稿意见，有一部分牵涉到个人隐私等不便公开。根据私藏部分中比较有代表性的审稿意见和一些公开发表的审稿档案，我在此对文学作品审稿意见的史料价值、文体特征和研究空间进行简要评述。

一、被忽略的文学史料

审稿意见是当代文学研究中一种长期被忽略的、没有引起足够重视的史料。审稿意见往往是大多数作品最早的评价意见。审稿意见和普通的文学批评有明显的不同，前者会影响乃至决定作品、作家的命运，还会改变作品公开面世时的面貌。通过审稿意见，我们可以了解一种刊物或一家出版机构的评价标准和审美趣味，发现不同媒体遴选文稿的倾向及其差别，进而从一个独特的角度加深对文学发表与出版制度的理解与把握。

"三审制"是我国规定并长期实施的审稿制度。出版总署于1952年10月颁布了《关于国营出版社编辑机构及工作制度的规定》，对审稿程序做出了明确规定，其第五条第一款有言："一切采用的书稿应实行编辑初审、编辑主任复审、总编辑终审和社长批准的编审制度。特别重要的书稿须经专家审查和编委会讨论，并经上级领导机关批准。"① 第五条第二款规定："书稿经批准采用后，由编辑根据审读意见进行加工修改（译稿和需作重大修改的稿件退回著译人自己修改）；经编辑主任复核，总编辑签字，然后交文字编辑和资料编辑进行语文的修饰，资料、数字和引文的核对，名词和译名的统一等整理工作；最后研究和决定书籍的美术设计及版式、开本、字体、纸张等技术设计，经总编辑、经理（出版部主任）会同签字后发排。"② 这一文件对编辑和出版流程都做出了明确的规定。在某种意义上，"三审制"是民主集中制在出版领域的实施方式，既避免"一言堂"，又赋予总编和社长决策权，而权力与责任在对等中达到一种平衡。对于一些可能引起争议的作品，编辑作为把关者，要对作品刊布后可能引发的舆情有所预见，要执行政策履行程序，也要有为艺术负责的担当和勇气，在时代标准和个人趣味产生冲突时要做出正确的抉择。

从编辑的审稿意见中，我们不仅可以了解不同时代的审稿标准，诸如政治标准、艺术标准和商业标准，还可以了解各种标准在实施过程中的具体情况。编辑作为责任人，必须对作品的政治倾向有明确的判断，发表或出版政治上有问题的作品，编辑要担负连带责任。发表于《花城》的《春天的童话》（原稿名《今天的童话》），曾经被《当代》退稿，此作在《花城》内部也有争议，范若丁回忆自己当年在审稿单上写的意见是不赞成发原稿，要发也要修改，他说自己不赞成的原因是他"担心发表这

---

① 《关于国营出版社编辑机构及工作制度的规定》，见文化部出版事业管理局编：《出版工作文件初编 1949—1957》，文化部出版事业管理局1958年版，第152页。

② 《关于国营出版社编辑机构及工作制度的规定》，见文化部出版事业管理局编：《出版工作文件初编 1949—1957》，文化部出版事业管理局1958年版，第152页。

个稿子会出事","想保住《花城》这个阵地","真心为李士非担忧","小说男主人公影射的原型太明显了","非常不赞成用小说泄私愤","不喜欢遇罗锦的文风"。①《花城》编辑部为此专门在刊物发表了自我检查《我们的失误》,在作品刊发前,编辑们认为必然引起争议的地方在"思想感情范畴而不属于政治范畴",初衷是"就此开展评论以及不同意见的自由讨论",但"对这篇作品的错误估量偏轻,对掌握'双百'方针的界限又放得过宽,以致铸成大错";"经过报刊批评,我们认识到,它不仅仅宣扬了资产阶级个人主义,而且在政治倾向上也是不健康的"。②发稿前的意见是一种预判,而发稿后的表态,或喜或悲,都是对选择的一种承担。

在艺术品质方面,编辑应当对作品的优劣高下有准确把握,但每个编辑有各自的喜好,尺度和审美趣味也有区别,不同编辑对同一部作品的判断可能会有极具戏剧性的差异,因此,不少名著都曾有被退稿的经历。文学编辑是一个比较生僻的研究对象,在我看来这是一个被忽视的、有重要价值的学术领域。相对而言,对文学编辑的艺术趣味的研究,有关成果要多一些,在此不赘述。值得注意的是,在出版机构看来,并不是艺术品质高的作品就能面世,那些容易引起争议的、在商业上风险偏大的作品往往会被放弃。这种需在多种标准中寻找平衡的要求,使得编辑出版工作既有难度和挑战性,又有一种特殊的魅力。也正因为这种复杂性,对审稿意见的研究也具备了一种内在的吸引力。

经济尺度对文学的影响,文学学术界很少关注,一方面是觉得谈钱俗气,另一方面多数文学研究者对这一领域比较陌生。20世纪50年代,人民文学出版社印制了一种"书稿定额稿酬质量单",表格中既有对著译和编校质量的评价,更重要的是对稿酬等级的衡定。把书稿质量与稿酬标准挂钩,让作品艺术质量高的作者获得较为丰厚的报酬,这体现了优稿优酬的原则。审稿意见有了特殊的"含金量",经济杠杆成为调节文学生产的一种重要的管理手段。人民文学出版社在20世纪八九十年代一直使用一

---

① 范若丁:《编辑部内外》,花城出版社2017年版,第34页。
② 本刊编辑部:《我们的失误》,《花城》1982年第3期。

种工作表格——"稿费审批单",表格内会列出详细的付酬标准、税率、稿酬金额等信息,还有简明扼要的书稿质量评价、著译过程介绍和版本信息。譬如草明的长篇小说《乘风破浪》,安徽人民出版社1980年租用人民文学出版社的版型,人民文学出版社支付作者十一万册的印数稿酬。1978年前后,在文学读物普遍匮乏的背景下,不少省区的人民出版社,以及上海文艺出版社和百花文艺出版社都向人民文学出版社租型,大量翻印现当代长篇小说,尤其是红色经典。以《林海雪原》为例,上海文艺出版社、百花文艺出版社和安徽、江苏、吉林、浙江、四川、广西等省区的人民出版社都曾翻印,这在当时成为一种独特的出版现象。对于王佐良翻译的1985年版《彭斯诗选》,编辑苏福忠在"稿费审批单"中评价"质量较高","修订较大"。此外,"译本序""大事年表""旧译""新译"的付酬标准不同,编辑列出了各部分的行数或字数,并以附页的形式列出了旧译及新译篇目,文末有一段说明文字:以上译诗不付基本稿酬,只付百分之四十修订费,其余部分系新译。这类信息容易被忽略,但对于研究文学版本、文学版权、文学媒介的学者而言,是细致而重要的史料。进入80年代中期以后,市场效益成为文学传媒机构遴选作者和稿件的重要标尺。因为先期出版的作品赔钱,出版社中断了一些文学丛书的出版计划,对已经进入编辑程序的书稿采取撤稿方式,在退稿意见中也明确表示无法承担市场压力,有些支付了象征性的退稿费,大多数没有任何补偿,约定的合同条款不了了之。

在横向角度,同一家机构、同一个编辑对不同作品的判断,可以立体地呈现机构、编辑的出版理念与编辑风格。不同期刊社、出版社的审稿意见,可以较为清晰地展现各自选稿标准的价值立场与文学趣味。在纵向角度,从审稿意见的变化,可以清晰地反映出不同时期文学环境的变迁和文学风尚的转换。50年代初期的审稿意见,大多用繁体字竖写,用毛笔书写的较为常见。70年代中期,审稿意见往往书写在印有红色语录的稿笺上。80年代以后,期刊社和出版社的审稿单大都印制成表格形式,三审意见一目了然。进入新世纪以后,无纸办公成为风潮,有不少传媒机构开发了在线审稿系统,纸质审稿意见日益罕见,至于搜集到的纸质审稿意见,往往寥寥数语,洋洋洒洒数千言的审稿意见似乎消失了。编辑和作者交换意见，书信几近绝迹，大都采用电子邮件、QQ、微信等在线形式。从书写纸张、书写形式的变化来看，潮流的转换充满了戏剧色彩，在方寸之间留下了清晰的时代烙印。

《林海雪原》《红岩》和《白鹿原》都是历史题材小说，《林海雪原》《红岩》是革命历史小说的代表作，《白鹿原》是新历史小说的扛鼎之作。通过分析三部作品的历史视角、表现历史的手法和历史观的差别，再比较它们的创作过程和审稿意见，我们能够更为深刻地意识到具体的文学时空如何塑造特异的文学景观。

《林海雪原》1957年9月由作家出版社首次出版，当时作家出版社是人民文学出版社的副牌。在对初稿进行一次修改后，曲波认为只读过六年书的自己改起来吃力，期待得到编辑部的帮助。编辑龙世辉投入三个多月的时间，对书稿进行深度加工。初版面世后很快脱销，反响热烈。社长兼总编王任叔曾经调阅书稿档案，逐页比对原稿和修改情况，看完后在原稿留下批语："应该这样改。"他还决定给龙世辉晋升职称、增加三级工资的奖励。1958年，《文艺报》《文学研究》发表有关《林海雪原》的评论，总体上肯定作品的艺术贡献，同时尖锐地批评缺点。侯金镜认为白茹"这个人物是失败的"，"本来，在那样紧张的战斗环境里，对白茹这一少女初恋的感情，做那样纤细的描写，已经成为结构上的赘疣了，何况白茹的精神境界，表现在爱情上的，又是那样狭窄和卑俗"。[①] 王燎荧更为直接地批评作品"近于神化"，"富于巧合"，"追求离奇"，他还觉得《林海雪原》中关于爱情描写的部分是有问题的。"有了它，不但累赘，而且损害整部小说，给人不好的印象"，"这种'水分'并不好，删掉它对整个小说毫无影响，甚至还会更有吸引力"。[②] 何其芳说："不止一位同志对我说，他觉得少剑波写得有些个人突出。"[③] 这些集中指向爱情描写和少剑波塑造的批评意见，确实给龙世辉造成了压力。在1959年9月

---

① 侯金镜：《一部引人入胜的长篇小说——读〈林海雪原〉》，《文艺报》1958年第3期。
② 王燎荧：《我的印象和感想》，《文学研究》1958年第2期。
③ 何其芳：《谈〈林海雪原〉》，《文学研究》1958年第2期。

人民文学出版社出版的《林海雪原》一书中，龙世辉除订正一些错别字外，重点删除了关于少剑波和白茹之间爱情描写的内容，第九章"白茹的心"删除了一半多的文字，第二十三章"少剑波雪乡萌情心"删除的内容更多，第二十六章和第二十九章也删除了描写两人情感互动的段落。有趣的是，龙世辉曾经建议曲波在修改时增加爱情描写的篇幅，在看到批评意见后又删除了有关内容。曲波对此并不认同，1962年9月人民文学出版社出版的《林海雪原》又恢复了龙世辉删除的有关爱情描写的内容。这一案例典型地反映出编创互动的戏剧性和复杂性，专业的文学评论和读者反馈都可能改变作者、编辑的看法，影响作品的面貌。

根据编辑王维玲回忆，1960年6月，罗广斌、杨益言到北京住在中国青年出版社，社领导边春光主持召开座谈会，罗、杨两位作者和江晓天、陈碧芳、王维玲参加座谈。座谈会上，出版社的修改意见包括四个方面：

一、改变作品的压抑气氛，充分表现出当时全国胜利在望的形势，在这个大背景下，反映"中美合作所"集中营里的斗争。……

二、肯定了"表彰先烈，揭露敌人"的主题。要求作者集中笔墨塑造许云峰、江姐、成岗、齐晓轩等革命烈士的光辉形象。把许、江作为第一重点描写对象，同时也不要忽略众多的"群像"，把他们作为一个战斗的集体，塑造出一批共产党人光彩夺目的艺术彩雕。

三、反面人物（主要是敌特人员），数量过多，要突出重点和主要的，在数量上要压缩、删减。对叛徒甫志高的描写，要深挖他灵魂深处的脏东西，写出他的弱点和根源。

四、精心结构，巧妙构思，要在这上面下工夫。……①

张羽整理发表了他与作者的通信，留下了珍贵的材料，他后来还撰写了不少回忆文字，让我们对作品从《禁锢的世界》（《红岩》原名）到《红

---

① 王维玲：《边春光与〈红岩〉》，《中国图书评论》1990年第2期。

岩》的写作与修改过程有了详细而深入的了解。①出版社和编辑提出的这些修改意见，非常典型地反映出时代对文学的要求。一个时代文学的审美风尚由文学内外联动、编辑与作者协作的合力促成，因此，我们不应当片面强调或夸大某一方面的作用。

关于《白鹿原》的"鏊子说"和性描写，有一些读者和批评家颇有微词。何启治在1992年6月30日《当代》杂志的终审意见中有这样的表述：

> 此作体现了比较实事求是的历史观、革命观。
>
> 此作通过白、鹿两个家族、两代人的复杂纠葛反映国民革命到解放这一时期西安平原的中国农村面貌，也是准确而有深度的。
>
> 作品的历史观和革命观都不是概念的表述，而是通过活生生的艺术形象塑造和生动、形象的生活画面来表现的。
>
> 特别是小娥这个表面看似淫荡而实际上并未泯灭人性的艺术形象也是成功的，值得注意的。这就牵涉到此稿的性描写如何处理的问题。首先，我赞成此类描写应有所节制，或把过于直露的性描写化为虚写，淡化。但是，千万不要以为性描写是可有可无的甚至一定就是丑恶的、色情的。关键是：应为情节发展所需要，应对人物性格刻画有利，还应对表现人物的文明层次有用。自然，应避免粗俗、直露。试想，如果《静静的顿河》去掉了阿克西妮亚会成个什么东西？如果《子夜》删掉了冯云卿送女儿给赵伯韬试图以美人计刺探经济情报这段情节，又怎么样？（这情节不但写活了赵伯韬的狂傲，冯云卿的卑鄙，也写出了冯女的幼稚和开放。）《白鹿原》的小娥就是个很重要的形象。她在鹿子霖挑唆下拉白孝文下水这一段性情节，就很能表现鹿子霖的卑鄙，白嘉

---

① 参见张羽：《〈红岩〉成书之前》，《编辑之友》1986年第3期；张羽：《格子上的铭文——回忆和罗广斌共同修改红岩的日子》，《编辑之友》1988年第1期。

轩的正直、严厉以及小娥和白孝文的幼稚和基本人性、为人态度等等，是不可少的情节。①

从何启治的这些审稿意见中，不难看出他预判这部作品很可能引起一些误解和争议，为了保留作品在艺术上的完整性，他充满激情又耐心细致地做说服工作。《白鹿原》随后经历的一些波折，尤其是以修订本获得茅盾文学奖的插曲，表明何启治确有先见之明。

从《林海雪原》《红岩》到《白鹿原》，图书的编辑出版流程一方面较为清晰地显示了革命历史小说与新历史小说在生成背景、生产流程、艺术理念上的微妙差别，另一方面凸显了身居幕后的编辑在文学生产中的重要性，他们将时代对文学的要求传达、落实到文学生产的细节之中，其个人趣味、艺术理念、工作风格也会潜在影响局部作品的风貌。

综上，审稿意见的史料价值是多方面的。它不仅有助于我们了解文学作品编辑出版的具体过程，还成为我们深入研究文学政策、文学制度、文学媒介、文学思潮的第一手史料。和一般史料相比，审稿意见具有多层次的解读空间，不管从微观层面还是宏观层面切入，研究者从自己的角度出发，都可能会有所发现。

二、独特的文学批评

关于文学批评的文体形式问题，近年批评界经常会讨论。现在最为常见的是学院体或学报体的文学批评，文中包含内容提要和关键词，有不少时兴的概念和格式化的引文，优点是理论性较强，别扭之处是给日常的东西贴上陌生化的标签，有点故意让人看不懂的味道。现代作家和批评家时常采用书信、日记、批注等形式来表达对文学的看法，文体较为自由，形式比较活泼，现在已经日渐稀罕。审稿意见是一种独特的文学批评，它能够改变、决定一部作品的命运，比通常的文学批评具有更大的影响力。

---

① 何启治：《〈白鹿原〉档案》，《出版史料》（第三辑），开明出版社2002年版，第21页。

审稿意见虽然不乏套话,但也存在不少具有独特价值的文学批评。

首先,文本细读的典范。在当前的文学语境中,一些作家写得太快写得太多,一些活跃的批评家为了跟上节奏,阅读和分析都难免草率,尤其对那些动辄数百万言的长河小说,一些批评家只能做抽样分析,走马观花地翻阅,可能连人物关系都还没搞明白,就给作品贴上了明晃晃的标签。从这个角度来看,审稿意见在文本细读方面具有示范意义。审稿意见都是针对具体的作品发表观点,做出取舍,评判是及物的、细致入微的,在语言和形式层面具体到字词应用、语法规范、篇章结构、文体风格,在内容和价值层面涉及作品的题材类型、主题蕴含、思想倾向、情感世界。针对文本细读的重要性,文学研究界多有讨论。确实,如果不对文本进行反复的推敲,很难对作品、作家和文学潮流做出精准把握。

诗人杨牧的诗集《西部变奏曲》1997年由中国文联出版公司首次出版。从原始的书稿案卷来看,1988年10月出版社就已经签署发稿单和征订单,或许因为征订情况不理想,推迟了九年才面世。由此可见,诗歌类图书出版在20世纪80年代末90年代初极为低迷,一线诗人也缺乏市场支持。征订单上的内容介绍为:"这是引人注目的新边塞诗派代表人物杨牧的自选诗集。共收诗作约五十首。这部诗集富于浓郁的西部特色,粗犷、豪放,从中可以感受到诗人对边疆地区深厚的爱。作品气魄宏大,既富于情感也富有理性,对读者有很强的感染力,是一部不可多得的优秀诗集。"这部诗稿的一、二、三审意见篇幅都较长,分析颇为细致。责任编辑奚跃华的审稿意见写在出版社印有"审稿意见"红字的专用稿纸上,写了满满四页纸。他对四卷诗集逐一评析,对杨牧的诗作有很高的评价:

> 我们从这些作品中,可以感受到诗人对西部地区深情的爱,并从这爱中体现出的,诗人对祖国的深厚的情。当然,这一切并不是表现为简单的唱颂歌,而是表现为更深层次的精神寄托和一片赤子之情。诗歌在创作上,是以抒情结合思想阐述为主,不单纯追求其一,他属于思考型的抒情诗人,意象的选择较为新颖、现代,时空的跳跃和意象的跳跃鲜明,因而诗的意境较深远。可以看出,诗人在传统与现代手法结合的环节上,处理得较成功。

尤其难得的是，编者敏锐地指出了作品的缺点。

  这部诗集也有不足之处，主要表现在诗的炼句上，作品中常常有一些连续排比的句子，这些排比对诗情的抒发并不重要，因而显得啰唆、沉重，形式上也不给人以美感，又有一些句子过于拗口，如同绕口令，反复无穷，而效果并不好，这都给诗的完整性以损害。此外，尽管诗人在抒情与议论的结合上处理较好，但诗中说理的愿望仍然较重，因而使他的作品给人以清新不足而沉重有余的感觉。
  另外，在《海西运动》一组诗中，关于"昆仑山"一节中有一个认识上的谬误，即以往人们认为中国历史上古老的昆仑山一称就是现在的昆仑山，这是一个错误。现在经学者从多方材料反复考证，认为历史上的昆仑一词，实为今天的泰山，因而诗人昆仑之咏犯有苏轼咏黄石赤壁的错误，但这并非诗人的责任，因为我国学术界以前一直沿用此误，如果现在予以纠正，则整组诗均要撤下，而这组诗从创作上看，是此集的重头作品，仍为较好的作品。正像《赤壁怀古》虽有错误，但仍不失千古绝唱一样，这组诗也不妨原样采用，因为艺术有其相对的独立性。
  为了保证这本诗集的质量，集中的《惨败者》《玩蛇者》和《发现》我认为水平不高，应撤下。

编者还对原来的书名"海西运动"提出意见，认为含意颇偏，建议改为"西部咏叹调""海西畅想曲"一类的名称，二审杨晖和三审宋文娜总体上同意初审的意见，二审建议书名改为"西部咏叹调"或"西部变奏曲"。

当然，审稿意见也是鱼龙混杂，有些意见字迹潦草，敷衍了事。这些年读书界对书稿编校质量常有怨言，一些书刊错字连篇，还不时会遇上抄袭、盗译的出版物，出版领域确实出现了一些令人忧虑的现象。值得注意的是，出版和编辑行业一直有比较严格的行规，即使再粗心的编辑，如果不通读作品，他肯定不敢发稿，万一踩雷，砸掉饭碗算是小事。

其次，有话直说。正因为编辑要负责任，审稿意见大都开诚布公，没有那些虚与委蛇的弯弯绕，说真话是大多数编辑的职业习惯。当然，编辑也难免有倾向性，追捧名家是普遍的风气，对可能热卖的作品会格外优待，可能因为与某个作者亲近而说好话，也可能因为作者无名而慢待。总体而言，审稿意见比较客观，不会一味表扬，既会说出作品的优点，也会指明作品的不足之处，较好地贯彻了鲁迅所说的"坏处说坏，好处说好"的批评原则。编辑张小军在俄罗斯作家列昂尼德·别仁的短篇小说《我教小提琴》的发稿单上有这样的评语："译者善于把原文较好地消化成中文，但添枝加叶处不少，以至有时画蛇添足，弄巧成拙。把译者添加的词句全部删掉了。此外译文尚有一些毛病。已改。"译稿刊发于《世界文学》1993年第1期，译者曹国维。这份审稿意见在讨论一份稿件的具体问题时，指出了翻译界普遍存在的问题，处理也是干脆利落。这份寥寥数语的意见，给翻译者和研究者都能带来有益的启示。目前有一些文学评论含糊其词，作者对并不认同的作品也是态度暧昧，挖空心思找作品的优点。文学批评和文学研究如果能够像前面列举的审稿意见一样直言不讳，而不是遮遮掩掩，甚至明知是缺点还要赞誉有加，我想文学批评和文学研究不仅更有品格，而且能对文学发展发挥更大的促进作用。

很值得注意的是退稿意见的表达方式。大多数编辑为了不打击作者的积极性，都会在退稿信中先说说退稿作品的优点，然后再列举作品的不足，说出退稿的原因。在我收藏的手写的退稿信中，有一点情面不留的，告诫作者不要因为文学梦耽误了自己的生活；也有编辑语重心长地对作者提出详尽的指导意见，篇幅上千字。在统一印制的格式化退稿信中，表达都很委婉，一般都说稿件"不适合本刊（本报）""请继续支持"，这反而显得有点漠然。

再次，多角度的文学对话。在"三审制"的框架中，面对同一份稿件，不同编辑既可能英雄所见略同，也可能看取问题的角度、个人趣味和把握尺度都有微妙差异乃至激烈冲突，这就使得翻阅审稿意见有了一种特殊的魅力。

散文家石英有一篇散文《柳泉随想》发表于《解放军文艺》1982年第6期，编辑部的一、二、三审意见如下：

  游一处风景胜地,所见所闻所感皆成文章,这是名家的特点,本文即是如此。写游览蒲松龄故居,没有惊人之笔,朴实无华,娓娓道来,间或有感而发,议论亦颇精彩,通过蒲与同代名人生前逝后哀荣之变迁;阐明了只有根植于人民的艺术,才是不朽的艺术,给人以很深的印象。但感觉,作为部队刊物,这类作品是否显得高深了一些,意义如何?实在拿不准。请阅。

小温　3月31日

  旅游文章不少,此篇还有作者的独特感受,他没有简单地复述故乡的外在景象,而是说明时代、人民并不根据作者是否身居高位而评定作品,令人掩卷深思的,不足三千字的散文,有一得之见,不易,似可一用。

纪　4月6日

  文章还好,对蒲松龄的评价还是得体的。这类文章,好像不能列为现代意义上的散文,倒有点像随笔一类的议论文字。不过,只要有一得之功,一管之见,于人有启发,有教益,也可不拘一格。

  对王渔洋似也不必过于贬低,就现在来看,王渔洋在清代文人中,还是有一席地位的。

吴　4月12日

  这份审稿意见挺有意思,三位编辑的审稿意见基本一致,但观察问题角度各有侧重,终审意见一方面倡导"不拘一格",另一方面对《柳泉随想》对王渔洋的批评有所保留,在当时的氛围中识见不凡。

  最后,简明实用又保留个性的文体。审稿意见作为一种工作文本,总体上具有简明实用的特征。值得注意的是,不少文学编辑都在业余从事创作、翻译或批评,具有不俗的文学才华。因此,他们的审稿意见在做出文学判断的同时,也展示了自身开阔的眼界和别具一格的文字风格,显示出鲜明的个性色彩。

吕德安的长诗《曼凯托》刊发于《大家》1995年第3期。责任编辑韩旭的审稿意见是一篇精致的诗评，文本解读精细，视野开阔。

  进入90年代以来，一度热闹的"第三代诗歌"趋于沉寂。然而一部分诗人则在这种沉寂中继续探索、完善、前进，逐步走向成熟。
  我以为，吕德安的《曼凯托》是这个成熟过程中产生的重要作品之一。长诗讨论的主题是生命的意义和死亡的问题，作为"第三代诗人"的主要诗人之一，吕德安用自己的方式对这个"永恒的主题"进行了非常诗性的追问和展示。
  诗人选择"曼凯托"这一多民族美国小镇为背景，以一位平凡的华人老人"孙泰"为"抒情主人公"，通过对"孙泰"一生的抒情描写和他的死的凝想，追问在"死亡"这一不可避免的结局面前，"生"应该如何认识。诗人没有简单地得出一个形而上的结论，而是在一系列富于诗意的对日常生活的观照（原文为"关照"）中，将生命的美与尊严呈现在读者面前。
  长诗技巧成熟、多样，既追求朴素又大量运用"隐喻"（如"海"往往代表死亡的虚幻境界、话语世界等）、象征，既探讨形而上学问题又关注形而下的意象。它没有以某种"理论"支撑诗作（像当前许多诗人那样），而以感悟面对事物，这一点尤为可赞。长诗诗意充沛、优美流畅。我刊94年发表了于坚《0档案》，翟永明、西川、丁当等"第三代"重要诗人的代表作，已形成较全面展示他们艺术进入成熟期创作的规模。吕德安是第三代"名将"，《曼凯托》在流传中（作于92年）已有口碑，我以为很值得推出，以完善、扩大我们诗歌展示范围。建议发稿，当否请批示。

韩旭　1995年3月9日

  韩旭的这篇审稿意见视野开阔、观点精辟、表达精练、文辞流畅，称得上批评的美文。我个人尤其看重这类文字的文体价值，这类文字不穿靴戴帽,没有堆砌晦涩的概念,篇幅不长,心口合一,态度明确,说到优点时摆事实,不云里雾里讲空话,说到缺点时就像点穴一样直击痛处,不绕来绕去说车轱辘话。如果对照这些审稿意见,翻阅当代文学史上那些重要的编辑家的批评文字,也能发现不少有趣的话题,譬如编辑工作对批评文体的影响。当然,过度强调创作主体的职业习惯对其创作、批评的影响,可能会失之偏颇,但无视这一点,得出的结论也容易有偏差。而且,学术界对"编辑的批评"的研究尚显薄弱,有较大的拓展与挖掘空间,亟待加强。

唐浩明的长篇小说《旷代逸才》第一卷刊发于《大家》1994年第5期。主编李巍为责编,审稿意见为:

> 杨度富于传奇性的一生,历史对其有褒有贬。但他真心希望中国独立富强,直到晚年加入共产党。
> 《旷》稿,是作家唐浩明继《曾国藩》后的又一力作。全书分五卷,此为第一卷,主要写杨度在老师王闿运的教导下,习"帝王之学",为拯救中国所做系列准备中的一页。
> 小说文体优美,故事性强,场面大,人物多,线索分明,可读性强。应该说,较《曾国藩》,此稿有进步。
> 建议发《大家》第5期,请杨副总编批示。
> 另附《关于杨度》一文,也可发在小说后作。

这份审稿意见写得简明扼要,把关键问题和盘托出,点出了此稿的重要性,表达讲究策略。此外,这段文字还有另一种价值,即反映了出版社主办期刊审稿制度的特点。大多数各级作家协会、文联主办的机关刊物,主编是终审人,但不少社办期刊的终审人往往是出版社的分管领导。在当代文学期刊的发展史上,社办期刊有举足轻重的地位,像《当代》《十月》《花城》《小说月报》等刊物都是主办的出版社的一扇开放的窗口。

三、有待开拓的学术空间

新世纪以来,文学史料研究成为当代文学研究的新热点,这既是推动当代文学走向历史化的基础工程，也是对数字化时代纸质史料被大规模销毁的现实状况的回应，能够被纳入数据库的史料毕竟有限，挖掘与抢救史料迫在眉睫。另一方面，确实存在一种为史料而史料的倾向，史料研究偏重文学外围的学术姿态也受到一些批评，牺牲审美性的代价导致文学研究向历史学研究靠拢。而审稿意见贴近作家作品，有详细的版本信息，一些再版本或修订本的审稿意见对版本变迁有详细交代，对研究者重新解读文本不仅有审美提示，也有文化启迪。细读近年出版的当代文学史教材或专著，不难发现版本混乱的现象有一定的普遍性，由于不少教材是集体编著的成果，同一部学术著作中不同作者依据或引用的同一部作品居然不是同一个版本。现在越来越多年轻学者习惯使用电子数据库，转引的现象日益普遍化，有些专著引用鲁迅的一篇杂文，居然出自三个不同的版本。也就是说，要深化当代文学史研究，史料意识的强化必不可少，作家作品研究或文学的审美分析也要有扎实的史料支撑。不容回避的是，在当代文学史料挖掘与研究领域，作品史料的有关工作较为薄弱，亟待进一步强化。当然，这也受到现实条件的限制，像作品手稿、审稿档案的获取都很困难。如果有一批学者同心协力，获得作家、编辑的支持，日积月累，一定会有新的创获。

和通常的文学批评、文学史料不同的是，审稿意见包含的信息更为丰富而复杂。其一，审稿意见以稿件为评价对象，包含对作者思想倾向、艺术趣味的判断，还会牵涉到对目标读者的定位与分析，这就为我们开启了一个观察作者、编者、读者三边互动的窗口。其二，审稿意见是研究作者的创作过程以及从稿件到出版物的编辑加工过程的原始材料。近年有一些学者进入文学编辑史和文学出版史研究领域，陆续有成果问世，依据的大多是作者、编者的回忆文字或口述材料，这类研究固然有自身的价值，但缺少原始材料作为佐证，所谓的"史"就显得有点单薄，因为二手材料难免有失真之处。由此可见，对审稿意见等原始材料的搜寻、挖掘与研究显得迫切而重要。其三，审稿意见是不同场域力量在扭结、博弈中相互妥协、趋向平衡的结果，置身于媒介场的编辑联通了社会场、商业场和文学场等场域，扮演了信使的角色，既执行行业的制度和规范，在维护大局的前提下尊重作家创作，也通过创作向时代传递一种文学的反馈与回应。审稿意见一方面紧贴文本，牵涉作品的文字、形式、结构、主题、题材、风格等内部要素，另一方面是当时文学政策、文学潮流、文学制度、媒介风尚共同作用下的产物。也就是说，审稿意见联通了文学的内部世界与外部环境，对这类史料进行深入开掘与合理使用，有利于将文学文体、语言、思想、风格的内部分析融入外部的文学制度与文学媒介研究，同时拓展文学研究者的艺术分析的视野，摆脱在封闭、静态格局中进行形式探究和技术分析的惰性，在更为开阔的时空中审视在多种力量交互影响下文学艺术的动态嬗变。

同样值得注意的是，与审稿意见有关的书稿资料譬如选题计划、编读往来书信、修改稿本、外审意见、读者来信等等，也没有引起足够的重视。如果杂志社、出版社现存的书稿档案资料和散落在外的有关文献能够被充分利用，那么不少观点可能得以修正或完善，当代文学研究的面貌进而会有较大幅度的改观。现在越来越多的年轻学人严重依赖中国知网、超星读书、读秀等电子数据库，纸质文献基本不看。不止一次在硕士生、博士生招生面试时遇到考生说错作品中的人名，他们还很自然地说浏览的是网上的版本，人名就是这个样子，估计扫描时发生了识别错误。像审稿意见这一类原始文献，再过几十年，未来的学人估计根本无暇理会这些陈年旧纸，而且这些材料在时间的腐蚀下，很快就会灰飞烟灭。当代史料研究者都很像马尔克斯《百年孤独》里马孔多小镇上的人，试图通过贴标签的方式来抵御健忘症，遗憾的是，最终连文字的意义也记不得了。从这个角度来看，当代文学史料研究也具有了西西弗斯推石上山、堂吉诃德大战风车的悲剧性。

当代文学史上绝大多数公开发表、出版的作品都有审稿意见，但我们目前看到的审稿意见寥寥可数。至于一些重要作品的退稿经历、作家与编辑交恶的前因后果，大多数文学史著述依据的往往是作家的说法，缺乏可靠的证据。相对而言，编辑往往处于比较被动的位置，一些话不好明说，有苦难言。对于研究当代文学的传播接受、制度变迁来说，审稿意见具有无可替代的史料价值。尤其当代文学史上的经典作品，审稿意见更是弥足珍贵，可以帮助我们了解作品面世的过程与背景，掌握编创互动环节的细节与效果。审稿意见的披露不太可能影响一部作品的文学史定位，但可以补充、丰富和完善当代文学史的史料库，使得当代文学研究的历史描述更加扎实、准确。事实上,由于已经公开的审稿意见数量极少,因此,审稿意见基本没有进入当代文学研究者的学术视野。目前在回忆文章、学术论文或著作中被提及的审稿意见,往往是一种碎片性的存在。也就是说,只有对审稿意见进行系统化、历史化的研究,审稿意见背后的文本法则、评价体系、制度变迁、文学潮流转换才能被立体地揭示出来。在纸质审稿意见越来越稀罕的背景下,这是一种亟待挖掘、抢救的特殊文献。因此,期待有更多整理、研究审稿意见的成果问世,期待有更多的研究者能够从审稿意见中发现新的线索与新的启示。如果有足够的原始史料作为支撑,研究方法得当,当代文学审稿意见研究不仅能够为我们开启一扇观察文学流变的新窗口,而且可以揭开尘封已久的别样的历史记忆。

不合时宜的理想

一、半路出家

我参加高考时,志愿填报出了点偏差,那时福建高考是考前填志愿,不少考生志愿报高了或报低了。那年的数学卷比较容易,我很快就做完了,有一题是考排列组合知识的应用题,满分为十分,我一开始做对了。交卷前半个小时没事干,又想起老师们在考前反复强调千万不要提前交卷,检查两遍后,觉得这一题不会那么容易,估计出题人会挖个小陷阱,就自作聪明,改了答案,白白丢了十分。结果被录进了杭州大学经济系,读的还是对数学要求很高的经济管理专业,毕业时学科布局调整,被改名为企业管理专业。说实话,我对经济学科兴趣不大,学习也不是很用心。大一时成绩还可以,后来有点不务正业,大部分时间在读文学作品或文史哲方面的理论书,有时还会去中文系和外文系旁听,其他时间在写诗,在报刊上发过一些,还得过一些校园文学、诗歌比赛或征文的奖励。从高中开始,有一段时间觉得自己的名字比较土,就时常琢磨着起个好听的笔名,投稿时的署名也经常更换。又过了几年,有一天躺在床上,突然觉得自己很幼稚,从此不再为自己的名字纠结。

受当时环境的影响,我本科毕业那一年,绝大多数毕业生被分配到基层单位。我被分到龙岩的一家造纸厂,起初在造纸车间里干三班倒的操作工人,负责看管压榨和烘干工序,过了半年被调整为统计员、调度员。我工作的那家造纸厂当时很不景气,停停开开,工资都发不出来,停产时工人只发基本生活费,有些工人为了补贴家用,只好到周边的小企业打"老鼠工"。所谓"老鼠工",一是流动性大,二是偷偷摸摸,如果明来明往，有可能被原来的单位辞退了。那时没事可干，经常熬夜写点短文，比如通讯、球评、小散文等，能赚点稿费，还得过《工人日报》《羊城晚报》《福建日报》和一些行业刊物的征文奖。除此之外，就是读文学作品。后来被调到一家合资公司做秘书和助理。在别人看来，我的职场生涯算是苦尽甘来，渐入佳境。可这几年的历练，让我自己明白兴趣还是在文学，在商界谋职赚钱会多一些，而且在当时政企不分的体制中，也很容易有从政的机会，事实上当时已经有政府部门联系我，还商谈了具体的职位安排。

一些长辈和朋友听说我准备报考中文专业的研究生，都觉得有点奇怪，通过各种委婉的方式劝解我，希望我珍惜当时的职位。听多了，内心难免纠结，甚至动摇，问自己这样做是否明智，值不值得。有一个晚上，随便翻读三联书店香港分店和花城出版社联合出版的多卷本《沈从文文集》，再次看到《从文自传》中这样一段话：尽管向更远处走去，向一个生疏世界走去，把自己生命押上去，赌一注看看，看看我自己来支配一下自己，比让命运来处置得更合理一点呢还是更糟糕一点？愿赌服输，我决定不管别人怎么说，任性一回。

我放弃了本科主修的经济学，硕士期间改读文学，现在想想当时真是误打误撞。那时什么都不懂，误以为读中国现当代文学的硕士学位，就可以专注地搞文学创作。记得入学面试时，我很干脆地回答，对文学研究没有兴趣，毕业以后也不打算从事跟文学研究有关的工作。在已经指导了近百位研究生的今天，我深知狂妄的学生不受待见，因此，很感谢那几位面试老师没和我一般见识，放了我一马。入校以后，才知道读研究生的主要任务就是写评论做研究，那时真是很失望，也很迷茫。有一阵动了退学的念头，想重拾老本行，去深圳找找机会。读硕士期间，我陆续在《中国电视》《大众电视》《电影之友》《电影评介》等刊物发表影视评论，在《晋阳学刊》《阅读与写作》《热风》《台港文学选刊》《中国青年报》《文论报》等报刊发表文学评论，记得有一篇还发在《文论报》的头版头条。2002年9月，我的硕士导师李新宇先生为我的书稿《诗性的燃烧——张承志论》写的序言中，有这样一段回忆性文字："在这个关外深秋的夜晚，面对黄发有这部即将出版的新书，我几乎无法集中精力阅读，因为我的思绪总是飞回到1993年的小城曲阜。时光真快,转眼已近十年,黄发有已不是当年的毛头小伙子,而是已过而立之年的副教授。而我此时所看到的,却仍然是他从福建风尘仆仆来到古老的小城曲阜跟我读中国现当代文学的研究生时的情景。在复试的时候,我曾对他反复盘问,包括为什么要选择这个专业、毕业之后有什么打算等等问题都问到了。因为他是杭州大学经济系毕业的,却来这个偏僻的地方学文学,这种'弃明投暗'(这是我当时说他的话)之举的确使我感到意外。然而,更出乎我意料的是,他坦率地回答:毕业后决不从事文学研究。他喜欢文学,却不喜欢文学学术。所以,在最初的时候,我对他并无厚望。"①

在硕士论文开题之前,我初定的计划是研究新时期文学的文化批判问题,老师们对此给予了充分肯定和高度评价。在搜集材料的过程中,我逐渐意识到研究的对象过于庞大,自己在知识储备和研究能力方面还有所欠缺。经过反复考虑后,觉得还是要从作家作品研究入手,只有先选几个有代表性的个案深入考察,才能对一个阶段的文学面相做出准确的宏观把握。最终,我推翻了原定的计划,转而研究张承志的精神结构。之所以选择张承志,是因为三层考虑。首先,他是我原来选题中的一个研究重点;其次,在20世纪90年代初期的人文精神讨论中,张承志是焦点人物;最后,我弃商从文,重要的原因是被文学中的理想主义所吸引,而张承志《北方的河》等作品中洋溢的理想主义激情,曾经深深地感染了年少的我。对于我的张承志研究,李新宇老师有这样的评价:从张承志没有修复的"精神裂痕"中窥见了张承志精神的秘密,特别是那些连他自己也未必意识到的矛盾。李新宇老师还认为,这本书最突出的贡献就在于对张承志精神世界及其矛盾的理解与把握。《当代作家评论》2007年第4期刊发了关于在下的批评小辑,何言宏在《发现者的激情与尊严——黄发有的文学批评》一文中,用数千字的篇幅讨论《诗性的燃烧——张承志论》,他说:"之所以用较多的篇幅来谈论黄发有对张承志的研究,是因为他在这样一个个案研究中,涉及了我们这个时代的很多相当重要的精神问题。对于这些问

---

① 黄发有:《诗性的燃烧——张承志论》,百花洲文艺出版社2002年版,"序",第1—2页。

题的讨论,实际上很有难度,但他却以个案研究的方式相当成功地做了回答。说实话,我和不少朋友一样,非常喜欢发有的这部'少作'。这不仅是因为其中有他自己所意识到并且十分'珍惜'与'怀念'的'文字中的莽撞与不谙世故'以及'童言无忌的赤诚',还因为它所辉耀着的令人叹服的思想与才情,于我而言,这已经是很高很高的批评境界。"①非常感激同行的鼓励与厚爱,但我不能失去自知之明。2002年夏天,我在为《诗性的燃烧——张承志论》一书写的后记中,有这样一段文字:

> 在济南的这个酷暑,我整整花了三个月的时间整理、改写八年前就开始动笔的"少作",也常常会为当年的幼稚而羞愧。但是,似乎只有在张承志已经不再为批评界、文化界所追捧与骂杀的热点的今天,不少误解才能得到澄清。而数年前写下的文字中的莽撞与不谙世故,在某种意义上又是值得珍惜的。时下的评论与研究被种种行规、框架限制得"不说真话",用统一的腔调说着大话、空话、假话,学院里培养的一批批新人(包括我自己)几乎用同一种腔调将简单的道理说得深奥无比,我格外怀念童言无忌的赤诚。遗憾的是,自己的这些文字中也不无初学者对于"学院腔"的模仿,也很可能有人云亦云的空话甚至假话。②

执着地研究一个作家或同一种风格的文本,显然会使研究主体的视野变得狭窄。但是,话说回来,在这个宏论滔滔的年代,深入的个案研究与文本细读的功夫显然也没有受到足够的重视。在各种各样的"综论"中,那些大而化之的、先入为主的论断常常是有胆无识的,牵强附会的判断成了"新见",踏实的作风似乎越来越稀罕了。时下,不少学位论文或名家专稿中,作者往往在对几个作家、几部作品进行蜻蜓点水的"抽样分析"

---

① 何言宏:《发现者的激情与尊严——黄发有的文学批评》,《当代作家评论》2007年第4期。
② 黄发有:《诗性的燃烧——张承志论》,百花洲文艺出版社2002年版,第301—302页。

之后，就大谈中国当代文学、20世纪中国文学乃至整个中国文学的审美法则与精神特征，却很少选择文学发展过程中的反例，对论题进行反证与质疑，对与论题相冲突的材料避而不谈，论述中引用的也多为道听途说的二手材料。

硕士阶段和博士阶段，在我看来最主要的任务是"补课"。就阅读量来看，我本科阶段读的文学作品和理论著作数量，比一大半中文系学生还要多一些。但就知识的系统性来看，显然有明显的短板。在我的阅读生涯中，强度最大的是读博士的三年，除了阅读几千万字的新出作品，还精读了上百本理论著作，留下了二十多本阅读笔记。那时没有电脑，阅读的感想都写在纸上，大段大段地抄书是每天的功课。如果说那一阶段我的理论水平有所提升，抄书功不可没。我现在还清清楚楚地记得，某一本书的某一段话记在哪一本笔记本上，这些内容都标注了出处和页码，给我日后的研究带来很大的便利。对于做人文学科研究的人来说，必备的功夫是找到合适的材料，阅读后能提出问题，在此基础上才能拓展思维，掌握方法，有所发现。

新世纪以来，随着网络技术的快速发展，人文学者日益重视各种数据库和电子资源。在这样的潮流中，越来越多的年轻人不再重视搜集与阅读纸质文献。不少研究生写学位论文时，绝大多数文献都来自中国知网、读秀、超星等大型电子数据库。通过搜索引擎，研究者可以从海量信息中挖掘需要的信息，目的明确，直奔主题。正因如此，现在不少学位论文的引文很奇怪，就内容来看确实有关联度，但引文的作者很可能来自一个陌生的学科领域，就像天外来客一样，给人穿越时空的错觉。受这种学术生产"碎片化"现象的影响，有不少研究生知识面看似挺宽，但细究之下，难免露馅。每一年研究生招生面试，就一位作家或一部书向学生提问，一开始考生回答很流利，只要抓住一个细节追问，一大半考生答不上来，有些会说"没有通读"，"很久以前看的"，"记不太清了"。更离谱的是，有考生答错了一部作品中人物的名字，他随后的解释是看了网上的版本。一方面"不读书"，"不求甚解"，另一方面要多出成果，快出成果，这是当前人文学科面临的最大的困境。不通读一本具有经典意义的书，你不可能理解作者的思路和书的逻辑结构，更不可能发现这本书的局限与漏洞。如果只是看看别人怎么说，却并不理解他为何这样说，就很难有自己的判断，人云亦云，成为勒庞所言的"乌合之众"的一份子。

二、开垦一片园地

我的少年时代都在乡村度过，各种农活都能上手。从事文学批评，在我看来很像在河里捕捉野生的鱼群，你要熟悉鱼的习性，跟踪鱼的动向，还得掌握捕捞技巧。从事文学史研究，更像在山地开荒种植，学者选择研究领域和农民选择种植品种颇为相似，有些地块适合种茶，有些地块适合种烟，有些地块适合种红薯，都要因地制宜。做评论的人，反应应该比较灵敏，能够与时俱进。我觉得自己的性情比较安静，在喧嚣中有点茫然，就像先辈一样，惯于埋头干活，在荒山中开垦出自己的领地。

读博期间，我初定的博士论文选题是"鲁迅精神的当代命运"，计划研究追随鲁迅的冯雪峰、胡风、萧军、黄源、许钦文等人的思想、人格及其当代命运。我的导师潘旭澜先生非常欣赏这个题目，认为做好了有可能为学术积累做出贡献。经过一段时间的阅读和思考，我觉得这个题目有多方面的难度，于是壮起胆子，跟老师说了自己的想法。潘先生一开始有点不理解，听了我细致的解释，他也觉得这个题目可以先放一放，支持我更换题目。最终，我博士论文的研究对象是 20 世纪 90 年代中国小说。由于我写论文时，正处于 90 年代，而对 90 年代小说的整体考察又必须具备文学史视野，因此，研究介于文学评论与文学史论之间，这也使我对文学的宏观把握和文学史研究有了初步的认识与实践。在根据博士论文修订而成的专著《准个体时代的写作——20 世纪 90 年代中国小说研究》一书中，我在后记里写了这样一些文字：

> 1996 年，我有幸成为潘旭澜先生门下当时唯一的在读弟子。记得我最初的论文选题是《鲁迅精神的当代命运——中国当代作家的人格研究》，研究对象锁定为鲁迅学生辈的冯雪峰、胡风、萧军、黄源、许钦文等人，意在解剖他们在建国以后的历史命运与人格选择。先生对这一选题给予了充分的肯定。遗憾的是，基

于资料积累、知识储备和其他方面的原因,我在准备了一年多时间后,最终选择了暂时的放弃。这一选题而今也成了我的一笔"心债"。

为了完成这一选题,我阅读了三千万字以上的90年代小说作品。记得那时我成天像着魔了一样,跑到五角场科技图书公司三楼的"天地图书",大量地选购八折的新书,甚至到了碰到新作品就买的程度。就这样节衣缩食,在没有任何外部经济支持的情况下,我靠着奖学金、稿费和学校发给的那点可怜的津贴,居然买了两万多块钱的图书,以至于外地的不少同行,竟然常常向我寻求资料上的帮助。

回想复旦的三年时光,内心涌起的真是难以言说的复杂滋味。这是我最用功的阶段,不断地看书,不断地乱涂乱写,成了个十足的书呆子。幸运的是,我在这里还遇见了那么些良师益友,使生活变得寂寞而又充实,孤独但不孤僻。我常常想起深夜从图书馆回南区宿舍的情景,经过国年路和政肃路的交叉口时,不止一次听到垃圾房里传出来的音乐。寄宿在里面的一位乞丐,在铁皮门的背后,不断地用双手拍打着手中的一台破旧的袖珍收音机,把广播里的京剧唱段拍得断断续续,颤颤悠悠。我真的为他的陶醉所感动,甚至觉得自己的痴迷也是殊途同归。毕业前夕,在论文与工作之间搅得焦头烂额的我,觉得自己有点灰溜溜的。能够多少为自己开脱的,恐怕就是校长在博士学位授予仪式上的那么一句表扬,虽然自己没有参加仪式,但这或许能够让自己有那么一点点自信,自以为这三年不全是在浪费光阴。①

博士毕业后,我慢慢转向文学史研究,大致有三方面的原因。其一,职业化的文学评论家都会跟踪新作品、新作家和新潮流,有巨大的阅读量,但是,时代不断在变,文学也不断在变,处在跟踪的位置上其实很被动,容易被外界所牵制,不易确立自己的站位。读博士时,我不止一次听导师

---

① 黄发有:《准个体时代的写作》,上海三联书店2002年版,第388—389页。

潘旭澜先生说，研究当代文学的人不应忽略文学的新变，但老是为变化而激动，有时难免会沉不住气，而且随着年龄变大，激情消退，总会有跟不上的那一天，因此，要以不变应万变。其二，评论家如果没有自己的根据地，也不易形成自己的个性与风格。读博士期间，我发了一些长长短短的文章，当时曾经有出版社联系我，让我编一本集子，借此机会翻阅了一下已经发表的文字，发现比较零碎，说得好听的话是兴趣广泛，说得难听的话是东一榔头西一棒子，于是给集子起了个名字《文化游击》。这本集子最终没有出来，出版社希望我增加一些评说热点的短文，还要求写得犀利一点，其实就是让我骂人，那时我已经开始写博士论文了，也觉得靠骂人赚吆喝不符合我的性格，就自动放弃了。游击战式的批评灵活，神出鬼没，时间长了也会觉得不靠谱，有点像玩躲猫猫的游戏，躲来躲去把自己躲没了。作为一个客家人，飘飘荡荡，其实内心很渴望有一个安稳的所在。在学术研究方面，我也跟祖辈一样，希望有自己的一亩三分地，可以种粮食，也可以种瓜果蔬菜。其三，顺其自然的发展。一直做跟踪性评论，闻风而动，容易被潮流所牵制，而评论要能留下来，成为一种积累，不能浮于表面，需要具有内在的深度和一种历史性眼光。文学评论是文学史的草稿，文学评论转向文学史研究，文学评论家转型为文学史家，是常见的现象。

我考大学的时候就想报新闻系，后来阴差阳错被杭州大学经济系录取，读本科时三心二意，断断续续看了一些新闻传播学方面的著作。我的博士论文一开始讨论90年代中国小说的文化环境和艺术特征，写到后来，发现传媒对90年代小说的影响是全方位的，不仅影响主题和题材，而且影响文体特征与语言风格。也就是说，不研究传媒影响，已经无法准确把握研究对象。后来，随着网络媒体的崛起，媒介格局出现重大转换，文学传媒研究有了更大的学术空间。由于意识到文学传媒对文学发展的影响日益增强，我的研究重点逐渐向当代文学传媒与文学传播研究领域转移，除了发表一系列论文，还陆续出版了学术专著《媒体制造》《中国当代文学传媒研究》，论文集《文学与媒体》《跨媒体风尚》《网络文学内外》和教材《文学传媒与文学传播研究》。这样，我从研究期刊、出版、影视入手，逐渐过渡到对文学传媒进行整体透视。兴趣带给我激情，而问题吸引我深入。要说研究方法，一是审美把握与实证分析相结合，二是学科交叉互动，三是会用一些统计手段,这是我读本科时掌握的方法。

　　媒介有自身的特性,但媒介的力量并不完全源于自身,媒介是四通八达的桥梁,将政治、社会、经济、文化的力量聚合起来,借助文学场域,传导到作家、编辑、读者身上。在对媒介与文学的关系进行了比较集中的研究后,我对媒介、文学的周边也越来越感兴趣。正因如此,我花了不少时间搜集文学制度方面的史料,断断续续写出了一些研究文学教育、稿酬制度、文艺政策等方面的论文。在翻阅了第一次文代会、第四次文代会和其他文艺会议的会刊、简报和原始材料之后,对照已有的文学史著作的有关论述,感觉文艺会议的研究还有较大空间。2008年,我申报的"新文学史上的文学会议与文学发展"被立项为教育部基地重大项目,这推动我集中精力搜集近百年文艺会议的史料。在梳理史料的过程中,我发现大多数现当代文学史论著在言及文艺会议时,都是大而化之,内容高度雷同。一方面,大多数研究者都觉得文艺会议在现当代文学史上影响重大,甚至改变了文学史进程,不容回避;另一方面,多数论著引用的往往是二手材料,基本没有援用原始史料。

　　在对文学媒介日渐熟悉之后,我更为自觉地认识到文学媒介产品都是第一手史料。除了公共媒介产品,很多内部报刊、油印史料、手稿和影像史料没有进入研究者的学术视野。在阅读一些稀见的书信、日记手稿和油印材料之后,那些生动的细节让我看到文人复杂的面相,发现文学在不同叙述语境中所呈现出来的差异。文学多姿多彩,但文学史不能任人打扮。描述一个时期的文学史,不存在一种标准答案,就像摄影和素描,取景的角度、光线和背景都会影响画面的效果。在多种史料的参证之下,我对一位作家、一次文学事件、一个文学阶段的认识不但没有变得清晰起来,反而变得更加模糊和斑驳。值得注意的是,大致的轮廓渐趋显现,具有了一种内在的立体感和动态的现场感,文学研究变得有趣了。

　　2014年,我申报的"新中国文学传媒史料综合研究与分类编纂"被列入国家社科基金重点项目立项名单,以这个项目为基础,我开始组织学术力量,启动了大型丛书"新中国文学史料与研究丛书"的编纂工作。转眼间过了八个春秋,这套书总算进入编辑出版流程。说实话,史料整理与史料研究工作长期不受重视,从业者吃力不讨好。不应回避的是,当代文学研究要在整体上有所提升和突破，史料整理与研究应当取得长足的进步。在《新中国文学稀见史料与研究》一书的后记中，我回顾了这些年搜集史料的过程，现照录如下：

> 收入本卷的史料，绝大多数来自我个人的收藏。这些材料有些来自街边小店或地摊，有些从网络书店购得，还有一些为朋友的赠品。本卷的编选前前后后费时三年多，而获取并积累资料的过程，细数起来超过二十年。
>
> 1996年秋天到复旦攻读博士以后，我开始跟随一些同学去逛文庙的旧书市场，购买过一些内部报刊和私人书信，这些材料售价低廉。当时看到不少珍贵的名人书信，开价大都在五十元到两百元之间，但那时囊中羞涩，内心挣扎了半天还是放弃了，因为刚入学时学校按月发放的生活费只有一百二十元左右，后来略有上浮，还是捉襟见肘。在吃饭与饥饿之间，本能还是占了上风。1999年夏天到山大工作以后，经常去逛中山公园的旧书摊和英雄山文化市场，通常见到的都是一些大众读物。赶巧的是，那几年济南有几家图书馆因为场馆空间紧张，大规模剔旧，大量20世纪五六十年代的书刊和内部出版物被当成废品清理，随后辗转流入地摊。那一阵我以很低的价格，成堆地购入大量旧资料。还有几次，我从几个收废品的大爷的三轮车箱里，翻找到一些有研究价值的油印资料。
>
> 进入新世纪以后，随着我将研究重点转向文学传媒领域，每次外出都会抽空去逛旧书店，在北京、天津、杭州、沈阳、厦门等地购得一批书信、日记、档案、会议简报和稿费单据。从2006年开始，我在南京大学工作了十一年。在对当代文学传媒进行多年研究以后，越来越清醒地意识到所有的媒介形态都是史料形式，而每一种媒介在发表和传播信息时都会有或隐或显的倾向，会对文稿和材料进行多重筛选。也就是说，在公开传播的材料之外，还有不少信息被忽略被遮蔽。基于这一思路，初到南京的五六年时间里近乎疯狂地购买各种资料。南京的朝天宫附近有

书刊夜市，除了零星的几家店铺之外，流动小贩凌晨布摊天亮撤市，我从中买到过一些有价值的史料，也因为天色暗淡，看不太清，买到过一些赝品，花了一些冤枉钱。随着网络旧书店遍地开花，实体旧书店的衰落难以逆转，我购买资料的主战场也转向网络，免了东奔西跑的劳顿，买资料越来越便捷。有一段时间，我一个月在孔夫子网上的支出达两万元。2008年前后正是房市最红火的日子，只要买房就能赚钱，而我却沉迷于搜罗形态各异的"废纸"。南大在仙林建设新校区后，本来我可以在和园以每平方米四千多元的价格买一套新房，过了几年还有资格购买一套联排别墅。滑稽的是，我把本应该用来买房的钱，用于买布满灰尘、怪味浓重的故纸堆了。有几年我得了比较严重的过敏性鼻炎，微风吹过，也会喷嚏连天。我妻子不仅得了鼻炎，还莫名其妙地失去了嗅觉。现在想想，堆满家里所有空隙的旧资料可能是重要的过敏原。这样反省一下，颇为愧疚！

另外，为了避免折腾，我的大部分资料一直存留在南京，这也增加了编选工作的难度。我时常把南京的资料搬到济南，又把济南的住处放不下的资料搬到南京，干起了搬运工的活。尤其是疫情防控期间出入受限，耽搁了不少时日。一些材料譬如稿费单据都存在南京，不少被夹在一些大开本的书中，我借到南京开会的机会，匆忙之间翻找了几次都没找出来。

本卷的目录经过多次调整，就史料价值而言，还有很多史料都应该收入，而且有一些被舍弃的篇目更有史料价值，但是经过反复权衡，还是只好割爱。除了稿费单据，本卷没有收入书信、日记、手稿、审稿意见等手写材料以及讲稿、档案等油印材料，之所以舍弃这些史料，大致有四个方面的原因，一是比较零碎，二是牵涉个人隐私，三是信息比较驳杂或有争议，四是考虑到版权问题。等条件成熟时，日后或会再编或续编更全面的稀见史料选集。还有一个问题应当向读者说明，选收的大都是20世纪90年代以前的史料。所谓"稀见"，还是要经过时间沉淀才能确定，至于距离现在太近的材料，未来走势还有待观察。

这些年寻访史料，我去过不少图书馆、文学馆、档案馆或纪念馆，资料封锁的现象较为普遍，不少地方都设置了很高的查阅门槛，需要办理各种复杂的手续，收费高昂，收藏的稀见史料被束之高阁，秘不示人。就我个人收藏的手稿、日记、自述、书信来说，因为大多数用纸质量不高，保存条件不好，稍稍翻动就容易破损，这类资料如果不及时进行拍照、扫描或数字化处理，再过些年就会灰飞烟灭。尤其是20世纪60年代初期的一些资料，纸张粗糙，很难保存。为了拍照和扫描，在按压一些旧书刊和油印资料的书脊时，有十几本已经碎裂了。因此，对这一类史料的挖掘与整理是颇为迫切的任务，再等几年就难觅其踪了。

三、做有趣而独立的学问

在商业氛围日益浓厚的环境里，文学不断边缘化，文学批评和文学研究算得上是一种"无用"的事业。十几年前，我总是会在课堂上鼓励硕士研究生继续深造。到了现在，我常常会跟考生说"考博要慎重"，人文学科的博士难考取、难毕业、难就业。如果不是真的对文学有兴趣，有热情，很可能在某一天会心生悔意，甚至半途而废。在不少看重功利的人的眼里，文学研究不仅"无用"，而且"无聊"。文学内在的力量无形而柔弱，她很难给人带来直接的功用，自古文人多寂寞，历史上不少显赫的人将文学看作茶余饭后的消遣或锦上添花的点缀，但文学常常给弱者带来持久的安慰，陪伴他们走过艰难的岁月，所谓有梦不觉夜长。

在文学研究的路途上奔忙了将近三十年，依然乐此不疲，因为我发现了其中的趣味，自得其乐。不管是研究作家作品，还是研究文学媒介与文学史料，我的焦点都是关注文学内外的"人"。现实中的作家、读者与编辑，作家笔下记录的有真名实姓的人与虚构的人物，为我提供了观察人生的多重视镜，各种风格的文字或如窗纱，或如雨幕，或如日光，或如月色，使得我与世界之间有了特殊的介质或桥梁。人生价值的实现，并不在于你拥有多少财富或权力，我觉得更为重要的是寻找到适合自己的存在方式，就像光线照亮物体，雨水滋润花果。在日益功利化的氛围中，不少人看惯了尔虞我诈的算计，见怪不怪，但文学界与学术界依然会有难得的清流，譬如编辑对作者的热心帮助，老师对学生的无私栽培。

最近十余年，因为致力于研究当代文学媒介，我得到了许多著名编辑家的帮助，并且专门与何启治、黄育海、何锐、宗仁发、陈思和、林建法、韩忠良等人围绕编辑出版实务与人文追求，进行了深入的对话与访谈。他们不仅提供了第一手材料与宝贵信息，而且以饱满的激情与不懈的追求深深地打动了我。在参与《扬子江评论》的编辑工作时，我提议设立"名编视野"与"名刊观察"栏目，发表了一些具有代表性的编辑家总结自己的编辑实践的文章，也发表了一些研究当代文学编辑的评论文章。非常遗憾的是，由于编辑的工作非常繁忙，除了个别编辑会自觉地保留原始书证，并以文字形式记录编辑生涯的点点滴滴，大多数编辑都没有将自己的经历、体会与反思形成文字。何锐老师去世后，很多作家自发写文章纪念他，向他的敬业精神致敬。他以近乎偏执而疯狂的激情挚爱文学，像他那样心里只惦记着刊物的编辑如今越来越稀罕了。作为一个地处边缘的省级刊物，《山花》之所以获得那么多重要作家的支持，很大程度上是被何锐的那颗赤子之心所打动。他在主持《山花》期间，不仅半夜打电话四处拉稿子，像地下工作者对接头暗号一样，直奔主题，来去无踪，还放下身段四处化缘，到企业去拉赞助。为了给《山花》寻找协作伙伴，何锐马不停蹄地拜访他所熟悉的厂长和经理。到遵义的湄潭酒厂寻求支持时，厂长的豪爽和热情让他误以为大功告成，居然连续灌下三四十杯"湄窖"，以示感激之情。在文学期刊处境艰难的90年代，《山花》从贵阳卷烟厂（后改制为贵州黄果树集团）、茅台酒厂等当地企业获得了高额赞助，这为它崛起提供了坚强后盾。为了避免断炊之虞，何锐牵头成立了旨在为贵州经济发展提供决策咨询的"贵州企业决策者研究会"，他自己出任秘书长，编辑供企业家参考的《企业决策研究》和《信息快递》，获得了政界和商界的广泛响应和大力支持。此前，《山花》一直是贵州作家的自留地，何锐践行面向全国的办刊理念，本土作家的作品很难进入《山花》的视野，因而招来了一些非议，还有人吹毛求疵，向有关部门反映《山花》的问题。与此同时，我发表于《当代作家评论》2003年第1期的《〈山花〉：边缘的力量》来得正是时候，《山花》马上在2003年第2期转载，作为汇报材料的附件，救了《山花》的急。为此，何锐对我有一种特殊的信任。2010年我在哈佛做访问学者，让当时在南京大学跟我读博士的王秀涛专门去拜访到南京出差的何锐，本来也安排他们做一次访谈，但他行色匆匆，没时间坐下来细谈，后来王秀涛专门写了一篇研究文章《文学的守夜人——编辑家何锐素描》，发表于《当代作家评论》2010年第5期。从《山花》主编岗位上退下来后，何锐对文学编辑事业依然念念不忘，投身主编"新世纪文学突围丛书"。他每次到南京去江苏文艺出版社商量丛书的编辑出版事宜期间，总会约我见面。我总是劝他丛书可以不编了，应该抓紧整理第一手材料，总结一下自己的编辑经验。2017年年初，我家内子跟何锐做了一个长篇访谈《以文学编辑为终生事业——〈山花〉原主编何锐访谈》，初稿有两万五千字的篇幅，《当代文坛》2017年第5期刊发的版本差不多压缩掉一万字，这应该是他谈得最深入的一次。后来他在电话里跟我说，准备整理一下手头的原始材料，"好好搞一搞"，遗憾的是，最终没有搞出来。何锐用文学的火点燃了自己，直到把自己烧成灰烬。在20世纪80年代，很多人把文学视为理想。随着时间的推移，越来越多的人将文学弃若敝屣，文学成为过时的理想。让我感动的是，恰恰是那些逆流而上的文学中人，当文学变得不合时宜，他们依然像堂吉诃德一样手执长矛，不离不弃。

随着研究重点的转移，这些年我不再像读博士时那样大量地阅读文学作品，但从来没有远离文学现场。不管是参加各种评审还是给学生上课，要对作品下判断，就不能不读作品。现在的好处是，读作品不再是为了写评论，自己心里有数就行。除了一些特殊任务，不再写自己不愿意写的文字。每年给学生讲现当代作家作品课程时，都会给他们推荐十部当年的新书，让每位学生从中选择一部，在读作品之前不读有关评论，形成文字后和大家分享。那些认真阅读的学生，他们的发现每每都让我感到惊奇，他们进入作品的角度和提出的观点，和我的阅读体会确实存在差异，这种代沟没法回避。当我理解了时光的魔力之后，就如同面对特殊的镜子，从中照见自己的思维惯性和审美偏好，以过来人的豁达之态，尊重年轻人的孤傲。原来，接近年轻人的内心会那么有趣，就像坐在山坡上，看远处流动的河水和飞驰的车影，距离带来美感，对隔膜的察觉也会驱动我们去缩短精神上的距离。文学确实在变化，作者和读者都在变化，可文学也有一些不变的东西，那就是对生命的体恤和对人性的关切，正是在这些点位上，我跟我的学生们产生了共鸣，就像从不同的方向进入一片精神的广场。

  文学丰富多彩，形式多样，不同文学主体的价值追求各有侧重，但文学不能对人无动于衷。捍卫人的尊严，应该是文学始终不渝的目标。首先，文学研究者必须有同理心，不居高临下，理解创作的不易，将心比心地分担别人的困境。在我看来，凡是不尊重人的行为与文字，都应当遭到抵制。当然，研究者感同身受的共情，不仅是面对文学的虚构世界的代入，更应该是现实生活中真实的介入。其次，文学研究者应当有敬畏心。在文学边缘化的背景下，一些文人为了让自己变得"有用"，随波逐流，结果把文学廉价抛售了。个别评论家将纸糊的高帽——"划时代""里程碑""伟大""史诗"随便派送，事实上他只是随便翻了翻作品，连作品具体写什么的都没搞清楚。还有一些评论家，要么以关系远近划圈子，要么将"酷评"进行到底，语不惊人死不休。其实，文学评论也没多么高深，但要做到鲁迅所言的"坏处说坏，好处说好"，真是不容易。最后，文学研究者还要有超越心。只有超越小圈子，才能摆脱庸俗的趣味。只有超越当下，才能具备宏阔的历史视野，将研究对象置放于历史的坐标中进行衡量。只有超越功利，才更有可能做出原创性的贡献，体会文学内在的美和善。有了同理心、敬畏心和超越心，在孤独的旅途中不至于轻易迷失自我，在惆怅和艰难中默默坚持。独立并不是凌空蹈虚，更不应该脱离现实，而是背靠历史，面向未来，使自己在时代的潮流中有所持守。

批评就是发现

一个批评家对文学的参与，如果要真正地有益于文学的发展，那他就必须将自己的生命投入其中，首先点燃自己然后才能照亮其批评对象。批评之饱受指责，正在于批评家隔靴搔痒、指鹿为马、牵强附会的言说，当批评沦落为获取名利的阶梯时，批评的人文使命也就在无形中被抽空了。一个批评家必须时时保持对自我的约束，只有首先对自己负责然后才能对其面对的作品、作家、现象和思潮负责，只有首先对自己进行深刻反思，然后才能真正深刻地对文学进行反思。相对于文学发展的无限的可能性而言，批评家个体全身心的投入也注定只能是渺小的、微不足道的。在这种意义上，不管是批评家还是作家，都是悲剧性的角色，就像精卫填海一样，既悲壮又荒谬。

进入20世纪90年代，文化批评日益盛行，审美批评逐渐淡出。应该说，文以载道传统和经世致用哲学深入人心，因此，审美批评在中国始终根基浮浅。80年代前期，思想解放从文学实践中借力，这一现实使社会学、历史学、政治学的视野在文学批评中占据主导地位。随着西方文学尤其是现代派思潮涌入，中国作家试图以形式探索来摆脱工具情结对文学的压迫，先锋文学的形式实验也带动了形式主义批评的繁荣。但是，随着文学在消费潮流的冲击下走向文化的边缘，洪峰、余华、苏童、叶兆言等先锋作家在90年代转向写实风格，极端化的形式革新在内外交困中难以为继，形式批评也相应地沉落。

90年代初期鼓噪一时的"文学危机论"和文人下海风潮，使不少文学留守者急切地寻找拯救文学与拯救自己的对策，在病急乱投医的情境下，呼唤日渐遥远的轰动效应成为一种普遍心态。为了使文学显得"有用",能够养活自己,不少陷入困境的文学期刊开始"自救",拿出不少版面来刊登"广告文学",一些在80年代呼吁文学回到自身的批评家也开始重提文学的现实功用。更为重要的是,许多文学工作者最为关心的不是文学有没有"用",而是害怕自己在消费大潮中变得"无用"。因此,在消极的层面上,文化批评在90年代的复兴可以视为文学主体放弃自身的独立性,并试图借此重新返回中心的努力,批评的功利性、依附性、消费性得以充分显现。在积极的层面上,文化批评使批评从形式的象牙塔中走出来,重新获得介入现实、批判现实的活力。遗憾的是,文化批评的卷土重来并没有补偏救弊,并没有与审美批评形成良性互动,而是压倒性地驱逐了审美批评的正常存在。文化批评的泛滥,以及批评主体对独立性的放弃,严重地损害了批评的尊严。批评主体对自己的话语边界缺乏必要的限制,以一个专门家的学识进行全方位的、不负责任的"时评",以对大而无当的"主义"的热情掩饰面对"问题"的无能。批评在90年代的悲哀并非"失语",而是缺乏节制的胡言乱语,是话语"失禁"。在实用主义的氛围里,小圈子批评、广告批评、文化酷评、媒体批评渐成气候,批评的独立品格日渐流失。

对于文学研究而言,最为难堪的是,认真读作品的人越来越少了,而且不读作品的人竟理直气壮地在会议上发言,著书立说,长篇大论。为了求新求变,当代研究者越来越重视对文学史的宏观把握,也推出了极少数的立论精当、令人耳目一新的学术成果。但是,不少研究主体习惯于将新潮理论模式不分对象地乱套,甚至为了自圆其说而避实击虚,回避那些与自己的观点相矛盾的材料。这种过于聪明的做法不无投机取巧的意味,在市场经济的冲击下,追求显效与超额回报的功利意识,使不少学人薄积厚发,那种躲进故纸堆、甘坐冷板凳的笨功夫在当今的学界中似乎是越来越少见了。更为浮躁的做法是,随意地选择几个文本进行大而化之的分析,就以偏概全地将个别现象上升为20世纪甚至整个中国文学的普遍规律。不少研究"20世纪中国文学"的论文,竟然只谈了一两个作家的几部作品。许多对"90年代文学"进行整体把握的文章,大多采用取巧的"抽样分析"法,断章取义,道听途说。没有对典型文本和具体史料探幽发微,一味追求宏大的理论建构,最终只能是在流沙上建筑大厦,所得出的结论也只能是大而无当的空谈。

我个人认为，认真阅读作品是文学研究最起码的要求，也是批评主体对作品、作家和文学必要的尊重，更是对自己最起码的尊重。文本细读不仅是审美批评的起点，也是严肃的文化批评的起点。脱离了具体的文本，不仅无法研究文学的形式特点和审美品格，也无法研究外部力量对文学的影响与渗透。现在流行的文化批评，往往把文学作品的精神表达作为社会政治分析的文化依据。须知，严格意义的社会学、政治学分析必须通过解剖真实的案例来进行分析与归纳，根据感性的、虚构的文学经验来介入社会现实，这固然使话语表达获得了更大的自由，但是，主体的臆测显然会产生误导影响。

近二十年的文学批评一直存在着一个突出的问题，那就是生硬地照搬西方批评话语，用舶来的理论肢解本土的作品，而一些批评家往往是先验地确立自己的理论框架，然后牵强附会地对作家、作品进行分类，贴上五花八门的理论标签，不惜以误读、篡改和歪曲等手段来消解自己的创新焦虑和满足"命名"冲动。一直以来，批评家努力的目标似乎总是打造一种毫无漏洞的理论体系，忽略了抽象的理论与感性的体验之间的沟通和呼应，极力地掩饰自己在研究和论证过程中遭遇的困难与阻碍，很少选择文学发展过程中的特例对论题进行反证与质疑，对与论题相冲突的材料避而不谈，掩耳盗铃，自圆其说。其实，对于任何一种有价值的事业来说，它必然不断地遭遇困难与挑战，没有难度的批评只能是没有创造性的、无聊的、不负责任的陈词滥调。因此，与文学共同呼吸的批评不可能是永远正确的绝对真理，而批评家存在的价值恰恰在于揭穿那些"绝对真理"的虚伪与空洞，批评的成果不仅仅在于那些理论，更重要的是，批评主体在困难中探索生命的过程，批评家用自己的呼吸来实现自我，同时和所有的呼吸着的文学灵魂一起，活生生地印证文学的存在与变化。对于文学批评而言，只有在"自我实现"的基础上，批评主体才不会虚与委蛇，才可能真诚地投入，才可能为自己和文学负责。也就是说，与批评对象的对话，不仅是批评主体发现对象的过程，也是其自我发现的过程。更为重要的是，这种"自我实现"并非功成名就、自欺欺人的圆满，而是一种在不圆满状态中向文学理想逼近的、艰难的生命过程。因此，那种真诚地袒露自己在探索过程中的犹疑与困境的批评，与那些打磨得异常光滑的、表面上没有任何破绽的批评相比，更能够逼近人心，更能够给人活生生的审美启迪。直面难以直面的现实，而不是制造美丽的谎言，这是批评家的德性，也是批评的伦理底线。

呼吁与呵护健康的文学生态，是当代文学批评最为重要的使命，也应当是批评实践的自觉追求。新中国成立以后的文学生态，长期被"非此即彼"的二元对立思维与模式所笼罩，对话与交流机制得不到疏通，文学批评在沉重的社会压迫下扭曲变形，文学与政治、历史的关系遮蔽了文学的审美批评。宗派主义、小圈子主义的盛行，使批评观点的交锋常常演变成排斥异己的人身攻击，不仅缺乏对持有不同意见者的尊重，而且强势者常常致力于剥夺弱势者的说话权利，所谓的"批判"成为权力保驾下的思想垄断。真正健康的文学生态，并不在于表面的繁荣，而在于文学发展具有良好的造血功能与代谢机制，不同的文学流脉在互动互补中共生共荣，在不断拓展的自由空间中走向真正的"多元化"局面。

面对喧哗的文坛，批评家应当善于从混乱中发现暗藏的生机。一方面，批评家不应陷入怎么都行的漠然与怨天尤人的悲观，必须以一种燃烧的理性，从独特的侧面揭示文学动态的进程与复杂的本相，积极地扶掖新生力量。另一方面，批评家还必须提高危机意识，警惕种种文学假面与精神暗流，抨击种种伪装的腐朽。为了营造一种正常的批评生态，批评家在批评实践中不应草率地做出判断，尤其应当警惕那些宣判式的文学宣言和以正义、道德化身自居的文学布道。批评家的包容在鼓励多音齐鸣的文学实践的同时，也为自己的言说设定了一个边界，既捍卫自己的表达自由，也捍卫别人的、公共的表达空间。批评家的这种选择是建立在历史经验和个人体验基础上的理性自觉，是反复摸索的结果。当然，批评家的宽容并不是放弃原则的敷衍，而是对在中国文学中处境尴尬的"个人"的护卫和尊重。为了使"个人"真正地在中国文学中站稳脚跟，使种种文学话语具有免于强制的最低限度的自由（也就是柏林所说的"消极自由"），批评家在发言中就不能将"我"的立场扩大成"我们"的立场，不能把一些特殊判断上升成全称性判断，同时使自己不被大而无当的公共话语与权力意志所淹没，让那些从传统堡垒中游离出来的孤独个体真正地摆脱群体的围追堵截，在众声喧哗的对话与撞击中真正地做到"和而不同"。

正是考虑到当代文学进程的曲折性，批评家在批评实践中应当对纷繁多变的文学现状进行历史反思，而不是孤立地审视当下的文学表象。因为只有敢于直面历史，才能在艰难中蜕变。与历史反思相得益彰的是自我反省。这种自我约束是批评得以修正和深化的重要保障，批评家只有与对象进行主客交融的文化互动，批评才不会凌驾于对象之上，才不会变成脱离了现实生命的文化空壳。整体化、中心化、意识形态化思维对文学的长期影响，使批评界人士喜欢归纳拒绝分析，甚至以抹杀个性的代价来突出共性。90年代以来的文学批评在这一点上并没有根本的改观，最为典型的表现为，以带有"新""后"等前缀的"代群"命名来划分文学的惯例。因此，批评家对文本的重视和对个性的辨析，在百科全书式的文化批评盛行的年代里，应当以个性鲜明的视角，为多变而活跃的文学年代留下鲜活的精神见证和动态记录。

批评必须以充沛的激情追问文学的"可能性"。探索"可能性"，是对静止的、封闭的、保守的文学观念的反动。批评家不能以成败论英雄，而是以开放的、包容的、富于预见性的眼光，审视包含无限可能性的文学发展状况和进程。一成不变、死气沉沉的文学格局抑制着"可能性"的生长，只有在健康、正常的文学生态中，"可能性"对现实的不满足才能够发挥其创造性，才能够刺激文学的进步。"可能性"是文学永不止息地向前行进的内在动力，是一种容易被忽略的、潜在的新因素。因此，对"可能性"的开掘能够为文学带来新的活力。

重视可能性，要求批评家不一味地求全责备。但是，对处于萌芽状态的新因素的宽容，并不意味着对缺陷的迁就。在复杂的文学环境里，种种不利因素的压迫常常使可能性只开花不结果，半途而废。因此，对"不可能性"熟视无睹只会加速可能性的泯灭，只有清醒地认识到可能性面临的严峻考验，才有利于促使可能性成长为现实性。

对可能性的追寻代表了批评家面对世界的一种态度，表明批评家弃绝了从必然性和本质上把握世界的传统方式。可能性在某种意义上是诗性与哲思的一种结合。一方面，它通过将世界感性化，获得诗性的发现；另一方面，通过理性的审视与反思，进行一种具有穿透力的批判性观照，思考文学的审美限度与精神的终极意义。这种诗性饱含着作者对于文学的理想主义热忱,可能性在某种意义上正是文学理想的生长、发育与成熟的生命进程。在这种可能性的视野中,批评家的哲思则是一种必要的清醒,其中既包含了对合法性的深究,又蕴涵着超越性的命题,即文学的历史发展没有最好,只有更好,静止的完美仅仅意味着活力的丧失。正如顾准在《民主与"终极目的"》一文中所说:"矛盾永远存在。所以,没有什么终极目的,有的,只是进步。……至善达到了,一切静止了,没有冲击,没有互相激荡的力量,世界将变成单调可厌。"① 只有在多种可能性的相互激荡与渗透中,文学的发展才能成为现实。

可能性与文学的未来视野紧密相连,这种寄希望于未来的预见成为指导当下行为和探索价值观的源泉。"未来"眼界的丧失,会使文学变得贫困。批评家只有通过继往开来的历史性考察,才能以开放的、包容的、富于预见性的眼光,审视包含无限可能性的文学发展进程,注重对不成熟的、在困境中不断探索的文学力量的发掘与鼓励,善于从不完善的文学状态中发现那些寻求进步的潜在倾向,从既有的文学资源中寻找那些被忽略、被掩盖却有着极强生命力的可能性。姿态面向未来就是不把一时的得失作为判断的依据,不以一种文学流向存在的合理性作为否定另一种文学流向存在的证明,不以一种可能性挤兑另一种可能性。在变动不居的文学表象面前,只有将历史反思、现实评价与未来眼界结合起来,批评才可能走出失语的尴尬。

面对批评的种种"错位",要克服这种"错位",批评家就应进行批评的历险,应以冒险的方式重新走入对象的精神世界与文本世界,以真正个人化的发现和阐释,重新赢回批评的自尊。必须警惕的是,在尝试克服"错位"时很可能遭遇新的"错位",但也许正是对新的挑战的正视,为批评也为创作主体的探索带来了新的可能性。因此,批评的灵魂就是永不停滞地发现。在这里,"发现"是活力十足的动词,而不是静止不变的名词,"发现"是与生命共同行进的状态与过程,是植物萌芽、开花、结果的循环,是个体生命与精神孕育、分娩、发育、成熟的漫漫行程。

---

① 顾准:《从理想主义到经验主义》,光明日报出版社2013年版,第134—138页。

"今日批评家"的特色与意义

在文学期刊的发展历程中,期刊栏目有着重要地位,一家有特色的期刊往往以王牌栏目为基石。遥观五四时期具有开创性的《新青年》,"通信"栏目就独树一帜。"通信"栏目发表读者来信、社外稿件和争鸣文章,而且由主编亲自答复,阐明主张,构建了读者、作者、编者平等交流的平台。遗憾的是,在"十七年"的文学生态中,文学期刊都摆出一副统一的面孔,以《人民文学》和《文艺报》为样板,栏目设置千篇一律,失去了个性。"文革"结束以后,伴随着老牌文学期刊的复刊和《当代》《十月》《钟山》《花城》等大型文学期刊的创刊,文学期刊的品种变得丰富,结构得到优化。到了20世纪80年代中期,文学期刊的编辑们顺势而为,强化策划意识,逐渐打造出一些特色栏目。《收获》的"实验文体"、《钟山》的"新写实小说大联展"和"新潮小说"、《作家》的"《作家》论坛"等栏目令人耳目一新,并且推动了寻根文学、先锋文学、新写实小说等文学新潮的发展与深入。就文学评论期刊而言,《当代文艺思潮》的"西部文艺研究"和"西部佳作发现"栏目以及《当代作家评论》的"评论专辑"形式,都是独辟蹊径。关于"评论专辑"的缘起,编者有这样的交代:"偶为一句南方俚语触发,所谓'芦柴成把硬',新人新作既然难以单篇文章做接近于准确的判断,何不采取多人多角度甚至多方法的'集束'评论!"① 集束性"评论专辑"通过立体的、多角度的交叉透视,较为全面地展示研究对象的丰富性和复杂性,有利于激活创造性的批评实践,促进审美互动与思想交流。《南方文坛》1998年设立的"今

---

① 《编者告白》,《当代作家评论》1988年第2期。

日批评家"栏目,采用的也是专辑形式,但是栏目聚焦对象不再是作家,而是通常被忽略的批评家。这个栏目既提升了刊物的品位和文化影响力,而且通过关注新锐批评家推动了当代文学批评的发展。透过"今日批评家"这一扇窗口,既可以把握《南方文坛》的深层脉动,也可以观察文学批评场域的变换和文学批评风尚的迁移。

一

《南方文坛》1987年创刊,作为广西文联主办的文学评论刊物,因为地处边陲,在较长一段时间内默默耕耘,寂寂无闻。从1996年第6期开始,《南方文坛》实行改版,编者在《卷首语》中有言:"新到位的我们面对转型期中专业期刊纷纷转向乃至下马的困境,却一致提出改版杂志,从内容到形式。我们希望有个更好的精神布局,既为文化呐喊,也树立文化人坚守自己阵地的信念。我们明白,中国文艺界对优秀理论刊物的渴求,比任何时候都强烈。这便有了我们新的办刊宗旨:摒弃学术刊物惯常的'论文集'化,融学术性、信息性、地域性、可读性于一炉。"①以"改版号"为起点,《南方文坛》的开本从普通的16开本改为国际流行的大16开本,更为关键的是,随着"理论新视界""南方百家""批评之旅"等新栏目的设立,谢冕、陈骏涛、陈思和、王一川、王岳川、孟繁华等批评家在此发声,《南方文坛》突破"地方刊物"的格局,逐渐形成了"立足南方边陲,放眼全国文坛"的新气象。王岳川在祝贺《南方文坛》创刊十年时评价道:"《南方文坛》改版一年,面貌一新,从广西走向了全国,成为'南国三杰'(《大家》《山花》《南方文坛》),并具有了越来越大的影响。刊物的办刊思想、刊物的文化品位和档次,都具有超前性和开拓性。"②贺绍俊撰文表示:"回顾《南方文坛》十余年来的发展过程,我们发现他们不仅在办一份具有特色的评论刊物,而且也是在为当代文学

---

① 《卷首语》,《南方文坛》1996年第6期。
② 《生日贺辞》,《南方文坛》1997年第6期。

史创造一个新的'关键词'——南方文坛。"① 理解"南方文坛"这个关键词,"今日批评家"栏目是打开门锁的钥匙。

《南方文坛》真正确立个性和特色,标志是"今日批评家"栏目的设立。"今日批评家"犹如刀之利刃,是《南方文坛》的核心竞争力。就文学评论刊物而言,在一个学术八股文盛行的氛围中,很难保证每个栏目都有好文章,也很难保证每期都有好文章。而"今日批评家"栏目犹如一方春壤,源源不断地向文坛和学术界推送新的面孔和新的批评声音。在某种意义上,"今日批评家"生不逢时,颇有逆流而动的意味。1998年,曾被时任《雨花》主编的周桐淦确认为"新时期以来文学期刊运行最为艰难的一年",而《小说》《昆仑》《漓江》《峨眉》在这一年停刊更是被悲叹为"天鹅之死"。但《南方文坛》以蓬勃的朝气与活力,开垦出一片新的沃土。1998年第1期,"今日批评家"开栏,主编张燕玲写道:"新年里,本栏将陆续把中国当下年轻的、活跃的、富有思想和学术品味的青年批评家以专辑形式推介给读者。此辑包括批评家的批评观(以卷首方式刊登)、最新论文、对批评家的评介、个人学术小档案、近照等,以期汇集并学术地表现中国今日的批评家,他们是中国文坛批评界的希望和未来。"②

在设立"今日批评家"栏目后,《南方文坛》又在2003年和2004年取消了这一栏目。起因是,有人认为批评家的成长和成熟较为缓慢,过度开发可能会导致滥竽充数的局面。直到2005年第2期,"今日批评家"才再续前缘。编者认为:"'今日批评家'栏目从1998年开始,五年里以头条推介了实力派青年批评家:南帆、陈晓明、郜元宝、王干、孟繁华、李洁非、张新颖、旷新年、李敬泽、洪治纲、谢有顺、吴俊、王彬彬、戴锦华、张柠、吴义勤、程文超、罗岗、施战军、杨扬、葛红兵、何向阳、汪政、晓华、黄伟林、王光东、李建军、张闳、张清华、王宏图、林舟等。通过批评家对自己批评观的言说及其他批评家对他的再批评,批评家不仅展示了自己的最新成果,同时通过再批评,形成批评家

---

① 贺绍俊:《为当代文学创造新的关键词》,《光明日报》2006年6月9日。
②《编者按》,《南方文坛》1998年第1期。

相互间文学观念的交流，文化精神的对话，从而体现文学精神。《文艺报》曾赞誉'今日批评家栏目催生了90年代青年批评家的成熟'。在栏目暂停两年后的今天，我们将一如既往，以推介更年轻的批评家为己任。"①在栏目恢复之后，"今日批评家"又陆续推出了臧棣、黄发有、贺桂梅、张念、李美皆、邵燕君、刘志荣、赵勇、王兆胜、李静、路文彬、姚晓雷、张学昕、王晓渔、贺仲明、李丹梦、张宗刚、何言宏、牛学智、张光芒、熊元义、杨庆祥、金理、李云雷、张莉、周立民、申霞艳、霍俊明、梁鸿、何平、毛尖、李遇春、张柱林、李凤亮、冉隆中、刘复生、马季、黄平、刘春、胡传吉、谭旭东、房伟、李东华、黄轶、郭艳、杨光祖、刘铁群、夏烈、王迅、刘大先、何同彬、何英、郭冰茹、傅逸尘、岳雯、董迎春、柳冬妩、张定浩、张立群、黄德海、王冰、于爱成、李德南、丛治辰等批评家。截止到2015年第5期，"今日批评家"栏目一共刊发了九十五位新锐批评家的专辑。

"今日批评家"在探索中不断完善，逐渐形成了自身的鲜明特色。首先，"今日批评家"把推介批评家作为目标，以"凝聚批评新力量，互启文学新思想"为宗旨，强化了批评家和文学批评的主体性。文学评论刊物基本上以发表作家论、作品论、创作论为主业，作为研究对象的作家往往被奉为主角。在传统的文学观念中，批评家常常被一些作家视为附庸的、陪衬性的角色，对批评家和文学批评缺乏必要的尊重。"今日批评家"对批评家的处境和批评的艰难都怀有一种基于理解的同情，编者曾说："我们刊物的存在，就是要永远记载并纪念那些跋涉于批评苦旅的人们，这是对他们征服批评之海的精神的敬意！文艺批评的确是十分悲壮地生存着，批评之旅艰苦而神圣。"②"今日批评家"以专辑形式集中、连续地展示青年批评家，有助于激发批评家的自信心和独立性，栏目也为批评家彼此互动与对话提供了平台，促进思想的碰撞和精神的交流。李敬泽在一篇短文中深有感触地说："我的批评写作与《南方文坛》有至关重要的关系，它的《今日批评家》栏目十多年来几乎成

---

① 《编者按》，《南方文坛》2005年第2期。
② 《批评之旅》（卷首语），《南方文坛》1997年第5期。

了新进批评家正式亮相的地方,实际上,也正是当张燕玲邀请我为《今日批评家》栏目撰稿时,我才第一次意识到自己误打误撞地成了所谓'批评家'……"[①]2001年11月,十余位青年批评家出席在广西北海召开的"今日批评家"研讨会,与谢冕、陈思和、鲁枢元、夏中义、白烨、贺绍俊等前辈批评家展开对话,对自己的批评实践进行检讨和反省,并讨论当代文学批评面临的新形势和新问题。谢冕在会议上认为:"这个栏目体现了《南方文坛》杂志的一种爱心。……这个爱心是非常重要的,现在作家层出不穷地出现,可批评家的出现是非常难的,需要我们爱护。"陈思和认为:"'今日批评家'呈现了中国文学评论队伍成长的过程,是20世纪90年代文学批评的清晰展现,它集结起一支如此有生气的批评力量。这不是一个一般栏目的问题。"白烨认为:"'今日批评家'栏目推出的这些批评家有朝气又有实力,他们已经成为当代文学批评领域的中坚力量。他们的出现与成长至少有两个显见的意义:第一,它表明随着文学创作的不断发展,文学批评也在积极进取,批评新人正在健康成长;第二,新一代批评家更能适应多元格局的文化时代,更能理解层出不穷的文化现象,在解读市场经济下的文化、多元文化下的文学方面,可能发挥更为有力的作用。"[②]

"今日批评家"精心设置栏目,既让批评家进行充分的自我展示,又通过批评家论和印象记,立体呈现新锐批评家的批评个性和学术风格。"我的批评观"虽篇幅短,但文体自由活泼,批评家们可以直抒己见。进入新世纪以后,文学批评家的主力军是大学中文系研究中国现当代文学的学者,由于学院考核执行越来越严格的量化标准,批评文体逐渐失去多样性,日益僵化的学术规范抑制了批评文体的内在活力,高头讲章式的长篇大论盛行一时。正如张新颖所言:"没有自由的表达,哪里会有批评呢?可是一些似有似无的成规要对自由的表达加以限制、改造、装饰,以便使之成

[①] 李敬泽:《广西:创造力的来源》,《文学报》2006年6月15日。
[②] 本刊编辑部:《"今日批评家"的今日批评——〈南方文坛〉"今日批评家"研讨会综述》,《南方文坛》2002年第1期。

为'批评'。"①因此,"我的批评观"展现了批评家们不同的观念、方法和趣味,而且文体不拘一格,这也有助于促进批评文体异彩纷呈,解放批评文体被束缚的活力和可能性。

其次,突出批评家和文学批评的"在场"状态。张燕玲强调:"'今日'不仅仅是年龄概念,更是时态,现在进行时、当下的。"②这种理解让我想到别林斯基的观点,他认为文学批评是"一种不断运动的美学"。文学批评只有深度介入文学的发展进程,才能不断发现新问题和新经验,才能在批判性的对话中获取动力和活力。事实上,"今日批评家"栏目的设立,本身就是对"批评的缺席"的积极回应。进入 90 年代以后,市场经济的勃兴推动了文学的商业化进程,文学批评在商业利益的侵蚀下,也产生了放弃独立性的寄生现象,一些批评家加入了为书商吆喝的行列。针对个别批评家无原则赞颂《曼哈顿的中国女人》的丑态,吴亮在 1992 年 10 月 20 日的《上海文化艺术报》发表《批评的缺席——评〈曼哈顿的中国女人〉》一文,他认为,由于批评的长期缺席,导致了另一些似是而非的意见的形成与畅通无阻(在正常情况下,这些意见同样是次要的、即生即灭的)。"推销、曝光、传闻和偶然言论,都不能改变一部作品的原有价值。只有那些有说服力的批评才能廓清各种次要声音制造的迷雾,让人看到某一事物或某一作品的真相。"③《南方文坛》在 1997 年连续两期开展"批评缺席了吗?"的讨论,并于当年第 5 期发表了陈骏涛的《文学批评:从八十年代到九十年代》、王干的《保卫九十年代的文学批评》,第 6 期发表了王光明的《文学批评的学术转型——九十年代文学批评的一种倾向》、陈思和的《也谈"批评的缺席"》等文章。正是带着敏锐的问题意识,"今日批评家"不仅关注站在文学前沿的批评家,而且通过独具慧眼的选家意识来遴选批评家,及时对文学发展的新情况和新变化做出反应,设置具有文学意义的批评话题。在 2001 年的"今日批评家"研讨会

---

① 张新颖:《说出我要说的话》,《南方文坛》1999 年第 1 期。
② 张燕玲:《与"今日批评家"结缘》,《文学报》2015 年 6 月 4 日。
③ 吴亮:《批评的缺席——评〈曼哈顿的中国女人〉》,《上海文化艺术报》1992 年 10 月 20 日。

上，与会批评家们认为，随着新一代批评家的成长、成熟，批评将在更为广泛的领域内发挥其重要的作用，而《南方文坛》的"今日批评家"栏目，也体现了当代文学批评演变的轨迹，有力地说明了批评并没有缺席。

"今日批评家"发表的主题文章，关注的往往是新作品、新作家、新问题和新现象，其突出特点是以文本分析为基础。譬如孟繁华的《生命之流的从容叙事——王小波的小说观念与文学想象》、李敬泽的《通往故乡的路——刘震云〈故乡面和花朵〉》、吴义勤的《被怀疑的"语言"——评斯妤长篇小说〈竖琴的影子〉》、汪政和晓华的《论〈坚硬如水〉》、张清华的《文学的减法——论余华》等文章，都体现出为文本"负责"的精神。正如吴义勤所言："一个批评家可能需要有多方面的能力，但我觉得对文本的感悟力、判断力、阐释力永远是第一位的。"① 其他一些考察文学现象或思考文学史问题的论文，譬如施战军的《茹志鹃小说与中国当代文学》、杨扬的《变化意味着什么？——90年代中国文学的变化及其自身的思想障碍》、王光东的《十七年小说中的民间形态及美学意义——以赵树理、周立波、柳青为例》、王宏图的《都市叙事与意识形态》、何言宏的《当代中国的"新左翼文学"》、姚晓雷的《余华：离大师的距离有多远》、贺仲明的《当前中国文学到底缺什么？——以长篇小说创作为个案》、杨庆祥的《〈新星〉与"体制内"改革叙事——兼及对"改革文学"的反思》等文章，也是通过文本阅读发现问题，没有脱离文本空谈，这样对现象的剖析和对走势的把握都能切中肯綮，具有极强的现实针对性。当然，"今日批评家"也不排斥批评方法的多样性，像偏好文化研究方法的李洁非、张柠、赵勇、林舟、王晓渔等批评家的加盟，不仅丰富了"今日批评家"的版图，而且他们的文章都深接地气，切中要害，迥然有别于那些隔山打牛的、空泛的"文化批评"。基于此，"今日批评家"与当代文学的动态进程共同呼吸，保持了一种鲜活的在场状态。

---

① 吴义勤：《为批评一辩》，《南方文坛》2000年第2期。

二

《南方文坛》在创刊时就确立了"立足广西、关注全国"的办刊思路，但在改版之前还是无法突破地方性期刊的格局，视野局限于广西文艺界内部的一方天地，在20世纪90年代中期更是在困境中挣扎，濒临停刊。《南方文坛》的改版和创立"今日批评家"栏目，与1994年《大家》创刊、1994年第11期《山花》改版形成了一种内在的呼应，宣告了立足西南的边地文学期刊的崛起。对《山花》的改版，我曾经有这样的评价："拆除园地栅栏，打破地域界限，呼吸山外的新鲜空气，从封闭走向开放，迅速地与中心地区的文学刊物接轨，形成一种良性的竞争、互动与对话关系。"① 《南方文坛》的新思路同样爆发出一种"边缘的活力"，编辑团队清醒地意识到身居边地的局限性，但是边地空间也有自身的优势，譬如等级规范和功利观念会淡漠一些，能够突破中心区域文艺界的圈子。与文学创作期刊相比，文学评论期刊的生存尤为不易，《当代文艺思潮》《当代文艺探索》《批评家》《文学评论家》《文学角》《上海文论》和文学评论报纸《文论报》《作家报》纷纷停刊。这种困境既是对《南方文坛》的严峻考验，也为之提供了潜在的发展契机。在90年代的文学环境中，文学批评期刊主要集中在北京（《文学评论》《文艺研究》《文艺理论与批评》）和东北（《当代作家评论》《文艺争鸣》《文艺评论》《艺术广角》），南方地区除了四川的《当代文坛》，文学评论刊物湮没无闻。对于批评名家而言，他们的声音并不缺乏传播平台，但是，对于处于爬坡状态的中青年批评家而言，他们具有挑战性的、充满锋芒的文章也难免碰壁。90年代风起云涌的市场化潮流，也将文学批评界冲击得人仰马翻，一些批评家在左顾右盼中无所适从。因此，"今日批评家"的诞生正当其时，称得上是雪中送炭。

"今日批评家"栏目面向全国发掘富有创见的青年批评家，"集结起

---

① 黄发有：《媒体制造》，山东文艺出版社2005年版，第71页。

一支有生气的批评力量"①。"今日批评家"尊重每个批评家的个性,让他们在这个舞台上施展自己的拿手绝技,同时为批评家群体提供了一个"嘤其鸣矣,求其友声"的对话空间,在文学批评日益边缘化的时空中,凸现出作为一种理想的文学批评生生不息的思想脉络和精神谱系。贺绍俊在《南方文坛》创刊百期座谈会上认为:"把学术的独立品格与对当代文学动态的敏感的把握,在刊物中非常鲜明地体现出来,是一本探索当代文学脉搏不断地往前走的充满活力的学术刊物。"②在入选的批评家中,从50年代到80年代,出生时间横跨了四个年代,他们构成了文学批评精神接力的方阵,为文学批评的可持续发展做出了独特贡献。恰如张燕玲所言:"从1998至2015,已有九十四名优秀批评家从这里走过,并留下一篇篇华章,不同个性的批评家以其敏锐犀利、才情思力、灵动丰盈言说着'我的批评观',近二十年累积便形成了一种敏感鲜活、富有生气才情的批评文风。"③"今日批评家"是锐意革新的结晶,它以鲜明的编辑特色,作为一个品牌栏目为《南方文坛》积累象征资本,而且这个栏目还带动了其他栏目,巩固并扩大了刊物自身的作者队伍。入选"今日批评家"的作者,已形成《南方文坛》重要的资源库。《南方文坛》刊发的重要文章,大多数来自这些作者的笔下,《南方文坛》和这群作者相濡以沫,共同成长。

"今日批评家"走的是多元并包的路线,倡导一种万马奔腾的批评生态。该栏目颇为敏锐地把握了90年代以来文学批评的基本走势,学院派批评家是作者主体,来自各级作家协会系统的批评家也各显身手,此外,还有一些供职于传媒机构的批评家。至于入选批评家的地域分布,就更是天南海北。栏目既重点关注批评家聚集地北京、上海、南京、广州等城市,又厚爱批评力量相对薄弱的东北、西北、西南等区域。在中国当代文学的批评格局中,就文体研究而言,小说评论一直是一家独大,近年由于受到流行趣味和商业环境的影响,对不同文体的研究更是处于一种失衡状态。

① 贝佳:《南方气象》,《文艺报》2001年12月4日。
② 《〈南方文坛〉创刊百期座谈会纪要》,《南方文坛》2004年第4期。
③ 张燕玲:《与"今日批评家"结缘》,《文学报》2015年6月4日。

"今日批评家"也推介了主攻散文、诗歌研究的批评家,像在诗歌评论方面独具才情的臧棣、何言宏、霍俊明、刘春、何同彬、张立群等,主攻散文研究的王兆胜、张宗刚、王冰等,显示出一种补偏救弊的眼光。对研究传媒文化和网络文学的林舟、邵燕君、马季、夏烈等人的关注,具有一种前瞻性;对研究少数民族文学的刘大先、研究海外华文文学与西方汉学的李凤亮、研究打工文学的柳冬妩、研究儿童文学的李东华、研究军旅文学的傅逸尘等人的留意,体现了一种协调发展的批评构想。

"今日批评家"栏目是立足广西眺望全国的一扇文学窗口。这个栏目及时地向外界传播广西文学创作与评论的声音,拓展了广西本土作家与批评家的视野,促进了广西文学与全国文学的交流和融合,扩大了广西文学的影响力。在这个栏目发表的关于广西作家及其作品的批评文章有陈晓明的《直接现实主义——广西三剑客的崛起》、洪治纲的《宿命的体恤——鬼子小说论》等。更为重要的是,"今日批评家"向全国文学批评界陆续介绍了广西的文学批评家黄伟林、张柱林、刘春、刘铁群、王迅、董迎春等,推动了广西文学批评界与中国其他地区文学批评界的深入对话,使得广西的声音可以迅速向外传播,促进了广西本土文学批评的生长与发展,提升了广西文学批评的影响力。广西批评家张柱林这样描述文学和有关学科的关系:"花园永远和外面的世界紧紧联系在一起:花园再肥沃,养料也会消耗,必须得时时从外面的世界采来新土,还有,从围墙外汲取源头活水。否则,花园维持得再好,也会营养枯竭,花朵枯萎凋零。"① 我想,广西文学和中国其他地区文学的关系也是这样,相依相存,无法分割。

《南方文坛》围绕着"今日批评家"这个核心品牌,采取品牌延伸策略,策划了系列活动,发挥品牌的辐射作用,力争品牌价值最大化。可以说,作为"中国文坛的批评重镇",《南方文坛》已以自身的影响力汇入中国文坛的重要文学活动中,是近十年中国文坛一些重要文学活动的策划者、参与者和见证者,并以此持续不断地扩大着杂志的品牌影响力。1998和1999年在《文艺报》头版协办《先擒王——我看头条小说》,组织评论家对全国文学期刊的头条小说进行批评论说。1998年至今,开设"中

---

① 张柱林:《文学花园和外面的世界》,《南方文坛》2010年第4期。

国当代文学研究会专栏·文坛评述"栏目,点击当下文坛的动态和最新研究,传递而出的信息深受读者欢迎。2002年,栏目与中国当代文学研究会、《中华文学选刊》、南方都市报、新浪网等五家联合策划组织评选"年度中华文学人物",连办三年,引起国内文坛瞩目。自2001年至今,每年举办的《南方文坛》年度优秀论文奖已被专家认定"是中国文学批评的一项重要奖项"。从2002年开始,《南方文坛》与《人民文学》合作举办一年一度的中国青年作家批评家论坛与主题峰会,并且评选年度青年作家和年度青年批评家;从2010年至今,《南方文坛》又与中国现代文学馆联合举办一年一度"今日批评家论坛",为青年作家与青年批评家搭建对话平台。2015年第3期《南方文坛》在"批评论坛"栏目推出"上海批评小辑",杂志社还和中国作家协会创研部、上海市作家协会、上海市委宣传部文艺处共同主办"上海青年批评家研讨会",这就有"扶上马再送一程"的意味了。从文字交流到面对面的交流与思想碰撞,从以一个批评家为主角的"今日批评家"专辑到众声喧哗的会议讨论,每个人都可以坦率而尖锐地各抒己见,追求批评形式的多样化,这促使批评家们在深入互动中进行自我追问,在互动与参照中发现自己的盲区,激活创造激情,深化自己的独立思考。当然,对话的深入离不开争鸣,没有分歧的交流只能是放弃独立性的随波逐流。鉴于此,《南方文坛》提倡"绿色批评",正如张燕玲所言:"既要阐释哪片林子、哪棵树的茁壮成长,更要发现哪片林子、哪棵树有黄叶、有虫斑,为什么?并且追问这病树与整个林子的生态系统的关联。一句话,作家、批评家真诚交流,本身就是维护文学界蓬勃、健康的'绿色生态'。"①

尤为难得的是,《南方文坛》在将近二十年的办刊实践中克服了重重困难,才取得现在的成绩。为了摆脱期刊的生存困境,《南方文坛》寻求"以业养刊",在2000年南京书市上与广西师范大学出版社签约,此后七年间,《南方文坛》从广西文联和广西师大出版社获得了双重的支持。对于这种合作模式,《文艺报》有这样的评述:"这是一种'强强联手'的合作,

---

① 本刊编辑部:《回到文学本身——青年作家批评家论坛纪要》,《南方文坛》2004年第1期。

不仅有利于提升刊物的学术品位,而且由于双方在学术建设上的目标一致性,有可能摆脱旧有体制的樊篱,走出一条中国学术期刊的新路来。"①这段时间是《南方文坛》提升品牌影响力的关键时期,在持续的发展中巩固了自身作为批评重镇的实力,夯实了文化底蕴。张燕玲在2009年的一篇文章中写道:"十三年的改版,有十年是在没有办刊经费(只有两万办公经费)的艰难条件下,争取各方支持,尤其广西师大出版社的坚实支持下走过的,在这漫长的令人感奋也悲凉不断中,我们走到今天,还将走向未来。"②

三

"今日批评家"在当代文学期刊的发展史上,留下了不可磨灭的印记,为其他文学期刊尤其是评论期刊带来启示。首先,不能过度看重名家。大多数当代文学期刊都习惯于追逐名家,走名家路线,即使是名家的废章,也视为珍宝。因此,名家新作往往供不应求,名家的急就章往往难以保证质量,粗制滥造亦在所难免。受到地理条件和文化环境的影响,为了装点门面,一些边地期刊的"名家情结"往往更为突出。另一方面,因为很难约到中心区域的名家稿件,有不少边地期刊关起门来办刊,自产自销,对外界的风云变幻不予理会。值得肯定的是,《南方文坛》以一种开放式的姿态,尊重名家,不薄新人。而"今日批评家"更是通过聚焦创造力最为旺盛的中青年批评家的方式,相互扶持,在与文学潮流的深层互动中共同成长,而这批批评家良好的发展态势,也为《南方文坛》的后续发展提供了坚实的支持。对于文学期刊而言,追逐当红的名家就是追赶潮流,但缺乏预见性地亦步亦趋,往往会陷入总是慢半拍的尴尬;而关注处于上升期的作者,发掘新人,在某种意义上也正是把握未来。同样需要警惕的

---

① 贝佳:《你选择了我,我选择了你——〈南方文坛〉与广西师大出版社强强联合意义非凡》,《文艺报》2000年10月31日。

② 张燕玲:《绿叶对根的情意——与〈南方文坛〉同行》,《南方文坛》2009年增刊。

是，90年代以来文学期刊热炒低龄写作，陷入了唯新是崇的误区，将年龄、性别等非文学因素与文学挂钩，把期刊平台改造成了制造时尚的文学秀场，这不仅无法促进新人健康成长，反而会产生误导，使得心神不定的年轻作者在文化狂欢的旋涡中迷失自我。

其次，独树一帜的栏目是提升期刊辨识度的关键所在。在1949年的第一次文代会以后，中国当代文学期刊逐渐形成一种样板化的办刊格局。一方面，文学期刊有不同的等级，《人民文学》《文艺报》成为领头刊物，发挥示范作用，而低级别刊物的责任是向高级别刊物看齐，安于本分，不能随意突破自己的区域范围和文化边界；另一方面，文学期刊往往缺乏自己的独立性，将文学主潮等作为自己的指挥棒，《人民文学》《文艺报》率先表态，其他刊物紧紧跟随。在这种环境中，重复办刊就成为一种普遍性现象，文学期刊不设置栏目，或者简单地以文体划分出含混的栏目。在市场化转型中，中国当代文学期刊之所以显得异常脆弱，是因为长期被圈养的历史抑制了内在的活力，而严重的同质化也使得刊物在信息迅速膨胀的媒体环境中显得多余，对读者缺乏吸引力。《南方文坛》以"今日批评家"为突破口，集中力量打造核心栏目，这确实是一种明智的选择。受到地理环境、编辑力量、办刊经费等条件的限制，四面出击、平均用力往往会分散资源，只有将好钢用在刀刃上，顺应批评潮流的新变化，才能铸造亮点，形成品牌优势。耐人寻思的是，90年代崛起的边地期刊都以精心打造的特色栏目，譬如《山花》的"跨世纪星群"和"自由撰稿人"、《天涯》的"民间语文"和"作家立场"等，在期刊界赢得一席之地。"今日批评家"并不刻意强调刊物的立场和趣味，而是通过作者交相辉映的论说来凸显自己的价值倾向，以学理性和艺术性兼备的精品栏目来征服小众专业读者。

作为一个优势栏目坚持了约二十年，"今日批评家"依然不断面临新的考验和挑战。对于批评家来说，成长是一个缓慢的、持续的过程，很难一蹴而就。因此，栏目有时难免会出现优质资源短缺的状况。解决之道不外乎两条：既要巩固并强化优势，又要给栏目注入新因素或新活力。这不是一个非此即彼的简单选择。针对这个问题，《南方文坛》的编辑团队一定进行过反反复复的思考，这从张燕玲的一段话里就可以感受到，那种欲说还休的纠结和直面困难的信心:"当年《南方文坛》精心制作了一张有些许虫斑、残损但美丽的红叶贺年卡赠给读者,它表达了《南方文坛》和我个人对自身成长过程中不够完善的清醒、理性与惭愧,但这毕竟是一片历经风霜雪雨泛着绿意正在生长着的红叶,因为我深知,成长对个人而言是一辈子的事情,对于一份杂志则是永无止境。"①

---

① 张燕玲:《绿叶对根的情意——与〈南方文坛〉同行》,《南方文坛》2009年增刊。

行动中的美学

——《当代作家评论》二十年（1984—2003）

《当代作家评论》双月刊由辽宁省作家协会主办，1984年1月创刊于沈阳，历任主编为思基，陈言、张松魁（并列），晓凡，陈巨昌，林建法。该刊以新中国成立以来的作家和作品为评论对象，"以'三论'为主——作家论、作品论、创作论"①是一贯的办刊特色。在创刊号上，该刊就同时发表了殷晋培和彭定安评价邓刚小说的两篇评论，而编者将这种"集束"评论集结为"专辑"形式，始于1987年第2期，该期同时推出了"金河评论专辑"和"《古船》评论专辑"，相对集中地评论某一作家或某一作品，使读者对某一作家或某一作品有相对完整的印象。编者有这样的交代："偶为一句南方俚语触发，所谓'芦柴成把硬'，新人新作既然难以单篇文章做接近于准确的判断，何不采取多人多角度甚至多方法的'集束'评论！这是它产生的缘由始末。"②这对激活批评实践的创造性，促进审美互动与思想交流，发挥了积极作用。

进入20世纪90年代，《当代作家评论》的办刊风格变得更有活力，形式也更加丰富，在反思中不断地调整。综观《当代作家评论》二十年的历史行程，它很少遗漏，及时对当代文坛中重要的作家、作品进行恰当的评价，培养和扶植了一批青年作家和批评家，并以前瞻意识推动具有开创性的审美发现面世，将静态的文学观念与动态的创作实践巧妙地结合

---

①《编后》，《当代作家评论》1986年第6期。
②《编者告白》，《当代作家评论》1988年第2期。

起来,努力地追求"行动中的美学",这正如别林斯基对批评的理解:"这是一种不断运动的美学,它忠实于一些原则,但却是经由各种不同的道路,从四面八方引导你达到这些原则,这一点就是它的进步。"①

一

《当代作家评论》自创刊以来,敏锐地把握着当代文学的深层脉动,鲜活地感受着文学风尚的潮流转换与潜在变化。对于"伤痕""反思""改革""寻根""先锋""新写实""新生代"等概括性、归纳性命名,该刊很少组织有关讨论,也很少以分类的方式讨论具体的作家、作品,不将先入为主的观念框架强加给批评对象,而是注重发掘不同作家、作品的审美个性。作为刊物特色的"专辑",就鼓励不同的批评家从不同角度发出声音,使差异的甚至对立的声音相互撞击,相互补充。没有哪一部文学作品是十全十美的,也没有哪一个批评家是绝对正确的。批评"专辑"和四辑《中国当代作家面面观》的出版都表明:编者清醒地意识到,要使批评成为与创作共同前进的生命过程,生机勃勃地蓬勃发展,批评家就必须真诚地袒露自己的趣味,同时也袒露自己的局限性。因为只有能够坚持自己的立场的批评家,才能够坚持自己的真理。也只有那些敢于暴露自己的弱点和错误的批评,才是真正有血有肉的批评。编者并不要求批评家万无一失,更不希望批评家一锤定音,这就给了批评家一个"犯错误"的余地,同时也建立了一个避免以讹传讹的对话空间。

在二十年的办刊实践中,《当代作家评论》与知青、先锋、新生代等几代作家共同成长,见证了一棵棵文学之树从萌芽、抽枝到开花、结果的生命过程。不妨来看看该刊以"集束"评论或"专辑"形式聚焦的对象,这种形式较为集中地体现了编者的办刊理念与艺术判断。该刊为贾平凹设置过六个专辑,获得五个专辑的有王蒙、韩少功、莫言、余华、尤凤伟,获得四个专辑的有张炜、铁凝、李锐、王安忆、张承志、史铁生,获得三

---

① 〔俄〕别林斯基:《别林斯基选集》(第一卷),满涛译,上海译文出版社1979年版,第323—324页。

个专辑的有张贤亮、汪曾祺、北村。该刊高度关注这些作家的创作动态，并为他们具有代表性的单篇作品开设研究专辑。

该刊三度为鲁迅设置纪念专辑，还为冰心、巴金、孙犁、张爱玲、钱锺书等"文学老人"开辟研究专辑。该刊不止一次设置"专辑""集束"批评（包括"关注"栏目，不包括"当代东北作家"栏目），进行重点评价的作家有邓刚、陆文夫、蒋子龙、张抗抗、刘索拉、梁晓声、马原、许谋清、洪峰、迟子建、蒋子丹、范小青、苏童、格非、叶兆言、池莉、成一、余秋雨、蒋韵、徐小斌、陈染、阎连科、方方、李洱。该刊为之设置一个研究"专辑"的小说家有叶文玲、刘绍棠、阿城、李杭育、张弦、何士光、何立伟、彭见明、冯骥才、李庆西、林斤澜、朱晓平、周梅森、徐晓鹤、黎汝清、柯云路、刘恒、谌容、王振武、路遥、残雪、李国文、陈建功、郑万隆、朱苏进、刘庆邦、黄蓓佳、陆天明、刘震云、陈源斌、吕新、陈村、陈忠实、唐浩明、王朔、竹林、凌力、潘军、何顿、刘斯奋、毕淑敏、李贯通、刘醒龙、季仲、王小波、阿来、邓一光、金庸、毕飞宇、李佩甫、陈军、赵本夫、朱文颖、张生。获得一个研究专辑的散文、传记和报告文学作家有黄宗英、祖慰、郭风、斯妤、周涛、韩小蕙、张建伟、张锐锋、李辉、张辛欣和桑晔。诗人有北岛、郑敏、于坚、灰娃、臧棣、小海。

以上资料统计没有列入中国台湾地区作家，以及海外华文作家，从近乎烦琐的罗列中，我们可以清晰地看到《当代作家评论》的鲜明特色。第一，在当代小说的批评与研究方面独树一帜，兼及散文和诗歌评论，对重要的文学主体尤其是小说家进行追踪评论，注重对重要作品的文本分析，发挥一种当代激情去发现美和惊喜，去发现作品中奔涌的艺术创造力，感受文字中潜藏的审美冲动与生命震颤，与作为创造者的作家一齐激动，记录下编者与作家、批评家面对共同生活的时代所产生的共鸣与分歧，赞颂被普遍接受的美，也发现那些不被人注意的有价值的东西。

第二，预见与推举那些已经显示出潜力的青年作家。1985年前后，对李杭育、阿城、韩少功等人具有"寻根"倾向的作品的同步分析，是活跃而敏锐的；在1986年第3期刊发两篇文章讨论《你别无选择》的"黑色幽默"与"美学意义"，又在1989年的"一部作品两岸评"栏目中再次讨论这篇小说，反映了编者的预见性与洞察力，从中感受到了美学变革的先声；1987年的马原评论专辑中，在多数读者对先锋性探索抱着一种排斥和观望态度时，批评家对"叙述圈套"和"两难设计"的深入剖析，确实有助于营造一种更加宽容而开放的接受氛围，随后对洪峰、残雪、苏童、叶兆言、格非、余华、北村、吕新等先锋作家的专题性评介，寄托了编者对这种陌生化的小说潮流的审美期待；对陈染、徐小斌、李洱、何顿、述平、林白、李冯、韩东、毕飞宇、张生、朱文颖、魏微等人的创作，该刊也及时做出反应，以鲜活而可靠的记录，呈现行进中的文学的多彩景观，寻访文坛新生力量的无限可能性。在设置"关注"栏目时，编者有这样的说明："我们设置这个栏目，意在将目光投向更年轻、有潜力、成长中的作家及其作品，这不仅仅是为了引起文坛与读者对他们的关注，也是为了有助于改变文学批评疲软、滞后、呆板的现状。"[1] 只有新生力量不断生长，他们才能以强烈的冲击力打破僵化的现存秩序，使优秀的传统经过创造性的转化，实现真正的再生。

第三，编者是有所拒绝的，对某些产生轰动效应的作品保持了必要的沉默。文学史上从来就不缺乏速起而速朽的文学作品，很快就被时间的波涛所无情湮灭。在批评史上，同样不缺乏势利的文学期刊和批评家，看谁走红就追捧谁，另一方面，对那些被主流所排斥的作家、作品冷嘲热讽，甚至落井下石。反观近二十年的中国文学，那些产生轰动效应的文学作品和文学现象，多与审美性无关，而往往与社会、政治、历史等层面有关。在文学日益边缘化的今天，片面追求轰动效应不仅无助于文学的真正繁荣，而且会助长文坛的"暴发户"心态，只以胜败论英雄，使浮躁之风愈演愈烈。该刊曾经为周梅森的早期作品和陆天明的《泥日》发表"集束性"评论，却对前者的《人间正道》《中国制造》和后者的《苍天在上》等作品熟视无睹，这实在是耐人寻味。至于《省委书记》，从孙郁的《陆天明的另一面》的委婉批评中，我们可以体察到编者的艺术判断。编者对曾经风靡一时的"现实主义冲击波"毫无反应，对"三驾马车"更是漠然置之。至于在京城获得如潮好评的张俊彪的《幻化》三部曲，编者刊发了周立民的《艺术的尺度与良知的限度——关于〈幻化〉的另一种声音》，

---

[1]《编者的话》，《当代作家评论》2000年第6期。

对作品的艺术质量和批评界的不正常现象质疑,体现出独立的批评意识。

第四,该刊对东北文学尤其是辽宁文学的推动,是功不可没的。编者热情地将当地文学推向全国,用一种全国性视野来进行观照和反思,形成了一种良性互动的格局。像邓刚、张抗抗、马原、洪峰、迟子建、刁斗、王充闾等具有全国影响力的作家,《当代作家评论》敏锐地发现和理解了他们的探索,开掘其审美创造中具有冲击力的、新颖的因素。该刊还专门设置"当代东北作家"栏目,三度为刁斗开辟研究专辑,为达理、王充闾、刘兆林、孙惠芬、马加、孙春平、麦城、素素等组织集束性评论或研究专辑,对金河、谢友鄞、乌热尔图、阿成、述平、木青、颜廷瑞、庞天舒、张涛、胡小胡、张笑天、思基、刘元举、鲍尔吉·原野、张宏志等组织过一次集中的研究和批评,这些名单集结了东北文学的精英,准确地描述出新时期东北文学的精神地图和审美贡献,体现了东北视野在全国的气魄。

二

在二十年的办刊实践中,《当代作家评论》倡导一种与当前文学共同呼吸的批评文体,从作品出发而不是从作家出发,这是最为值得珍惜的一种传统。蒂博代曾经批评自发的批评和职业的批评中都有一种不读而论的现象,仅仅依靠自己的会议和笔记甚至别人的议论,写出旁征博引的文章。进入90年代以后,文化批评鼓噪一时,审美批评逐渐淡出。认真读作品的人越来越少了,而且不读作品的人也理直气壮地在会议上发言,长篇大论地著书立说。《当代作家评论》刊发的研究创作形势的文章,也与文学创作实践紧密结合,编者曾有这样的表白:"有些不直接论述作家作品的理论性文章,过去我们都割爱了……"[①] 批评主体必须以执着和灵性点燃自己的生命体验,克服重复所导致的懒散惰性,去发现作品中内在的光芒,去激活同代人之间感同身受的生命痛感,去捕捉后世读者无法理解的、只可意会不可言传的精神默契。只有这样,文学批评得以才真正唤醒作品中沉睡着的生命活力,它以作品为中介,沟通了批评家与作家的灵魂。也只

---

① 《编后》,《当代作家评论》1987年第6期。

有这样，作品才算活着，活在共鸣者的内心。

由于追求这种活力，编者倡导美文批评，希望批评家不是居高临下地对作品进行判决，而是用心地潜入作品，发现作品到底提供了哪些创造性的东西和新的审美经验；期待批评主体不是刻板地、干巴地表述出八股化的、缺乏想象力的文字，不是生硬地照搬现成的批评话语，用机械的理论肢解作品。可以说，编者极力地跳脱"'学报'味较浓，长文章居多，信息量不大"[①]的沉闷局面。鉴于批评对象具有复杂性与差异性，编者很重视批评文体与批评样式的多样化，"文艺短论""作家印象""文学随笔""作家书简""创作手记""文学谈话录""印象点击"等栏目，都追求活泼、轻灵、短小精悍的形式，也呼唤那种不拘一格、灵机一动、短兵相接的自由精神。

要真正做到"从不同意见到争论、讨论，渐次展开、深入"[②]，就必须尊重批评家的个性，包容丰富多彩的批评方法与批评趣味。集结在《当代作家评论》周围的批评家，辐射了不同的年龄段、学术背景与职业身份。只有不强求一律，不从批评形态、方法层面来区分价值的高低，批评才能通过和而不同的对话，真正达到异彩纷呈的境界。《当代作家评论》密切关注文学批评的动态进程，重视批评经验的积累，以陈思和、王晓明、南帆、罗强烈、雷达、朱向前、陈平原、夏中义、孙绍振、韩石山、胡河清、吴亮、陈骏涛、蔡翔、吴洪森、黄子平等批评家为研究对象，设置过研究专辑；为摩罗、孙郁、陈晓明、沈奇、吴俊、王光东、谢有顺、张新颖、郜元宝、姚晓雷、吴义勤、洪治纲、张清华等批评家开设过青年批评家评论小辑。《当代作家评论》一直很注意通过筛选来稿来发现新的批评家，像南帆、吴俊、王彬彬、李劼、郜元宝、吴义勤、张新颖、谢有顺等人，都是学生时代就在该刊发表文章。该刊 2001 年新设的"学位论文选载"栏目，同样是补充批评的新鲜血液的重要渠道。博士和硕士论文课题经过长时间的准备和系统研究，依托作者较为深厚的学术滋养和较为合理的知识结构，其中出类拔萃的作者能够给期刊的作者梯队带来新的活力。

---

① 《编后》，《当代作家评论》1984 年第 6 期。
② 《编者告白》，《当代作家评论》1988 年第 3 期。

除了真实记录同时代文学活生生的、微妙的、驳杂的进程，批评还必须对文学的发展条分缕析，追寻来龙去脉，从汗牛充栋的作品中筛选出有望流传的作品，以伟大的经典作为审美参照，彰显芜杂的当代作品中那些与所处时代紧密结合同时又超越了所处时代的、不朽的情思，以渊博的学识和逻辑分析存菁去芜。正如别林斯基在《关于批评的讲话》中所说："不涉及美学的历史的批评，以及反之，不涉及历史的美学的批评，都将是片面的，因而也是错误的。"[1]编者早在1988年就开辟了"长篇小说研讨"专栏，推动"在深沉思考自审后的科学取向"[2]，2001年又集中地探讨长篇小说的文体问题，持久地对长篇小说进行深入而系统的探讨，集中地体现刊物的学术含量，结合当下出现的一些优秀的长篇创作，以中国古典经典与国外名著为标杆，分析长篇小说创作中普遍存在的价值缺失与艺术沉疴问题。编者和学院批评家进行沟通与协作，能够迅捷地掌握前沿研究信息，跟踪最新的学术进展，发表具有厚重的学术含量的研究成果，以全局性视野和前瞻性眼光审视当前文学，甚至从文学最初的发端和现象中看到文学发展的脉络。从1998年第6期开始到2001年第4期结束的"无名论坛"，侧重"对被以往文学史所遮蔽的潜在创作的研究"和"对曾经在文学史上发生过重大影响的作品做新的开掘"[3]，其中刊发的对"文革"地下文学的深入研究，以及在"百年视野"和2002年第4期的"'文革文学'研究"专辑中刊发的论文，多层次、多角度地对"文革文学"进行艺术审视和价值重估，试图掀开遮在研究对象上面的重重面纱，还原历史的真相，显示出勇于承担和直面现实的学术品格。鉴于传媒对文学的影响日益强盛，以及各种力量强势渗透传媒，该刊在1994年开设了"当代期刊与编辑"栏目，还策划了2003年第5期的"当代编辑家专辑"，这体现了刊物学术视野之开阔，其中既积淀了编者现身说法的、欲说还休的甘苦，也寄托着一种在现实中处境尴尬却不愿放弃的编辑理想。2002年设立的"小说家讲坛"，

---

[1]〔俄〕别林斯基：《别林斯基选集》（第三卷），满涛译，上海译文出版社1980年版，第595页。

[2]《编者告白》，《当代作家评论》1988年第1期。

[3]陈思和：《主持人的话》，《当代作家评论》1999年第4期。

将文学创作、文学研究和文学教育结合起来，以感性的文学互动现场冲击说教的、八股叙述，复活被长期压抑的人性、审美、生命层面的文学探索。陈思和先生说："当商海险恶，威胁着纯文学和学术事业的时候，许多学术刊物不得不走向市场，走向所谓的白领化趣味化感性化的道路。《当代作家评论》却越来越走向学术，近年来它所设的栏目直接通向学院，办得生气勃勃。"[1]这样的评价确实是中肯而恰当的。

该刊注重对美的寻找和发现，善于从芜杂的作品中萃取名篇佳作，同时，对于那些相对粗糙的、肤浅的作品，习惯性地保持一种善意的沉默。"印象点击"栏目的主持人就说："为什么很少有尖锐的批评性的'点击'？……只是困难在于，对于文学中的劣质产品，人们往往既缺乏阅读兴趣，更没有读后再作批评的耐心，忽略的沉默几乎是普遍的现象，这便使本栏的文章缺少了'另一种力度'。在此，我们想对本栏的作者发出虽然是迟到的却是强烈的呼吁——让我们一起来承担'批评'的责任吧。……这个栏目必须从一开始就杜绝'人情'文章和'应酬'文章现象，否则，它又将成为一个'腐败'的源地。"[2]早在1986年，编者就有清醒的反思："现在有些作家论和作品论，常常只做得半篇文章，论证作家成功经验不惮阐述，一到作家失败的尝试便讳莫如深。创作上有成败得失这原是正常现象，考查作家作品当然不能老是'扬长避短'，历史的因由，现实的影响，都不该成为障碍文学发展的口实。"[3]1998年开设"寻找大师"栏目的初衷是用大师的标准来衡量当代优秀作家，但批评家的认同和溢美之词居多，缺少切中要害的、真正有发现的诤言。这些栏目在创办之初给刊物带来了新鲜的、活跃的氛围，但当意识到其中的一些局限时，编者毅然割爱。1996年该刊发表了反思茅盾文学奖和全国中篇小说评奖的系列评论，随后又推出了洪治纲质疑茅盾文学奖和吴俊批评王安忆的论文，其中体现了一种严厉但尊重批评对象的品格。这表明，编者以一种低调的姿态，反思来自批评者的"当代作家表扬"的说法，也以一贯的严谨，呼唤那些真

---

[1] 陈思和：《主持人的话》，《当代作家评论》2001年第4期。
[2] 吴俊、林建法：《主持人的话》，《当代作家评论》2000年第3期。
[3] 《编后》，《当代作家评论》1986年第6期。

正有发现的，但不是以误读为前提的、粗暴的、有人身攻击倾向的批评。当然，在执着地"寻美"的同时，如何提高"求疵"的锐利与力度，确实是进一步提升《当代作家评论》的关键所在。

三

期刊的风格就是主编的风格。在《当代作家评论》的发展史上，创办人陈言奠定了杂志的基本风格：以作家论和作品论为招牌，注重文本细读，拒绝大而化之的、空洞无物的、隔靴搔痒的宏观论述。在小说批评方面用力最深，也最有成绩，保持了不断更新的生机与活力，与不断涌现的新人新作共同呼吸。注重批评样式的多样化，例如"集束"批评的形式，对于打破沉闷、僵化的批评格局，激活批评氛围，开创共生互动、百家争鸣的批评机制，具有不可抹杀的建设意义。创刊号刊发了李子云的《致铁凝——关于创作的通信》，他在文中倡导以作家、评论家通信的形式进行评论，他对文艺短论、作家通信、作家访问记的重视，使批评变得更加活泼灵动，促进了创作与批评的互动。这种鲜明特色与审美旨趣，使《当代作家评论》在创办之初就声名鹊起，与《当代文艺思潮》《当代文艺探索》鼎足而三，而且，它对文本分析一贯重视，在新时期批评期刊中独领风骚，具有无可替代的影响。

1986年7月，原在福州编辑《当代文艺探索》的林建法加盟，给这本杂志注入了新的活力。他在1987年被任命为副主编，应该说，原辽宁省作家协会主席金河对这位年轻人的信任与重视，堪称得意手笔。这个把主编一本理想的文学期刊作为一生事业的福建人，确实把这本地处边缘的批评期刊发扬光大。在长期的办刊实践中，他习惯于隐身幕后。他经常参加各种学术研讨会，但从来不乱发言、插话，总是默默地坐在那里听着、记着，在倾听中发现问题和命题，筹划栏目和筛选作者。这种审慎使他在取舍稿件时也总是深思熟虑，也使他可以集思广益，不会过度凭借个人趣味，与学术界人士广泛交流，包容与自己的趣味相冲突的审美选择，对遗漏的重要研究对象，及时进行补救。像1998年的"王小波专辑"，就是一种必要的补充，主动开阔编辑视野和突破审美趣味的局限性。不止在一个场合，林建法遗憾地说自己对朱文一度不够重视，等意识到其价值时，他的创作几乎进入了停顿状态。他述而不作，为而不有，1989年以后，连只言片语的《编后》或《编者告白》也给停了，这种个性或自觉，对于一个职业编辑家而言，是一种牺牲，也是一种成全。

在当今媒体尤其是市民报纸上流传的关于作家作品的评价，多数都是道听途说的信息，其中感性的、奇异的、非同寻常的话题，多数建立在误读、歪曲甚至篡改的基础上，故意迎合庸俗化趣味和猎奇心理。不少批评家也大量地引用二手材料，或者仅仅对作品进行一目十行的浏览，甚至只看看情节或故事梗概，就草率成文，在各种会议上的发言则多半是只鳞片爪的、牵强附会的、敷衍塞责的"印象"甚至猜测。在这种情境下，林建法多年如一日地坚持每月阅读一百多万字的文学新作，把向公众推荐好作品作为己任，希望没有哪一部好作品成为漏网之鱼，希望网罗国内最好的批评家和批评美文，希望以自己的阅读体验来减少批评者的误读，这不仅需要一种对文学的虔诚和为人作嫁的真诚，还需要一种持之以恒的文学热忱与敬业精神。韩毓海说："我之所以成为'当代批评家'，很大程度上是因为《当代作家评论》这本杂志，我评哪个作家，经常不是由我来决定的，而是由那个杂志的主编林建法来决定的，很多小说，我根本就没看过，是林建法打长途给我，说：你赶紧看看谁谁的小说，那个小说写得棒极了！……不但哪个作家应该被注意，这率先取决于老林而不是批评家，而且，批评家的意见也是受老林的影响。"[①] 韩毓海在该刊撰文评价过的作家有钱锺书、洪峰、陈平原和胡河清，评价过的作品有汪曾祺的《蒲桥集》、陆天明的《泥日》、王安忆的《叔叔的故事》、余华的《呼喊与细雨》（后更名为《在细雨中呼喊》），应该说，这些作家和作品大体还是不错的，这也从侧面反映了期刊的艺术判断的基本风貌。

在当前中国众多的文学期刊中，《当代作家评论》的风格是极为个人化的，因为林建法确实投入太多，集资、策划、组稿、编辑、校对，事必躬亲，刊物深深地烙刻上了他个人的影子。他说他有两个孩子，一个是自己的儿子，一个是《当代作家评论》，但花在刊物上的功夫似乎要多得多。

---

① 韩毓海：《"我没意见"》，《书城》2002年第1期。

正因如此，他才会像不少人所说的那样，"誓死捍卫"这家刊物。

随着市场化进程的推进，文学期刊的生存环境日益严峻，这时，一个主编是否具有责任感与奉献精神，将决定文学期刊幸存或夭折、繁荣或苟活。面对经费短缺和人事纠葛等情况，主编只有兼具作家、学者和商人的素质才能应付自如，但在这个讲求功利与效益的年代，谁愿意来做这个只有公共投入却没有个人产出的差事？从1989年在刊物的扉页刊登出董事和董事单位名单开始，林建法就得凭借个人的交情与魅力去找米下锅，但他不希望这种经济支持损害刊物的艺术操守。眼下，核心期刊论文在高校是硬通货，能够换来职称和津贴，凭借核心期刊的头衔，以互通有无的方式，是不难赢得经济支持的。但是，林建法拒绝了，拒绝了作家以经济赞助换取评论专辑的提议，"只认学术不认其他"。从2001年开始，《当代作家评论》原有的每年四万元的拨款就被取消，自生自灭。这意味着林建法必须背着主编的十字架，进行更艰难的奔波。

布迪厄说："凡是提供'高级文化'（这是你们新老保的用语）的机构，只有靠国家资助才能生存，这是一个违背市场规律的例外，而只有国家的干预才能使这个例外成为可能，只有国家才有能力维持一种没有市场的文化。我们不能让文化生产依赖于市场的偶然性或者资助者的兴致。"① 在高度市场化的法国尚且如此，在计划经济向市场经济转轨的中国"依赖于市场的偶然性或者资助者的兴致"，办一种没有市场的学术期刊，难度可想而知。当今中国最好的文学期刊之所以都严重依赖一位好主编苦苦支撑，是因为这种整体环境的影响。由于缺乏体制的保障，一旦这位主编调离或退休，期刊的质量就一落千丈，因为在高度产业化和高度人际化的氛围里，主编必须以其个人魅力来疏通种种关节，来创造"偶然性"的神话，来引发"资助者的兴致"。因此，这些好主编的努力是其个人的荣耀，却也同时是对这种氛围的深刻反讽，这种成功注定是一种例外。

---

① 〔法〕皮埃尔·布尔迪厄、〔美〕汉斯·哈克：《自由交流》，桂裕芳译，生活·读书·新知三联书店1996年版，第68页。

评《中国当代文学史新稿》

与其他各种中国当代文学史著作相比,董健、丁帆、王彬彬主编的《中国当代文学史新稿》(人民文学出版社,2005)一书最突出的贡献是动态地呈现了中国当代文学历史发展的曲折进程与复杂内涵。而近年出版的一些同类著作可大致分三类。要么对历史进行条块分割,腰斩了历史的连续性,使历史人为地呈现出断裂的样态,"终结论"与"断裂论"的盛行,反映出一种逃避历史责任的遗忘意志;要么如《新稿》在绪论中所批评的"历史混合主义",混淆不同时期的文学的差异性,"在混淆先进与落后的前提下,重新肯定不该肯定的东西,从而也就顺带着否定了不该否定的东西"[1];要么概念先行,以先验主义的姿态,在既定的逻辑框架下,对历史进行削足适履的解释与评判,以歪曲历史本相的代价来成全先入为主的理论与概念的圆满。比如对于"十七年文学""文革文学"和"新时期文学",不少文学史都对它进行一种静态的描述与平面化的分析,抹杀了这些时段内文学发展的起伏变化与一波三折。《新稿》将当代文学分为五个阶段即"五分法":1949—1962年、1962—1971年、1971—1978年、1978—1989年、1989—2000年。这种分期与流行的"三分法",1949—1966年、1966—1976年、1976—2000年,形成了有趣的对照。"五分法""既与文学外部环境的制约有关,也是受艺术发展内在规律支配的表现"[2],

---

[1] 董健、丁帆、王彬彬主编:《中国当代文学史新稿》,人民文学出版社2005年版,第7页。

[2] 董健、丁帆、王彬彬主编:《中国当代文学史新稿》,人民文学出版社2005年版,第163页。

抛弃了以社会政治转型为本位的政治优先原则，也抛弃了"去政治化"的"庸俗技术主义"原则，站在沟通文学内外世界的结合部，立体地凸显文学的审美生成的动力机制与变异模式，对于文学发展的延续与转折进行更加贴近文学本身的动态描述，巧妙地揭示了制约文学发展的内外因素的复杂关系[①]，深入地分析了文学的审美创造、审美惯性与社会政治发展之间的互动模式和不平衡状态。这称得上是一种"过程美学"，这种原则在某种程度上是《新稿》的灵魂。

所谓"过程美学"，并不意味着《新稿》仅仅在嵌入历史深处的时序框架中考察文学流程，还会在此基础上同时提炼出文学自身发展的时序逻辑。在某种意义上，单一的线性逻辑是当代文学研究的一种惯性思维。从1953年出版的《中国新文学史初稿》下册以"附录"形式列出的一章，书写新中国成立以来的文艺运动，到1963年出版的《十年来的新中国文学》，一直到80年代前期出版的多种当代文学史，文学与政治的关系以及文学内部的政治性冲突成了一种线性因果逻辑。"个人的研究程度不同都会接受意识形态主流声音的询唤，研究中的'我'就自觉不自觉地被'我们'所代替。"[②]1978年前后，真理标准大讨论发动后，文艺界的思想解放不断取得进展；《上海文学》1979年第4期发表《为文艺正名》，引发讨论，改变了文坛多年占统治地位的"从属说"和"服务说"。尽管反反复复，学术界还是步步为营地对当代文学史进行"修正"，这正是王富仁所说的"广义的'重写文学史'"。而1988年第4期《上海文论》举起了更加明确的"重写文学史"大旗，以"文学现代化"（"现代性"）和"纯文学"（"独立的、审美的"）标准，"冲击那些似乎已成定论的文学史论"。"重写文学史"实践突破了根深蒂固的文学史观念，力争使文学史叙述摆脱意识形态、群体话语和权力意志的笼罩。但是，在

[①] 《绪论》中，作者认为有三个问题贯穿当代文学发展的始终，即"文学工具化与文学自觉的对立""文学的'民族情结'与文学的世界眼光和启蒙意识""作家的精神状态与人民大众的精神生活"。——自注

[②] 温儒敏：《王瑶的〈中国新文学史稿〉与现代文学学科的建立》，《文学评论》2003年第1期。

一些文学史家的视野中,拨乱反正又往往走向了矫枉过正,把"现代性"统摄下的审美本质和个体审美感受,上升为贯穿文学发展始终的另一种线性逻辑。也就是说,这种一味地说"不"的姿态,使自己潜在地陷入了二元对立的误区。80年代以来,在解释学哲学与结构主义美学的影响之下,一些文学史家认为,任何一种文学史解释都只能是相对的、个人化的,"叙述型的历史陈述是'伪装"现实主义"的虚假的玩意儿'"①,不存在绝对主义的文学解释。这种相对主义与怀疑主义的趋向,使"我"与"我们"难以沟通、对话,甚至使文学史成为文学史家手中的湿面团,被随意揉搓。

正是意识到单一的线性逻辑的片面性,《新稿》没有把当代文学史变成叙述主体的文学观念、理论观点和审美趣味的堆积,而是尊重当代文学史发展的复杂性、矛盾性和变化性。过程哲学的奠基人怀特海认为:"现实世界是一个过程,这个过程就是各种实际存在物的生成。因此,各种实际存在物都是创造物;它们也可称为'实际场合'。"②他将过程理解为包含着"转变"(transition)与"共生"(concrescence)的动态结构,"转变"意味着转瞬即逝的流变,"共生"是指那些构成暂时过程的现实实体。"暂时的过程乃是从一种现实实体(actual entity)向另一种现实实体的'转变'。这些现实实体是一些生成后立即灭亡的瞬间事件。这种灭亡标志着向下一个事件的转变。时间不是一条平静的河流,而是一种瞬间的生成。"③也就是说,《新稿》并不是以绝对的、静态的、平面的、二元对立的视角和方式来描述当代文学,不是以胜者为王、败者为寇的标准来评判当代文学,而是重视当代文学艰难而复杂的生成过程本身。正如洪子诚所言:"对'当代文学'的生成,需要从文学运动开展的过程和方

---

① 〔美〕D.C.霍埃:《批评的循环》,兰金仁译,辽宁人民出版社1987年版,第182页。

② 〔英〕阿尔弗雷德·诺思·怀特海:《过程与实在——宇宙论研究》,杨富斌译,中国城市出版社2003年版,第38页。

③ 〔美〕小约翰·B.科布、大卫·R.格里芬:《过程神学》,曲跃厚译,中央编译出版社1999年版,第2—3页。

式上去考察",而不是"以理论设计'先行'的方式进行""预设"。①《新稿》不是给当代的作家、作品排座次,分成三六九等,而是将作家、作品置放在共生与互动的文学场域中,考察作家、作品与文学场域之间的结构关系与历史功效。非常值得注意的是,"当时"这一字眼在《新稿》中出现的频率非常高。譬如:讨论闻捷的诗,选择了"以今天的眼光来看"和"当时成功的原因"的对照性阐释;分析峻青的《黎明的河边》遭受非议的原因,指出根源在于"在当时的权威意识形态看来英雄是不死的";评述"当时被当成爱情小说"的刘澍德的《归家》,在进行文本解读的同时,揭示了小说遭受误读的症结所在;认为宗璞的《红豆》、邓友梅的《在悬崖上》、陆文夫的《小巷深处》等作品"在当时的政治文化语境中"之所以有价值,不仅是因为表现了"人情美和人性美","更是因为爱情、个人内心情感生活已然是这一历史时期知识分子保持独立意志的最后的浪漫领地"。"当时"的反复出现,反映出《新稿》注重将研究对象还原到特定的历史文化语境中,以立体、综合的视角考察众多因素的交叉互渗及深层转换。在文学史家的论述中,我们经常会看到克罗齐的著名论断"一切真正的历史都是当代史"("Every true history is contemporary history")被简化成了"一切历史都是当代史"。事实上,克罗齐认为,"历史和生活之间的关系是统一的关系",是"既包含着区别又包含着联系的同一性"。照亮历史的当代意识是必要的,但以工具主义的方式把历史当代化是危险的。有趣的是,不少版本的当代文学史成了文学史家的个人观念的罗列,他们以质问唯我独尊的文学政治史作为起点,却走向了另一种独断论,以覆盖其他文学史解释的方式进行静止的、绝对的描述,"当代文学史"被篡改成了"我眼中的当代文学史"。这就陷入了"重写文学史"的倡导者一开始就意识到的盲点:将"颠倒的历史再颠倒过来","把过去否定批判的作家作品重新加以肯定,把过去无条件肯定的东西加以否定"。②要对历史进行科学主义的还原很可能是徒劳

---

① 洪子诚:《"当代文学"的概念》,《文学评论》1998 年第 6 期。
② 陈思和、王晓明:《关于"重写文学史"专栏的对话》,《上海文论》1989 年第 6 期。

的，但历史毕竟是历史，它不可能成为"当代"的影子。因此，科学精神和实证态度还是不能被轻易抛弃的。

《新稿》深刻批判文学固有的等级关系，拒绝用单一标准来判断复杂而多样的文学形态和审美追求，而是把共同历史时空中的所有文学存在当成有机的生命系统，平等地看待它们的存在价值，而不是以文学史家所推崇的至尊的价值形态排斥其他价值形态。在这种宏阔、融通、开放的视野中，《新稿》意识到只有保持文学形态的多样性与结构平衡，文学生态才能健康发展，文学新因素才能自然而蓬勃地生长。就自然生态而言，生物的多样性增强了环境的稳定性，生物多样性的丧失是环境恶化的重要表征，"在退化的情况下，一个具有多样性的生态系统转变成单调的生态系统时，伴随出现的将是由稳定变成不稳定"[①]。基于此，《新稿》力图凸现每一种文学形态在功能系统中的独特位置，它不放纵编写者的主观意图，不进行"过度诠释"，不规避"当代文学经典"，"三红一创，青山保林"全部被纳入重点评述的范围，同时，也对《大波》《六十年的变迁》等"未能终篇"的遗稿进行了简约而深刻的艺术评析与文化透视。在描述文学思潮时，《新稿》没有简单地认同直线进步的文学进化论，也没有卷入中国传统文学史观预设的退化论或反复退回到原点的轮回逻辑（"天下大势，分久必合，合久必分"），《新稿》以综合的、整体的视野分析文学发展过程的起承转合与曲折起伏。在文学的发展过程中，某种性质、功能单一的文学形态一元独大时，文学的环境容易失去活力，典型如《新稿》所评述的"1962—1971年"与"1971—1978年"的文学状况，文学功能的单一化会导致文学的结构失衡。到了90年代，文学的商业与娱乐功能逐渐复原，而这一功能的过度膨胀催生了失控的媚俗倾向，商业趣味抑制了审美趣味的自由生长，审美的多样性让位于消费美学的单一性。而且，文学发展从一个极端走向另一个极端，震荡之下，无法营造一个宽松的环境，让文学在具有连续性的、自由竞争的、多元共存的环境中，在正常的新陈代谢中平稳过渡，走向繁荣。在文学的精神生态中，各种力量必须在

[①]〔比利时〕P.迪维诺：《生态学概论》，李耶波译，科学出版社1987年版，第99页。

相互制约中相互依存,如果某种力量获得压倒性优势,不管这种力量源自政治、商业还是传媒,文学自身的规律都容易遭到冲击,文学的独立性受到抑制,文学的形态将变得单一、僵化,被纳入森严的等级体系,依附性、寄生性的工具化写作也必然带来文化污染。

在《小说修辞学》中,布斯一起笔就讨论"讲述"与"显示"的异同,他认为"讲述""以奇特的方式直接地和专断地告诉我们各种思想动机",而采用"显示"修辞的作家"自我隐退,放弃了直接介入的特权,退到舞台侧翼,让他的人物在舞台上去决定自己的命运","故事被不加评价地表现出来,使读者处于没有明确评价来指导的境地"。① 就近年面世的多种当代文学史而言,大多都采用了"讲述"式的叙述,将主体性凌驾于历史真实之上。相对而言,《新稿》的叙述是谦逊的,也是严谨的。在思潮评述部分,《新稿》往往让史料说话,以实证的态度呈现复杂的历史面貌。尤其值得肯定的是,《新稿》对文学作品的传播接受进行了概括性的描述,譬如对《青春之歌》《艳阳天》《欧阳海之歌》等作品,以惜墨如金的笔法交代版本的变迁;对历史上引起争议的作品,甚至像60年代初期"短篇历史小说"中的《广陵散》和《陶渊明写〈挽歌〉》等篇章,都脉络清晰地勾勒出文本的历史遭遇。值得注意的是,《新稿》通过陈述代表性文本的历史命运,揭示了特定时代对文本的政治规范与审美要求。由于文本与作家的命运具有连带性,在传播接受过程中,作品的兴衰必然反馈到文学的创造实践当中,迫使创作主体和文学思潮做出相应的调整。这样,《新稿》就非常智慧地揭示了思潮、作家、作品之间复杂互动的"关系"。另一方面,《新稿》的叙述又不是被动的、冷漠的"显示",而是把历史上的一些代表性评说作为必要的文化与理论背景,进行充满对话精神与批判意识的反思和解读。《新稿》绪论中所标举的"人、社会和文学的现代化",所倡言的"个性解放与思想解放",所呼唤的"现代公民社会"和"人的文学",并非空洞的呐喊,而是如绵延不绝的精神潜流,"使历史'链条'中的各个环节合乎逻辑地衔接起来"。这种在充分尊重前人评述基础上的

---

① 〔美〕W.C.布斯:《小说修辞学》,华明、胡苏晓、周宪译,北京大学出版社1987年版,第5、9、10页。

独立言说，贯注着梁启超所言的"有信史然后有良史"的精神追求。

也正是在"过程美学"的统摄之下，《新稿》将思潮把握与文本分析有机地结合起来。近年，在当代文学史写作中，在对待文本的态度上存在着值得警惕的现象。其一是搬弄各种新潮理论，忽略具体文本的具体特点，进行削足适履的阐释。一些修史者为了创建自己独特的话语体系，回避那些与自己的观点相矛盾的文本与史料，采取聪明的抽样分析的方法，选择一些特例进行分析，自圆其说，并以偏概全地将这种随机性、主观性结论上升为普遍性规律，致使叙述的历史与文学自身的发展史在总体形态上产生较大的出入。其二是以大而化之的思潮评述淹没文本自身的复杂性与差异性，偏重评说文学的外部环境，将作品视为在主潮裹挟之下随波逐流的鱼群，这样的文学史犹如时下模式化建筑，先用钢筋水泥浇筑起桩基和框架，然后往里填充混凝土、砖块等。秦牧说自己的散文创作是"用一根思想的红线串起生活的珍珠"，不少文学史写作与之异曲同工，在这样的视野中，文学作品就变成了一种平均化的符号。当前流行的大而无当的文化研究，进一步助长了这种不良倾向。就《新稿》而言，它以点带面、详略得当的文本解读，既能让读者了解当代文学创作的全貌，又通过对重点作品深入解析，弥补抽象的思潮评析的缺席，使叙述变得层次分明，血肉丰满。像书中对《我们夫妇之间》《洼地上的"战役"》《团圆之后》《受戒》《尘埃落定》《我与地坛》等文本的分析，就折射出潮流的变迁与更替，让读者从斑斓的贝壳中隐隐听见海潮的回响。更加值得重视的是，《新稿》不孤立地分析文本，注重在多元参照的视野中探讨文本之间的关联性，譬如：分析了从《新儿女英雄传》《吕梁英雄传》到《林海雪原》《铁道游击队》的"英雄浪漫'史诗'"的文体建构；比较了"样板戏"《红灯记》《沙家浜》与各自原作的异同；而在对茹志鹃的《百合花》与王安忆的《流逝》的比照中，发现后者继承并发扬了前者关注普通人内心律动与通过细节刻画人物灵魂的特长。《新稿》对文本特性和文本间性双重关注，从一部文本的空间里发现多种文本的排列、置换、交汇与中和，这种开放的视阈使文本细读与文化研究形成良性互动和会通。还应当肯定的是，《新稿》的文本分析遵循鲁迅所倡导的"坏处说坏，好处说好"的原则，不溢美，不丑化。对于文本的缺陷，能将审美分析与语境分析结合起来，挖掘造成这种局限性的文化根源；对于作者的苦衷，既表达了一定的理解，又不寄予无原则的宽容；对于文本的优点，不拔高，不下断语，而是从多侧面、多角度剖析其内在结构，展示文本的丰富性与复杂性。譬如对《我与地坛》，《新稿》在充分肯定文本审美独创的同时，也就文体混融的特点进行"价值中立"的评述。

《新稿》将台港澳地区文学纳入评述的视野，这不是首倡，却是目前为止做得最好的。近年，也有不少现当代文学史著作者进行这方面的尝试，但是各地文学相互游离，没能有机地融合在一起。《新稿》将香港文学看成多元共存的舞台，这种逻辑起点也是值得赞赏的。《新稿》紧扣海峡两岸暨香港、澳门的社会政治关系的互动与文化认同的共鸣，探讨台港文学对于丰富中国当代文学的多重贡献：一方面，台港文学是中国当代文学与外来文学进行对话的交流窗口；另一方面，台港文学独特的审美趣味及二者同源异流的差异性，为中国当代文学的多元化进程注入了生机与活力，提供了新的可能性。

与同类著作相比，《新稿》对于"戏剧与电影"的当代历程的描述，脉络最为清晰，文本分析最为精当。不少当代文学史仅仅把戏剧与电影作为一种点缀与陪衬，一些论者由于缺乏必要的学术积累，有关论述显得较为隔膜，颇有勉为其难的意味，牵强附会也就在所难免。《新稿》的这一优长，显然和主编之一董健先生在戏剧领域的深厚学养密切相关，也得益于南京大学由陈白尘、陈瘦竹传承下来的优良学术传统。此外，《新稿》对于20世纪六七十年代文学的论述，也是同类著作中最为详尽的，在切中肯綮的分析中灌注了含而不露的批判精神。尽管书中的"潜流文学"容易让人联想到陈思和先生主编的《中国当代文学史教程》中运用的"潜在写作"概念，但是，由于书中将"显流文学"与"潜流文学"作为组合概念来展开阐述，这就在某种程度上获得了一种结构层面的深度。书中对"文革"思潮的总体评价，对"样板戏"、"被遮蔽的鲁迅形象"、"显流文学"的创作模式、"手抄本"小说的文学史价值的论述，都具有一种反抗遮蔽的意义。在不少文学史著作中，作者习惯将某一特殊阶段的文学视为"空白"，但这种不予置评的回避既传达一种蔑视和不屑，也寄托一种脆弱的幻想,最终结果是强化了"被遮蔽"的力度。正是在这一层面上,《新稿》可谓填补了20世纪六七十年代文学尤其是公开文学的"空白",是值得尊敬的,而且是富有成效的。

《新稿》的叙述是朴素的,文字平易且畅达,不故作惊人之语,也没有推出一些具有震撼性和冲击力的概念和名词,更没有将一两个名词上升为普适性法则的理论霸气,而是在常识层面展开评述。作为一本大学文科教材,我觉得它既有历史穿透力,也有现实针对性。我个人觉得,大学文学教育的灵魂是人格熏陶和思维训练,教师和教材给予学生的不应当是一种强制性灌输的思想,即使这种思想再好,一厢情愿的教化也会窒息思想的活力。尤其值得担忧的是,一些当代文学史著作成了编写者意志的附庸,历史的本然面貌被编写者所认为的"应然面貌"涂改。这种凌驾于历史之上的非理性主义,让历史为我所用的工具主义态度,在文学教育中的负面性不容忽视。《新稿》绝不完美,由于集体编写的关系,各章的质量不平衡,话语方式不统一,但它重视过程的复杂性、矛盾性,开掘文学解释的多元性,在展示叙述者的批判锋芒的同时,也注意限制叙述权力的过度扩张,这有利于培养学生的独立精神和自由思想,催生一种敢于追问、敢于担当的人格,而不是塞给他们一种自以为了不得的、现成的思想。我个人以为,成功的文学教育应该传播一种思想的火种,而不是让学生成为教师所宣扬的思想的崇拜者,更不是贩卖道听途说的"主义",培养不求甚解的盲从者。

重新理解当代文学史

当代文学是一门没有时间下限的学科。而且,随着历史的推进,关于当代文学的历史起点,也陆续响起了质疑之声,有一些学者认为,新时期以来的文学才是当代文学。也就是说,当代文学研究对象飘忽不定,学科内部多有分歧,不同学者的侧重点有所不同,文学史研究与文学评论在研究目标和研究方法上都有明显差异,这在学院空间中不无尴尬之处。唐弢"当代文学不宜写史"的观点影响深远,因此,当代文学研究常常被等同于当代文学批评。程光炜的《文学史二十讲》的出发点是,在直面当代文学学科现状的基础上,重新理解当代文学史。他毫不避讳地认为:"当代文学一直缺乏学科自律、没有历史规划,因此带有相当的学科随意性"[1];"始终没有将自身和研究对象'历史化',是困扰当代文学学科建设的主要问题之一。在我国现代学术史上,所谓'学问'之建立,一个很重要的检验标准,就是一个学科、一个学者有没有一个(或一些)相对稳定的研究对象,而这个(这些)研究能否作为一个'历史'现象存在,并拥有足以清楚、自律和坚固的历史逻辑,等于是否可以作为'学问'来看待的一个基本根据。"[2]事实上,只有正视这些长期存在的问题,当代文学研究才能摆脱学术惯性,寻求新的突破。不容忽视的是,由于受到多变的当代环境的影响,当代文学研究经过多次观念调整与方法更新,不同时期学界对同一个研究对象的评价往往有巨大的历史落差,同一个研究者面对同一

---

[1] 程光炜:《文学史二十讲》(上册),花木兰文化出版社2016年版,第66页。
[2] 程光炜:《文学史二十讲》(上册),花木兰文化出版社2016年版,第65—66页。

对象的发言也是自相矛盾。正如程光炜在《"当代文学"与"新疆当代文学"》一文中所言:"我们所以对这种明显不公平不正确的历史叙述充满了理解和同情,是因为我们抱着历史的理解和同情,'重新理解文学史'的问题才能够顺利和正常地提示出来,并成为我们不仅仅这样去理解'当代文学'与'新疆当代文学'的关系,也可以成为我们重新理解'现代文学'与'当代文学'的关系、'现代文学'与'古代文学'关系的一种理解性的知识框架。于是这样,整全性的文学史视野就在这种历史关联中体现出来了,狭隘的文学史观念就会逊位于整全性的文学史观念。这是迈过了艰难而漫长的历史阶段时所必须付出的代价,这也是付出代价后的值得珍惜的收获。"①

《文学史二十讲》一书有三个方面给我留下了深刻印象。首先是方法论的自觉。《文学史二十讲》所收录的篇章,讨论的都是当代文学史研究中的基本问题,像《当代文学学科的"历史化"》《文学史研究的"陌生化"》《文学史研究的"当代性"问题》《文学研究的"参照性"问题》《当代文学学科的认同、分歧与建构》《当代文学中的"鲁、郭、茅、巴、老、曹"》《当代文学海外传播的几个问题》等篇章,涉及的都是当代文学研究无法回避的问题,只有对核心概念进行辨析与廓清,才能确定学科的边界,进而从关系思维的角度,考察作家、作品在错综复杂的关系网络中的具体位置,凸显那些被表面现象所遮蔽的丰富性和复杂性。经过时间的积累,当代文学学科也逐渐形成学术成规,就像《当代文学学科的"历史化"》一文中谈到的"文学史研究的'批评化'""认同式研究"和"本质论历史叙述"等问题,这些轻车熟路的研究路径已经成为不少学者的常规武器,但他们对背后暗藏的陷阱往往习焉不察。程光炜主张:"这种'讨论'不光要以文学的'历史'为对象,与此同时,也应该以自己的'已有成果'为对象。它不光要讨论'过去'了的'作家作品'的历史状态,同时也应把研究者的历史状态纳入这样的讨论之中。当代文学学科更应该考虑的是,应该不应该有自己的'边界''范围'和'领域',当然这些东西,又只能是在不断的讨论之中才浮出水面,并逐渐为人们所

---

① 程光炜:《文学史二十讲》(下册),花木兰文化出版社2016年版,第269页。

接受。"①他以敏锐的问题意识，在无疑处见有疑，期望通过对学科、研究者和已有成果多重的、批判性反思，提升研究的学术含量，发展和完善这一学科。

当代文学研究者与自己的研究对象共同行进，置身于同一个时空之中。一方面，研究主体有亲身体验，有鲜活的经验与个人记忆，这使得研究成果保留了温度和活性；另一方面，缺乏必要的距离，情感认同难免会干扰理性判断，甚至被潮流、舆论和偏见所裹挟。因此，当代文学研究更加需要对想当然的"共识"展开怀疑性研究，在"不成问题"的地方发现问题并追问根源。程光炜将这种思路概括为"陌生化"，理由是："不能因为宣布是'同情和理解'的研究，就一定是'靠得住'的成果，就不需要再去讨论。因为，在我们今天的研究语境中，'同情和理解'的研究很容易被演变成一种'主题先行'和不容分说的'权威方法'。"②也就是说，他特别注意当代文学研究者容易陷入的误区，探讨避免这些盲点和陋习的对策与方法。在讨论文学史研究的"当代性"问题时，他强调"当代性"不是"一成不变"的，而是一种"动态史"；研究者在新语境中提出新问题时，首先要经过"新语境"的"知识过滤"和自我清理，否则，被界定的"历史"就成了一种被泛化的历史；用"新方法"得出"旧结论"，根源是研究者从个人角度理解"当代性"时，缺乏对自我观念的更新和反思，"新方法"在某种意义上成了"陈旧"的价值标准的外部装饰和伪装形式。至于在较长的时段内盛行的"去政治化"的文学策略，程光炜分析了逻辑上"用这个结论反对另一个结论"的片面性和简单化倾向。值得肯定的是，他并没有匆促地提供简便的解决方案，而是充分注意到这种困境的艰难性和持久性："怎样用'历史研究回答当今的问题'，怎样认识'当代性也是一个历史概念'，又怎样在'新方法'和'旧结论'的研究怪圈中找到一个适当的平衡点，以及怎样把'当代性'不仅仅理解成面对'当下性'的研究，同时也认为它本身也包含着过去作品的'体系'性眼光，仍会在很长一段时间内成为我们理解什么是文学史研究的'当代性'的障碍和难

---

① 程光炜：《文学史二十讲》（上册），花木兰文化出版社2016年版，第15页。
② 程光炜：《文学史二十讲》（上册），花木兰文化出版社2016年版，第26页。

题。"① 在某种意义上，当代文学史研究无异于戴着镣铐跳舞，要经得起时间检验，只能在接受历史限定的前提下去拓展有限的学术空间。

程光炜既从文学史角度探讨当代文学研究的方法论问题，又从不同层面梳理当代文学史的线索，审视内在结构，将理论探讨与研究实践有机地结合起来。近年，他最受关注的研究路径是从"年代学"的角度思考"70年代""80年代""90年代"的历史关联性，同时从纵横交错的历史关系中重新审视具体时空中的作家作品和文学潮流。譬如收入《文学史二十讲》的关于"寻根文学""先锋小说""孙犁'复活'""路遥现象"等问题的思考，都贯彻了这一研究思路。"这就是把过去当代文学研究比较强调'作家作品'的研究方式，稍微往'文学及周边研究'方面靠靠，通过把过去的研究成果'重新陌生化'，再重新回到'作家作品研究'当中去。"②

其次，从史料出发。一方面，作者深刻地意识到当代文学研究在资料整理和史料研究方面还相当薄弱，不仅远逊于传统学术，也无法跟现代文学学科相比。作为"出身"于现代文学学科的学者，他深有感触地说："由于'转行'，我近年特别怕见研究现代文学的学者，担心人家表面客气，心里却对搞当代文学的'不以为然'。这是因为，在现代文学研究界，发现和利用'文献资料'被看作是基本功，受到普遍重视，研究者的文章多是在此基础上写成的。所以，他们中的一些人很相信自己那才是'学问'。"③ 由于史料建设不足，缺乏必要的互证与证伪，当代文学研究界的一些观点就显得比较随意，容易将个别现象上升为全称判断，或者以研究者的个人偏好抬高或贬低某一研究对象。更有甚者，一些观点竟是完全凭借印象、想当然得出的结论。譬如，一些评论家认为新生代小说家都是60年代出生的作家，事实上，林白、张旻都出生于50年代末期。"在我看来，所谓的'历史分析'，就是在占有材料，充分理解现象背后所潜藏的各种问题的纠缠、矛盾和歧义之后，然后针对这些现象所作出的谨慎、

---

① 程光炜：《文学史二十讲》（上册），花木兰文化出版社2016年版，第49页。
② 程光炜：《文学史二十讲》（下册），花木兰文化出版社2016年版，第316页。
③ 程光炜：《文学史二十讲》（上册），花木兰文化出版社2016年版，第111页。

稳妥和力求准确的论述。"① 另一方面，作为基础性工作，史料整理并非机械劳动，它既需要人文情怀的浸润，更需要史家眼光的激活，其呈现形式还是一种有意味的叙述方式。"'资料'整理可以看作是文学史研究的一个重要方面，它本身所包含的'批评性'是无可置疑的。"② 扎实的资料、公允的评价，能够纠正情绪化的文学评论和倾向性明显的文学史叙述的偏颇，以便后来的研究者可以重新将特定的作家作品、文学现象还原到当时的历史时空中，恢复研究对象更为复杂和本真的历史面目。研究者在面对那些充满争议的研究对象时，更需要依托全面的、不偏不倚的历史资料，从而澄清那些被误读的作家作品，重新认识那些被低估的、被排斥的文学价值和审美复杂性。

　　当代文学评论是当代文学学科保留记录、积累材料的特殊形式，因具有鲜活性、敏锐性而产生一种内在的感染力。但是，照搬外来理论的批评家习惯用一种理论事先预设，这不仅会严重削弱结论的可靠性，还容易造成将错就错、以讹传讹的恶性循环。因此，自觉的史料意识是研究者对自我表达的一种必要限定，也是开拓学术视野的一种潜在资源，在研究时不仅搜集自己偏好的、支撑自己观点的材料，而且应该注意到那些曾经被自己排斥的、不利于自我表述的材料。只有这样，才能挖掘出来当代文学研究真正的丰富性、复杂性。程光炜论述文学研究的"参照性"问题时，正是从史料出发，进而开辟出打破封闭思维的学术进路。他认为研究者要自觉地在深入研究中寻找和发现："这种寻找又不是在自己希望看到的思想状态、资料文献中进行，甚至不是在自己喜欢的观点中进行。因此，这种寻找的难度首先来自对自己研究习惯的克服，来自对自己观点的必要的反省，它包括了给自己不喜欢的思想状态和观点的应有尊重。这种难度就在于在一种别扭的研究状态中超越自己，同时又返回自己，以便使自己的研究视域尽可能地抻开，使文学研究尽可能地回复到圆融、包容和理解的状态之中。"③

---

① 程光炜：《文学史二十讲》（上册），花木兰文化出版社2016年版，第68页。
② 程光炜：《文学史二十讲》（上册），花木兰文化出版社2016年版，第111页。
③ 程光炜：《文学史二十讲》（上册），花木兰文化出版社2016年版，第51页。

在某种意义上，系统化的史料整理工作是建筑当代文学学科这座大厦的基石。完备的史料使得研究对象和研究问题都能沉淀下来，抑制那种没有公认标准的、自说自话的、借文学随意发挥的表述，改变主观化、空泛的宏观概述盛行一时的状况。面对丰富而复杂的史料，研究者的叙述应当有凭有据，循序渐进地制定学术标准，确立学术认同的基本常识和"写作通则"，并使之成为维系知识共同体的纽带。当代文学学科不可能是一块自定规则的学术飞地，不能在自我循环中开展学术生产，它必须遵循历史学科的公共经验与一般规则。程光炜主张："当代文学学科，应该像当年的现代文学学科那样，不要再停留在一般评论的状态了，而应该把学科建起来。"[1]

最后，互动的对话性。《文学史二十讲》中有五篇在国内著名大学演讲所用演讲稿，还有三篇访谈录。这些篇章都体现出演讲者与听讲者互动的对话性，包含潜在的观念碰撞、精神沟通与认知期待。从文体角度来看，这些篇章较为活泼而灵动，除了演讲者的声音，周围似乎还响着听众内在的声音。有趣的是，书中多处出现"大家不要误解""大家不要'误解'我的看法""不瞒大家说"一类的口语表达，演讲的鲜活度和现场感得以保留，同时也反映了演讲者对听讲者的看法的重视。程光炜在自己的多种著述中，一直非常重视"课堂"的作用。在北京师范大学的演讲稿《当代文学学科的"历史化"》之中，他认为："我所说的当代文学学科的'历史化'，首先与跟踪当前文学创作的评论活动不同；其次，它指的是经过文学评论、选本和课堂'筛选'过的作家作品，是一些'过去'了的文学事实，这样的工作，无疑产生了历史的自足性。"[2] 课堂作为文学教育、学科建设、文学传播与接受之间重要的一环，在以往的文学研究成果中常常被忽略和屏蔽。作为一个动态空间，这既是传授知识的平台，也是思维碰撞、人格交流的场所。一个学科要得到持续的发展，需要不断有新的研究力量的养成与加盟，在传承中激发创新的活力。《文学研究的

---

[1] 程光炜：《文学史二十讲》（下册），花木兰文化出版社2016年版，第341页。
[2] 程光炜：《文学史二十讲》（上册），花木兰文化出版社2016年版，第2页。

"参照性"问题》一文中,作者以自己的三位博士生白亮、杨晓帆、李建立的研究成果为基础,反思自身的研究习惯乃至学术偏见,在思维的碰撞中点燃思想的火花。《文学年谱框架中的〈路遥创作年表〉》一文也是从杨晓帆编制的简要的《路遥创作年表》说开去,从个别到普遍,思考当代文学研究共通的学术法则。重视科研、轻视教学,在国内大学是一种较为普遍的现象。要真正做到教学相长,绝非易事。在与学生的对话中相互促进,自得其乐,这种境界令人向往。

《文学史二十讲》对当代文学史基本问题的讨论,起点是质疑,然后是平等对话与进一步地追问,充满了思辨色彩。关于"左翼文学"研究中的"翻烧饼"问题,书中就多处质疑与提出商榷。程光炜在谈到"历史的同情和理解"时,有这样一段文字:"因为'疑惑'在于,它是'预先'设置了'历史'?还是通过发现的'材料'才找到那个被图书馆'封存'因而是'原封不动'的'历史'?或就是按照作者本人'愿望'而'重新建构'的'历史'?说老实话,我读完文章一头'雾水'。"[1]在书中,这种连环的提问多处存在,作者并非要显示自己的高明,而是在真实袒露自己的迷惘的前提下,探究现象背后隐藏的问题。深入对话的前提是主体之间相互尊重,参与者真实表达各自的情感和思想,相互敞开,相互接纳。自由的对话不是一种预设的状态,主体之间袒露灵魂,启发思维,在开放状态中生成新的可能性。在考察分析的基础上,通过反思和批判,对话才能获得一种自我生长的内在力量,推动视野融合和思想创生。对话既是发现对象的过程,也是主体重新发现自我和相互发现的过程。主体通过对话培植知识共同体,达成基本共识,强化对当代文学这门学科的认同感。

---

[1] 程光炜:《文学史二十讲》(上册),花木兰文化出版社2016年版,第23页。

当代文学史料研究的方法论意义
——《中国当代文学史料问题研究》简评

三十年前，我在杭州大学经济系求学，因为痴迷文学，常常不务正业，到中文系蹭课。当时去得最多的，就是吴秀明老师和汪飞白老师的课堂。为了抢占最后一排的座位，经常提前一节课就钉在那儿。熟悉的中文系同学看到我，不止一次笑我"守株待兔"。当时吴老师风华正茂，但并不像一些年轻老师那样，喜欢贩卖连自己都没搞懂的西方名词。记得他讲历史小说，重视分析文学与历史、虚构与史实之间的关系。不止一次听他说起"言必有据"，并强调这是夏承焘先生教导吴熊和老师的四字真言。他在授课时讲到现当代文学的研究方法，也不时会提到古典文学与古籍整理的研究传统，重视从中国本土的学术根底中汲取滋养，认为只有贯通古今才能根深叶茂。从20世纪90年代以来，吴老师逐渐转向当代文学史料研究，在我看来真是水到渠成。最近几年，我自己也在这一领域用力甚多。细想起来，吴老师当年在课堂上提醒大家一定要多找、多看资料的叮咛，点燃了我最初的兴趣，就像是随风落下的一粒种子，在遇到适合的条件时生根发芽。

翻阅吴秀明老师主编的《中国当代文学史料问题研究》一书，觉得此书材料翔实，特色鲜明。首先，该书有明确的学术目标："从史料再出发。""当代文学在经过半个多世纪发展以后，学科建设的重要性日益突显。人们厌烦了'以论代史''以论带史'的阐释模式，也不再满足于过于主观的'感觉式''批评化'的评判思路，而是广泛借鉴传统朴学和西方实证主义的研究方法，按照'实事求是'的学术态度，向着带有学术转向性质的学科重构的方向挺进。"①在当代文学研究领域，文学评论一直占据主流地位，它贴近文学现场，紧跟时代潮流，容易引起关注，类似于经济学视野中的"短平快"产品：投资少，周转期较短；价格适中，容易为大众接受；生产速度快，服务速度快，见效快，收益高。相对而言，史料研究吃力不讨好，必须投入大量的人力物力，需要长期积累，见效极慢，干的都是脏活、苦活、累活，史料整理类著述不仅很难发表和出版，而且在如今学院的考核体制中还常常不算成果。值得注意的是，由于当代中国的政治、经济、社会环境都经历了复杂的变化，受到制约和受文化潮流影响的文学观念快速转换，要对已经走过七十余年的当代文学进行相对客观的评价，史料的重要性就凸显出来。其一，"立场决定观点"的思维在当代文学史上可谓根深蒂固，不少口号和表述都有先入为主的特点，曾经流行的"批判"逻辑更是贻害深远，因此，对史料的挖掘、甄别与研究有正本清源的作用。其二，当代文学研究过于贴近研究对象，缺少必要的距离感，容易受到主体的政治观念、审美偏向、现实利益的影响，主观色彩显著，尤其是那些充满争议的作家作品和文学现象，褒贬不一。而且，在文学评论界始终存在趋时应景的倾向，评论家的言说难免有随意、率性、偏激之处。回归史料的研究思路有利于博采诸说，排除外在干扰，发覆探隐，廓清争议。其三，扎实的史料工作是提升、深化当代文学研究的基础。当代文学学科历史短、积累浅，研究对象不够稳定，长期盛行的"以论代史"的研究思路片面追求观念的更新，因此，当代文学史的面貌陷入一种不断"变脸"的状态。从史料入手重返历史现场，是实现当代文学较为充分的"历史化"的重要途径，也是完善学科建设的必要条件。

《中国当代文学史料问题研究》对现有的当代文学史料进行了较为全面和系统的归纳、梳理、整合，并借助现代学术思想和理论方法，激活这些史料的精神资源。该书对当代文学史料进行了自成一体的类型划分，譬如：按照史料的功能性质，将之划分为"公共性文学史料""私人性文学史料"和"民间与'地下'文学史料"；按照史料的传播形式，

---

① 吴秀明：《一场迟到了的"学术再发动"——当代文学史料研究的意义、特点与问题》，《学术月刊》2016年第9期。

将之划分为"书话与口述文学史料""版本史料"和"选本史料";按照当代文学研究的专题,将史料划分为"期刊、社团与流派史料""通俗文学史料"和"台港文学史料"。这些史料自成一格,同时又与其他形态的文学史料相互印证,形成一个较为完整和丰富的集合。正如该书主编在绪论中阐述第二章、第三章的编写目标时所言:"并不满足于史料爬梳和有关类型的划分,而是联系当时时代的精神气候以及十七年与新时期的嬗变,对文学史料产生的原因、存在问题和未来前景做深入的阐发,提出自己的思考,力争使史料研究带有某种'史料学'的品格。"[1] 鉴于当代文学史上有相当数量的档案史料没有公开,当代文学史料研究也还不充分,该书编撰团队并没有匆促地构建"当代文学史料学",但迈出了向这一目标进发的重要一步:"盘整现有当代文学史料方面的研究成果,检讨以往在研究意识和方法上的缺陷,为将来'当代文学史料学'的构建提供一个初步的雏形和构架。"[2]

其次,该书对当代文学史料研究的方法进行了深入探索。如果重视史料不注意方法,就很容易被史料所淹没。正如翦伯赞所言:"要使历史学走上科学的阶梯,必须使史料与方法合而为一。既用科学方法,进行史料之搜集、整理与批判;又用史料,进行对科学方法之衡量与考验。使方法体化于史料之内,史料融解于方法之中。"[3]该书在方法探索上有三个特点。其一,溯源与拓展。该书在研究当代文学史料时,一方面吸纳了古代文献研究中常用的版本、注释、校勘、考据、辨伪、辑佚等方法,另一方面也借鉴了互联网科技、情报收集和数据处理等技术和方法,力图融汇"传统"与"现代"的研究方法。在第十四章分析当代文学史料的实证研究时,编撰者就注意到这一方法的两个来源:本土从汉代到清代的朴学传统,外来的自然科学实证精神与实证主义哲学。当代文学

---

[1] 吴秀明:《中国当代文学史料问题研究》,中国社会科学出版社2016年版,第29页。

[2] 吴秀明:《中国当代文学史料问题研究》,中国社会科学出版社2016年版,第30—31页。

[3] 翦伯赞:《史料与史学》(第2版),北京出版社2011年版,第85页。

史料较为驳杂，其中既有形式多样的纸质材料，又有打上了鲜明的时代烙印的政策文件、口述实录、网络材料等史料。面对异态纷呈的当代文学史料，如果研究主体采取单一的、不变的思路与方法，结论显然难免讹误。只有有针对性地选择适用的理论资源和研究方法，才能有的放矢，对症下药。

其二，整体把握与局部分析相结合。该书既对当代文学史料的历史发展过程、主要特征，以及当代文学史料与历史观、政治、现代科技、文学史编写的关系进行整体性考察，又对文代会报告、"潜在写作"史料、中国现代文学馆的馆藏史料等局部问题进行细致的分析。另外，书的所有章节，都注意详略关系，以点面结合的形式，选择有代表性个案进行重点分析。譬如第九章讨论当代文学的版本史料时，较为系统地梳理了当代文学史上的版本类型，如重印本、修改本、潜版本、电子版等，第三节重点选择陈忠实的《白鹿原》和张洁的《沉重的翅膀》，考察"茅奖"修订版的修订问题。通过整体研究与局部分析的结合，作者准确把握了当代文学版本区别于古代文学、现代文学版本的特殊性。一方面，形态更加多样化；另一方面，版本变异的动力机制有了新的变化。"在修改动机上，出于艺术或纯文学层面考虑的修订尽管依然存在，但在很长一段时间内甚至不是当代版本生产的主要动力。反之，政治、市场以及新媒体这些非传统因素在不同阶段开始对版本的生产产生影响，而这种影响也正越来越表现出'复合性'的特征，这显然是古代文学和现代文学的版本研究较少出现的情况，也是当代版本问题的复杂性所在。"[①]第十六章对历次文代会报告的研究中，着重分析具有重要的文学史影响的第一次文代会和第四次文代会的报告。点面结合的思路，将集中的视点和开阔的视野相结合，把文学文本史料和文学周边史料相结合，在研究方法上也注意到艺术分析和文化分析并重。

其三，还原分析。史料研究努力的方向在于，恢复历史的原貌，困难的是，现存史料往往以碎片形式存在，这些碎片拼缀出来的图景与历史本

[①] 吴秀明：《中国当代文学史料问题研究》，中国社会科学出版社2016年版，第284—285页。

来面目之间还有不远的差距。正是意识到史料研究中的这种挑战，该书强调对史料进行还原分析。譬如书中对"文革"时期的民间与"地下"文学史料进行了较为细致的爬梳，并针对"潜在写作"史料"能否进入"与"如何进入"当代文学史等问题提出了自己的观点。一方面，"潜在写作"史料为还原当时文学的真实面貌提供了新的可能性；另一方面，学术界对"潜在写作"史料的真实性一直存在争议和疑问。因此，该书主张遵循实事求是的原则，进行符合历史、符合逻辑的评价："对于'潜在写作'史料，任何照单全收或者一概排拒的做法都是不明智的，也是不科学的。我们需要的是一种更加开放，也更为包容的姿态。"①

最后，该书有敏锐的问题意识。既重视史料研究，又强调必须与史料保持必要的理性距离，以史识照亮史料。"今天讲当代文学史料，不是回到一般'史论结合'或'论从史出'的思维层面，而是主要强调突出在现有理论思想和认知的高度以及研究成果的基础上，进一步推进'史料'与'思想'或曰'事实'与'意识'之间的互渗互融，以达到在较高平台上的动态平衡，求得研究工作的新拓展。"②该书对当代文学史料研究的思考，起点是直面当代文学史料研究存在的问题与缺陷，不避讳，不粉饰，正所谓知不足而后进。第十一章以对胡风评价的明显分歧为例，对"史料迷误与历史观问题"进行深入辨析。研究者基于自身的情感认知，受到不同的历史观的影响，在选择、使用史料时表现出不同的倾向，得出的结论也截然不同乃至完全相反，例如，将胡风定位为"革命文艺的异路人""五四精神的传承者"或"高度忠诚的革命者"。在审视问题的基础上，该书认为："在史料研究中，既要以包容性、开放性的历史观将之纳入视野，也要注意有效的保存和合理的筛选、运用，从而更好地推动当代文学史料研究走向全面、系统和深入。"③第十四

---

① 吴秀明：《中国当代文学史料问题研究》，中国社会科学出版社2016年版，第521页。

② 吴秀明：《中国当代文学史料问题研究》，中国社会科学出版社2016年版，第22页。

③ 吴秀明：《中国当代文学史料问题研究》，中国社会科学出版社2016年版，第352页。

章对史料研究方法的讨论，既注意到实证研究的困境及其根源，又剖析了文化研究的局限性。第八章谈论口述史料时，重点讨论了口述史料的真实性问题，因为记忆存在"遗忘"问题，记忆容易受到个人情感、心理因素的影响，个体记忆还会受到外部环境的干扰，所以必须重视口述史料的失真问题。基于此，该书强调访问者与受访者应该进行积极的互动与交流，修正讹误，提高史料的可靠性。更为关键的是，史料研究应当做到口述史料与文献史料的相互印证和补充，避免记忆的偏差和失真等情况。第十五章第一节讨论当代文学史料研究的主体性危机时，认为危机主要表现在三个方面："越古、越专、越细的文学史料越有价值"，"对史料或理论的偏执"，"对研究方法的迷信"。这种单刀直入揭示问题的方式，颇有启发性，为当代文学史料研究的深化提供了新的资源和思考方式。第十五章第二节结合具有代表性的当代文学史教材，指出教材选文的偏颇与史料阐释的不当之处。在此基础上，该书认为："文学史编写应以文学史料为基础，这原本是一个常识。然而综观诸多文学史编写的实际情况来看，情况似乎不那么简单，也不容乐观，在某种意义上，史料问题成了制约文学史编写的一个'瓶颈'。"[①] 这就通过典型分析，上升到一种具有普遍性意义的学术思考层面。

  总体而言，该书紧扣当代文学研究现状，以问题为导向，不求面面俱到，而是选择一些关键的、紧迫的问题进行重点突破。该书并不是将史料单独抽离出来进行孤立、封闭、静止的研究，而是将史料放置于当代文学的历史进程中，进行动态、立体、多元的考察。该书呈现出将文学理论、文学史、文学批评与情报信息等有关学科打通的"大史料"的特点，超越深陷于史料之中的狭隘视角，在政治、历史、文化的多重关联中进行价值定位，在更加立体开阔、更具历史纵深感、更有当代性的整体把握中，凸显当代文学史料更为丰富的层次感、更为复杂的内部结构、更为多元的观念内涵。该书主编在结语中明确表述："我们不想将史料研究做死做窄，为了所谓的'有学问'，而将其原本固有的血肉丰盈的东西滤去。我们追求的是'问

[①] 吴秀明：《中国当代文学史料问题研究》，中国社会科学出版社2016年版，第449页。

题化'的当代文学史料研究,或曰将当代文学史料研究'问题化'。"①也就是说,史料研究不仅是一个独立的研究领域和学科分支,它还是一种通向当代文学深处的研究方法,目的是消除遮蔽,打通阻隔,推动当代文学学科建设进一步成熟与完善。

---

① 吴秀明:《中国当代文学史料问题研究》,中国社会科学出版社2016年版,第546页。

第二辑

作家论

在抒情与史诗之间

——张炜简论

张炜的文学创作生涯已经持续了将近半个世纪,他充满诗意的文字如同坚实的脚印,他在文学的长旅中从不懈怠,探索文学的多种可能性,开掘生命和精神的深度。他在长篇小说、中篇小说、短篇小说、散文、诗歌等文体上都有杰出表现,儿童文学创作独具一格,在当代文学史上占有重要地位。就文学奖项而言,作品曾获得全国优秀短篇小说奖、"八五"期间全国优秀长篇小说奖、茅盾文学奖、中国出版政府奖、全国优秀儿童文学奖等重要奖项。他以胶东半岛为根基,在文学版图上创造了另一个审美半岛,有苦难无法磨灭的希望和守望大地的信念,有惊涛拍岸的浩大和月色撩人的宁静,有小动物自由出没的丛林秘境和众生浮沉的文化缩影。追求抒情与史诗的融合,是贯穿张炜整个创作历程的精神脉络。

一

2017年,我发表了一篇论文《抒情的衰变——论近三十年中国文学的情感历程》(《文艺研究》2017年第6期),考察了新时期以来中国当代文学审美情感的嬗变轨迹。在文中,我认为抒情文类和抒情风格在当代文学创作的总体格局中呈现出边缘化的趋向,抑制情感逐渐成为一种审美风尚,抒情呈现出碎片化的态势,日常化的细小抒情、物化抒情和自我解构的抒情成为流行的表达方式。抒情的衰落与变异,是时代转型、外来影响和文学新陈代谢的综合结果;伴随着文学情感的冷却,冷淡美学渐成风尚。如果具体到张炜的文学创作来看，他显然是一个异数，抒情在他的创作中始终占据重要地位。在他的散文、诗歌创作中，抒情是其内在的灵魂。个人体验与个体情感是张炜文学创作灵感的主要来源。

在张炜的小说创作中，从短篇小说《声音》《一潭清水》到中篇小说《秋天的思索》《秋天的愤怒》，再到长篇小说《九月寓言》《你在高原》，抒情从欢腾的小溪绵延成奔流的大河。《九月寓言》是献给土地的赞歌，以"土人"自居的小村人把土地视为生命之源，而"劳动"把人与土地联结起来，"劳动"是能量交换的方式，是生命交流的形式，也是将小村人凝聚起来的一种道德信念。作品用了大量笔墨写地瓜这种食物，作家在笔墨中倾注了浓郁的情感。小村里的人尝试将地瓜做成水饺、饼、馒头、煎饼，地瓜养活了小村人，养活了流浪汉和野地里的各种动物，"瓜干烧胃哩"成了解释村里人内心骚动和行为狂躁的根由。"红色的地瓜一堆堆掘出，摆在泥土上，谁都能看出它们像熊熊燃着的炭火。烧啊烧啊，它要把庄稼人里里外外都烧得通红。人们像要熔化成一条火烫的河流，冲撞涤荡到很远很久。"① 这部小说中的不少人物都有一种无法抑制的"跑啊跑啊"的内在冲动，充满活力的赶鹦领着肥和一帮年轻人在夜晚的田野上赤足奔跑，即使大雨也无法浇灭他们的冲动与激情，情爱与欲望如同夜幕下的庄稼一样自由生长。"要知道人这一辈子总要找个什么啊！"这种"寻找"搅动了"鲅鲅"们一潭死水的生活，使村庄变得生动而鲜活。赶鹦找到"什么"了吗？或许正因为"什么"都找不到，只好放弃"奔跑"，停留在"缠绵的村庄"。只有不怕"天谴"的肥，在工程师的儿子——挺芳的爱情的引领下，最终走出了村庄，逃离了强大的惯性，"去找自己的生活"。她追寻的是以平等与尊重为基础的"爱"，而不是瓜干烧胃烧出来的本能。《丑行或浪漫》中的刘蜜蜡命运坎坷，但拒绝屈服，也不怨天尤人，而是奋起抗争，在艰难岁月中从不放弃对爱和梦想的执着。张炜以多彩的抒情笔墨写出山野的独特魅力，字里行间暗涌着对淳朴与美好的消逝的叹惋与忧伤，又以浪漫主义的激情奔向远方的精神高原。

张炜对自然与田园的亲近和拥抱，锤炼出他一颗灵慧的诗心，也使得

---

① 张炜：《九月寓言》，作家出版社2014年版，第190—191页。

他笔下的山野与民间生机勃勃。在他的写作中,抒情就像山间发芽的种子,就像海里游弋的仔鱼,成为他文字中内在的动能,让文字活了起来。因为喜欢奔跑于白沙上和树林中的兔子,他以一颗不老的童心,自比为海边兔子,"它们的现实世界和我们的心灵世界接通的一刻,会使我们格外幸福","它们注视过我少年时代的写作,分享我的欢乐,也感受我的痛苦"。①"它首先是林子里最爱学习的一只兔子,其次还是林子里最爱思考的一只兔子。星星,月亮,海浪和风,英雄和小虫,都让它向往和接近。它不知疲倦地倾听,知道的林中故事越来越多,所以当它面对一张纸的时候,总有写不完的话。"②一方面,他善于以敏锐的观察力与独特的感悟力,从脚下的土地中汲取丰沛的文化滋养;另一方面,他警惕被外部的环境所限制,对地域文化中的惯性和惰性有清醒的反思,一直把独立和个性视为创作的灵魂。张炜的一些作品被评论家贴上"魔幻"标签,事实上,这种超拔脱俗的灵妙更多来自对齐文化精髓的参悟,如《九月寓言》《刺猬歌》等作品从谈狐说鬼的《聊斋志异》中获得启示。但他笔下的动物与人具有更高的融合度,动物世界成了人类认识自我局限的镜子。从《古船》开始,张炜小说中的神秘色彩挥之不去,营造出特有的明暗交错的审美氛围。张炜和他笔下的宁伽一样,在深陷红尘的浮世行旅中,始终保持诗性与神性的精神向度。

在张炜的长篇小说中,抒情具有一种结构功能。如果说故事和人物是作品中的骨骼、肌肉,那么情感就是输送滋养与活力的血液,并且将不同的小说元素纳入一个有机的、动态的循环系统。丛林、野地、荒原、高原等自然景观在张炜笔下都具有个性化的象征蕴含,是特定的伦理倾向、人格类型的对应物。在《你在高原·鹿眼》中,对高原的向往成为主人公持续向前的动力,而高原成了理想的凝聚地,是"崇高"的美学象征,化为神圣和希望,"我仰望它,直到永久"。

---

① 张炜:《海边兔子有所思》,长江文艺出版社2018年版,第4页。
② 张炜:《海边兔子有所思》,长江文艺出版社2018年版,第5页。

二

在 90 年代以来的小说创作中，写作者越来越重视作品的故事性，媚俗、离奇的情节泛滥成灾，在艺术表现上放弃心理描写，以旁观的冷漠屏蔽内在冲突和内心风景，主体性的淡化乃至隐退成为普遍现象。张炜的独特之处恰恰在于对主体性的守望，强调以内在力量激活主体的能动性，以责任感和关怀伦理为核心，建立个体与历史、现实、社会的多元对话关系。在滔滔巨流面前，张炜拒绝随波逐流，以应然价值衡量实然世界。这就像《刺猬歌》里不肯妥协的廖麦和《艾约堡秘史》中联手保护渔村文化遗产的欧驼兰和吴沙原，以现实的遗憾与残缺激发主人公对诗意和美的顽强追求。

美籍华裔作家哈金说过："'伟大的中国小说'应该是这样的——一部关于中国人经验的长篇小说，其中对人物和生活的描述如此深刻、丰富、真确并富有同情心，使得每一个有感情、有文化的中国人都能在故事中找到认同感。"[①] 关于"史诗"，人们总会将它和"伟大""宏大"联系在一起，因此，在最近三十年中国长篇小说的创作中，不少作家片面追求叙事的规模，人为地拉长作品所表现的历史跨度，可是，如果内里空虚，这种外在的架子只能是虚张声势。正如哈金所言："作家们必须放弃历史的完结感，必须建立起'伟大的中国小说'仍待写的信念。""伟大"并不是一种静止的完成状态，而是重估传统的一种价值标准，是作家个体对写作的自我约束与严格要求。张炜小说对历史的观照，正是连通个体生命与民族秘史的精神之桥，以赤子之心见证家国情怀和时代波澜。

《古船》围绕洼狸粉丝大厂的兴衰和以隋家为中心的错综复杂的家族矛盾展开，书写洼狸镇背负的沉重的传统包袱，展示这个典型的中国村镇将近四十年的曲折命运，既以生动的细节写出每件历史事件的特定背景与动态过程，又显示它的广泛性与普遍性。作品对赵炳的塑造，不满足于仅仅刻画丰满的形象和独特的性格，还注重挖掘人物背后的历史

[①] 哈金：《呼唤"伟大的中国小说"》，《青年文学》（上半月版）2005 年第 7 期。

文化内涵。赵炳对含章的霸占可谓阴险狡诈，先找人绑架了抱朴兄妹，在危急关头又解救他们，他伪装出来"疼惜"的姿态，不仅占有了含章的肉体，而且实施精神控制，通过玩弄权力，获得变态心理满足。含章牺牲了自己的青春和尊严，做赵炳的人质，赵炳的回报是不对隋家斩草除根。值得重视的是，含章对赵炳逐渐形成了一种病态的依恋，依稀呈现为虐恋模式，是痛感与快感的畸形混合。事实上，赵炳之所以放过抱朴和见素，根源在于他需要这两个失败者以受无休止的屈辱来见证他的淫威。赵多多作为赵炳的帮凶，善于拉大旗作虎皮，他以检查皮带扣的名义，公然掀开年轻妇女的衣襟，祸害良家妇女。作品最终让"沉思者"隋抱朴走出磨坊，以实际行动挣脱束缚自己的各种无形的锁链，去争取有别于过去的另一种未来。在当代文学的发展历程中，《古船》建构的家族叙事模式具有开创意义。一方面，它和"十七年"的红色家族叙事形成有趣对照；另一方面，它为后起的《白鹿原》扫平了一些观念和艺术上的障碍。

　　曾在档案馆工作过的张炜一直重视对史料、文献的搜集，尤其是有关胶东地区的史料。尤其值得重视的是，他对胶东的一草一木都了然于胸，以自己的脚步去感受这片土地的心跳，而暂时远离与不断回归的循环，则在开放、互动的空间中强化了故土于他的文化与审美意义。这片深受齐文化浸润的海滨沃土源源不断地激发作家的灵感，而张炜的创作也丰富了这片土地的文化积累，既开启了那些被遮蔽、被隐匿、被埋没的社会历史层面和精神秘藏，也澄清与照亮了内心世界。《独药师》通过本土养生术与医术这一秘道，迂回地展示了近代中国和登州海角风云激荡的历史潮涌。徐竟难免让人联想到山东同盟会主盟人徐镜心，因为革命者的闯入，养生世家季府成了侧面演示"革命"景观的小舞台。以第一人称进行讲述的季府第六代传人季昨非，如同打着火把的夜行人，在跌跌撞撞地摸索自己的人生道路的过程中，也以暧昧的光亮，明灭不定地显现了所处时代的背景与大势。他与家族死对头邱琪芝亦敌亦友的较量，对西洋医院麒麟医院的女助理陶文贝的追求，都如同在时代波涛中航行。他自以为掌控一切，却在不知不觉中被卷入暗流与漩涡。作品的叙事方式让人联想到《老残游记》的旅行叙事，旅行者出没于不同的文化环境，生动展现世情百态，表现社会文化的变迁。小说正面写"药"与"长生",但更加吸引人的是各种形态的"病"与"苟且"。作品通过情节、对话展现病症与病根、病痛与疗救、身体之病与文化之病之间的辩证关系,使小说的内涵变得丰富而又蕴藉。

关于史诗,马克思认为:"就某些艺术形式,例如史诗来说,甚至谁都承认:当艺术生产一旦作为艺术生产出现,它们就再不能以那种在世界史上划时代的、古典的形式创造出来;因此,在艺术本身的领域内,某些有重大意义的艺术形式只有在艺术发展的不发达阶段上才是可能的。"[1] 张炜一直对商品化的文学生产保持警惕,他在工业化时代持守一种手工精神,执念于作品的唯一性和孤品特征,他作品中的"史诗性"包含了正在失落的古典意趣和神话式的怀旧格调。因而,他坚持追求那种贴近自然、贴近生命的本然的真实,展现的是关于环境改变的史诗,思考如何在改变的过程中做出正义的选择。"任何神话都是用想象和借助想象以征服自然力,支配自然力,把自然力加以形象化;因而,随着这些自然力实际上被支配,神话也就消失了。"[2] 当技术革新的洪流冲刷一切时,张炜的创作提供了另一种向度,让我们从历史中获得走向未来的动力和警示,让我们从那些被想当然地淘汰的文化、记忆中发现美和善,以平等互动的生态意识恢复人和自然的秩序,恢复这变得越来越无趣的世界原有的魅性。正如马克思所言:"为什么历史上的人类童年时代,在它发展得最完美的地方,不该作为永不复返的阶段而显示出永久的魅力呢?"[3]

三

在抒情与史诗之间,张炜的文学创作虚实结合,以苍劲有力的写实绘

---

[1] 中共中央马克思恩格斯列宁斯大林著作编译局编译:《马克思恩格斯全集 第三十卷》(第2版),人民出版社1995年版,第51页。

[2] 中共中央马克思恩格斯列宁斯大林著作编译局编译:《马克思恩格斯全集 第三十卷》(第2版),人民出版社1995年版,第52页。

[3] 中共中央马克思恩格斯列宁斯大林著作编译局编译:《马克思恩格斯全集 第三十卷》(第2版),人民出版社1995年版,第53页。

制山河错落、人间起伏的现实地图,又以抒情的翅膀,摆脱现实的种种羁绊,翱翔于思想的天空。他的创作从心出发,以火一样的激情和力量,思考人的存在、民族的历史文化和人类的命运。他与文学之间的漫长爱恋,正可谓"芳心似火":"芳心是温文的,却孕育和积蓄了人世间最大的热量。为了表达这炽烈这热量,这种种的蕴藏,每每要发生一些连当事人都为之震惊的事情。这会儿将激发出多少歌唱多少眼泪,多少奔跑多少呼求,无边的相诉,彻夜无眠,连笨拙口讷的人都变成了诗人。"①

张炜的抒情不是细碎的、随意的、自相矛盾的情感抒发,他的抒情有连贯的内在脉络,有大的关怀和深邃的历史反思,如同一条蜿蜒的河流,在现实与历史、感性与理性之间回荡。他的抒情拥有坚实的价值依托,那就是对理想主义的坚守,其中既有追索的执着、艰辛与欢欣,也有面对理想普遍失落的文化环境的怅惘、孤独与抗争。

张炜作品中的现实是经过主体渗入的"心史"。他笔下的人物与历史、时代有广泛而深入的联系,立体地展现社会文化变革的总体进程,以人物命运为小说结构的中心线索,同时注重挖掘人物的内心世界,使得作品兼具社会历史描述的故事性与人物心理表现的抒情性。作家对社会生活、现实景象进行多维度的拓展,现实横断面与线性的历史进程相互穿插,形成了立体交叉的叙事时空结构。张炜擅长通过描写小人物的命运轨迹来展现大历史的进程,在个体的价值追求与精神创伤中打上深刻的时代烙印,其中既有浪花飞溅的细描与精致,又有海边日出的宏阔与壮美。

从精神源头来看,他兼收并蓄了中国本土文学的史传与抒情传统,综合吸收了俄罗斯现实主义文学的人道关怀与浪漫主义文学的内在激情。作家要表现的是具有沉甸甸的历史感的现实生活,以责任感和使命感照亮那些容易被遮蔽的幽暗角落。他始终以人为中心,让不同的人在交相辉映中展示人类情感的丰富性与矛盾性,多角度呈现历史与现实的复杂面貌和内在逻辑。在某种意义上,他笔下的历史和现实都是通过人心的棱镜折射出来的社会文化景象。正如普实克所言:"文人的创作往往是事实的记录伴随着抒情性的评价和渲染。作者的目的是把事实从现实的日常生活层面提

---

① 张炜:《芳心似火——兼论齐国的恣与累》,《小说界》2008 年第 6 期。

高到诗的层面,使它们进入审美体验的领域。"① 也就是说,张炜以深厚的思想感情记录曲折多变的社会进程,但反对以牺牲审美的代价来片面追求准确的现实描写。这如同山间大树,失去了真实之根,美的花果注定零落;而没有了美的绽放,真实也如同朽木一般了无生机。

---

① 〔捷克〕亚罗斯拉夫·普实克:《抒情与史诗——现代中国文学论集》,李欧梵编,郭建玲译,上海三联书店2010年版,第94页。

莫言的启示

一个作家要想让作品能流传下去,非常重要的一点就是要提供最独特的东西,而不是去跟风。比如沈从文写湘西,莫言写高密东北乡,他们对最熟悉的那片土地的历史文化内涵的深入挖掘,具有无可取代的艺术价值。获奖尤其是大奖固然能获得超额的象征资本,但一个作家最终还是要靠作品说话,一些获得诺贝尔文学奖的作家依然无法阻挡时间的无情淘洗,他们的作品也少人问津。像赛珍珠和前几年获奖的凯尔泰斯、赫塔·米勒和耶利内克,其文学成就被广泛质疑,因为在他们的创作中,原创性的审美因素并不突出。另一方面,被诺贝尔文学奖所遗漏的卡夫卡、乔伊斯、托尔斯泰、哈代、博尔赫斯、易卜生、普鲁斯特、契诃夫、里尔克、高尔基、左拉、瓦雷里、布莱希特、斯特林堡、曼杰什坦姆、阿赫玛托娃等大师的作品历久弥新,不断影响后世的读者和作家。正如萨特在《我拒绝一切荣誉》一文中说:"显然,一个作家不可能在一个给定的时间里对其余的人来说是最优秀的。他最多只是最好的那些人中的一个。……按一种等级制度的次序来安排文学的整个观念是一种反对文学的思想。……等级制度毁灭人们的个人价值。超出或低于这种个人价值都是荒谬的。这是我拒绝诺贝尔奖的原因,因为我一点也不希望——例如——被看成是跟海明威名次相当。"①

---

① 〔法〕萨特:《他人就是地狱——萨特自由选择论集》,周煦良等译,陕西师范大学出版社2003年版,第83—84页。

一

　　莫言的创作之所以受到诺贝尔文学奖评选委员会青睐，最重要的魅力还是源自原创性，一个无法复制的作家才可能成为一个伟大的作家。"十七年"时期，中国文学被笼罩在俄苏文学的阴影之中。"文革"之后，与世界接轨的冲动使西方的文学话语被轮番操练，古典主义、浪漫主义、批判现实主义、现代主义、后现代主义等历时性的审美潮流在中国成了共时性的文化景观，模仿西方作家的风格似乎成了文学的惯例。对外来文学资源的膜拜，以及"文革"时期对传统文化资源的行动，使得当代文学对中国古典文学传统极为隔膜。在"新"与"后"的时尚话语的轰炸之下，众多文化和文学新人高举"打倒""超越""告别"的旗帜，宣判旧历史的"终结"和"死亡"，这种断裂性思维加剧了传统文化与文学遗产所面临的消亡危机。

　　面对膜拜西方文学和忽视自身文学传统的文学现象，通过深入的反思和不断的调整，莫言在创作历程中非常重视从外来文学资源中汲取营养，在坚持审美个性的前提下进行有机的融合与不留痕迹的化用。外国优秀文学作品带来的震撼，为莫言打开了一个别有洞天的文学空间。他承认："我在 1985 年中，写了五部中篇和十几个短篇小说。它们在思想上和艺术手法上无疑都受到了外国文学的极大的影响。其中对我影响最大的两部著作是加西亚·马尔克斯的《百年孤独》和福克纳的《喧哗与骚动》。"① 莫言在 1985 年前后创作的作品，在颠倒的时空秩序和极度渲染的表现手法上，可以看到西方现代派文学和魔幻现实主义的痕迹，但是，其作品的根基是作家的故乡记忆和生命体验。《球状闪电》讲述的是回乡青年蝈蝈和女同学毛艳合伙经营奶牛养殖的故事，但是，莫言给现实罩上了一层层幻觉的云彩，通过幻象与现实的交错、撞击，呈现社会转型过程中生活方式、价值选择、文化心态的摇摆和震荡，雷电闪击引出的"五个乒乓球大小的

---

① 莫言：《两座灼热的高炉——加西亚·马尔克斯和福克纳》，《世界文学》1986 年第 3 期。

黄色火球",在跳动中穿插着蝈蝈、蛐蛐、毛艳、蝈蝈父母、奶牛、刺猬的梦境、错觉,随着叙事的推进,火球也融合交汇成"黄中透绿的大火球",蝈蝈居然能够像踢足球一样照着它"飞射一脚",火球破墙而出,进入牛棚,"奶牛们像墙壁一样倒下去",蝈蝈则"轻飘飘地离开了地面"。奶牛和刺猬通晓人话,还能辨别善恶,进入了一种通灵的境界。亦真亦幻的状态也赋予作品一种特殊的审美效果,作家通过夸张、荒诞的艺术处理,在营造虚幻神秘的氛围的同时,抵达了超越表层真实和具体情境的另一种真实。确实,莫言对《百年孤独》极为偏爱,《嗅味族》中的嗅味族人"屁股后边挂着一条粗粗的尾巴",《食草家族》中近亲交配的食草家族不断生出手脚上长着粘连的鸭蹼的孩子,最终走向衰落,这都让人联想到《百年孤独》中拖着"猪尾巴"的小孩以及近亲联姻的布恩蒂亚家族的厄运。至于福克纳,他笔下的"那块像邮票那么大小的地方"——约克纳帕塔法县,给莫言带来了信心和灵感,作家在谈到阅读《喧哗与骚动》的感受时,有这样的表达:"好像福克纳老头拍着我的肩膀说:行了,不用再读了,写吧!我立即明白了摆在我面前的工作是:我应该举起'高密东北乡'这面旗帜,把那里的土地、气候、河流、树木、庄稼、花鸟虫鱼、痴男浪女、地痞流氓、刁民泼妇、英雄好汉……统统写进我的小说,创建一个文学的共和国。当然我就是开国的皇帝,这里的一切都由我主宰,所有的人都是我的臣民,都要听从我的调遣指挥,有胆敢抗令者,斩无赦!这里的花必须遵照我的意愿开放,这里的庄稼必须在我的季节里成熟,这里的河必须在我的河床里流淌。这里的法律是我制定的,我还是这里总红娘,我让谁和谁生孩子谁就一定要和谁生孩子,如此等等,十分牛皮。所以生活中的笨蛋在小说中总是以英雄的面貌出现,动不动就一拳对着仇敌的肚腹捅过去。"①

外来文学作品的启发,让年少时曾经想着"假如有一天我能离开这块土地,我决不会再回来"②的莫言,在文字上找到了回家的路。那块曾经让作家"充满了仇恨"的土地,在马尔克斯笔下的马孔多镇和福克

---

① 莫言:《说说福克纳这个老头儿》,《当代作家评论》1992年第5期。
② 莫言:《我的故乡与我的小说》,《当代作家评论》1993年第2期。

纳笔下的约克纳帕塔法县的刺激下，焕然一新。莫言找到了审视自己的故乡的新的视角和新的方式，那片贫瘠的土地、那里辛勤劳作的农民，以及历史与现实，摇曳着无限的魅力，让作家激动不已。故乡的景物如同铺天盖地的红高粱，在作家的笔下发芽、拔节，扬花、抽穗，故乡的方言土语也在文字的缝隙里反复回响，此起彼伏。除此之外，福克纳还激活了作家对故乡的历史记忆。莫言认为："应该通过作品去理解福克纳这颗病态的心灵，在这颗落寞而又骚动的灵魂里，始终回响着一个忧愁的无可奈何而又充满希望的主调：过去的历史与现在的世界密切相连，历史的血在当代人的血脉中重复流淌，时间像汽车尾灯柔和的灯光，不断消逝着，又不断新生着。"①过去永远不会消失，在对历史的追溯和对祖辈们的内在精魂的寻找中，故乡的内涵得到了深化和拓展，故乡在历史的纵深处获得了重生，乡亲的命运浓缩了作家对于更为广阔的人群的关注以及对更为普遍的人性的理解。而且，通过打破自然的时空秩序，作家让过去与现实构成一种相互扭结的对话关系。《红高粱家族》的叙述人穿梭于半个多世纪的时空中，"我"的现实时空和成长记忆，1939年"我爷爷"抗击日本汽车队的伏击战，1923年"我爷爷"和"我奶奶"第一次见面的情景，1976年母亲为死去的爷爷合上眼皮的场景，叙事时空和故事时空交错重叠，而自然时空的断点正是作者勾连现实与历史的结合点。从《丰乳肥臀》到《生死疲劳》，飘忽的现实成为历史昏黄光线下的投影。这些作品显示出作家已经逐渐挣脱模仿的牵绊，在兼收并蓄的基础上，建构起自己独特的文学风格。

个性是文学的生命，对大师最为逼真的模仿也只能使自己成为大师的影子。只有在无人涉猎的荒地上开辟出一片个性鲜明、无可替代的文学空间，培育新的文学类型和文学新品种，才能为文学注入新的活力，提供新的样式和范本。莫言认为："加西亚·马尔克斯和福克纳无疑是两座灼热的高炉，而我是冰块。因此，我对自己说，逃离这两个高炉，去开辟自己的世界！……我想，我如果不能去创造一个、开辟一个属于

---

① 莫言：《两座灼热的高炉——加西亚·马尔克斯和福克纳》，《世界文学》1986年第3期。

我自己的地区，我就永远不能具有自己的特色。我如果无法深入进我的只能供我生长的土壤，我的根就无法发达、蓬松。我如果继续迷恋长翅膀老头、坐床单升天之类鬼奇细节，我就死了。我想：一、树立一个属于自己的对人生的看法；二、开辟一个属于自己领域的阵地；三、建立一个属于自己的人物体系；四、形成一套属于自己的叙述风格。这些是我不死的保障。"① 从莫言90年代以后的短篇小说中，可以看到蒲松龄小说和传统笔记小说的神韵。中短篇小说选《神聊》表现得最为典型，叙述者不再像《红高粱》中的"我"那么张扬，而是退隐到幕后，叙述语调冷静舒缓、张弛有致，语流曲折回澜，氛围神秘莫测。《拇指铐》《月光斩》的叙述也一改莫言擅长的汪洋恣肆的语风，显得精致而蕴藉，回味绵长。莫言自以为《檀香刑》是"一次有意识的大踏步撤退"，通过激活被许多作家所忽视的民间文学传统，力图打造"比较纯粹的中国风格"，寻找文学的新的可能性。为了消除过度借鉴西方文学的痕迹，他在《檀香刑》的后记中提道："围绕着有关火车和铁路的神奇传说，写了大概有五万字，放了一段时间回头看，明显地带着魔幻现实主义的味道，于是推倒重来，许多精彩的细节，因为很容易有魔幻气，也就舍弃不用。"②《檀香刑》以高密的民间戏曲茂腔（作品中为"猫腔"）为底本，通过多声部的叙述展示民间世界的纷繁复杂和藏污纳垢，孙眉娘、赵甲、小甲、钱丁、孙丙等人粉墨登场，每个人物都有自己的腔调和韵味，"浪语""狂言""恨声""傻话"等腔调与人物的性格形成了对应关系，声音在作家的笔下获得了鲜明的个性和活泼的生命力。方言土语和猫腔唱词的涌入，使混杂的语言和癫狂的暴力、泛滥的欲望一起，构成一种如同盛大庙会的狂欢场景。《生死疲劳》中"六道轮回"的循环时空和章回体，是作家试图从中国传统文化与文学资源中提炼出具有鲜明自我特色的文学叙述的艺术探索。蓝开放和庞凤凰是一对堂兄妹，他们乱伦产下的大头儿蓝千岁，作为"唯一由于爱情受胎的婴儿"，"身体瘦小，

---

① 莫言：《两座灼热的高炉——加西亚·马尔克斯和福克纳》，《世界文学》1986年第3期。

② 莫言：《檀香刑》，作家出版社2012年版，第515页。

脑袋奇大","生来就有怪病，动辄出血不止"，这难免让人联想到《百年孤独》中那些奇怪的婴儿，但莫言已经不再满足于简单的形似，而是把外来文学资源和本土文学传统作为燃料，以自身的文学观念和思维方式作为火种，通过充分的燃烧来照亮自己探索的路途，温暖自己孤独的内心。透过作品中西门闹四处游荡的冤魂、他那种无处申冤的困境，凸显出卑微的草民在时代洪流中的渺小。面对西门闹的鬼魂不屈不挠的质问，阎王只好敷衍塞责地应对："好了，西门闹，知道你是冤枉的。世界上许多人该死，但却不死；许多人不该死，偏偏死了。这是本殿也无法改变的现实。现在本殿法外开恩，放你生还。"[①] 其间包含着对隐藏在中国民间的果报轮回观念背后痛苦灵魂的体察，同时寄托着作家矛盾的内在情感，俯瞰红尘的慈悲和洞若观火的冷嘲杂糅在一起，成为作品多声部、多视角的叙述的内在支撑。

中国文学要想得到世界的尊重，关键是要向世界提供"人无我有"的独特奉献。同时，在全球化的语境中，中国文学必须拥有开放的视野，而不是将自己封闭在幻想的城堡之中，在坐井观天中陷入唯我独尊的虚妄。莫言重视中国传统的文学资源和民间的文化宝藏，以自己的独特理解穿透社会现实的表层土壤，在乡风民俗、文化心理的深层结构中，找到个人与民族、现实与历史的对话通道，引来源头活水，让自己的创作如同大树一样根深叶茂。但是，即使在向中国民间文化和古典文学致敬的《檀香刑》和《生死疲劳》中，作家也炉火纯青地运用内心独白、时空颠倒和"元小说"叙述等源自西方的叙事技巧。也就是说，随着20世纪80年代以来中国作家向西方现代文学学习进程的逐步深化，中国当代文学和外来文学已经难分彼此，中西作家在认识世界、认识人类的方式上的深层交流，更是共同守护着人之所以为人的基本价值。在讲演《影响的焦虑》中，莫言认为："今天如果要写出有个性和原创性的作品，必须尽可能多地阅读外国作家的作品，必须尽可能详尽地掌握和了解世界文学的动态。当然这也不是绝对的，我们也不能完全排除在当今时代里产生一个新的蒲松龄的可能性。高明的作家能够在外国文学里进出自如。只有进去才能摒弃皮毛得到精髓，只有

[①] 莫言：《生死疲劳》，上海文艺出版社2008年版，第4页。

跳出来才能发挥自己的特长，利用自己所掌握的具有个性的创作素材，施展自己独特的才能，写出具有真正的原创性的作品来。沈从文自己好像没有说过他受了哪个外国作家的影响，但他对于外国文学是不陌生的。"①

在莫言获得诺贝尔文学奖以后，一些研究者认为，将莫言与魔幻现实主义联系起来是误读，并强调齐文化和以蒲松龄为代表的本土作家对其创作的滋养。我认为魔幻现实主义确实影响了莫言的创作，莫言也通过自觉的努力，力图摆脱"影响的焦虑"，并将魔幻现实主义的一些技法和齐文化中的神话色彩、神秘元素进行有机的融合。正如莫言所说："我个人认为，高明的作家之所以能够受到外国文学或者本国同行的影响而不留痕迹，就在于他们有一个强大的'本我'：除了作家的个性和禀赋之外，还包含着作家自己的人生体验和感悟，他们是被别人的作品唤醒了自己的生活。他们的创作灵感尽管是被同行的作品所启发，但受到灵光照亮的却是他自己所体验的生活。我想，这归根结底还是从生活出发的创作，是被生活感动了之后写出来的作品，而不是克隆了别人的作品试图再去感动别人。"②

二

莫言还写过一部小说《三十年前的一次长跑比赛》，文学创作其实也是一种长跑比赛。有生命力的作家通过坚持不懈的探索，使自己的写作在孤独的思考中不断地生长。值得注意的是，随着文学商业化步伐的加快，在当今文坛，追求速效的趋向日益明显，也日益普遍，粗制滥造之风盛行，越来越多的写手不再重视积累，而是随时准备去抢夺一鸣惊人的市场契机。在市场至上的导向中，不少作家忽略了对文学内在品质的提升，而是迎合世俗趣味，把暴力、色情和内幕作为必备的商业作料，并把个人的性别、年龄、长相和隐私作为炒作文学的噱头，文学和写作者的独立性都成

---

① 莫言：《影响的焦虑》，见张健主编：《全球化时代的世界文学与中国——"当代世界文学与中国"国际学术研讨会论文集》，中国社会科学出版社2010年版，第3页。

② 莫言：《影响的焦虑》，见张健主编：《全球化时代的世界文学与中国——"当代世界文学与中国"国际学术研讨会论文集》，中国社会科学出版社2010年版，第4页。

了风中飞絮。在20世纪90年代以来的文学书市中，低龄写作成为风潮。书商和媒体在宣传和炒作时，总是反复强调低龄写作的天才特性，似乎写作者的年龄越小其作品的含金量就越高，并利用这种反差来激发读者的猎奇心理。在我个人看来，这些所谓的青春写作其实就是标新立异的学生作文，在很大的程度上不过是出版流水线催生的"早产儿"。而且，这些"天才"在商业激素的刺激下，红极一时之后迅速凋零。只要仔细阅读这些文本，不难发现大都有背语录、掉书袋的趋向，作者借此炫耀自己知识渊博，而其天马行空的想象，从反面来看也是为了掩饰作者现实经验的贫乏。像高喊"七门功课红灯，照亮我的前程"的韩寒，他总是鄙夷大学生活，但他的笔触一旦涉及大学的校园生活，就难免穿帮和漏气。青春写作之所以能风行无阻，还有一个常被忽略的深层原因，那就是中国的家长苦心孤诣打造天才儿女的强烈渴望。从文学的起步来说，莫言并不出色，而莫言之所以能够渐行渐远，最重要的一点就是能不断超越自我。莫言早期作品《春夜雨霏霏》《白鸥前导在春船》《雨中的河》《流水》《岛上的风》等延续着"十七年"文学的套路，作品中诗意化的想象、透明的文字和细腻的艺术感觉，与杨朔散文的趣味颇为接近。作品中的人物多为善与美的人格化身，在一种近乎矫揉造作的颂歌氛围中，弥散着淡淡的忧伤。对此，莫言的反思颇为深刻，他认为，"片面真实的夸大"导致的是"总体的虚假"，"感情是虚假的，是准艺术"，是"缺少灵魂的、没有生命力量的纸花纸草"。[①]在跨越了虚假自我的障碍之后，莫言以破坏文体枷锁的勇气，摆脱了烂熟的写作规范和写作习惯，在艺术上获得了新生。

受各种利益的驱动，为了进入主流而进行同质化写作在中国当代文学场中屡见不鲜，在曾经获得成功的模式中故步自封更是文坛的常态。文学写作不像体育比赛，在田径和体操比赛中都有全能冠军。就文学写作来说，最重要的是要有自己的看家本领。莫言的创作风格鲜明，他拒绝墨守成规，作品具有内在的丰富性和多样性。莫言把乡土作为自己的文学根基，为了避免陷入一种习焉不察的惯性写作的轨道，他不断变换自己的审美视角和认知方式。他说："我一直把'变化'作为自己写作的追求，总是希望新

[①] 莫言：《我的"墓"》（自序），《爆炸》，昆仑出版社1988年版，第4页。

作不重复旧作,即便做不到脱胎换骨,哪怕有一些变化,也是好的,否则我的写作就失去了意义。但每个人都有局限,这局限就是所谓的'风格'。这是令人痛苦但也是无可奈何的事情。"① 莫言擅于以创造性思维,对一些旧的叙事元素进行新的组合,通过对自己的改变来改变笔下呈现的世界。譬如说莫言非常钟爱儿童视角,这堪称他的看家本领。儿童视角是莫言照亮童年经验、激活乡村记忆的精神光线。莫言认为:"高密东北乡是一个文学的概念而不是一个地理的概念,高密东北乡是一个开放的概念而不是一个封闭的概念,高密东北乡是在我童年经验的基础上想象出来的一个文学的幻境,我努力地要使它成为中国的缩影,我努力地想使那里的痛苦和欢乐,与全人类的痛苦和欢乐保持一致,我努力地想使我的高密东北乡故事能够打动各个国家的读者,这将是我终生的奋斗目标。"② 在某种意义上,童年视角也是莫言建构"高密东北乡"这个独特世界的感觉通道。边缘的儿童视角与权威的成人法则之间的冲突,赋予作品内在的张力,儿童的赤子之心对精于算计的成人世界的旁观,也使复杂的事物变得纯净,具有一种陌生化效应。《透明的红萝卜》中的黑孩抓住烧红的钢钎,手里冒出黄烟;他拔起一个又一个红萝卜,对着太阳寻找那只透明的红萝卜,本来死气沉沉的世界变得生机勃勃。被成人法则所遮蔽的世界的复杂性和可能性,在儿童视角的打量下,化蛹为蝶,无意之中在厚厚的铁墙上撞开了一扇奇异之门。为了避免叙事的单一性,莫言笔下的儿童视角既有独白的、抒情式的追忆功能,又有身临其境的呈现功能,《红高粱》中的"我"就同时具有双重的叙事向度。《拇指铐》通过运用儿童视角,呈现出社会现实的另一种样态。在《三十年前的一次长跑比赛》和《姑妈的宝刀》《梦境与杂种》等作品中,莫言将儿童视角与成人视角进行不同形式的组合与并置,使叙述在视角转换中凸显立体感和层次感。有趣的是,成人视角在儿童视角的映衬下,往往显得刻板、陈腐。《四十一炮》的儿童视角又有另一层新意,"长不大"的罗小通对童年的追述是为了告别童年,叙述成了文字层面的成人礼,他在内心告别了童年,也以此宣告精神长大成人。

---

① 莫言、杨扬:《以低调写作贴近生活》,《文学报》2003年7月31日。
② 莫言:《小说的气味》,春风文艺出版社2003年版,第42页。

在长篇小说的结构方面，莫言借鉴西方小说时空交错的多重叙述，以此勾连幻觉与现实、过去与现在，多层面、多角度地挖掘事物的复杂性，通过话语的内在冲突来传达特殊的语感，营造审美张力。为了使自己的作品不落窠臼，他还经常调用书信体、章回体，以及话剧、民间戏曲的结构形式，将这些结构框架进行不同类型的组合。一方面，创造了特色鲜明的结构形式；另一方面，不断打破禁锢自己的成规，在创体与破体的互动中寻找叙事的多样性。《红高粱家族》和《食草家族》由独立发表的中短篇组成，结构上呈现出屏风体的特征，屏风式的结构使作品各部分相互游离，造成一种碎片化的效果。"三复叙述"是莫言此后的长篇小说惯用的模式，如《天堂蒜薹之歌》以三个视点讲述了同一个故事：游吟的瞎子用歌唱的方式讲述，官方报纸用陈词滥调模糊真相，作家则用中立的立场展开叙述。《酒国》用三重叙述来构造镶嵌式的文本系统：检察院侦察员丁钩儿到酒国暗访"吃红烧婴儿"案件的内情；作家莫言与酒国的业余作者李一斗的通信；李一斗揭露吃人案件的九篇小说。《檀香刑》分为"凤头部""猪肚部"和"豹尾部"，"凤头部"的"眉娘浪语""赵甲狂言""小甲傻话""钱丁恨声"，和"豹尾部"的"赵甲道白""眉娘诉说""孙丙说戏""小甲放歌""知县绝唱"，用你方唱罢我登场的轮换，别致地拓展了小说叙述的空间感，民间舞台上众声喧哗的嘈杂，象征着权威话语的没落与溃散。叙述视点的过度分散，也导致了叙述的平面化与离散化，缺乏有机的整合。或许正是意识到这种叙述的局限性，为了给叙述提供驱动力，作者在"猪肚部"改用全知视角，使作品在整体上呈现为"分—合—分"的空间结构，人物汇聚到舞台上，他们热热闹闹地演绎完各自的人生戏剧后，纷纷谢幕，"落了片白茫茫大地真干净"，这与"开端—高潮—结尾"的时序结构巧妙地形成了一种呼应。长篇《生死疲劳》中的三个叙述者西门闹（被枪毙后转生为六道轮回中的驴、牛、猪、狗、猴、大头婴儿蓝千岁）、蓝解放和作家"莫言"，展开了三重唱式的叙述。大头蓝千岁叙述了"驴折腾""猪撒欢"的全部和"狗精神"的一部分；蓝解放则叙述了"牛犟劲"的全部和"狗精神"的另一部分；"莫言"则叙述了"结局与开端"的全部，并在整部作品中反复显身，构成"元小说"，以增强小说叙述的间离效果。叙述进程基本上采取"正—反—合"的结构。《蛙》

则采取了书信体的结构,并以话剧形式收尾。在莫言长篇小说的结构中,三复式叙述是招牌,作家也特别注意变换,以避免机械重复。在观念的层面,三重叙述可以避免两重叙述非此即彼的逻辑陷阱和道德困境,三人成众,莫言通过三重叙述来达成众声喧哗的审美效果。正如莫言所说:"如果一部小说只有所谓的正确思想,只有所谓的善与高尚,或者只有简单的、公式化的善恶对立,那这部小说的价值就值得怀疑。"①

三

莫言在写作中有强烈的自主性,他具有一种对抗潮流的叛逆气质。正如他自己所言:"该怎么写,还怎么写;想怎么写,就怎么写。在日常生活中,我可以是孙子,是懦夫,是可怜虫,但在写小说时,我是贼胆包天、色胆包天、狗胆包天。"②像《红高粱家族》《食草家族》对原始野性和民族血性的呼唤,以及莫言本人对"种的退化"命题的思考,既是对寻根小说的呼应,也是对不可阻挡的现代化进程带来的负面因素的独特思考。《生死疲劳》对中国农民艰难困苦的历史命运寄予了无限的同情与悲悯,他们被捆绑在土地上,在无休止的操劳和挣扎中轮回。土地是他们的枷锁,同时又是他们的亲爹亲娘。只有像庄稼一样扎根在土地上,他们才能有血有肉,才能成为土地的主人和自己的主人。坚持单干的蓝脸不惜以死相抗,他以随时赴死的勇气顽强地活着。随着城市化进程的隆隆前行,农地越来越少,种地越来越不赚钱,农民逃离土地涌入城市,奔腾的时代洪流冲断了农民和土地之间血肉相连的感情。莫言饱含忧患地说:"农民这次逃离土地有很深的悲剧性。我是被饿怕了的人,我总是感觉到饥饿岁月会重新出现。但是问题怎么解决,我也不知道。农民跟土地这种深厚感情的丧失是一个凶兆,如果没有热爱土地的农民,我觉得国家的发展是没有稳固基

---

① 莫言:《捍卫长篇小说的尊严——"小说的现状与可能性"笔谈(上)》,《当代作家评论》2006年第1期。

② 张英:《莫言:我是被饿怕了的人》,《南方周末》2006年4月20日。

础的。"①在流行的观点看来，莫言的观点有些不合时宜，甚至会被认为是杞人忧天。事实上，多数进入城市的年轻农民不愿意再回到农村，他们像抛弃一个破旧的包袱一样，抛弃了土地和农耕生活方式。但是，在疯狂的城市化、工业化进程中，步调一致的人流在匆忙的行进中，总是不断地推倒陈旧的建筑，嘲笑守旧的观念，抛弃古老的传统。在弃若敝屣的快速淘汰中，社会、历史和文化的断裂就成为难以避免的代价。在背对潮流的打量中，莫言审视着那些像蓝脸一样无法跟上时代也不愿意跟上时代的农民，他检视着那些被当作必须付出的代价的历史和文化碎片，有几分悲凉，也有几分悲壮。"一切来自土地的都将回归土地"，蓝脸的命运寄托了作家对土地沉甸甸的情感。

莫言在寻找和坚持文学的自主性的过程中，也经历过一些挫折和困惑。莫言自己坦承："1989—1993年这一段是非常消沉的，这一时期我虽然一直在坚持写，但心态也受到了影响，写了很多游戏的文字，但一直坚定不移地知道自己还是要靠文学吃饭，不可能干别的。"②他在解放军艺术学院的同班同学朱向前就曾大胆谏言："现今的莫言不是写得太少，而是写得太多。他确实急需调整，但这种调整决不是拿某一种'时尚'来校正自己，更不是用写作的高速高产来证明自己，而是切切实实地沉静一段甚至辍笔一段，……在传统向现代的转换中、在世界性和民族性的边缘处寻找并确立一个宏大遥深的小说美学目标，以保证在'极地'上新的扎实稳健的出击。"朱向前还把小说集《白棉花》视为"莫言近年来彷徨徘徊躁动疲惫的创作状态的最新写照"③。另外，在电影《红高粱》获得成功之后，莫言有过与张艺谋继续合作的详细计划，并付诸实施。莫言说："我曾经为他写过一个名为《英雄·美人·骏马》的历史剧本，还为他写过一个故事性很强、写作时就想到让他改编成电影的中篇小说《白棉花》，但都没有成功。从此我觉悟到，一个小说家不应该跟在导演的屁股后边，他

---

① 张英：《莫言：我是被饿怕了的人》，《南方周末》2006年4月20日。
② 莫言、王尧：《从〈红高粱〉到〈檀香刑〉》，《当代作家评论》2002年第1期。
③ 朱向前：《新军旅作家"三剑客"——莫言、周涛、朱苏进平行比较论稿》，《解放军文艺》1993年第3期。

必须保持自己的独立性，也就是说，应该是导演来找小说家，不应该是小说家去迎合导演。"① 20世纪90年代，莫言还写过电视剧本《红树林》《梦断情楼》，对此，他觉得，每次写电视剧剧本都是对他很大的人格侮辱，好的艺术构想得不到导演的尊重，还被弃若敝屣，由此他有所领悟："我认为写小说就要坚持原则，决不向电影和电视剧靠拢，哪怕一百个人里面只有一两个人读得懂，也不要想着怎么可以更容易拍成电影。越是迎合电影、电视写的小说，越不会是好的小说，也未必能迎来导演的目光。恰好是那些不把电影、电视放在心里的小说，更能引起导演的兴趣。"② 在影视和网络等新的媒介形式的包围下，只有作为语言艺术的小说把语言的媒介优势发挥到极致，文学才能长盛不衰，才能在不同媒介的竞争和冲击之下立于不败之地。否则，作家就成了导演的附庸，在俗套的故事泥潭中不能自拔。

在中国当代文学史上，配合各种任务的写作极为流行，作家被各种紧迫任务和商业利益所牵制，作家的个性被反复抑制。当收缩自己成为一种惯性时，奴性也就成为一种稳定的人格结构。不将独立性作为创作的内在支撑，作家就可以轻松地出卖自己的写作，并以此为砝码，和各种名利进行明暗交易。莫言说："别人的意见，或者是官方所倡导的东西你可以看，好的东西可以吸收，不同意的东西就不要勉强。一个作家为了受到某种嘉奖，来讨好某种人某种团体，牺牲自己的东西，当然就不是一种民间写作。民间写作，我认为实际上就是一种强调个性化的写作，什么人的写作特别张扬自己个人鲜明的个性，就是真正的民间写作。"③ 一个真正的作家要守护自己的独立性与自主性，就必须以永远的怀疑精神挑战权威和正统。失去了独立意志与批判精神，文学就失去了内在的灵魂。

---

① 张芳林：《感悟莫言》，《热风》2001年第3期。
② 莫言：《小说创作与影视表现》，《文史哲》2004年第2期。
③ 莫言、王尧：《从〈红高粱〉到〈檀香刑〉》，《当代作家评论》2002年第1期。

写作的"生长性"

——刘醒龙小说读札

在攻读硕士学位和博士学位期间，我曾经持续关注刘醒龙的小说写作，并专门在一本厚厚的笔记本上做了几十页的阅读笔记。从发表于1991年第7期《青年文学》的中篇小说《威风凛凛》到刊于1998年第1期《上海文学》的《大树还小》，我搜罗并阅读了当时刘醒龙发表于全国各地文学期刊的几乎所有作品。为了写作研究90年代小说的博士论文，我阅读了五六千万字的小说作品，现在回顾那种疯狂的阅读激情，我自己都觉得吃惊，真有点难以置信。随后对刘醒龙作品的阅读，不再那么集中，时断时续，但是重点阅读了他的《圣天门口》《天行者》和《蟠虺》。梳理跨越了将近二十年的阅读过程，刘醒龙的作品给我留下的最深刻的印象，正是"生长性"。"生长性"的内涵分两方面：一方面是指他的写作具有类似于自然界的生物生长变化、循环往复的生命力，能够随环境的变化而变化；另一方面，作品的审美结构不是静止的、封闭的、稳定的，而是在适应外部环境的过程中内生出新的艺术元素和美学形态。

一、有根的写作

刘醒龙的创作历程，总让我联想到一棵大树的生长过程，从生根发芽到枝叶繁茂，从花团锦簇到果实累累，其间有季节轮换的枯荣，有不断探索和超越的变貌。值得注意的是，刘醒龙的写作不同于一些作家的速成或爆发，而是有一个渐进的过程，慢慢长大，慢慢地积蓄潜能，慢慢地激发潜力，使不可能变成可能。

在 20 世纪 80 年代的"大别山之谜"系列小说中，他与当时风行的寻根小说形成呼应，扎根于大别山深厚的文化土壤中，在这片庞大的想象空间中毫无顾忌地挥洒自己的创造激情。《黑蝴蝶 黑蝴蝶……》《我的雪婆婆的黑森林》《老寨》中神秘的黑森林，把读者引入蛮荒、奇诡的原始氛围；《两河口》《河西》展示的两代人之间的性格冲突和文化断裂，折射出变革年代人心的躁动与文化的失衡；《返祖》中的"美女现羞"和《灵猩》中在人陷入绝境或作恶时现身的神狗，最为典型地体现出刘醒龙想象的诡谲与灵动。有别于阿城、郑义等知青作家从城市到乡村"扎根"，进而返身到传统中"寻根"的经历，青少年时期的刘醒龙追随频繁调动工作的父亲，在大别山腹地的乡村中不断成长。这片土地尤其是生活于这片土地上的朴素的人群，给他带来源源不断的滋养和熏陶。打一个生动的比方，知青作家的寻根作品类似于嫁接的果木，果苗来自城市，而树基则植根于偏远的乡村。这种嫁接的后果，使得作家与笔下的乡村之间，潜存着一种情感的隔膜，所谓的"根"在作品中成为一种先入为主的观念，表现为一种移植符号。刘醒龙的《牛背脊骨》以知青眼光展现大别山之谜，《大树还小》则以新的视角省察知青生活。刘醒龙不同于知青作家的地方在于，他并不需要从外部去寻找一种根基，他的任务是对脚下的土地的重新发现与深入发掘。

大别山腹地广阔的乡村，正是刘醒龙文学创作厚实而又充满灵性的精神基地。刘醒龙的写作之所以能够不断生长，很重要的一点，他从事的是一种"有根的写作"。他和这片土地血肉相连，那种油然而生的情感，驱使他从内部去理解那些乡亲，站在他们的处境中去面对现实，而不是故作姿态地摆出"关怀"的样子，内心却无视甚至践踏他们的个体尊严。在创作谈《留下青翠的草木》中，刘醒龙说："其实，所谓'落后的农民意识'在每一个中国人身上都存在，只是表现形式不一样。那种居高临下，对农民品头论足、说三道四的人，其行动契机本身就是'农民意识'在起作用。……现在，我终于懂得，天南地北的乡亲的出路，唯有靠他们自己去创建,而我唯一能做的一件事,就是贡献自己的真情。"①

　　进入90年代以后,刘醒龙的笔触变得沉重起来,他不是作为一个旁观者去记录现实的表象,也并不满足于再现生活沸腾的泡沫。现实如同奔腾的水流,而他则如同游动的鱼一样潜入现实的深处,与现实融为一体。一首偶然听到的小诗《一碗油盐饭》给他带来强烈的思想震撼②,小诗以简单的词句勾勒出一个母亲对孩子浓烈的爱意,也勾勒出无言的苦难给这个母亲带来的不幸。因为用心体会那些被苦难压迫的人的困境,并善于发掘民间底层被挤压的灵魂深处的精神闪光,尤其是像《村支书》《凤凰琴》的主人公身上卑微却不曾舍弃的尊严,所以,刘醒龙的现实题材创作呈现出一种纵深感和厚重感。原刊于《莽原》1993年第3期的《黄昏放牛》中暗涌着为尖锐现实所伤的一种生命痛感,作品借胡长升的眼光,写出了20世纪90年代初期在种种矛盾和税负挤压下变形的乡村,在膨胀的金钱观念的冲击下,传统的价值观分崩离析,牢牢盯着祖传的金戒指的李国勋夫妇、贩毒并活割牛肉的王超杰,他们的人生选择交汇成一幅斑驳的现实拼图。更耐人寻思的是德权的两个儿子的命运,他们进城打工后被拖欠工钱,还被罗织罪名,被拘留了一个星期。充满戏剧性的是,被误认作抢银行的劫犯的兄弟俩,最终成了抗击歹徒的英雄,被所在城市授予荣誉市民。吴树西、吴树东的道路,包含着作家对农民进城的坎坷道路的一种深沉忧虑,他们圆满的结局反映出来的仅仅是作家一厢情愿的美好期待。秀梅去世之后,了无牵挂的胡长升唱起了《翻身谣》,在本来欢天喜地的歌谣中,涌动着难言的怅惘和复杂的况味。原刊于《上海文学》1994年第4期的《菩提醉了》也是一个被低估的作品,文化馆的一群文化人在争权夺利的旋涡中不能自拔,权力场的规则将他们异化成权力棋盘上的一枚枚棋子。自以为牢牢掌控着自己的命运,事实上都沦为权力的玩物,权力的排他性使得这群人之间没有真正的合作共存,只有你死我活的明争暗斗,政治素养、道德品质、智力水平、专业素养都变得不再重要,谁掌握权柄谁就能支配

---

① 刘醒龙:《留下青翠的草木》,《小说月报》1992年第8期。
② 参见黄晓环:《将灵魂和血肉融入大别山中——记著名作家刘醒龙》,《武汉文史资料》2003年第8期。

别人的命运,知识分子的使命感和社会良知也在这种相互倾轧中灰飞烟灭。更为关键的是,只要环境没有根本性的改变,这种循环就会继续下去。原刊于《上海文学》1993年第4期的《暮时课诵》则是机智的文化寓言,作家同时描绘出"红尘"与"佛门"的现实图景:滚滚红尘中的人到寺庙里求神拜佛,都是为了功利的执念;佛门中的"假和尚"是为了到菩萨面前吃闲饭,即使像显光师父、慧明、慧隐等真和尚,也是凡心不灭,将积累下的二十多万元借给林场办制药厂。这篇小说显示出刘醒龙的另一套笔墨,在佛门与红尘的相互对照中,作家的幽默与机智隐而不彰,恰到好处。

长篇小说《生命是劳动与仁慈》(又名《燕子红》)具有较为鲜明的自传色彩,刘醒龙自己就做过十年的阀门厂工人。作品以小城中的一个阀门厂为核心场景,表现了城乡之间的交汇与冲突,其中最有光彩的人物是进城的农民工陈东风,对劳动由衷的热忱和宽厚仁慈的品格,使得他很快就得到认可。与此形成对照的是赵家喜、玉儿、小英等进城的乡村青年,赵家喜通过与一个精神病女孩结婚来改变身份,玉儿、小英不惜牺牲自己的贞洁以换取命运的转机。汤小铁、李师傅、高天白等城里人对农民工的不同态度,更是意味深长。厂长陈西风对高天白埋头苦干的嘲讽,以及他心里只惦记着升官的态度,反映了当时管理者长期缺乏职业精神的积弊。作品中对"铁屑湛蓝"的劳动场景的描绘充满诗意,可见作品将叙事和抒情有机地融合起来。作品结尾部分那个神秘的放牛老人对陈东风说:"并不是所有的劳动都有用处,并不是所有的劳动都会有收获,但无论如何劳动是一个人生命的证明。……失掉劳动就失掉了生命。"[①] 在功利观念的冲击下,对劳动的尊重和仁慈的伦理观念都在慢慢消失,作品热烈赞颂劳动和仁慈之心,蕴含着一种低调而朴素的理想主义品格。

《圣天门口》无疑是刘醒龙迄今为止创作的集大成者。作品在从辛亥革命到"文革"的历史时空中,以天门口这个小镇作为中心舞台,并将武汉三镇和大别山区的岁月浮沉作为扩展的历史背景,通过雪杭两家的恩怨情仇与明争暗斗,在家族叙事的框架中折射出波澜壮阔的历史风云。《圣天门口》对宏大叙事的重塑,打破了革命历史小说简单的阶级对立模式,

---

① 刘醒龙:《生命是劳动与仁慈》,人民文学出版社1996年版,第391页。

也矫正了新历史小说沉迷于拆解与颠覆的游戏心态。《圣天门口》的情节环环紧扣，撼人心魄，充分展现了刘醒龙高超的叙事技巧，此外，尤其值得称道的是成功的人物塑造。在中国传统的权力格局中，女性历来处于陪衬地位，在绝大多数男性作家的笔下，文学中的女性形象也往往黯然失色。《圣天门口》中的梅外婆和雪柠真可谓光彩夺目，她们在动荡的环境中不断承受打击，目送一个个亲人消失，但是她们并没有随波逐流，更没有同流合污，而是在苦难的包围中坚守着仁慈、宽厚的本性和博爱、悲悯的情怀。曾经惨遭日军蹂躏的梅外婆，面对前来为兄报仇的小岛和子时，依然用自己赤诚的爱心坦然以对，并最终感化了被仇恨控制的小岛和子。梅外婆是刘醒龙在《生命是劳动与仁慈》中尽情赞颂的仁慈品格的人格化身，这个具有女神气质的形象，也寄托了作者对母亲和像母亲一样的乡村大地的无限依恋。在《一滴水有多深》中，刘醒龙说："作为母亲的乡村从不绝望，连一分钟都不肯耽搁，明知田野里还有残雪碎冰，就开始一点点地寻觅那希望的地米菜。"① 正因为梅外婆和雪柠身上闪耀着人性光芒，所以，《圣天门口》中展现的残酷而冰冷的历史尽管拥有一种强大的控制力，但是在无法覆盖的缝隙中，依然有柔情和暖意慢慢升腾。在某种意义上，《圣天门口》的家族叙事承续了曹雪芹在《红楼梦》中表达的悲天悯人、怜香惜玉的人文情怀。至于作品对傅朗西的塑造，和"十七年"革命历史小说中符号化、公式化的革命者形象相比，作者更加突出其个体特征，并深入挖掘其丰富性和复杂性。傅朗西在"文革"时对自己当年用生命捍卫的"革命"理念的否定，恰恰展现出其性格的多面性，作者也通过这一情节的设置，深刻反思了时代对"革命"的残暴颠覆。傅朗西和两任妻子麦香、紫玉的情感纠葛，都有了更为鲜明的世俗色彩，情爱不再是革命的一种附庸和工具，在艺术表现上也不再作为点缀革命的一种浪漫花边，它作为人性中的本能欲求具有了独特内涵。刘醒龙并没有像一些热衷于解构的作家那样，对左翼文学"革命+恋爱"的模式进行一种简单的颠覆和嘲弄，而是通过对人性的复杂性和丰富性的勘探，使得"革命"和"恋爱"在相互撞击中，敲开那些曾经被长期遮蔽的层面。

---

① 刘醒龙：《一滴水有多深》，地震出版社2014年版，第236页。

《蟠虺》的写作让人觉得意外，这部长篇小说的题材具有一种陌生化效果，在刘醒龙的创作中显得有些另类。作为情节枢纽的楚文物曾侯乙尊盘，时隐时现，真假莫辨，真可谓草蛇灰线，伏脉千里。如果深入追溯刘醒龙小说创作的轨迹，就会觉得《蟠虺》的创作水到渠成。在《菩提醉了》《农民作家》《去老地方》等作品中，刘醒龙都聚焦于文化官员和知识分子的人格分裂现象。此外，这部小说对楚文化传统的彰显，又让我看到了刘醒龙在"大别山之谜"系列作品中对神秘的文化传统的痴情。《蟠虺》在故事的表层关注文物考古领域的行业特色和专业奥秘，深入浅出地展示青铜文化，引人入胜，但在意义的深层，却以抽丝剥茧的叙述，揭示了形形色色的知识分子的人格表演。曾侯乙尊盘作为一个巨大的隐喻，在作品中成了知识分子品格的试金石。青铜器专家曾本之凭借早年提出的观点——曾侯乙尊盘采取"失蜡法"铸造并不可复制，奠定了在学术界的权威地位；他在年过古稀时接到一封用甲骨文书写并只有"拯之承启"四字的神秘信件，这封信件促使他想到郝嘉郝文章父子的坎坷命运，进而反思自己提出"失蜡法"的草率，尽管内心承受着巨大的压力，但他最终还是勇敢地进行自我否定，并义无反顾地退出了院士的评审。在找回被调包的曾侯乙尊盘的过程中，他更是表现得智勇双全。与之相映成趣的还有马跃之、郝嘉、郝文章、万乙等，他们以不同的风格维护着知识分子的良知和责任感。靠学问起家的郑雄则把专业知识作为挤进名利场的敲门砖，他趋炎附势，构陷同侪，对手握重权的老省长极尽谄媚之能事，甚至不惜付出长年戴绿帽子的代价，这个人物是鲁迅所批判的"主奴二重性"的鲜活见证。作品在写到郑雄的尴尬状态时，有这样一段文字："不敢笑，又不能不笑，他将嘴角咧两下，又让眉梢扬两下。"作家将一个把"生进中南海，死进八宝山"作为目标的名利之徒刻画得入木三分。作品中一个官员将血滴进曾侯乙尊盘看是否有紫气升起的细节，也具有极强的艺术爆发力，一针见血地抓住了官场中人心态的敏感点。曾经作为国之重器的曾侯乙尊盘，在深埋地下上千年之后重见天日，得而复失，失而复得，在某种意义上，它充满戏剧性的命运与当代知识分子的命运具有一种隐秘的同构性。作品开篇的题词为"识时务者为俊杰，不识时务者为圣贤"。在一个功利滔滔的时代里，曾侯乙尊盘象征着一种逆流而上的知识分子的理想人格和精神尊严。值得思考的是，已经消失了的楚文化和曾侯乙尊盘在现实世界中还能恢复活力吗？

二、可持续的生长

纵观中国现当代作家的创作生涯，写作缺乏生长性是一个具有普遍性的问题，不少作家的成名作就是其代表作，在获得成功之后往往故步自封，陷入自我重复的恶性循环。王晓明对此有言："人们一直都在喟叹，说20世纪的中国没有大作家。就拿七十年来的那些富于才华的小说家来说吧，他们都能不同程度地获得一份独特的人生感受，却又似乎都无力使这份感受进一步深化。有的人要经过许多次试验和调整，才能谱出一支比较完整的旋律，这以后就精疲力尽，只能一遍遍地重复这个旋律。有的人比较幸运，一上手便能奏出一曲新颖的旋律，可以后也就每况愈下，技巧虽然圆熟了，激情却日益消退。当然，那种因为分心去维持剧场的秩序，终其一生都谱不出一曲合调的旋律的人，数目就更多了。"①

在三十余年的创作历程中，刘醒龙特别值得重视的就是对自我的成功经验的反思与超越，不断地学习和体悟，在对自我的反叛中化蛹为蝶，开拓新的空间，提升自己的艺术境界。值得新生作家借鉴的是，超越自我绝不是推倒重来，更不是抛弃自我。从20世纪90年代以来，不少刚刚出道的青年写手热衷于追逐热门题材，市场上流行什么就写什么，力图紧跟文学主潮，结果在疲于奔命中无所适从，始终无法形成自己的个性和特色。刘醒龙之所以能够渐行渐远，关键在于既守住根本，又不墨守成规，而是以海纳百川的胸怀兼收并蓄。我个人认为，他的写作之所以能够一直保持生长的状态，活力来自三个方面：

首先，扎根故乡，眺望中国。刘醒龙始终把故乡经验作为自己创作的基石，从中获得源源不断的滋养和启示。故乡作为一个活态的样本，是刘醒龙在成长经验的基础上想象出来的一个文学王国，也是他深度开掘现实

---

① 王晓明：《潜流与漩涡——论二十世纪中国小说家的创作心理障碍》，中国社会科学出版社1991年版，第66页。

和历史的一个生命通道。值得注意的是，这个世界绝不封闭，因为刘醒龙不断地变换视角，用获取的知识和外来的经验去激活它，使得这儿成为中国的一个缩影，使得这里的民众的欢乐与艰难和中国其他地区乃至世界各地的底层声音，形成呼应与交响。他通过审视自己的故乡，在中国大地上打了一口深井，并通过这口观察井，去感应时代潮流的回响，折射中国整体的现实脉动。在作家的创作历程中，故乡的文化内涵变得丰富而厚重，从生命的故乡变成精神的故乡，从现实的故乡变成象征的故乡。

其次，在创作方法上，以现实主义为根基，开放性地吸纳其他创作方法的形式要素。现实主义作为中国当代文学的审美主流，在"十七年"和"文革"期间逐渐形成了一套僵化的创作成规。从"伤痕文学""反思文学"到"改革文学""寻根文学"，一批批优秀的作家致力于解放长期受到束缚的现实主义，使之在新的文化环境下重新焕发活力。刘醒龙正是在这一潮流中起步，并逐步成长为推动现实主义的自我革新的中流砥柱。作为"现实主义冲击波"中的一面旗帜，刘醒龙在这一潮流中显示了创作的爆发力，独特之处在于，并没有像谈歌、何申那样上演"一波流"，而是经过沉淀和磨砺，重新上路，打造出突破之作——《圣天门口》。在"大别山之谜"系列小说中，对魔幻现实主义的追慕，成为作家展示楚文化的神秘符码的形式利器。《生命是劳动与仁慈》中诗化的语言和理想主义的品格，都显示出一种独特的浪漫主义气质，现实主义与浪漫主义的深度交融，赋予作品以饱满的艺术张力。在某种意义上，浪漫主义是刘醒龙文学创作的一种底色。他自己认为："我一直不大信任自己这个被人强加的'现实主义'者，我宁肯相信自己的写作是浪漫主义的。写到这里，心里忽然有个念头，我们这个民族究竟有多少年代忘记了浪漫？那种充满活力富于幻想的精神世界，对于我们这个民族是不是更加重要。当然，浪漫是与人的生存环境和历史环境有关。可无论如何我还是喜欢浪漫，浪漫比别的什么更接近艺术的真谛，而批判更像是政治家的一把两刃利剑。"① 以《蟠虺》为例，在文体形式上，我们能够隐约发现文本中有与侦探小说、悬疑小说、网上流行的盗墓小说相似的审美元素，这一方面增强了作品的可读性，另

---

① 刘醒龙：《浪漫是希望的一种——答丁帆》，《小说评论》1997年第3期。

一方面，使作品的立意、旨趣显然有别于流行趣味，显示出一种汇通雅俗、化俗为雅的创作趋向。

最后，忠实于生命体验的灵魂写作。刘醒龙写作的成长与其个人的生命轨迹具有一种同步性，也与"文革"结束以后中国的时代进程具有一种同步性。他笔下的文字从来都不是一种形式游戏，始终具有一种贴近自己的内心、贴近时代的生命含量。他的笔下活跃着形形色色的人物，有英雄也有枭雄，但让他最为心痛的还是那些在底层摸爬滚打的卑微之人，尽管生存环境极端恶劣，但是，生命的尊严不能弃守。刘醒龙总是在创作中努力发掘现实与文化中的积极力量，同时并不粉饰，而是真诚地袒露内心的犹疑与迷惘。他的创作组合在一起，多角度、多层面地交汇成一个动态的生命过程，其中有喜悦也有苦痛，有拼搏也有挣扎，创作主体和所处时代在对话、冲突中相互印证。刘醒龙的文字饱含真情，但又注意节制，避免流于宣泄。难能可贵的是，对于自己浓郁的乡村情感，刘醒龙也有深入的反思，他说："在经历了太多的感情波澜之后，我却发现，感情只能作为一种动力，而无法成为一种诺言和保证。当社会整体出现麻木不仁时，强调感情是必要的。然而，从长久来看，真正能保护乡村整体利益的反而是理智。"[①]

"生长性"写作的核心特征是持续性，这也正是作家保持长久的艺术生命力的关键。必须指出的是，持续生长并非匀速的生长，更不是一种机械的、模式化的、习惯性的写作状态。在写作生涯中，刘醒龙也经历过沉潜乃至低潮期，譬如从"大别山之谜"向"新现实主义"过渡的阶段，以及在酝酿和写作《圣天门口》的阶段，刘醒龙都显得相对沉寂。在这些阶段，写作的生长显得缓慢，但是，生长并没有停滞，而是蓄势待发。在悄然无声的思索中，内在的力量在积累，精神和艺术的成长根基也就变得更为厚实，具有更强的审美冲击力。要保持持续的生长状态，不能单纯依靠外部的推动，外部世界的变化是影响生物生长的重要因素，甚至是决定性因素，然而，对于精神的生长来说，主体的自觉显得更为关键。就文学主体而言，既可能对外界的变化麻木不仁，也可能对时代的变化产生过

---

① 刘醒龙：《一滴水有多深》，地震出版社2014年版，第221页。

度反应，亦步亦趋。也就是说，独立的主体必须保持思想和艺术的自主性，外部世界可以影响他，但不能主宰他，他与外部世界必须保持一种紧张的对话关系，既有适应，也有必要的反抗。一个作家要持续地激发自己的创作活力，既需要保持一种内在的定力，不能随波逐流，也需要拥有一种艺术的敏感，在瞬息万变中敏锐地把握时代的核心问题，发现症结所在，并积极地回应现实的挑战。基于此，"生长性"的写作都有鲜明的个体性，生长是健康的、充满活力的个体精神的基本状态，也是一种内在的追求，作家的个人经历、生存环境、文化背景、精神气质都会影响其生长模式，使其成长和成熟表现出差异性和丰富性。这种生长过程的特殊性，往往蕴藏着打开一个作家的精神之门的密码，这种精神特质也往往是作家赋予其作品以艺术特色的思想酵素。持续的"生长性"处于一种未完成的开放状态，是一种充满意义诱惑的、不确定的生命过程，在不断的生成中超越自我。因此，我们有理由期待，刘醒龙的写作还可能打开另一扇精神之门。

君子之风
——赵德发论

赵德发是山东文坛的长跑健将,在数十年创作生涯中,不断带给我们惊喜,不断超越自我。正如张炜所言:"作为一个有思想、有追求的作家,德发一直在开拓新的文学疆域。他从经验之内到经验之外,从'乡土'到'文化',直至人类的终极关怀,踏出了一串深长的脚印。"①2018年年初,安徽文艺出版社隆重推出了十二卷本的《赵德发文集》,收入了代表作品如《缱绻与决绝》《君子梦》《青烟或白雾》《双手合十》《人类世》等长篇小说,《通腿儿》《下一波潮水》《路遥何日还乡》等中短篇小说和部分散文随笔作品。2019年,长篇小说《经山海》见刊于《人民文学》第3期,完整的单行本由安徽文艺出版社出版,获得了中宣部"五个一工程"奖。曾经连载于《时代文学》的纪实文学,由江苏凤凰文艺出版社出版单行本《1970年代:我的乡村教师生涯》。在经历了长期的积累和磨砺之后,赵德发的创作越发精练和纯熟,迎来了新的丰收季。

一

赵德发就像沂蒙山里的泉流日益壮大、奔流入海,走向浩大与辽阔,既有山的厚重和淳朴,又有海的深沉和包容。回首他的创作,《通腿儿》

---

① 张炜:《山东文学的功勋人物》(总序),见赵德发:《缱绻与决绝》,安徽文艺出版社2018年版,第2—3页。

里的狗屎和榔头、《蚂蚁爪子》里的木墩就会浮现出来，这些土生土长的人物，就像土堆里的金块，经历时光的磨蚀之后显得更加闪亮。从《缱绻与决绝》中的"天牛"、《君子梦》里的"雹子树"到《人类世》中的"金钉子"、《经山海》中的"楷树"，赵德发的长篇小说当中总有一个核心的意象贯穿其中，既有一种无法尽言的象征蕴涵，又有一种调节叙述节奏和虚实关系的结构功能，这些意象也是连接天、地、人的对话通道。《双手合十》《乾道坤道》对传统文化的深入挖掘，体现出一种回看历史的敬畏感，在从传统与现实的碰撞当中，更加深刻地理解现实的运行法则。

赵德发的文学创作深植于脚下的土地，孜孜不倦地从故乡的自然景观、风俗传统与现实进程中汲取营养，从幼小的树苗长成参天大树，在精神向上攀升的过程中，他的写作变得丰富而博大。他坚持以下沉的身段，体察农民的生存与现实的流动。他自觉地以向上的目光仰望天空，追问心灵深处的梦想与信仰。他的创作从独木延展成树林，自成一体，以自身的小气候影响周边世界的精神生态，其中有风一样的自由，有阳光一样的温暖，有翔舞于大地与天空之间的思想与表情，他的写作方式从早期的经验化写作向智性写作转变，始终不变的是他对时代的关切和对生命的尊重。他一直潜入生活深处，读他的《通腿儿》，感觉作者就在小说的场景中，在冬日暗夜的角落里瑟瑟发抖。作品中的人物相濡以沫的生命动姿，仿佛挤破了纸面，向我们传递人性的温热。

赵德发始终以一种难得的谦卑之态坚持学习，他深知经验的重要性，但他也意识到经验的局限性，没有沉迷于经验之中。他热爱生活，重视那些被别人忽略的经验，在写作《双手合十》时，他为了深入了解佛教文化的奥秘，专程走访了多处寺庙，和僧人一起生活。难能可贵的是，赵德发以内蕴的哲思点化经验，就像卤水点豆腐一样别开生面。为了避免喧宾夺主，他在叙述中保持了必要的克制。他用智慧照亮经验，用思想点燃经验，这样他既能从经验中发现闪光的碎金和辗转相传的文化基因，又能洞见经验背后的盲点。在塑造人物时，他重视表现人物内在的丰富性与矛盾性。比如《君子梦》里的许正芝，他不仅自己追求儒家理想人格，还希望带动全族人成为君子。当族人做了坏事时，他就要在自己脸上留下耻辱的烙印。许正芝知其不可为而为之，他看着弟弟的小人之举，看着侄子许景言做出乱伦之恶,看着自己用以检测人心的莠草疯长,许正芝满心悲凉。面对日寇的暴行,他抱着雹子树死去,但他至死不渝,没有放弃内心的道德理想。赵德发在许正芝身上投注了无限的深情,如同珍珠一样蕴结于心,但他在理性上又深刻地认识到这种理想化的道德在变异的时代环境中的脆弱性。

赵德发在其创作历程中,视点从单一走向多元,视野变得越来越开阔,他一开始用沂蒙山的眼光打量沂蒙山的人和事,随后跳出沂蒙山,用内外互动的眼光审视沂蒙山,题材更加开阔,站得更高看得更远,开始挖掘现实背后的历史文化传统,而《人类世》又体现一种面向未来的眼光和情怀。他的传统文化小说既独立成篇,又是一个相互参照的整体,将《君子梦》《双手合十》《乾道坤道》放在一起考察,不难发现其中的多样性与复杂性。作家用一种尊重多元、生生不息的平等情怀,追溯传统文化的流脉,同时思考传统文化融入、滋润乃至改塑现实的可能性。传统与现实、存在与体悟、抒情与史诗展开多元对话,构筑成一个丰富的文本网络。赵德发为人有一种君子之风,写作对他而言是一种自我修炼和自我完善的过程。当然,他并不满足于独善其身,而是以现实关怀和忧患意识观照人生,他通过对自己写作的反思,不断地超越自我的现状,不断拓展自己的艺术疆土,不满足于已经取得的成功经验,不断地挑战新的题材和新的写法,打破艺术惯性。就这一点而言,他为正在爬坡的青年作家们树立了一个榜样。

二

赵德发的文学创作都是从自己的生命出发,将心比心,推己及人,从个人的艰难中体味到共同体的艰难,又能够置身于别人的困境中,设身处地地体味与反思。在特殊的时代氛围中,赵德发读了四个月初中就辍学了,随后成了民办教师,通过自学考取了主讲中学语文的公办教师一职,在参加电大学习后又入读山东大学作家班,如饥似渴地发奋学习。从短篇名作《蚂蚁爪子》《闲肉》到《路遥何日还乡》,赵德发对被乡亲戏称为"蚂蚁爪子"的文字和文化都充满了一种敬畏感。以儒家文化为根基的沂蒙故乡培育出赵德发的特殊气质,他的根系深扎于这片土地之中,从中源源不断地汲取养分,也以自己的树荫、花果回报母土的厚爱。他对大树一往情深,《君子梦》里的苞子树、《乾道坤道》里的琼花、《人类世》中的血檀、《经山海》中的楷树都具有一种象征意义,象征一种绵延不息的文化价值,通过坚守的姿态向人们传递启示和警示。

"农民三部曲"返本归心,既是向中国农民的致敬之书,表达了绿叶对根的情意,也是面对"农民的终结"的困惑之书,探问工业化、城市化大背景下农民的何去何从。面对不断加速的社会进程,作品回视慢节奏的中国传统田园牧歌的生活情境,从本土智慧和脉络中寻找纾困的良药与慰藉。值得重视的是,作品没有简单地用田园诗意对抗工业文明,作家在理性层面深知田园荒芜是现代化的必然趋向,但又无法接受那种面对历史的轻佻行为与暴发户心态,反对轻易割断文化和文明的连续性。作家在"农民三部曲"的后记中说:"进入这个阶段时,中国农民一样地带了欢欣,也带了悲伤;带了豪迈,也带了自卑;带了踊跃,也带了畏缩;带了幸福,也带了苦难!……土地,从没有像今天这样沉重,这样喧闹,这样色彩斑斓,这样耐人寻味。"①"农民三部曲"全面展现了中国农民在历史与现实的夹缝之中的劳作和挣扎,他们既有摆脱土地的冲动,又始终惴惴不安,只能从土地的根脉中找到自己的归属感。在中国现当代文学史上,作家在表现农民的创作中惯于居高临下,用启蒙者的姿态为农民指点迷津。赵德发选择了平视的创作角度,站在农民的立场上体味真实的苦乐与疼痛。尽管作品中有对农民的种种局限性的深切体认,但其中也涌动扪心自问后的无奈与悲凉。他写尽了农民生存的艰难,却始终无法忘情那些失败的梦想。即便早就预感君子梦很可能落空,许正芝也要做扑火的飞蛾。只有像暗夜灯火一样的精神追求,才能指引农民摆脱内外的种种束缚。正因为作家将自己燃烧、投入,深入地体验、分享与自觉承担,"农民三部曲"才同时具有了历史的厚度、现实的深度和人性的温度。在狂飙突进的社会变革中,新的文化时尚层出不穷,就像狗熊手中的玉米棒子一样,被迅速掰下又被迅速遗弃。而抗拒遗忘,在某种意义上正是赵德发创作的内在动力,

---

① 赵德发:《青烟或白雾》,安徽文艺出版社2018年版,第513页。

正如他在散文《记忆是什么》中所言:"在某种程度上讲,生命就是记忆,记忆就是生命。……奇怪的是,有了这种领悟之后,我再看世上的活人时,看到的不只是血肉之躯,是一个个特殊记忆的集合体。"①

赵德发通常被研究者定位为现实主义作家,但其笔端不时流淌出浪漫主义情怀,就像雨后的彩虹。在散文《南山长刺》中,他把故乡的小村南山上的风力发电机视为扎在心上的刺,在理性上他赞同清洁能源,在情感上却无法接受风电机造成的视觉污染和噪声污染,无法面对被拦腰割断的乡愁。"南山长刺,刺得一些人心痒;南山长刺,刺得一些人心痛。这个时代,就是痒与痛并存的时代。"②时代隆隆驶过,碾压的车辙印迹里有倒伏的小草,有负重的人心。他用细腻的笔触写出了小草的伤痕,写出了人心的裂痕。关注人心之变,是赵德发激发创作热情的重要来源。短篇小说《路遥何日还乡》《嫁给鬼子》《被遗弃的小鱼》《生命线》《发动》《今天是个好日子》都表现市场化进程中人的精神裂变,人性欲求快速膨胀,传统道德观念与文化价值体系摇摇欲坠,逐渐消散。正如《嫁给鬼子》里的马玉枝所说:"一样讲良心,只不过良心可以用市场经济手段体现出来。"③在商业化的逻辑中,一切精神价值都可以折算成金钱。赵德发在《路遥何日还乡》的创作谈中感慨:"时代潮流,浩浩汤汤,既摧枯拉朽,又埋金沉银。逝者如斯,乡关何处?我们一边深情回望,一边随波逐流。"④看着那些有价值的东西被撕扯成风中飞絮,作家的笔调显得沉郁而感伤,作品也具有了内在的悲剧性。

值得注意的是,赵德发并不悲观,他始终秉持一种顽强的入世情怀,相信背靠传统的民众能够在反省和批判中驱除蒙昧的雾霾,激活传统资源,点亮智慧之心,应对各种困境和新的挑战。《人类世》中的孙参从捡垃圾起步,不择手段建立商业帝国,为了修建彩虹广场,不惜炸掉老姆山,最终被无节制的欲望所反噬。研究"人类世"的焦石教授要在老姆山砸下

---

① 赵德发:《南山长刺》,安徽文艺出版社2018年版,第69页。
② 赵德发:《南山长刺》,安徽文艺出版社2018年版,第64页。
③ 赵德发:《下一波潮水》,安徽文艺出版社2018年版,第263页。
④ 赵德发:《路遥何日还乡》,安徽文艺出版社2018年版,第323页。

"金钉子"，柳秀婷要在老姆山刻录儒释道的经典，他们联手保护老姆山，但最终还是无法抗衡野蛮的资本力量。作品既对自然环境的毁坏充满了忧虑，也深切关注精神生态的恶化。孙参成功靠投机，做慈善只是为了炫耀。孙参与三个女性田思萱、穆丽儿、真真都有感情纠葛，爱的名义下奔腾的只是性欲和原始的生殖冲动，最终因三观不合，都分道扬镳。焦石和孙参都没有砸下他们的"金钉子"。焦石最终摆脱了"只想砸下一颗金钉子"的功利心，从沂源猿人的发现中找到了新的人生目标。孙参一心要"立虹为记"，结果被自己设置的"金钉子"钉上了耻辱柱。焦石师徒、穆丽儿为了环保事业矢志不渝，"要做第一批火星人"的阿姆斯特朗立志给人类探寻新的栖息地，木鱼法师默默地绘制三十年来的城市天际线，尤其是田思萱，像精卫一样填埋大坑，他们和作者一样，常怀"千岁之忧"，既是希望的点灯人，也是信念的守望者。

三

《经山海》既是山与海的呼应，也是传统与现实的对话，在赵德发的创作实践中可以被视为具有界碑意义的"金钉子"。在新世纪现实主义创作当中，《经山海》有三方面的特色与意义。首先，写出了现实的历史纵深感。平面单一地图解政策、图解现实是现实题材创作普遍存在的问题，赵德发成功地将现实观察转化成丰满的文学形象与充满活力的叙事进程。《经山海》在一个开阔的时空中审视现实，让我们看清了种种现实问题的历史根源。这当然不只表现在主人公吴小蒿的历史学背景，不只因为丹墟遗址等古老文化遗存，不只体现在主人公全力推动的楷坡记忆工程、渔业博物馆、申遗行为、修建楷园、复活祭海节等现实举措。这些努力确实是对历史传统的发扬。更值得关注的是，赵德发写出了观念和心灵中的历史，像筷子不能放在碗上这样一些渔村的日常生活细节，里面就沉积了沉重的历史记忆，还有像那座名叫"挂心橛"的山头背后寄托的渔民念想，像贺成收讲江湖义气却失了大节的行事方式，还有吴小蒿父亲根深蒂固的重男轻女观念，从不同向度延续了复杂的历史传统。其中既有优秀的文化基因，也有一些封建残留。《经山海》没有就当下写当下，作家通过宏阔的历史参照,写出了时代的新气象和我们必须承担的沉重的历史责任。另外,《经山海》精心的结构安排——"历史上的今天""小蒿记"和"点点记",通过大历史和小历史的融合、历史与个人之间的相互参照,给我们带来一种全新的阅读体验。

其次,《经山海》写出了现实的人性深度。吴小蒿出身低微,家境贫穷,被父亲视为轻贱的蒿草,她的婚姻也是一场交易,她以这些苦难经历为滋养,具有一种顽强的生命力。她在竞聘成为海边小镇楷坡镇的副镇长之后,找到自己的阔大空间。作者在表现吴小蒿的奋斗历程时,写出了现实发展的过程,也写出了吴小蒿性格发展的过程。她取得的所有成就,都经历了磕磕绊绊。《经山海》的人物形象也显得丰富而多样,除了吴小蒿,有像周斌、房宗岳这样一些正面的形象,有慕平川、由浩亮、袁海波、来春祥这样一些堕落的人物,还有像贺成收、郭默等复杂纠结的人物,这些都使得《经山海》有一种审美的深度。尤其打动人的是作品里面点点大事记中那些充满童真的话语,像"老爸财迷心窍,老妈官迷心窍"这句话,既写出了点点心中的委屈,也让我们感受到吴小蒿的成功确实来之不易,她在婚姻、家庭方面都做出了很大的牺牲。吴小蒿在婚姻中遇人不淑,却长期忍辱负重,打掉牙齿往肚里吞。一方面,这是性格所致,面对丈夫的家暴不敢反抗,面对镇长的骚扰不敢拒绝;另一方面,她担心影响自己在公众面前的形象。正因为这样,作品具有了一种人性的深度,使得《经山海》的现实书写有了一种审美的穿透力。

最后,《经山海》用文化情怀贯穿笔下的现实。赵德发始终是一个谦谦君子,他在作品中的叙述克制而不煽情。值得注意的是,他在作品中饱含一种掌握分寸的激情,其中有忧患,有悲悯。他知道老百姓真正需要什么,这当然跟他长期关注中国农民有密切的联系。在某种意义上,吴小蒿是作者的人文情怀的凝结和投射,她的那些现实举措是在替作者向老百姓还愿。沂蒙山是赵德发创作的精神根脉,给他带来源源不断的精神滋养。他出身于农村,有长期的基层工作经验,拒绝浮在表面反映现实,而是深入渔村、山村的角落和乡镇基层的细密肌理之中,感同身受地写出自己的观察和体验。吴小蒿深入了解老百姓的疾苦,她善于换位思考,透过"牛哥"的苦闷、"值班羊"的咩声等细节,以同理心感受村民内心的不平与委屈。吴小蒿的可贵,并不仅仅停留于同情与理解,而是知行合一,小的如亲自扫街、清洗村书记的大门,大的如竭尽全力改变小镇的面貌。正因如此,她做事情才能真正落实到老百姓的心坎上,使得这个小镇发展得越来越好。不管是胸怀中国农民还是放眼"人类世",赵德发既没有冷眼旁观也没有俯视众生,而是以一种恕道看待世间的潮起潮落。

就赵德发的创作长旅而言,《经山海》是他的审美与文化视野从山地转向海洋的过渡。依托着与自己共同成长的日照,在海边度过了整整三十年的赵德发正计划创作一部聚焦渔村渔民、塑造半岛性格、挖掘海洋文化的长篇小说。他说,一直想写,轻易不敢下笔。中国的海洋文学空间开阔,期待赵德发的新作通过山与海的深入对话,带来新的开拓和突破。

"历史"的版本

——评叶兆言的《驰向黑夜的女人》（原名《很久以来》）

叶兆言的《很久以来》（《收获》2014年第1期）在出版单行本时，被改名为《驰向黑夜的女人》（江苏文艺出版社，2014）。因为对当代文学的版本问题一直有浓厚兴趣，我特意对这两个版本认真地进行了对照。20世纪90年代以来，由于长篇小说篇幅越来越长，文学期刊在发表时只好进行压缩和删节，因此，许多作品首发于文学期刊的版本和单行本有明显差异。有趣的是，《很久以来》和《驰向黑夜的女人》在正文方面只有细微差别，大多是字词和排版的差异。譬如，《很久以来》中的"那个便衣""过一会""来自东欧的诗人""另一桩难忘的是春节""只比欣慰父亲大一岁的周佛海在竺德霖眼里""当时，在身居高位的周佛海心目中""伯母说起春兰或欣慰的故事"，在《驰向黑夜的女人》分别是"那位便衣""过一会儿""出自东欧的诗人""另一桩难忘的事是春节""只比自己大一岁的周佛海在竺德霖眼里""在当时身居高位的周佛海心目中""当伯母说起春兰或欣慰的故事时"。还有，不少数字在《很久以来》中用的是汉字数字，在《驰向黑夜的女人》中用的是阿拉伯数字；《很久以来》中嵌入正文段落中的对话，在《驰向黑夜的女人》中独立分段。也就是说，这些差异可以忽略不计。

关于小说的改名，作者在单行本的后记中有一则补记："'驰向黑夜的女人'是诗人多多1979年《青春》中的诗句，我当年非常喜欢的一个意象，很多朋友都觉得比原书名《很久以来》更贴切，更容易被读者接受，因此有必要在这个后记里说明一下。"① 就我个人的阅读感受而言,我还是更喜欢原来的书名。首先,从叙述情感的角度来说,这部长篇平静中蕴含着沉思和忧伤,"很久以来"较为准确地传达出那种时过境迁的恍惚感和有意保持距离的反思意识。其次,在第二章中,虚拟作者以第一人称叙述,与朋友吕武回忆"我们共同熟悉的小芋"和"小芋母亲竺欣慰的故事",吕武背诵了顾城的诗歌《很久以来》;和第二章相互呼应的第九章,从1972年秋天第一次见到小芋到2010年小芋从美国回到上海、南京,伴随着小芋的命运轨迹,过去时态的竺欣慰的故事从不同的视角中浮现出来,在时空的错位与交织中,"真实性"变得暧昧不清。再次,在作品的叙述中,尤其是在第二章和第九章中,经常会出现"很久以来""很多年前""在当时""多少年来""多年以来"一类的时间状语,这种时间叙述和"很久以来"相映成趣,相互强化与激活。相对而言,"驰向黑夜的女人"更有动感和戏剧性,是对竺欣慰的悲剧命运的一种诗化的概括,正如作品中吕武所言:"一位有钱人家的千金,一生追求进步,紧跟着时代的步伐,跟党走,听毛主席的话,最后在'文革'中莫名其妙地被枪毙,这里面绝对会有看点。"②

关于这部小说的标题,是个见仁见智的问题,在此不再纠缠。不同的标题,会激起特定读者群体不同的阅读反应。我更感兴趣的是,这部小说对"文革"的叙述方式,本身也在提醒我们"历史"自身也有错综复杂的版本问题。关于"文革",曾经流行揭示"伤痕"和控诉"四人帮"的罪恶的叙述模式,对与错、好与坏、正义与邪恶构成剑拔弩张的二元对立,非此即彼。进入新世纪以来,"文革"题材再度走红,"文革"刚刚结束时期的"控诉腔"已经被彻底抛弃,越来越多的作家开始反思"文革"情境中生命的尊严和人性的抉择。面对这些新变,叶兆言想做的绝不是振臂一呼,也不是一锤定音。他凭借独特的生命体验,从自己长辈和亲人的遭遇出发,力图揭示那些被各种叙述所遮蔽、湮灭的历史层面,他不想让问题变得太简单,而是提示我们注意"历史"真正的复杂性。2010年初冬,

---

① 叶兆言:《驰向黑夜的女人》,江苏文艺出版社2014年版,第283页。
② 叶兆言:《驰向黑夜的女人》,江苏文艺出版社2014年版,第44页。

王德威教授来南京大学讲学，其间和南京的几位作家在茶馆闲谈，叶兆言认为"文革"对人性的最大戕害，莫过于这场大灾难使得大多数平凡的中国人都生活在羞耻感之中，抬不起头来，活得没有任何尊严。他这一席话给我留下深刻的印象，在某种意义上也是帮助我理解《驰向黑夜的女人》这部作品的一束光。从《没有玻璃的花房》到《一号命令》，"文革"成为叶兆言的核心关注点。《紫霞湖》《写字桌的1971年》等短篇小说，也是从一些细枝末节入手，展现"文革"的时代碎片和生命印记。叶兆言在接受采访时说："今天的文革描述已经完全变味，有人认为文革是反腐败的，没有贫富差异；还有一种认为文革就是打砸抢，就是造反派的天下，就是大街上随便拉一个人到体育馆就可以批斗或者宣判枪毙。这和我熟悉的文革完全不一样。现在可以写，是我发现文革正变得越来越简单化，越来越概念化、符号化，变得非黑即白。我自己很清楚地知道，文革是活生生的一段河流，弯弯曲曲，很复杂。"①

这部长篇小说呈现的是常常被忽略的关于"文革"的"小历史"，侧重从日常的琐细中呈现脆弱的个体在一个动荡时代的生存状态。像竺欣慰、冷春兰这样的小人物，于历史的缝隙中挣扎，在大历史的框架中注定要被忽略，连边角料都算不上，但是，叶兆言试图通过描写这两个小人物的命运，让历史的血肉变得丰满，让历史的细节变得丰富。对历史的叙述，除了那种居高临下的、教条式的、冷冰冰的、永远正确的腔调，还有七嘴八舌的、冷眼旁观的、热心热肠的凡人的言说，作家以感同身受的体会，对那些生于乱世的人甘于平庸而不得的悲凉寄予一种无奈的关切。赵世瑜这样定义"小历史"和"大历史"："所谓'小历史'，就是那些'局部的'历史：比如个人性的、地方性的历史，也是那些'常态的'历史：日常的、生活经历的历史，喜怒哀乐的历史，社会惯制的历史。……所谓大历史，就是那些全局性的历史，比如改朝换代的历史、治乱兴衰的历史，重大事件、重要人物、典章制度的历史等等。"②换一个角度，从文学层面来看，

---

① 舒晋瑜：《叶兆言：我只是把经历的一段历史写出来》，《中华读书报》2014年4月9日。

② 赵世瑜：《小历史与大历史——区域社会史的理念、方法与实践》，生活·读书·新知三联书店2006年版，第10页。

用"大历史"的视角来观照"文革",获取的常常是粗枝大叶,"伤痕文学"就是典型体现,作品结构、情感指向、价值立场都被规定的套路所限定。而叶兆言笔下的"文革",恰恰要通过被时代车轮碾碎的卑微个体的视角与内心,去展现"文革"的方方面面。这些渺小的存在被彻底打乱的日常生活状态,更为深刻地揭示了"文革"的残酷性和悲剧性。芸芸众生,无处可逃。

《驰向黑夜的女人》的叙事起点是1941年,但作者的重点是呈现以竺欣慰和冷春兰为核心的主要人物1949年以后的坎坷命运。1949年年初,当母亲蔡秀英以偷渡的方式出逃香港,千方百计要和已经在台湾的父亲团聚时,竺欣慰在劝阻无效之后,在政治立场与骨肉亲情的两难选择之间,她最终选择了维护亲情。1957年,当丈夫明德被打成右派时,竺欣慰拒绝离婚,受到了党内警告处分。与明德离婚后,欣慰带着女儿小芊嫁给了肉联厂工人间逵。充满悲剧性的是,老大粗间逵强奸了欣慰的好友春兰,非离不可的婚姻因为"文革"而耽搁下来。欣慰在"文革"中成了造反派的头目,她和李军从情感纠葛开始,发展到检举揭发、栽赃陷害,欣慰被推入万劫不复的深渊。小说采用第一人称和第三人称交错的叙述手法,在整部小说九章的篇幅中,作者仅仅在第七章和第八章集中描写"文革"的乱象。在某种意义上,这种结构安排寄托了作家的深意:描述走向"文革"的历史进程,挖掘"文革"的文化根源,思考"文革"的历史后效与现实影响。

竺欣慰和冷春兰是一对生死莫逆的朋友,她们的性格和命运形成了有趣的对照。竺欣慰性格外向,热情似火,有主见,有时也显得执拗而莽撞,她始终跟着时代走,试图通过积极的进取来掌握自己的命运。解放初期入党,"文革"开始她是红极一时的造反派,后来因思想言论被捕入狱,被开除党籍,最终被执行枪决。冷春兰冷静内敛,性格害羞而被动,这种性格也是一柄双刃剑。一方面,骨子里的多疑使她能够观察到别人的性格的弱点,譬如双方父母曾经要撮合她和卞明德,但她一口拒绝,因为无法接受卞明德的轻浮;另一方面,谨小慎微也使得她错过了很多机缘,譬如与对她一往情深的罗福庠擦肩而过,后来她从东北调回南京,还是靠了罗福庠的帮忙。正是这种逆来顺受的性格,使得她居然心甘情愿和强奸过她的间邂结婚。"那年头,没有什么比太平更重要,只要那些运动与自己无关,能够躲进小楼成一统,春兰便已经心满意足。"①这两个女人,一进一退,但都无法摆脱时代的重压,欲进不得,欲退不能。竺欣慰之所以要步步领先,生怕被时代抛弃,正是因为她的父亲竺德霖在汪伪的中央储备银行担任过要职。在沉重的精神枷锁的压迫下,她别无选择,只能像飞蛾扑火一样,去拥抱等待着她的不幸。叶兆言在后记中有这样一段话:"'文革'中很多事千万不能太当真,多一事永远不如少一事,所有折腾注定都是让人更吃苦头。'文革'的最大特点是大事化小,小事化了,天大的事过去也就过去。"②竺欣慰和冷春兰,在某种意义上正是一正一反地印证了作家的感悟。正如列菲伏尔所言:"异化就这样扩展到全部生活,任何个人都无法摆脱这种异化。当他力图摆脱这种异化的时候,他就自我孤立起来,这正是异化的尖锐形式。人的本质源自全体社会进程。个人只有在同集体的牢固和明确的关系中才能获得这种性质。"③在一个全面异化的环境中,竺欣慰和冷春兰都只能在罗网中挣扎,像傀儡一样,被无形的巨手所操控。

在阅读了几篇针对《驰向黑夜的女人》的评论之后,我发现,小芊这个人物很容易被忽略。在我个人看来,对小芊这个人物的塑造,恰恰是这部作品不同寻常的地方。"文革"中,在母亲被打倒之后,面对三位公安人员,十六岁的小芊对亲生母亲进行了大义凛然的批判:"竺欣慰反对毛主席的革命路线,我们就和她斗争到底。"④"文革"后,她还一直不肯原谅母亲。事过境迁之后,"小芊愤愤地说,真正的现实是什么呢,过去因为竺欣慰是现行反革命,我受到了很大的伤害,现在她平反昭雪了,成了你们心目中的英雄,我仍然还在继续受着伤害。换句话说,无论是好是坏,我始终都活在她的阴影下"⑤。这种悲剧性的母女关系体现出作家对

① 叶兆言:《驰向黑夜的女人》,江苏文艺出版社2014年版,第197页。
② 叶兆言:《驰向黑夜的女人》,江苏文艺出版社2014年版,第281页。
③ 陈学明、吴松、远东编:《让日常生活成为艺术品——列菲伏尔、赫勒论日常生活》,云南人民出版社1998年版,第6页。
④ 叶兆言:《驰向黑夜的女人》,江苏文艺出版社2014年版,第240页。
⑤ 叶兆言:《驰向黑夜的女人》,江苏文艺出版社2014年版,第258页。

"文革"的深入反思。从伦理亲情与政治的冲突方面反思"文革",是这部长篇颇具匠心的构思。或许正是急于摆脱内心的阴影,为了出国,小芊不惜一切代价,只要哪个外国男人能够让她出国,她就愿意和人交往。到了2010年,在国外定居多年以后,"文革"、竺欣慰在她的记忆中已经逐渐淡化,因此,她"对我是否还会把她母亲欣慰的故事写出来,早已不感任何兴趣"①。在特殊的背景下,个体意识被严重压制,人们无法自由支配自己的意志和命运。正如罗洛·梅所言:"这种消融个性随俗合流的做法,既满足了原始生命力的需要,又解除了我们对自身原始生命冲动应负的责任。"②从来不被重视的群众在非个性的无名状态下,在最低公分母的状况中充当自然的工具,轻易地被外来的号召所煽动,陷入一种失控的暴力状态。对于小芊来说,她自认为是一个被阴影笼罩的受害者,她决不会自揭伤疤,去反思什么,更不可能自觉地承担什么责任。某种意义上,"文革"在小芊的心中,就是一个被刻意遗忘的存在。更值得注意的是,这种遗忘意志,是一种集体无意识,它渗透到芸芸众生的日常生活中。恰如列菲伏尔所言:"一定要撕破面纱才能接触真相。这种面纱总是从日常生活上产生着,不断地再生产着;并且像作为日常生活的更深刻、更高级的涵义而把日常生活隐蔽起来。"③作者从百姓的视角写"文革",从百姓的立场去体会当时和事隔多年后的心态:"哪年哪月,能太太平平地过日子总是最重要。"④也就是说,"文革"作为翻过去的一页,被遗忘成为必然。如此而言,小说在表面的平静和淡然中,蕴含着一种容易被忽略的沉重。米兰·昆德拉在《六十三个词》一文中的思考更加发人深省:"忘的意志在成为一个政治课题之前就已经是一个人类学的课题了:人们常常怀有这种愿望,愿意重写他自己的传记、改变过去、扫除痕迹,既扫除他自己的也扫除他人的痕迹。忘的意志非常不同于一种想要欺骗人

---

① 叶兆言:《驰向黑夜的女人》,江苏文艺出版社2014年版,第273页。
②〔美〕罗洛·梅:《爱与意志》,冯川译,国际文化出版公司1987年版,第171页。
③ 陈学明、吴松、远东编:《让日常生活成为艺术品——列菲伏尔、赫勒论日常生活》,云南人民出版社1998年版,第66页。
④ 叶兆言:《驰向黑夜的女人》,江苏文艺出版社2014年版,第224页。

的简单欲望……忘：绝对的非正义同时又是绝对的安慰，小说对忘这一主题的探究是没有终点也没有结论的。"①

作品中小芊和写小说的"我"有一段对话：

"好吧，我们不说什么好玩不好玩，就谈谈真实不真实，你觉得你的小说真实吗？"

"小说是可以虚构的。"

"别跟我说什么虚构不虚构，我只是问你，你要写的这篇小说又有多少真实性呢？"②

人物对"好玩""真实""虚构"等不同品格的追求，会使"历史"呈现出不同的面貌。在不同版本的冲突和龃龉中，历史的本来面目在时光的雾霾中变得越来越模糊。至于一段沉重的历史，反复叙述已经逐渐变成一种仪式，无论是大历史的或小历史的、站在官方立场的或站在百姓立场的、集体性或个体性的、激愤或淡漠的、真实或虚构的。那么，这种重复的仪式的目的，究竟是为了记忆，还是为了遗忘？是为了抓住那残余的记忆碎片，还是通过有口无心的重复让人们变得麻木？从这个角度来看，叶兆言的《驰向黑夜的女人》以含蓄的方式，提出了一个极具启发性的问题。或许，只有直面这样的现实和困境，对于"文革"的反思才可能真正深入，才可能让每一个个体都有自主性，而不是觉得外部世界的一切都与自己无关。只有首先为自己负责，才可能为自己以外更广阔的世界负责，进而自觉地承担历史的责任。

---

① 艾晓明编译：《小说的智慧——认识米兰·昆德拉》，时代文艺出版社1992年版，第101页。

② 叶兆言：《驰向黑夜的女人》，江苏文艺出版社2014年版，第257页。

和平年代的英雄梦
——论朱苏进兼及军旅文学的转向

在中国当代军事文学的版图上，朱苏进凭借独树一帜的创作风格，占有重要的地位。作家柳建伟甚至认为，朱苏进获得了"军旅文学创作第一人的声望"[①]。朱苏进是一个很善于调整自我的作家，同时也很善于把握文学风尚的变迁和时代潮流的脉动。从《铁流奔腾》《镇海石和瞄准点》《红旗高扬》到《惩罚》《在一个夏令营里》，从《射天狼》《引而不发》《凝眸》到《轻轻地说》《第三只眼》《欲飞》，再从《绝望中诞生》《炮群》到《接近于无限透明》《醉太平》，朱苏进以和平年代的军营生活为核心，以虚实错杂的文笔，将军人置放在军营与社会、战争与人性、现实与梦想的多重坐标中，作品挖掘出军人性格的复杂性，丰富了军事文学的表现形式，拓宽了军事文学的艺术空间。而且，他的创作与新时期当代文学整体进程保持了一种同步性，打破了当代军事文学惯有的封闭性，摆脱了文学生产和传播在军营内部循环的模式，也摒弃了当代军事文学固有的套路和成规。他敢于另辟蹊径，并以自己的创造实践推动军旅文学有机地融入当代文学的整体框架，以一种开放的、对话的姿态入乎其内、出乎其外，将笔下的军营打造成一座文学城堡，在激发军旅文学的潜力和活力的前提下，进一步提升了当代文学的多元性与丰富性。

[①] 柳建伟：《孤独玄想创作道路的终结——重评朱苏进兼与朱向前商榷》，《当代作家评论》1997 年第 4 期。

一

就研究朱苏进的现有成果而言，总体上有两个特点。一是绝大多数成果为新作评论，评论者大都采取文本细读的方法，把握作品的文化内涵与审美特点，并对朱苏进的创作个性、艺术特色进行概括与评析。此外，少数研究者如朱向前、张志忠等人，在对朱苏进的创作进行跟踪评论的基础上，以文学史的视野评判朱苏进创作的文学地位与审美意义。二是研究者重点关注朱苏进的小说创作，研究散文创作、影视剧本的成果少见。尽管20世纪90年代中期以来，朱苏进逐渐将编剧作为主业，他编剧的影视作品不少都产生了较大反响，成为媒体关注的热点，但学术界总体保持一种沉默，研究其编剧风格的论文只有零星几篇，一些学者在讨论朱苏进担当编剧的影视作品时还常质疑。

以朱苏进的小说创作为考察对象的文学评论，与朱苏进的创作历程同步发展。在某种意义上，以小说作品作为桥梁，评论家与作家展开一种多声部的对话。思忖认为，《射天狼》《引而不发》和《凝眸》"是朱苏进向着军事文学制高点冲击腾跃的文学三级跳"[①]，他擅写军营日常生活，写出了单调、平淡、乏味的军营哨所训练场背后深藏的色彩斑斓、奇崛多姿、富于诗情的世界。在阅读了《射天狼》《引而不发》和《凝眸》后，陈骏涛认为朱苏进的小说"有一种地地道道的'兵'的气息，他所展现的是实实在在的军营的生活、军人式的美"[②]。至于发表于1986年的两部中篇小说《轻轻地说》和《第三只眼》，陈骏涛认为，作者对人性的深度开掘，"打通军人和非军人的界限，超越于军营而与整个社会、与所有普通人的思想感情相通"[③]。王绯高度评价《轻轻地说》采用隐喻

[①] 思忖：《"高倍观察镜"下的军人世界——朱苏进近作管窥》，《文学评论》1985年第1期。

[②] 陈骏涛：《〈凝眸〉与朱苏进新的艺术追求》，《昆仑》1985年第1期。

[③] 陈骏涛：《开掘人性的深度——朱苏进近作两篇读后》，《小说选刊》1987年第2期。

来表达只可意会的主观感受:"朱苏进就是这样在复杂的生命感觉中,咂出了各色各样的人生真滋味,咂出了有滋有味的生命哲学。"①张志忠充分肯定朱苏进的小说创作具有"单纯而蕴藉的美学追求","在单调中发现了丰富,在平凡中发现了奇崛",同时也指出,"三点式,两代人,也被朱苏进变出一篇又一篇佳作,当然,它也不无副作用,大致相同的结构模式,是和大致相同的艺术思维方式、血缘相近的人物形象互为表里的。在朱苏进的创作中,似乎正在形成一种思维定式"②。费振钟认为,朱苏进的小说之所以在战争的外围逡巡而回避正面切入战争,根源在于:"朱苏进对于'战争'的全部激情,即来自他对人类生命表征与'战争'关系的发现。他在人类的内心找到了所需要的东西,远比具体的战争实际所给予他的要多得多,这就是朱苏进对实际战争没有根本兴趣的原因。"③《绝望中诞生》和《接近于无限透明》在朱苏进作品中受到了重点关注。王彬彬认为,《绝望中诞生》为主人公孟中天灌注了一种"孟中天精神"④,孟中天有超凡禀赋和超凡意志,同时有一种过度膨胀的权欲。陈思和在其所主编的《中国当代文学史教程》一书中,为《绝望中诞生》设立专节,并做出高度评价:"《绝望中诞生》则非常精彩地把那种意识形态性的两极对立状态转变成为个体生命层次上欲望与目的的对立,把硝烟弥漫的战场转换成人内心深处的痛苦挣扎,这就使得作品既释放出了军事文学长久以来固有的那种强大生命能量,同时也使对这种内心状况的叙写超越了纯粹政治性的层面,它饱含着对人性及人的处境的深切关怀,所提供的是植根于个人精神世界但却又具有普遍意义的生命感悟。"⑤在《接近

---

① 王绯:《大音希声 大象无形——读〈轻轻地说〉的感觉描述》,《读书》1987年第4期。

② 张志忠:《单纯而蕴藉的美学追求——论朱苏进》,《当代作家评论》1988年第4期。

③ 费振钟:《非战争经验的叙述——关于朱苏进小说创作发生的假定性判断》,《当代作家评论》1990年第1期。

④ 王彬彬:《朱苏进小说中的"孟中天精神"》,《小说评论》1990年第3期。

⑤ 陈思和主编:《中国当代文学史教程》,复旦大学出版社1999年版,第361—362页。

于无限透明的人格理想》一文中,王彬彬认为作者在作品中"努力张扬一种接近于无限透明的人格"[①]。南帆对朱苏进作品中的价值观念有这样的判断:"精英主义崇拜是一种富有号召力的强劲思想。然而,令人不安的是,精英主义时常隐含了一种排他的倾向,尤其是排他性地蔑视弱者和庸者。"[②]王干对朱苏进也做了较长时期的跟踪研究,他认为朱苏进追求一种"幻境":"朱苏进要从生存状态中发现'幻境',或者将生存状态的某一点延伸为'幻境'。"[③]除此以外,军旅批评家周政保、黄国柱、汪守德、李美皆,学院批评家樊星、丁柏铨和作家刘兆林、储福金等人的评论各有特色,都有可圈可点之处。

对于朱苏进在军旅文学创作上的审美贡献,研究者从不同侧面揭示了其艺术探索的价值和意义。陈思和认为,朱苏进的创作的独特性在于:"从军旅题材的创作发展史来看,他与李存葆、朱春雨等作家一样,始终在黄钟大吕的庙堂旋律中咏唱,但他并没有丧失自己独特的欲望和情怀,以及对周围世界的独特感受,这些精彩的个人欲望和个人感受跟它们所依寓的主旋律背景形成的反差和融汇,相成相反地构筑起他独特的小说世界。"[④]朱向前视野开阔,他将朱苏进的创作置放于军旅文学的坐标中进行考量,其判断也较为公允:"一是他以对职业军人的内涵挖掘和理想设计与现实失落的矛盾把握,为新时期军旅文学贡献出了一个重要主题"[⑤];二是他将天生的军人气质、对军人的酷爱和扎实的炮兵生命体验转化为凝重磅礴的笔力,为新时期军旅文学贡献了一种"铁蒺藜"式的美学风格。对于朱苏进80年代的小说创作中求新求变的倾向,朱向前认为,他受到了本土

---

① 王彬彬:《接近于无限透明的人格理想——关于朱苏进的两部中篇新作》,《当代作家评论》1994年第1期。

② 南帆:《优美与危险》,《钟山》2000年第3期。

③ 王干:《融入幻境——朱苏进神话》,《文艺争鸣》1993年第6期。

④ 陈思和、李振声、郜元宝、张新颖:《朱苏进:欲望的升华与世俗的羁绊之间——世纪末中国小说的多种可能性对话之五》,《作家》1995年第1期。

⑤ 朱向前:《朱苏进:孤独的冥想者——跋〈金色叶片〉》,《小说评论》1993年第6期。

文学风尚和外来文学潮流的影响,"但更主要的却是受制于一种内驱力,一种不断走向深邃与成熟的人生体验与感悟,和在这个过程中屡屡接近真正的艺术境界时所碰溅出来的火焰般的创造激情"①。对于《炮群》,朱向前认为,优点非常突出:"苏子昂这个人物形象的矗立";"超越军人职业,超越社会人性和价值判断,最终接近人或整个人类的原初的和永恒的根本生存困境";"《炮群》在还原(当代军旅)生活的向度上所达到的深度和广度都是空前的"。②尤其值得肯定的是,朱向前还一针见血地指出了《炮群》的缺点:在人物塑造上不单拒绝非同类,还拒绝异性,由于"缺乏真正的战争的体验"而回避战争描写,"总体结构框架严重倾斜"。③作为长期跟踪军旅文学动态的批评家,朱向前对朱苏进的文学创作的反复阐释和赞扬真可谓不遗余力。与此同时,对于朱苏进文学创作的缺点,他从不隐讳,而是直言无忌,表现出一种爱之深责之切的真诚。在某种意义上,二朱之间的深入切磋,堪称文学创作与文学批评良性互动的典范。

在对朱苏进文学作品的研究过程中,研究者总体上体现出鲁迅所提倡的"坏处说坏,好处说好"的批评原则。究其原因,一方面,从20世纪80年代后半期到90年代前半期是朱苏进研究的热潮期,这一阶段的文学批评还较少受到商业法则的熏染,较为贴近文学本身;另一方面,朱苏进是一个有傲气的作家,他不屑于拉帮结派,更不会像一些作家那样,刻意地制造"文学表扬"。就批评意见而言,一些研究者并没有局限于对朱苏进作品的个案分析,而是通过剖析具有典型性的作家作品,提炼出具有普遍性的问题,进而思考军旅文学乃至当代文学存在的不足,寻找解决问题的思路和方法。石一枫认为,《我的兄弟叫顺溜》放弃了深度,对可读性

---

① 朱向前:《半部杰作的咏叹——朱苏进和〈炮群〉联想录》,《当代作家评论》1992年第1期。

② 朱向前:《半部杰作的咏叹——朱苏进和〈炮群〉联想录》,《当代作家评论》1992年第1期。

③ 朱向前:《半部杰作的咏叹——朱苏进和〈炮群〉联想录》,《当代作家评论》1992年第1期。

和通俗性的过度强调，使得作品具有"军事武侠"的特征。①柳建伟认为："'三突出'的原则在朱苏进那里被巧妙地改造成了'一突出'，即突出自己极端个人化的理想主义和英雄主义的观念，'高大全'式的人物塑造原则，被改造为只负责阐释作家自我心理图式，用朱向前的话说就是塑造一批批背后站着朱苏进的大大小小的苏子昂。"②不无反讽色彩的是，凭借《英雄时代》获得茅盾文学奖的柳建伟，所指出的朱苏进创作中的问题，在他自己的创作中更加突出。我个人以为，朱苏进的文学创作要比柳建伟的更为纯粹，也有更为浓厚的理想主义和英雄主义色彩，而柳建伟的创作，从《惊涛骇浪》以来，文学性越来越淡薄。不过，柳建伟后来也将创作重点转向影视编剧，与朱苏进殊途同归。

二

朱苏进表现军人生活的作品都蕴含着一个执着的英雄梦，而军人要建功立业离不开残酷的战场，战争是检验军人的勇气和智慧的试金石。《祭奠星座》中勇猛、威严的卓蛮准将就渴望战争，甚至将高质量的敌人视为凸显存在价值的必要背景："敌手敌手"，"没有你我分文不值"，"你我应该同存同亡，像大海拥抱太阳"。不无悲剧意味的是，和平年代的军人只能像《引而不发》中的西单石一样，同时做好两种准备：第一，准备明天就打仗；第二，也准备一辈子没仗打。与战场无缘的军人只能在对战争的期待中"一点一滴地付出生命"。在和平的环境里，追求超凡脱俗的军人似乎注定无法摆脱凡庸的宿命。《炮群》中，在苏子昂所在的炮团接到上战场的命令后，谷默因强奸妇女被关禁闭，根据战时从严处置的军规，谷默被判处死刑。颇为吊诡的是，部队开拔到边境后，炮团的作战计划被取消，谷默的生命成为限时的代价。苏子昂还敏锐地洞察到身居高位的宋

---

① 参见石一枫：《军事武侠——读朱苏进〈我的兄弟叫顺溜〉》，《当代·长篇小说选刊》2009年第4期。

② 柳建伟：《孤独玄想创作道路的终结——重评朱苏进兼与朱向前商榷》，《当代作家评论》1997年第4期。

泗昌内心的隐痛："没有在图版外指挥过真正的战役，作为高级指挥员，便不曾辉煌过。"①基于此，朱苏进以写实手法展现了和平年代军营和军人的日常面相，与此同时，他不满足于仅做一个忠实的记录者和描述者，他总是试图在诉诸笔端的生活中融入自己的思索和感想。而且，在逐渐确立了内在的自信之后，这种思索和感想成了作品的主轴。在某种意义上，朱苏进以文学的形式，表达自己对凡庸的蔑视和反抗。在其早期作品中，《轻轻地说》堪称异数。通过表现一位年轻的军人及其妻子对女儿的关爱，以及一位退役老军人陈伯及其妻子对在战场上"失踪"的儿子的魂牵梦萦，作品写出了超越阶层、职业的普遍人性的动人魅力。而且，作品具有极强的形式感，缥缈灵动，不留痕迹地构建一种内在的模糊美感，将诗意和哲思融于一体。《第三只眼》中的南琥珀和司马戍都拥有一种特异功能——"第三只眼"，善于窥探别人的内心和隐私，不过南琥珀借此出奇制胜，而司马戍的"鬼眼"邪恶、卑鄙，最终他叛变投敌。"第三只眼"都有见不得光的地方，作家通过南琥珀与司马戍的对照、撞击，进一步揭示了人性的复杂性和隐秘性。

耐人寻思的是，像《轻轻地说》《第三只眼》一样追求内在深度的创作路线并没有为朱苏进持续推进。在朱苏进的精神世界中，社会理想总是被放在优先的位置，因而，个体的发展与完善往往处于次要地位。值得注意的是，在朱苏进的笔下，权力往往被视为将社会理想与个人理想统一起来的黏合剂。《射天狼》中的颜子鹄主张：热爱自己事业的人，谁不希望手中有权。《炮群》中，苏子昂在月色下夜嚎之后，坚定了自己的决心："当官，一定要当官！"②《绝望中诞生》中，在宋雨官复原职后，孟中天对"孟氏构想"弃若敝屣，再次投身于权力的角逐，对权力的向往使得他"取天下为己用，又弃天下为己用"。《醉太平》中的季墨阳和石贤汝都才华超群，但在为官和求官的摸爬滚打中，才华变质，心理和人格也逐渐扭曲。在朱苏进的小说创作中，情节本身并不呈现强烈的戏剧化冲突，但作者通过对人物内心世界的深入体察，把波澜起伏的心理震荡刻画得入

---

① 朱苏进：《炮群》，江苏文艺出版社1996年版，第20页。
② 朱苏进：《炮群》，江苏文艺出版社1996年版，第8页。

木三分。由于无法在战场上施展自己的超群本领，和平年代的军人将人际关系变成了一个虚拟的战场。由于获得权力的过程被罩上了理想的外衣，孟中天、苏子昂、季墨阳等人不断膨胀，也就难免有冷酷和疯狂的一面，甚至做出一些违规的举动。有趣的是，他们的一些非常规的举动还被视为不合俗流的、个性化的表现。

在朱苏进的小说中，孟中天、苏子昂、季墨阳等人都把上级权威作为崇拜对象和人生榜样，宋雨、宋泗昌、刘达分别是孟中天、苏子昂、季墨阳的精神父亲。耐人寻思的是，朱苏进让宋泗昌娶了苏子昂的后母，而季墨阳与刘若冰私奔，这使得宋泗昌、刘达分别成为苏子昂、季墨阳名义上的父亲。这些胸有雄才大略的少壮派军官一方面仰视权威，另一方面又不愿意放弃个性，不拘小节，甚至屡屡冒犯权威。正因如此，宋泗昌认为对待"不满现实"的苏子昂的方针是"不提拔，不能让他掌大权"；而"不健康的情绪太多"的季墨阳最终的命运是"还当他的部长，仍然是并且只能是部长"。朱苏进笔下的宋雨、宋泗昌、刘达等人物具有韦伯所言的克里斯玛权威的特征，以超凡的品质和魅力令人仰视，具有让追随者崇拜和效忠的感召力。而孟中天、苏子昂、季墨阳等人则是未完成状态的克里斯玛典型，属于"未来的人"，过高的抱负对他们自己形成了一种内在的压迫，使得他们潜在地以权威自居，上恭下倨，导致心理和人格分裂。韦伯曾经对克里斯玛人物滥用权力的倾向深表忧虑："像暴发户一样炫耀权力，无聊地沉醉在权力感之中。"[1]当理想被置换为一种权力时，仕途上一旦遭遇挫折，人就容易陷入难以自拔的幻灭感之中。恰如朱苏进所言，《醉太平》中的季墨阳"有了一种混不下去的情势，既然如此，'何不潇洒走一回'呢？妻子的训斥和刘亦冰留下的箱子将他引向了私奔之路。他的这一抉择又不全是情感的推动，刘亦冰在一定程度上成了他精神和肉体从官场逃亡的一个道具"[2]。苏子昂有妻子还有情人，情场得意

---

[1]〔德〕马克斯·韦伯：《学术与政治——韦伯的两篇演说》，冯克利译，生活·读书·新知三联书店1998年版，第102页。

[2]朱苏进、林舟：《英雄的碎片——关于〈醉太平〉的对话》，《当代作家评论》1994年第6期。

是对官场失意的一种精神转移和心理麻醉。孟中天为人阴鸷寡情，他承认自己"不是正常意义上的好人"，而非凡的"孟氏构想"，也仅仅是无法获得权力时的精神替代品。《祭奠星座》中南屈子用三十年时间等待桑青苏醒，并最终为之自杀。这段刻骨铭心的爱恋背后深藏着一种情结，因为桑青是卓蛮的妻子，作为卓蛮的校友、助手和情敌，南屈子试图通过获取桑青的认可来摆脱内心被卓蛮的权威所笼罩的阴影，散除内在的压抑感。

就人物关系和情节结构而言，朱苏进笔下的英雄梦又十分类似于弗洛伊德所言的白日梦，朱苏进的军旅小说在某种意义上都是"自我中心的故事"①。朱苏进和《炮群》中的苏子昂一样，都出身于军人家庭，因而他笔下的人物有一种天然的傲气和好胜心。永不言败是驰骋疆场的军人的优秀品质，但在和平年代，自视过高并以身上的"贵族气"而矫矫不群，拒绝妥协，在地位比自己低的军人面前缺乏宽容和仁爱，对农民出身的军人爱理不理，眼高手低，这必然把自己推入孤独的境地。朱苏进推崇的是一种向上看的强者逻辑，没有给弱者留出空间，这使得他一直在攀登创作险峰，向高精尖进军，挑战极限，把自己逼入一条狭窄的道路。这种探索也难免导致一种自我遮蔽，限制了自己的视野，使得创作形成固定的模式。

在艺术追求上，朱苏进是一个复杂的存在，他像身怀绝技的新疆达瓦孜艺术的传人，在高空的钢丝上行走如常，玩着艰难的平衡游戏，在新潮与传统、理想与现实、哲理与诗情、危险与优美、高雅与通俗的两端来回穿梭。从文类来看，像《四千年前的闪击》和《祭奠星座》综合了军事文学、科幻小说的文体元素，而《我的兄弟叫顺溜》则是军事文学与玄幻小说的混合版。至于《四千年前的闪击》和《祭奠星座》的文体，朱苏进的定位是"战争幻想小说"，作者用战争这一外衣裹藏的依然是复杂而神秘的人性之谜。随着潮流的转换，朱苏进越来越重视营造奇崛、险峻的审美氛围，但是，由于对军营以外的生活较为陌生，突破自我的难度愈来愈大，其创作逐渐疏离现实的地气，有时剑走偏锋，变得玄远而空幻。

---

① 〔奥地利〕西格蒙德·弗洛伊德：《弗洛伊德论美文选》，张唤民、陈伟奇译，裘小龙校，知识出版社1987年版，第34页。

在军旅作家中，朱苏进是较为难得的具有哲学气质的作家。恰如作家刘兆林所言："他的文字，心理分析透彻深刻，笔笔如刀，刀刀见血，思辨力很强，内容和主题也多有哲理性和思想性，流露的多是强力或思想的力量，而不是以情感人以情见长。"① 因为内在的思索，朱苏进拒绝肤浅的陈述，他总是试图从表象中揭示深层的奥秘，以内心的波澜戳穿风平浪静的现实假象。然而，这也导致作品中生活世界与智性认识相游离。在朱苏进的小说创作中，品质高、影响大的几乎都是中篇小说，像《炮群》《醉太平》等长篇小说在文气和结构上都是前紧后松，经验与理性的冲突是重要原因。

三

在《醉太平》之后，朱苏进转入影视编剧领域。尽管此后他也出版了长篇小说《郑和》《我的兄弟叫顺溜》《嘎达梅林》等作品，但是这些作品都有明显的剧本痕迹，往往先有剧本后有小说。朱苏进在接受记者采访时说："我第一次做电视剧时，有一种浅薄的愤怒，一部电视剧的稿费多过我小半辈子写的所有小说。我认为我的小说很有价值，但是毫无价格；我写的电视剧虽然播得很好，我认为没有价值，反而很有价格。这种严重的倒置，使我感觉有趣——我已经不再愤怒了。"② 价值与价格的倒置，确实是20世纪90年代以来大量小说家转向编剧行业的根本性原因。如果继续追问的话，不难发现朱苏进和他小说中的孟中天、苏子昂、季墨阳一样，经历了一场深重的幻灭。在某种意义上，文学梦是朱苏进对作为军人的英雄梦的一种替代。遗憾的是，到了20世纪90年代初期，在商业大潮的冲击下，文学日益边缘化，与英雄梦更是渐行渐远。因此，朱苏进的转向也是一种毅然的出走，他跻身于影视流水线，在造梦工厂中向大众源源不断地输出白日梦，向他们提供真实经验的替代品，使观众得以宣泄、

---

① 刘兆林：《散说朱苏进》，《当代作家评论》1992年第4期。

② 舒晋瑜、朱苏进：《朱苏进：文学？文学早已是有价值无价格的东西了》，《中华读书报》2015年4月29日。

消遣和满足情感需求。

值得注意的是，转向编剧行业后，朱苏进笔下的题材还是帝王将相和民族英雄，像《顺治帝国》《康熙帝国》《郑和》《朱元璋》《三国》《嘎达梅林》等。而且，朱苏进总是试图刻画出立体的英雄形象，通过审视置身困境中的英雄的抉择，敏锐地揭示英雄的性格与命运的复杂性与悲剧性，在剧作中融入一种文学情怀。关于郑和，朱苏进认为："越是尴尬之物，往往越富有内涵。但我感情上不愿接受他是个阉人——曾经不愿。我想我之所以这样，是因为内心暗藏着某种受伤的自尊，人类与人性的自尊。"[1] 也就是说，悲剧性是朱苏进剧作中戏剧冲突的内在动力。由于有了精神的内核，朱苏进剧作就有了一种连贯的气势，而不是靠操控情节、玩弄悬念来吸引观众。朱苏进剧作中的英雄形象具有多样性，譬如嘎达梅林就是一个失败的英雄，他在起义时就知道注定会失败，但他还是知其不可为而为之，毅然决然地走上抗争宿命的艰难道路，慷慨就义。这种必然失败的悲剧性，犹如黑暗的背景，衬托出人物夺目的人格光芒。"嘎达梅林像流星那样直刺天穹，像流星那样陨落，同时也像流星那样短暂而灿烂。"[2]《朱元璋》刻画出了朱元璋性格的变化，从将"情义""忠义"作为旗帜到在"情义""忠义"的幌子下践踏道义，为所欲为。关于康熙，朱苏进也力图呈现他的不同侧面："当我相信每一个中国人心目中都有一个帝王的种子，男人女人概莫能外，这是很潜在的一个种子，就是上面所提到的沟通的脐带，我就产生了一种'情怀'：康熙，他是个爹，他也要当儿子，他有许许多多苦恼，许许多多无奈，许许多多失败，他具有天之子的情怀，也有人之子的情怀，既君临天下，又为天下所制。这不是一般人的生存境界，而具有独特的心灵景观，不是常态的东西，但又具有能品味和接受的常态东西。"[3] 通过成功与失败、"天之子"与"人之子"、传奇与常态的纠葛和转换，康熙的形象变得丰满而鲜活。同时，内心中的"帝王的种子"，也使得朱苏进潜在地表现出美化王权的趋向，

---

[1] 朱苏进：《长篇小说〈郑和〉溅起的猜想》，《文学自由谈》2003年第4期。

[2] 朱苏进：《英雄创造传奇》，《中国电视》2011年第9期。

[3] 朱苏进：《与康熙同行》，《南京师范大学文学院学报》2002年第1期。

以至于有人撰文批评《康熙帝国》存在精神倾向问题。

作为商业影视流水线上的一个组件，朱苏进剧作中的英雄梦并不是一个独立的梦想，它具有可复制性和混杂性，因为突破了阶层、传统和趣味的界限而广泛传播。在某种意义上，朱苏进剧作中的英雄梦是其文学梦的碎片，是一种剩余的梦想。朱苏进总试图在英雄梦中融入自己的理解与体验，但是，他也难免会感到无奈，因为影视剧中的英雄梦是大众共同的白日梦。为了强化戏剧性，朱苏进的历史题材剧作中也常有戏说的成分，像《康熙帝国》中姚启圣收复施琅、葛尔丹被杀的情节，都与历史真实不符。站在编剧的立场，朱苏进在说到《三国》时主张"可整形但不可颠覆"①，但过度的整形，显然会扭曲历史的本来面目。朱苏进在剧作中还是保留了文学创作中惯于思辨的倾向，借助人物的台词说出一些格言警句，对事物的认识也尽量避免片面性，但是，美学在影视剧中的地位只能是依附性的，以取悦观众和服务于商业作为核心目标。因此，剧作中的思辨往往流于"玩深刻"，它不能拆解乃至颠覆故事的传奇性和娱乐性，而是通过注入有一定深度的通俗性，强化故事的传奇性和娱乐性。也就是说，影视剧的英雄梦是一种向大众和商业妥协的梦想，基本特征是保守和平庸，思想元素如同一种奢侈的装饰，仅仅以碎片化的形式，起到一种外在的点缀作用。

从文学的英雄梦转向影视的商业梦，朱苏进的创作历程颇为奇妙地折射出时代的转型与精神的浮沉。20世纪90年代以来，朱苏进、兰小龙、江奇涛、柳建伟、徐贵祥、王海鸰、朱秀海、石钟山等军旅作家纷纷转向影视作品写作，甚至把编剧作为主业。军旅作家的影视作品，一方面延续了军旅文学的创作特色，将英雄梦搬上银幕和荧屏；另一方面，向商业路线靠拢，有较强的娱乐性，在形式上表现出明显的剧本色彩。朱向前的分析颇为到位，他认为这些军旅作家逐渐疏离孤独的纯文学写作，主要存在三个方面的动因：一是"钱的诱因"，二是精神上的"成就感"，三是"艺术理想的追求"。他特别强调："长期的电视剧写作对作家来说可能是有

---

① 朱苏进：《三国"势力"可整形但不可颠覆——编剧解读〈三国〉》，《南方周末》2010年6月17日。

害的，最终导致作家艺术品质的下降和艺术才华的腐蚀。"① 确实，每一个写作的人都期待付出了辛苦的作品可以传诸后世，但文学创作是一种残酷的事业，能够历久弥新的作品少之又少。因此，不少作家不甘心被埋没，往往通过影视编剧来获得可见的荣耀和可观的物质回报。对此，朱苏进也并不讳言，他说："钱多不是什么坏事，因为它可以免除你不少世俗的烦恼，但是这种满足你很快会产生你想做的其他的事。电视剧它的传播范围是我非常重视和迷恋的一件事情，它是一个很普通、很大众、很普罗的艺术样式。"② 值得注意的是，尽管已经远离了文学，但他对军旅题材还是情有独钟，他说只有《我的兄弟叫顺溜》是他自己想写的，其余都是满足合同要求的雇佣写作。要保持文学的艺术性，还是应当与影像叙事、商业趣味保持必要的距离。由此可见，军旅文学要想再出发，一是要在和平的环境里坚守一种英雄的信念和梦想，二是要在商业化、娱乐化的环境里保持艺术的独立性。

---

① 朱向前：《文学影视化的利与弊》，《决策探索：上半月》2010 年第 5 期。
② 刘慧：《我从来没有离开——朱苏进访谈》，《神剑》2012 年第 1 期。

生命与文化的双重乡愁

——评於可训的小说创作

　　於可训先生高中时就开始写小说，大学时有小说公开发表，后来因为潜心学术研究而中断了小说创作，退休后重拾被耽搁多年的作家梦，近年老来发力，佳作迭出，令人目不暇接。回想起来，我幸会於先生约二十年了，印象特别深刻的是2005年8月《萌芽》杂志召集"新概念作文大赛"的评委在内蒙古海拉尔开会，会后主办方组织我们去看呼伦贝尔大草原的自然与人文景观。前后近一周时间，我深度领略了於老师的浓郁魅力与独特风采。於老师平易近人，没有架子，跟我们一帮当时还算年轻的人打成一片。他充满童心，善于透过凡常的景象，发现一些容易被忽略的新奇之物。譬如：他跟向导交流，问当地牧民冬天怎么防风防雪和生火取暖，不同季节怎么杀羊和翻肠子。此外，他对草原的各种野菜也表现出浓厚兴趣。他对风花雪月兴趣不大，重点关注的往往是跟普通人生存有关的细节问题，眼里有人间冷暖和俗世烟火。还有一点，他很会讲故事，几句话就说清了一件事的来龙去脉，还能穿插一些灵动的细节。大家围在餐桌前七嘴八舌地评点食物和当地的饮食风俗，他冷不丁地插上一句，常常引发哄堂大笑。如今阅读他的小说，脑海中时不时会浮现他微笑的脸庞，耳边响起他从容不迫而自带节奏的话音，从字里行间感受他内心那团慈祥的火。

一

在於先生的小说作品中，收入《乡野传奇集》中的那些笔记小说别具一格，读起来就像咀嚼橄榄一样。至于一开始那些带有方言成分的语言，来自其他方言区的读者可能会因为略感生疏而体会到一种涩味。需细细品味，才能领会那种简练而典雅的表达中的隽永蕴涵，回味绵长。当地人把杀鱼叫驰鱼，把讲故事叫砍鬼，把沾染了畜生习性的人叫生人，把鳖叫脚鱼，还有抢滩、腊戏、搭头、猖日、翻湖、聱声话等方言词语，这些词语把我们带入一个陌生化的世界，其中沉积了这方水土里一代代人的生存经验与生命记忆，一个词就是作者推开的一扇隐秘的窗口，为我们敞开作者故乡一个或大或小的截面。与其说作者在讲故事，毋宁说他在开凿一条幽深的时光隧道，将自己传送回生命的来处。

在这些篇幅不长的小说中，作者以儿童的视角重回故乡，描绘20世纪五六十年代鄂东南地区黄梅水乡的风土人情。《元贞》里的两个少年元贞和"我"用笼捕鱼，全篇童趣盎然，文字行云流水，充满流动的画面感，营造出天人合一的水墨画式的意境。鲜活的细节让人物跃然纸上，作者通过组合细节，赋予叙述以一种张弛有致的节奏感。作品临近结尾的文字，写出了日常琐事的戏剧感，抓住了独属于儿童的小心思，也凸显出两个小孩性格的差异性。

元贞送鸭子过来时，我才看清，他这天穿了一身新衣裤。我说，行呀，元贞，就过上年啦。

元贞龇着下牙说，要不是这，你就掉不了沟里啦！

我说，原来你狗日的晓得前面有沟哇。

元贞说，是。我七哥前年穿新的，八哥去年穿新的，今年轮到我，死也不能打湿了。说完，转身走了。那样子，是比往年神气。

元贞走后，妈说，比他妈还精。我说，妈，别怪他，他家人口多。①

在阅读《归渔》时，我们从"元贞的嫂子""元贞的哥""元贞的十弟"等字眼，才能发现作品采用了隐蔽的童年视角，通过童年世界与成人世界的交错来制造一种叙述的张力。桂花"砍鬼"的片段活跃了叙述的氛围，并以"鬼气"的渲染，用类似于国画泼墨的笔法，既气势奔放地描绘水乡归渔的风俗画卷，又趣味盎然地刻画水乡渔民豁达乐观的性情。《国旗》中的国旗因为擅长捉鳝鱼，被打造成了"小小的鱼类学家"，出尽风头，但成也萧何败也萧何，时过境迁，跌落尘埃，重回原来的生活状态。

更为触动人心的是那些小人物的生命轨迹，面对反复来袭的洪水的围困，在平庸无恒的命运怪圈中不甘屈服，就算是注定被忽略的微尘，也要发出弱小的光芒，活出自身的气势。《追鱼》中的细火有一手"杀脚鱼"的绝活，能够顺着鱼的足迹追到脚鱼，甚至把新婚的妻子丢在一边，结果追到了脚鱼，丢掉了老婆，但他并不后悔，还逢人便说这婆娘没福分。《歌子三嫂传》中的三嫂，在丈夫被湖水吞没之后，因悲伤而疯狂，她要么举着白布，要么点亮火把或提着马灯，守望再也不会回来的心上人，无意之中成了一座灯塔，为过往船只指引航向。《汉流大爷传》中的齐大爷在川军弟兄的帮助下劫获日本人的军火，当这些川军弟兄壮烈牺牲后，重情重义的齐大爷变卖财产，只身入川，挨家挨户寻找死难勇士的亲人，送他们的灵位回家。晚年生活潦倒，齐大爷还是在家里安置从四川出来逃荒的盲流。《看相细爹传》中的细爹是个孤儿，吃百家饭长大，一生飘荡，当过江湖牙医，还摆摊看相，即使身份卑贱，也始终持守不贪不骗的处世原则。

在"乡村教师列传"系列中，作者勾勒出姿态各异的乡村教师群像。《张先生列传》中的张先生在部队立过军功，因抢救被洪水冲击的学生成了瘸子，后来被禁止上课，成了吹号扫地的杂工，他宠辱不惊，心甘情愿辅导顶替自己的小章先生，最终为了取出教室中的两块黑板，被压在坍塌的教室下面。《熊先生列传》中的熊先生有个外号叫"书腐"，不知道变通，凡事爱较真，不愿意作假，因为带领学生毁了村民的一片梨树林，

---

① 於可训：《乡野传奇集》，百花洲文艺出版社2021年版，第3页。

退休后承包下学校后面的荒山，栽种梨树并将收益都交给山下的村子。《梅先生列传》中的梅先生从小得了小儿麻痹症，落下残疾，父母又死得早，从小由爷爷奶奶养大，爷爷去世后过继给叔叔，后来又患了一种怪病——饿痨病，他贪吃，为此坏了名声，但特别孝顺，好不容易从学校分得几点油渣，也要带回老家给年把没见过油荤的奶奶。他在画展上展出的《喝糠糊的少年》，用画笔记录了那个遥远年代的艰难，展现老百姓追求温饱的鲜活历史。《白先生列传》中的白先生跟刘先生情投意合，两人半夜对唱《蝴蝶泉边》直抒胸臆，白先生怀孕后，出身不好的刘先生被当作流氓押走了。白先生把孩子生下来后，溺水而亡。《小徐先生列传》中的小徐先生把所有心思用在培育学生身上，为了帮助陈细伢备考，他自己放弃了高考，后来顶替父亲成了民办教师，处境落拓，却无怨无悔，"虽零落成泥而不失其秀，辗转尘埃而不堕其志，故能假他人而成其夙愿"[1]。《小张先生列传》中的小张先生为了守护只有一个年级的坝上民办小学，在强拆队伍面前跳楼，断了两根肋骨，折了一条腿。尽管责任人被处理，但坝上小学的土地仍免不了被征用，小张先生成了办在原址的饲料公司的看门人。《吴先生列传》中的吴先生有自己的人生底线，那就是"人所要做的事都应当会，人所要吃的苦，都应当吃"[2]。她先在村里族人合办的私塾授课，只在年节收些束脩，后来成了民办教师，改由合作社记工分。她自己觉得教书不配获得一个全劳力的工分，就主动承担记工分和出墙报的任务，在缺少食物的饥荒年岁还主动接济族中老人。这些乡村教师性情各异，其生命轨迹都留下了无法磨灭的时代烙印。他们身上都有种种不足和缺陷，但在面对压力和考验时，都不愿放弃自己的善意。像张先生和小张先生都是弱者，自身难保，要么在关键时刻挺身而出，要么为了捍卫尊严而以卵击石。最令人感动的是，这些身处底层的小知识分子，在最为艰难的时刻，心中还惦记着用自己有限的知识，去改变乡村孩子的命运。

於可训先生描摹水乡风俗和勾勒故土人物的作品，具有精神还乡的意味。长年定居在都市空间里的作者对故乡深怀眷恋，深刻地意识到自己的

---

[1] 於可训：《乡野传奇集》，百花洲文艺出版社2021年版，第211页。
[2] 於可训：《乡野传奇集》，百花洲文艺出版社2021年版，第148页。

生命之根深扎于魂牵梦绕的故土，不忘自己的本色。在对故乡一往情深的追忆中，曲调深沉而淡远，作者对卑微而自重的乡亲心怀敬意，尽管作品的叙事克制而沉潜，但在面对折磨乡人的种种苦难时，常常会无法抑制地浮现出难以释怀的苦涩、感伤与忧愤。他笔下的几个书场艺人大都结局悲凉，《赵家姑娘》中的桂三元"是吃观音土和油树皮憋胀死的，临死前抓破了胸口，把那块万人瞩目的梯形也抓得稀烂"[1]，寥寥数语，让人如鲠在喉。《决堤》中的房东大爷和房东大娘，他们的儿子最终没有回来，在防汛抢险中用身体堵住湖堤的决口。不同于具有启蒙倾向的还乡叙事，作者既没有居高临下地指手画脚，也没有以代言人自居，而是以一种平视的人学立场，发现那些容易被漠视的脆弱的生命的价值，并透过生命的浮沉，观察时代的转折与激荡。这种源于生命深处的乡愁，就像无法剪断的精神脐带一样，既是作者对自我存在的确认和对母土的情感认同，也是对人民和大地生生不息的朴素力量的执着追寻。

二

一方水土养育一方人。变化多端的气候、茫无边际的湖水、奇峰罗列的山地，激发了生活在黄梅水乡的人的想象力，使其具有一种天然的浪漫情怀。得益于故乡的熏陶，於可训先生的创作想象瑰丽而奇谲，尤其他的笔触回归故乡时，更是妙笔生花，点石成金。他笔下的渔人，譬如鱼精白鳝爹、拉索的卵生、摸脚迹的精古等，"他们是捕鱼的圣手，也是太白湖的精灵"[2]。这些凡夫俗子在陆地上渺小而无力，潜入湖水后就被激发出奇异功能，在一个异空间中短暂地获得支配自己生命的自由。於可训先生笔下的爱情故事，大都凄美而动人。《金鲤》中的细女和水伢青梅竹马，在水伢被暴风雨吞没后，只有通灵的金鲤来抚慰孤独的细女。《地老天荒》中的白鳝爹和费小姐的爱情只有片刻的欢愉，却留下漫长的痛苦与折磨。

---

[1] 於可训：《乡野传奇集》，百花洲文艺出版社2021年版，第64页。
[2] 於可训：《后记：黄梅有个太白湖》，《乡野传奇集》，百花洲文艺出版社2021年版，第297页。

作品中多次写到古老的水柏林，既有象征蕴意，也有一种魔幻色彩。《鱼庐记》为鱼庐立传，在鱼庐由私到公又由公到私的浮沉过程中，想生的太爷爷及其后人的命运徐徐展开，传奇性的物、人和事交相辉映，生发出一种神秘的历史感。於可训先生具有扎实的写实功力，又能写意传神，以个性化的探索，开掘楚文化的神韵。

於可训先生的学术领域是中国现当代文学研究，难得的是，他对中国古典文学传统了然于胸。正因为对搬用外来经验的中国现当代小说的优点和缺点都看得明明白白，於可训先生不愿意再继续进行简单的移植，在反思疏离中国本土文化传统的文学创作倾向的基础上，他对肤浅挪用域外经验的误区有了清醒的认识，主张"回过头来，尝尝本土的家乡菜，回溯一下妈妈的味道"，通过激活本土资源来创造新的中国经验，"拾掇中国自己的食材，重操老辈子的厨艺，想做一些本土味儿比较浓的饭菜，写一点中国味儿比较重的小说"，"在再造古代小说经验的同时"，又吸纳史传、笔记、方志、辞书等文体的体例，进行转化创新的试验。① 在小说创作实践中，他对笔记小说和传奇情有独钟。

> 我近年来的小说创作，大体上可分为两种类型。一种是篇幅较短的"小品"，主要是收在我新近出版的小说集《乡野传奇集》中的一些短篇作品。有论者称这些作品为"笔记小说"，我也认为是受了中国古代笔记文体的影响。在古代散文中，我偏爱笔记，因为它自由，也像小说一样，有一种兼容并包的好脾气，所以它在古代就成为一种自由的著述方式。也有人拿来记人记事，这一部分就成了今人所说的笔记小说。我的这些所谓笔记小说，留有中国小说段子时代的痕迹，但比六朝以前的段子时代的小说完整，内容虽不是搜神谈鬼，但大抵也不超趣闻逸事的范围，所以读者都觉得好看，我自己也乐此不疲。
>
> 另一种类型，就是我同样偏爱的传奇文体。在《乡野传奇集》中，有两个系列作品，一个是"乡村教师列传"系列，一个是"乡

---

① 於可训：《小说的耐性和无奈》，《大家》2022年第1期。

人传"系列,是这种传奇写法的最初产品。唐人传奇受史传影响,以"传"为名的作品很多,即使题目上不标明是"传",也多以人名。都像纪传体史书一样,是为人立传,叙写人的生平事迹的。只是这传大多不是完整的传记,而是生平事迹的片段,尤其是那些稀奇古怪的传闻,更是作者取材的主要对象。为人立"传",又以"传奇"名之,大概就因为所"传"者,多属奇闻趣事的原因吧。①

也就是说,於可训先生的小说在内容和形式上都自觉追求中国风格和中国气派。值得注意的是,其小说创作并不排斥外来的文化与艺术元素,而是在兼收并蓄中进行开放性的艺术对话。《才女夏娲》用幽默而机智的语言,描绘了近年学院空间形形色色的现象,写活了学术会议上各类学者的表演和"跑点"的闹剧。在时代涌潮的拍打下,大学校园不再是封闭的象牙塔,而是社会的缩影。女博士生夏娲纯粹而不通世故,在学术上求真求新,表现出一根筋的执拗,在爱情上犹如飞蛾扑火,未婚先孕并生下孩子,在困境中艰难挣扎。这部中篇小说既有钱锺书《围城》的幽默,又有戴维·洛奇《小世界》的反讽。作品中打动我的是作者的恕道,他对那些作妖的师生怀着一种理解的同情,叙述中既有戏谑与婉讽,也有悲悯与痛惜,展现出悲喜交融的风格,这一点接通了吴敬梓《儒林外史》的艺术传统。

中篇小说《移民监》用细腻的笔墨勾勒出居留海外的中国人的众生相,老曹夫妇和老李夫妇是亲家关系,他们退休后跟随儿女到英语国家生活。两对养老的夫妇和一对年轻夫妻凑在一起,磕磕碰碰,磨合的过程充满了戏剧色彩。作者基于自己身居海外的亲身体验,感同身受地写出了这些老人内在的隐痛。老曹兴致勃勃地淘换各种旧货,在女儿家却不遭待见,但他乐此不疲,并渴望找到理解自己和自己的爱好的知音。在作品中,这些旧货具有一种特殊的象征蕴意,它们和老人们拥有同样的境遇,处在被遗弃和再利用的边缘。作者在创作谈中说道:"自觉自愿的移民却被称为坐

---

① 於可训:《小说的耐性和无奈》,《大家》2022年第1期。

监,我觉得,这个充满悖论的名词,足以构成一个文学意象。我用这个意象制造一种隐喻,这隐喻是指向这群年老的中国移民的,也与你我有些关系。我不知道,当你我有一天也被'关进'这样的移民监,或与这种'移民监'近似的放你自由却又处处受限的人生处所的时候,你我将会怎样。"①这部作品文气连贯,情感真挚,但又注意把握分寸感。作品中一些生动的细节给我留下深刻印象,在异国吃年夜饭时,老曹摆上了一盘用木头做的红烧鱼,其中的阴鱼是他从国内带过去的,阳鱼是他在当地二手店买的,这顿团圆饭集中凸显了漂泊海外的老人们内心无法割断的文化乡愁。

如果说生命的乡愁指向家与母土,那么文化乡愁则更为深广而辽远,它具有整体的意义,是对文化传统的回溯与探究,指向民族绵延千年的共同记忆。当然,就小说创作而言,不可能在景、物、情上展现文化乡愁的内在脉络,而是通过对人与事的鲜活叙述,描绘具有鲜明地域特色、气韵生动的乡愁画卷,从人物的口音、口味到审美偏好、思维习惯,揭示嵌入生命深处的文化密码。作者认为:"中国传统文化是一座巨大的历史宝库,中国传统文化的意象系统,也是一片茂密无边的'象征的森林',当我们打开这座巨大的宝库,向这座茂密无边的'象征的森林'输入更多新的精神营养,相信在我们面前,将会展开一片更为壮观的莽莽苍苍的文化绿原景象。"②

三

生命的乡愁因人而异,每个个体对于故乡的情感指向,都与自身的成长过程息息相关。而文化的乡愁则是群体性的文化认同,这既是文化母体对文化个体的精神召唤,也是文化个体经过价值判断与价值选择之后的精神回归。生命的乡愁偏重于情感的归依,而文化的乡愁并不停留于情感的共鸣,还可能上升为一种理性自觉,推动个体投身于文化传承与文化创新的实践。

生命的乡愁与文化的乡愁相互激发,使得个体的成长融入民族文化复兴

---

① 於可训:《〈移民监〉创作谈:一个人和一个词》,《才女夏娲》,百花洲文艺出版社2022年版,第264页。

② 於可训:《松竹梅与中国文化风骨》,《人民日报》2018年10月3日。

的征程，获得强大的精神依托。个体对于一个复杂的文化系统的认识与认同，不是抽象的逻辑过程，而应是具体可感的生命过程。只有这样，文化才能像流动的血液一样滋养生命，并因为薪火相传的生命体认突破既有的定式与陈见而不断更新与发展，新的时代内涵与现实需求源源不断地注入其中。

汪曾祺从唐人传奇中汲取养料，通过文化再造引领新笔记小说的热潮，寻求中国传统文体创造性转化的可能性。更为年轻的贾平凹、韩少功、莫言以扎实而不羁的探索，推动了文学创作回归传统的旅程。这些作家的艺术实践给於可训先生带来启示，他的小说创作具有自觉的文化取向与文体追求。他以故乡为精神起点，打通个体生命潜入文化传统的隐秘入口，从民间的"小传统"扩展到国家的"大传统"。在延展的视野中，故乡成为一种文化缩影和精神标本。他的双重乡愁是其文体探索的精神支点，而兼具传统底蕴与现代元素的文体形式就像太白湖上的渔船、鱼篓、渔网，就像《地老天荒》中禹王湖区的渔民用来捕鱼的"拉索"一样，并不仅仅是一种形式，而且承载了独特的文化内涵。语言与文体经过赋意，成了文学主体的另一种故乡。

在文学史上，不少作家笔端负载乡愁，其情感态度与价值目标往往指向过去，表现出背对现实与疏离时代的倾向。於可训先生的小说创作与学术研究互为生发，他对文化传统的回视，并不是单纯的怀旧，更不是为了回到过去，而是希冀从中发现生机与力量，让我们更为自信地定位自身，更好地面向未来。正如作者所言："这种文化自信，较之20世纪80年代从域外输入的'新儒家'用西方观念诠释中国文化不同，也与流行的所谓'国学热'一成不变地搬用古代典籍有别，其意在回到中国文化的原初精神和固有形式，从中发掘于现代中国有意义的东西，予以复兴再造、发扬光大。其旨迹近韩少功所言，'释放现代观念的热能，来重铸和镀亮''民族的自我'。只不过这'现代观念'，不是从西方趸来之物，而是'民族自我'的文化诉求。故而这一轮的'转向''回归'，就包含有对民族文化传统的复兴再造之意，即今之所谓'创造性转化'和'创新性发展'。这将是未来中国文学发展的一种新趋向，也是这一轮文学'回归'的意义之所在。"①

---

① 於可训：《"回归"的意味——论一种文学趋向》，《写作》2019年第4期。

心理现实主义的探索
——朱辉小说读札

1998年年底,正在撰写博士论文的我忙得焦头烂额。因为以20世纪90年代小说为论题,所以我成天被小说所围困,在半年多时间里阅读了四五千万字的小说作品。在审美感觉逐渐变得迟钝和麻木的状态中,我邂逅了朱辉的小说。记得在离复旦不远的五角场的科技书城,我买到了朱辉的第一本小说集《红口白牙》。读完后觉得与张旻的小说有异曲同工之处,但朱辉的小说在心理描写上走得更远。以小说为媒介,朱辉留给我的第一印象是一个外表温文尔雅、内心汹涌澎湃的作家,他的作品不招摇,不炫技,表现的大多是心理的戏剧,而且如同橄榄一样,慢慢咀嚼后回味绵长,那种内在的抒情如同远处飘来的熟悉的歌谣,不经意地触动我们的心弦。《惘然记》写一段婚外情,作者在作品中穿插了坠机事件,幸免于难的王杜又被卷入妻子和情人当面过招的风波。这篇作品在朱辉的小说中,是戏剧性较强的篇章,但给人留下深刻印象的还是人物的内心冲突,子蔚走出酒吧后有一段内心独白:"她心里对那个把背影留给自己的男人确实已经没有丝毫的留恋,从此以后她将和他形如路人。然而,这段经历将会永远地驱之不去,在心里尾随着自己。"① 朱辉的作品有一股暗力,犹如锥在囊中,慢慢地才会显露独特的锋芒。

---

① 朱辉:《红口白牙》,百花文艺出版社1998年版,第110—111页。

一

在五光十色的消费环境中，朱辉的作品如同都市街道上的行道树，它有自己稳定的根基，有自己的花果飘零和季节轮回，孤独地守望着浮躁的都市，但匆匆过路人难有耐心去打量它的独特世界。在商业美学大行其道的背景中，容易被炒作的是那些哗众取宠的作品，因此，越来越多耐不住寂寞的小说家紧跟时代潮流，写出的作品大同小异，追求情节的曲折离奇和情感的大起大落，而过火的戏剧性往往把人物扭曲成一个符号或工具。现在有一些小说家习惯将复杂的问题简单化，还有一些小说家喜欢把简单的问题复杂化，这两种相反的套路内在有一致的地方，那就是忽略世界的复杂性，尤其是漠视人的内心的丰富性。

朱辉的小说以写实为底色。正如黄毓璜所言："就小说的叙事格局而言，朱辉的路数不妨隶属于'写实'，也无妨类分为'日常'。他能够凭借语言的跳脱和妙趣，凭借细节的弹性和拉力，把那些频发抑或偶发、惯常抑或异常的故事拿捏得活灵活现而有滋有味。"①但是，朱辉小说的写实又有较为鲜明的主观色彩。朱辉的小说始终关注并深入挖掘人物微妙的内心世界，这是其作品突出的特色。朱辉的小说既保留了现实主义的故事性，又重视对心理流程的深入揭示，以内在现实对抗被粉饰的现实。

在这个屏幕改变阅读的年代里，文学的实用化和视觉化趋势正在阻断文学对内心生活的关注。当前文学对内心世界的屏蔽，也表现在两个方面：一方面，外部世界的诱惑犹如高光的屏幕吸引着人们的眼光，使得内心世界成为视觉的一个盲区；另一方面，创作主体刻意回避，在内心世界面前闭上眼睛，让内心世界沉入黑暗。反映在文学创作中，一方面是作品中充满了五光十色的物质表象，缺乏对内心困惑的揭示，在创作手法上抑制个性化的抒情，或者以戏谑、油滑的姿态进行矫饰的伪抒情；另一方面是创作主体的冷漠，以客观、理性、克制的情感和文字进行表述，以旁观者的

---

① 黄毓璜：《时代更迭中的心灵守护——朱辉短篇小说读札》，《当代作家评论》2010年第6期。

姿态置之度外，不动声色，敬而远之。在"眼见为实"的逻辑的支配下，无视或悬置内心世界是一种根深蒂固的审美惯性。作家对内心独白和心理描写等手法的运用，会延缓作品的叙述节奏，这既对作者有很高的要求，还要求读者气定神闲地进行阅读。正是在这样的文化语境中，朱辉的小说显示出其独特的审美品格。正如何志云对朱辉小说的评价："他只关心那些与人性、人的隐秘心理相关的细节，尤其留意的，是这些细节背后蕴藏的意义，于是，当他貌似不经意地把笔锋一转之际，过往了的所有琐细庸常就会突然凝聚成一个整体，犹如一个场面被突如其来的一束高光凝定，意义就在那时轰响成连绵的一片：在那里——不夸张地说——我们可以听到现代化进程于古老而淤积的中国土壤激起的回声。"[1]

我个人认为朱辉的作品具有心理现实主义的审美特征，作家既观察外部现实的变化，又透过现实表象审察群体和个体的内心世界，透视人性的内在结构。亨利·詹姆斯不仅是优秀的小说家，而且在小说理论上卓有建树，对心理现实主义的阐发颇为独到，他认为成功的小说不能仅仅满足于对外部世界的描绘，应该深入挖掘内心世界的复杂性，只有这样才能抓住生活的本质。亨利·詹姆斯认为，在他的想象中，"一个心理上的原因就是一件生动如画、令人为之神往的东西"，"总之，很少有什么事物比一个心理上的原因更能使我感到激动不已的了，然而，我坚决认为，在我看来小说是最为美妙的一种艺术形式"。[2] 在朱辉的不少小说作品中，心理因素如同一条暗线，在故事的推进和情节的发展过程中，常常被读者忽略，但它时隐时现，暗暗地积蓄能量，最终发展成一种无法忽略的内在力量。譬如《鼻血》这个篇幅不长的短篇，作品中孔阳的人生总是被不期而至的鼻血所挫败，在五千米比赛、和女友约会、六级英语考试、和桑对峙的关键时刻，他都被鼻血所搅乱。值得注意的是，朱辉在作品中惯常插入戏剧性，并不仅仅为了让故事变得有趣，他着迷的是挖掘戏剧性背后的心理动因。孔阳在神思恍惚中堕入了一个梦境，有一个白色的影子用苍老幽远的

---

[1] 朱辉：《红口白牙》，百花文艺出版社1998年版，"序"，第3页。
[2] 〔美〕亨利·詹姆斯：《小说的艺术》，朱雯等译，上海译文出版社2001年版，第26页。

声音告诉他流鼻血的原因,他还梦见了少年时村中的"霸王"以及"父亲"对"炫耀"的少年迎面一拳的情景。这些文字使得戏剧性变得神秘起来,也使戏剧性获得一种心理层面的深度。《青花大瓶和我的手》中的古董商李崎山请"我"(朱辉)替他修复破碎的青花大瓶,结果瓶修复好了,"我"的一只手拔不出来了,最终只好再次把瓶子砸碎。故事的戏剧性有点儿过,但朱辉在不动声色的讲述中给故事注入了别样的内涵,让读者在荒诞的情景中去体会淡淡的哲思。正如汪政所言:"注重小说的戏剧化叙事并不是说小说就要返祖到传奇阶段,要知道,作为小说文体的审美属性,它强调,戏剧化要通过叙述来达到,其中,形式的因素占有重要的位置,而不仅仅是故事本体,这常常是朴素化时代的传奇故事乃至古典时代的小说与现代意义上的小说的根本区别,也正是在这些方面,显示出朱辉在小说艺术方面的积累和小说叙事上的老道。"①

在开掘人物的心理深度上,朱辉的小说独辟蹊径。《郎情妾意》的故事并不复杂,苏丽为自己养的贵宾犬"克拉"寻找合适的伴侣,并以此为渠道,给自己寻找婚配对象,最终以未婚先孕的方式,将宁凯牢牢掌控在自己的手心。在克拉遇到那只叫"大喜"的狗之后,苏丽有大段的内心独白,占据了作品一小半的篇幅。就作品的情节而言,三言两语就可以交代清楚,但朱辉总是异想天开地打开一条条秘道,将人物内心世界的曲折与幽深,层层揭示出来。通过剖视苏丽的世故与狡黠,作品以反讽的笔触展现了都市生活对人性的挤压与扭曲。朱辉塑造的都市中的芸芸众生,具有一种内在的撕裂感。长篇小说《我的表情》中的孔阳,表面上牢牢地掌握着自己的命运,事实上只能逆来顺受,听凭命运的安排。辛夷归来后再次离去,妻妹柔桑死了,孔阳自己的事业也是在原地转圈。作品中的孔阳、辛夷、柔桑都处于一种挣扎的状态,柴米油盐和婚恋情欲将伦理、理想磨损得支离破碎。正如朱辉在自序中所言:"说到底,计划不如变化,而变化又不如造化,因此,我们的情感、我们的人生要比任何模型都要复杂一些。这种断裂、关联、错位,给我们的生活带来了迷惘、困顿和痛苦,

---

① 汪政:《似曾相识燕归来——朱辉小说论》,《小说评论》2001年第4期。

却给作家带来了展示的机会。"①在这个生活压力和竞争压力越来越大的现实环境中,阅读朱辉的小说,似乎只会让承受着心理压力的人变得更加无助,因为他们从朱辉笔下的人物中看到自己的影子,也强化自己内心的迷惘与无奈。从这个层面上来讲,朱辉的作品有一种内在的悲剧性,他拒绝掩饰,拒绝逃避,将人物内心的困境撕裂开来,逼迫人们去直面自己真实的内心世界。因而,朱辉的小说是深刻的,也是沉重的。

二

朱辉的小说追求一种模糊美学,情节设置和语言风格都力图挖掘事物的丰富性和复杂性,将人物彼此冲突的面相展示出来。在结撰情节时,他非常用心,惯用草蛇灰线的笔法,情节脉络似断实连,叙事情感隐隐约约。也就是说,读者要细细琢磨,才能读懂他作品深处的旨趣。而且,他有时故意不让人读懂作品,他要把握的恰恰是滚滚红尘中似是而非的东西,传达那种只可意会不可言传的妙悟,这种临界状态显得朦胧、迷茫而混融,在价值上拒绝非此即彼的二元对立思维。朱辉的作品尤其是短篇小说往往选择一个片段或一段过程精雕细刻,使得小说像一件微雕作品,将别人容易忽略的细节和人物情绪的微妙变化刻画得枝繁叶茂,就像用显微镜观察世界,纤毫毕现。发表在2016年第1期《作家》的《要你好看》和《夜晚面对黄昏》,皆为婚外恋故事,写得妙趣横生,独特之处依然是刻画心理的深度和力度。《要你好看》中的"他"和"她"各怀心事,因刺激和欲望而走到一起。作品中关于"长发""短发"的交锋,发展到结尾处则是"他"的宣泄——用剃须刀剃掉"她"的头发,尤其精彩。

朱辉总是和现实世界保持一种距离,在疏离的状态中坐看云起云落,静赏花开花谢。面对世事的沧桑流转,他的文字中回荡着默默的温情和沉郁的感伤。在朱辉的小说作品中,大多数都以城市为背景,他置身其中,又以超然事外的姿态讲述着都市众生的悲欢离合。耐人寻思的是,朱辉有一部分作品以童年和故乡为素材,这些作品并没有繁复的情节和奇崛的形

---

① 朱辉:《我的表情》,江苏文艺出版社2005年版,"自序",第1页。

式，往往通过随意而动人的细节描写，表现人物的精神片段和内心镜像。由此，作品似乎打开了一扇奇妙之门，门后伸出一双无形的手，也把阅读者拉进那番童年情境和故乡风物之中。采用第三人称叙述的《红花地》，却包含着第一人称内心独白的抒情笔法与追忆叙事。主人公李钦是代替作者还乡的使者，作为小说人物，他也有自己的性格和命运。与此同时，这个平凡的男人又如同一面镜子，让许多离乡者从中看到自己的痕迹。身体虚弱、精神委顿的李钦陪怀孕的妻子回老家生产，家乡舒适的环境让他逐渐放松下来，母亲无微不至的照料让他找回了信心和力量。作品中的一些细节非常饱满，譬如：李钦给已经去世的父亲留下的菊花换土，在妻子的陪同下去探访当年埋藏自己的胞衣的地方，进入孵化小鸡的"炕坊"，等等。这些片段充满了诗意和温情。随着李钦的儿子顺利降生，作品以一种朴素的方式展现了生生不息的生命魔力。母亲和故乡在此融为一体，她们不仅创造生命，还用博大的爱给生命疗伤。"河对岸的红花草开花了。油菜花已经开始零落，现在已是红花草的季节。不久，它们就要被雪亮的犁铧翻到土下，作为肥料。可是现在，它们灿烂地开放着，故乡成了真正的红花地。"[①]灿烂的红花草在绚烂之后成为滋养新生命的肥料，作品在描摹风物之美的基础上，还升腾起一种贴近生活的哲思。

朱辉的小说侧重写实，从日常生活入手，刻画人生的百态，挖掘人性的沟壑。非常有趣的是，朱辉的小说存在双重美学面相，这既可以看作是对丰富性和多种可能性的追求，也可以看作是一种内在矛盾的体现，是一种价值和审美上的自我分化。在《白驹》《红花地》等表现故乡、童年题材的作品中，小说叙述的节奏在总体上是张弛有致的，细针密线的白描引人入胜，人物塑造与景物描写、意象营造的交融使得文字弥散出淡雅的诗意。这种文字风格与孙犁、汪曾祺的小说有神似之处。《白驹》颇得说书艺术的妙处，文中多短句，语气紧凑而简练，既有万马奔腾的激越，又有平湖秋月的宁静，情节环环相扣，悬念迭生。在《白驹》中，作为烧饼店学徒的炳龙学好了手艺，在就要满师出徒时，师傅故意设局让他塌台，一方面是想磨磨炳龙的性子，另一方面是想将徒弟留下来做女婿，而兰英的

[①] 朱辉：《和辛夷在一起的星期三》，中国书籍出版社2018年版，第120页。

哭声则透露了两人暗暗相恋的信息。朱辉并不追求这类小说面面俱到，往往会有意留下空白，让读者自己去体悟。正所谓"恰是未曾着墨处，烟波浩渺满目前"。与此相映成趣的是，在表现都市生活的作品中，朱辉的文学趣味更加接近西方的现代主义，形式上有较为明显的寓言特征，在修辞上采用反讽手法，揭示人生的吊诡、人性的悖谬和存在的荒诞。譬如发表在《钟山》2015年第1期的《加里曼丹》，风格延续，叙事精细而克制，不温不火。理科男王路和少女一苇合租一套房屋，逐渐对一苇心生爱慕。有一天，两人一起吃饭，一苇点起了前男友留下的熏香，产自加里曼丹的熏香味道浓重。饭后，一苇去洗澡，王路浮想联翩。不幸的是，一苇在洗澡时死于煤气中毒。房东想着如何推脱责任并继续出租房子，王路则手忙脚乱，想方设法为自己辩解，再联想到一苇在电脑上将前男友头像设置成遗像的一幕，感到十分诡异。加里曼丹的熏香是一个关键的隐喻，它既给作品笼罩上迷幻而神秘的氛围，又如同一组命运与人性的密码，成为打开一苇的内心奥秘的一把钥匙。朱辉的小说叙述，总是话到嘴边留三分，欲言又止，就像一条布满岔道的林间小径，包含着各种可能性。

三

在我看来，朱辉的声名与其创作实力、艺术成就，并不相匹配。他是一个被低估和被遮蔽的作家。而他之所以没有得到外界足够的关注和重视，我以为有三个方面的原因。

首先，朱辉的写作总是与潮流无关。从他的小说创作中，可以看到先锋文学、新写实小说、新生代小说的美学影迹，但是他拒绝向潮流靠拢，坚持自己个性化的探索。这种甘居边缘的选择，使得他的创作较少引起关注。文坛向来重视群体、流派的集群效应，潮外风景无人问津。在这样的文学生态中，有不少作家情愿放弃自己的审美个性，加入赶潮的队伍。朱辉的艺术选择有点格格不入。在别人都重视题材选择的时候，他醉心于雕琢形式；在别人都重视某一个阶层的生存现实的时候，他在推敲一个鲜活的生命的挣扎心理；在别人都热心于道德拷问的时候，他在勘探看不见摸不着的灵魂悸动。在审美选择上，他没有随波逐流，在一条崎岖的小道上一直向前,在寂寞中持守。朱辉在小说集《视线有多长》的自序中说了这么一段话:"写小说,说到底都是写自己。风格就是你自己。也许你的风格不那么凸显,不那么头角峥嵘,但这没关系,时间和风霜会淘洗你,最核心的东西终将留存屹立。"[1]对于写作的寂寞与甘苦,朱辉有充分的心理准备;对于艺术个性的坚守与拓展,朱辉也有清醒的审美自觉。

其次,朱辉的写作很少关注宏大的命题,他习惯以节制的叙述方式,关注个体的世界和复杂的人性。有不少作家喜欢凑热闹,抓住社会热点做文章,这样容易借势而为。朱辉似乎总是站在边缘地带,不紧不慢地观察社会的变幻与人心的浮沉。他曾有这样的表达:"我向往的小说,其体温在38度左右;或者比正常体温略低,36度——略高或略低于正常体温,是小说恰当的温度。小说和读者接触,触手温热,给他冰凉的手以慰藉;温润如玉,是因为小说比接触者的体温略低,他感到清凉。小说总该让读者有所感。"[2]朱辉的文字充满了一种内在的体贴,而且他总是非常自觉地控制小说的节奏与力度。遗憾的是,在这个极端美学与暴力叙述日益盛行的传播环境中,谦谦君子朱辉的"38度"或"36度"的审美趣味很容易被淹没,甚至干脆被无视。在哗众取宠的"沸点"叙事或"冰点"叙事面前,朱辉的小说很难进入"有事不怕大"的媒体的视线。与此同时,在浮躁的阅读环境中,朱辉细腻、绵密、精致、低调的叙事如同深巷里的美酒,熙熙攘攘的人流中少有人愿意拐进去品尝。朱辉的小说叙事节奏较慢,读者只有静下心来,才能慢慢地体会其中的妙处。

最后,朱辉的美学趣味表现出一种内倾的趋向。朱辉有扎实的写实功底,确切而言,外部世界的客观现实在他的小说作品中变成了一种内在的心理现实,也就是"真实印象"。正如索尔·贝娄所言:"文学的价值在于这种不时产生的'真实印象'。小说总是徘徊于两个世界之间:一个是有客观物体、有行动、有表现形式的世界;另一个世界则是这些'真实印象'的发源地,它促使我们去相信,我们紧紧抱住的善——在邪恶面

---

[1] 朱辉:《视线有多长》,黄河水利出版社2014年版,"自序",第4—5页。
[2] 朱辉:《视线有多长》,黄河水利出版社2014年版,"自序",第3页。

前仍然拒不放手的善,并不是一种幻觉。"① 在《暗红与枯白》中,爷爷朱明海因四十年前被无血缘关系却有哥哥名分的朱天忠胁迫,在契约上按下了屈辱的指印,在造屋时屡经挫折,而且贻害无穷,后人在拆迁时难以易地而建。当年鲜红的指印在时间的腐蚀下渐变成暗红色,而爷爷坟上露出的"一根小小的枯骨正闪着惨白的萤光"。朱辉的作品与大红大紫无缘,就像沉积了沧桑岁月的"暗红与枯白"一样,在审美色调上倾向于内向的复合色调。读朱辉的小说,我不时会想起弗罗斯特的名诗《未选择的路》:"一片树林里分出两条路——/而我选择了人迹更少的一条,/从此决定了我一生的道路。"

就我个人的审美趣味而言,我偏爱朱辉的《白驹》《红花地》《看蛇展去》等作品。到目前为止,我认为《白驹》是朱辉最好的长篇小说。这部篇幅不大的作品,以一人一马的曲折命运为枢纽,抛开了先入为主的观念屏障,写出了战争年代草民不如草芥的生存现实,以闪烁的人性光亮照见岁月深处的历史。作品中显示的扎实的传统叙事功夫,对苏北方言不留痕迹的化用,对民俗风情和市井百态的娓娓讲述,展示出朱辉多样的艺术才华。值得注意的是,朱辉似乎冷落了这条艺术通路。如果朱辉朝着这个方向继续掘进,我以为他会开拓出更为广阔的艺术天地。

---

① 〔美〕索尔·贝娄:《受奖演说》,林天水译,见赵平凡编:《诺贝尔文学奖文库·授奖词与受奖演说卷》(下),浙江文艺出版社1998年版,第105页。

边地乡村的宿命与寓言
——朱山坡小说漫议

对于乡村命运的深切关注，是朱山坡小说创作的核心所在。许多作品在城乡的交错地带构造独特的想象空间，矛盾丛生的、异质混融的空间结构为叙事带来了多样的审美可能性。朱山坡有这样的表述："我对高州有复杂的感情。一边是广西的米庄，一边是广东的高州城，落后地区和发达地区的交接处是一个使人着迷的地方，总会有很有意思的东西等待我的挖掘。我试图把一座村庄和一座城市建立某种联系，让它们产生冲突和戏剧性。高州之于米庄，米庄之于高州，在时空上有时很近，有时却很远；里面存在着主从和支配关系，有时关系紧张，有时关系缓和，有时关系是物质的，有时关系是精神的，纠缠不清。"① 乡村与城市、落后与发达、精神与物质的交互冲撞，在他的笔下编织成一幅幅斑斓的画面。高州强势渗透，米庄被动应对，乡村在步步退缩中沦为附庸。高州既给米庄带来了机会，也通过激活乡村沉睡的欲望而催生了幻灭的痛苦和灾难。"高州贩子带来了改革开放"（《米河水面挂灯笼》），高州——这个鱼龙混杂的空间既生长着活力和希望，也为懵懂的米庄人准备好了代价和陷阱，"所有的一切高州城都已经为我们准备好了"（《高速公路上的父亲》）。

在朱山坡的多数作品中，都会出现"高州贩子"的身影，像大耳强、香港脚、高州人贩子等，这些外来者打破了偏僻乡村在长期封闭中的平衡

---

① 孤云、朱山坡：《访谈：不是美丽和忧伤，而是苦难与哀怨》，《花城》2005年第6期。

状态。他们揣着金钱收购乡村的芭蕉、灯笼椒等农产品，但其唯利是图、奸诈成性、背信弃义的作风，以异质的冲击瓦解了村民古朴善良的生存法则，撼动了乡村的道德秩序。《山东马》中的阙三兄弟想当然地认为"高州佬"偷走了他们的老水牛，于是就从一群迷路的精神病人中挑选了一个身材魁梧的"山东马"，将他关在牛栏里，用鞭子逼他拉犁拉车。意味深长的是，这种偏执的、非人化的、充满怨恨的报复与反抗，如同飞蛾扑火一样，在毁灭的冲动中自取灭亡，除了播种仇恨，并没有改变现实中不公不义的一面。《米河水面挂灯笼》中，面对阙三兄弟的讹诈，欺软怕硬的阙大胖在屈辱中将怒火转移到无辜的阙鸿禧头上，杀死了他全家九口人。在阙大胖潜在的冲动中，闪现着"不患寡而患不均"的平均主义吁求，曾经和他一样饱受歧视的阙鸿禧因为有五个在深圳的女儿而扬眉吐气，这种再没有可以分享艰难的同伴的被抛掷感，成了压垮阙大胖的最后一根稻草。作者不无隐喻色彩的书写，与"五四"以来的国民性批判传统有了模糊的呼应。不无遗憾的是，作者对底层小人物的悲剧的难以抑制的同情，逐渐冲淡甚至淹没了潜存于文本深处的人性反思与批判理性。朱山坡试图从城乡交错地带切入，挖掘乡村在面对以城市为核心的价值观念的压迫与侵入时的挣扎与阵痛，可惜，内在的复杂性还是被先设的戏剧化的二元结构所遮蔽。散落于字里行间的"缺德的高州人"，"高州佬就是霸道，和他们永远没有公平的交易"，"高州贩子坏得很"，作品的叙述并没有与这些米庄人情绪化的言论所营造的氛围保持足够的距离。当作品叙述所呈现的复杂性不足以摆脱外在框架的束缚时，高州就似乎应该为米庄的衰落承担责任。

朱山坡说："农村是我的乡土，是我心灵的故乡，是文学的草根，是底层人物最集中的地方，在那里可以看到很多触目惊心和使灵魂震颤的现实，那里繁衍着我们这个时代的原生态。一个作家决不会放弃能使自己的灵魂发生里氏9级地震的题材，因为它会让你的写作变得神圣、亢奋、快感和无坚不摧……"①正因此，急剧转变的边地乡村社会失去方向的震

---

① 孤云、朱山坡：《访谈：不是美丽和忧伤，而是苦难与哀怨》，《花城》2005年第6期。

荡，在作家的笔下呈现为具有强烈的戏剧性的场面。《米河水面挂灯笼》的叙事背景是乡村基层政府惯用的举措，什么好卖就大规模地种什么，结果往往是上演了一出出物贱伤农的闹剧。这篇作品展现的是一个老实巴交的农民阙大胖从心存希望到希望幻灭的经历，割掉了正在吐穗的水稻，栽上椒苗，从而"获得了和别人一起憧憬未来的资格"，期望"不再当猪郎公"以重建卑微的尊严，但膨胀的希望反而成了他跌落深渊的强力推手。《我的叔叔于力》的主人公从乡村的抬棺人变成高州城医院里的背尸人，他和一个捡来的女精神病人生了儿子，帮她治好病后她却被其丈夫领回了上海。《躺在表妹身边的男人》中坐卧铺汽车回老家的表妹因反抗嫖客调戏而跳下高楼，失去了一条腿，想不到躺在她身边铺位上沉睡的男人居然是一具劳累至死的农民工的尸体。中篇小说《感谢何其大》表现的是一个出身米庄的越战英雄何唐山逐渐坠入生活虎口的戏剧人生。朱山坡的这些作品让我联想到莫言的一些作品，以泥沙俱下、一气呵成的语流横冲直撞，纷繁复杂的信息碎片犹如在波澜中沉浮的枯枝败叶，而那些卑微的底层面孔犹如狂风中明灭的灯火，闪烁不定、暧昧不明，像连环炮一样试图激活那些五色目盲、五音耳聋的人已经麻木的神经，通过反抗艺术成规的束缚，在现实与审美的包围中杀出一条小说的生路，用凌厉的、彪悍的、野性的冲击力来扫除弥漫文坛的闲适、奢靡、慵懒、颓废的小资情调和消费趣味。铆足了劲的朱山坡颇有奋不顾身的意味，这种戏剧性有时难免过火，在不辨方向的突围中陷入自己构造的迷魂阵，在呈现复杂性、悖论性的叩问中无所适从，在马不停蹄的奔突中被"前方"的诱惑所操控。也就是说，朱山坡还缺乏莫言驾驭情感、文字的气度与力度，就像骑着烈马的骑手一样，驾轻就熟的掌控能够带来奔腾的自由；另一方面，当没有驯服的烈马尥蹶子时，也能把骑手掀翻在地。过度追求情节的曲折离奇，容易使作品在夸张中失真，密集的行动与琐碎的对话也容易使人物的性格呈现出平面化的特征，叙述静不下来，节奏失控。《我的叔叔于力》中高州火车站芭蕉堆积如山的情节，与《米河水面挂灯笼》中灯笼椒滞销的情景异曲同工。而于力从高州捡回一个精神病人做妻子的情节也与《山东马》中阙三兄弟捡回一个精神病人当"人头马"亦有雷同之处。

在作品的氛围和意蕴方面，朱山坡始终无法舍弃荒诞和反讽。像《山东马》中"人头马"的寓言，《鸟失踪》里充满诡谲色彩的人变鸟、鸟变人的变形与再生，《喂饱两匹马》对两兄弟与两匹老马之间同构的生命轨迹的演绎，这种叙事模式给作品带来了一定的魔幻色彩，但更让作者着迷的应当是呈现现实与人性的荒诞意味：知道现实背后隐藏着独特的逻辑结构与意义体系，但是难以发现它们；知道追根究底的探索只会徒劳无功，又始终无法放弃内心的冲动与希望。朱山坡对卡夫卡式的希望与绝望的致敬，使其作品对现实的追问具有了别样的视野。朱山坡对精神病人形象的反复书写也传达出类似的艺术趣味。精神病人艰难挣扎的身影成为其作品中一道残酷的风景线，譬如《我的叔叔于力》中的田芳、《两个棺材匠》中的沈阳、《山东马》中的"山东马"、《中国银行》中的冯雪花、《响水底》中的桂娟等。疯子的身份成了周围人蔑视、损害、践踏他们的当然理由，而逼迫他们陷入疯狂状态的苦难与社会根源也就被堂而皇之地遮蔽、抹杀。这种现实一方面加剧了这些受损害者的苦难，另一方面使苦难成为透明的尘埃，自以为健全的人对之熟视无睹，不仅无法激发任何同情心，而且将其视为消遣的作料，甚至将这种苦难当成了佐证自己的生存价值的必要背景。朱山坡有这样的坦白："我们都生活在精神病患者的身边。我对精神病人题材特别迷恋。……在我的眼里，这个世界上有太多'有病'的人，而这些人是需要怜悯的。"① 不难感觉到的是，朱山坡的文字背后隐藏着一种困惑的追问：究竟是这些疯子疯了，还是别的什么在失控的状态中疯狂奔跑？其叙述中值得注意的是，这些疯子都有不愿委曲求全的个性，然而这种在屈辱中爆发的反抗最终都归于失败。难道反抗本身就隐藏了诱发疯狂的精神基因？在这一精神脉络上，从魏晋名士阮籍、嵇康的佯狂到鲁迅《狂人日记》中"狂人"的先知先觉，疯子形象在中国文学中成为具有丰富蕴含的象征符号。显然朱山坡也试图在浓缩混乱的现实经验之余，开掘出其中潜在的反讽性的、复调的意义空间。值得注意的是，朱山坡的反复表述中充满了无奈，找不到答案和回应的追问难免带来叙述的疲惫。面对这些不断重复的苦难，作家本人是不是也像听到"狼来了"的呼

---

① 孤云、朱山坡：《访谈：不是美丽和忧伤，而是苦难与哀怨》，《花城》2005年第6期。

救声的村民呢？是不是也对沉甸甸的压迫感开始感到麻木了呢？如果是这样，作品对苦难的呈现本身也是一种遗忘的仪式啊！阿达莫夫认为："知道存在着一种意义但却永远无法发现是悲剧性的。任何认为世界完全是荒诞的的看法，便缺乏这种悲剧性因素。"① 当朱山坡用荒诞来解释那些无法理喻的混乱时，这种举重若轻的反讽是不是也会掩盖事实的本质，甚至成为一种难以承受的轻逸？像《大喊一声》中胡四的命运就弥散出浓重的黑色幽默的意味，这个下岗的守门人紧绷的职业化神经不仅给他带来了无尽的烦恼，还让他丢掉了老命。但是，作品最后这个以抓贼为职业的人被当成小偷活活打死，这种情节的反转以及对荒诞性的过度渲染，反而削弱了作品的冲击力和艺术含量。

应该承认，朱山坡2007年以来的作品跃升了一个台阶。作为其推荐人的张燕玲认为，这和他考入南京大学中文系作家班有直接关系："放慢急切的脚步，甘于寂寞，勇于探索，读书思考与良师益友对话赋予了朱山坡沉潜的力量与文学的翅膀，便有了他的重生之作……"② 确实，像《高速公路上的父亲》，在题材、结构上和《我的叔叔于力》《米河水面挂灯笼》等一脉相承，但作者开始重视开掘人物人格与内心的渐变过程，进而追问背后隐藏的复杂的文化根源，而不是浓墨重彩地凸显情节的陡转、人物性格的突变和人物命运的急转直下。让在施工中死于意外的父亲暴尸于高速公路上，借此向高速公路公司追索高额补偿，无恶不作的阙锋不仅利欲熏心，最终还因其父亲的补偿比拥有城镇户口的李细少了两万元而举起了屠刀。这篇小说的场面依然火爆，依稀地闪现着传统的侠义公案小说与晚清以来的黑幕小说的文化面影。值得重视的是，小说不再像《我的叔叔于力》《感谢何其大》等作品呈现出斑驳的碎片化状态，叙述也摆脱了多头并进、枝蔓丛生的游离感，写出了可恶、可恨的阙锋性格与命运中的可怜、可悲，他的毁灭固然是自取其辱，但一个曾经充满正义感的少

---

① 转引自〔美〕马丁·艾斯林：《荒诞派戏剧》，刘国彬译，中国戏剧出版社1992年版，第79—80页。

② 张燕玲：《从"鬼门关"出发——崛起的玉林作家群》，《南方文坛》2009年第5期。

年在其人生的险途上似乎是别无选择。通过在相对平静的叙述中呈现一种内在的矛盾，一篇类似于法制新闻的作品具有了深沉的反思意味，生发出意味深长的阐释空间。这个剧变环境给人的心理、人格、情感与灵魂带来的撕扯、挤压、分裂，比情节的曲折与事件的巧合具有更加强烈的表现力。

耐人寻思的是，《跟范宏大告别》《陪夜的女人》《鸟失踪》关注的都是乡村老迈人群孤独而凄凉的晚景。这些作品之所以受到关注和好评，恰如张燕玲所言："面对死亡拷问人性与世事的寓言《跟范宏大告别》，其中的临终自我救赎一直延续到《陪夜的女人》，幻化成颇具人性的临终关怀，……而且通过表达人性，表达人的复杂性，表达乡村新的伦理，表达时代的存在，包括自己内心的感动，显示了作品里的智慧、力量和温暖。"[①] 我个人除欣赏作品在阴暗的背景中涂抹人性亮色的关切外，还对其中不无巧合的象征意蕴产生了浓厚的兴趣。当偏远乡村的青壮年都像《陪夜的女人》中的厚生一样进入城市讨生活，留守老人的暮年一如乡村寂寥的现实，在某种意义上，这些老人就成了乡村本身的一种隐喻与符号。范宏大对诺言的信守，方正德对走失的妻子李文娟的愧疚与痴情，《鸟失踪》中曾经是猎手的"父亲"对山林的迷恋，这些品质似乎都成了越来越物质化的现实所鄙弃的传统。当旧传统像破败的房屋一样只留下荒凉的废墟，在一茬茬老人消失的背影之后，贫穷的幽灵四处游荡，它所唤醒的对于财富的变态的渴求，以及被失衡的权力结构所支撑的新的乡村等级制度，往往会加剧人性的扭曲与欲望的膨胀。朱山坡唱响的是落寞的边地乡村的深沉的挽歌，尽管范宏大、方正德、"父亲"身上都有在严酷现实压迫下的种种卑微甚至卑鄙，但是附着在他们身上的那些被普遍指认为"过时"的价值，难道就必须同他们的身体一起被彻底埋葬吗？在这一层面上，方正德反反复复的死而复活也就有了意味深长的象征意蕴。中国的乡土社会本身包含着丰富的复杂性，生存环境的多样化催生了文化的多样性，不同形态的文化是人们适应不同环境的重要手段，然而一体化的城市化、工

[①] 张燕玲：《从"鬼门关"出发——崛起的玉林作家群》，《南方文坛》2009年第5期。

业化、物质化进程裹挟它们汇入统一的进程，传统的边地文明被想当然地打上"落后"的标签。在诱人的整齐划一的、现代化的乌托邦构想的参照下，这些民间的、边缘的文化本来就是一种隐性的、被压抑的、被遮蔽的文化，难道彻底湮灭是它们难以摆脱的宿命？事实上，这些脆弱的、原生态的文化就像深藏的地下水一样，滋养着一方土地上的一方人，这种集体无意识的潜移默化犹如遗传基因一样，塑造了濡染其中的民众的独特气质。或许朱山坡对此并没有表现出清醒的自觉，但他在含混、朦胧状态中传达出的喟叹，那种面对故乡无法说明缘由的、十指连心的痛感，因摆脱了主题先行的理念化套路而具有了一种混沌的魅力。

在《跟范宏大告别》《陪夜的女人》《鸟失踪》等作品中，原来弥漫在字里行间的惨烈和血腥的气息开始淡化，也没有赤裸裸的控诉。在表现固执的老人们滑稽可笑、荒诞不经的作为时，作品升腾起如烟似雾的感伤与无奈，在戏谑的笑窝里闪耀着沉痛的泪影，甚至隐含着一种锐利的悲愤。如果说《我的叔叔于力》等作品的风格接近于高举板斧横冲直撞的李逵，那么，近期的朱山坡开始从暴烈走向温柔，开始学习像一个医生一样，手执一把灵巧的柳叶刀，试图轻轻一挑，就如解牛的庖丁一样，游刃有余地揭开了这个时代背后掩藏着的底层真实的苦难。但是，朱山坡还是不甘平庸，总想寻找一个独树一帜的角度，矢不虚发，见血封喉。正因这样，他的作品总是散发出奇巧的光芒，将读者引入崎岖的羊肠小道，总是按捺不住一种制造阅读陷阱的冲动，时不时在文字的草丛中打埋伏，在叙述的转弯处让野兔甚至老虎突然显身，令人惊魂失色。《跟范宏大告别》中阙天津老人的愿望最终落空，逃跑的"范宏大"只撂下一句话："他妈的什么米庄？五毛钱竟把老子的美梦吵醒了！"① 而《鸟失踪》在结尾用模糊化的笔法将失踪的鸟与在越战中战死的"喜宏"联系起来，确实出人意料，但这种急转弯在带来新奇与陌生化的同时，似乎也遗落了一些只能意会无法言传的东西。《论语班》对反讽手法的运用也不无过火之嫌。对于过度迷恋反讽手法的作家，布斯有这样的忠告："这使他能够描写人而不必使自己直接对人表态。……作者是在用反讽保护自己，而不是在揭示他

---

① 朱山坡：《跟范宏大告别》，《天涯》2007年第3期。

的主题。"① 外在的戏剧性就如百变的魔术一样，仅仅是一种障眼法，而那种潜入时代深层的内在的戏剧性，于无声处起惊雷，直逼人心，对"看不见的生活"进行深度开掘，往往具有更加持久的艺术魅力。杰出的小说叙述往往在描写外部行动时，通过暗示性的语言裸露内心思想；在推动情节的绵延时，也多方位地揭示性格的复杂内涵；在展现社会现实时，也挖掘出被遮蔽的心理现实。

朱山坡的小说叙述还有另一个特点，那就是充满了对"事件"进行深度解剖的激情。朱山坡对"香蕉事件""灯笼椒事件"等"事件"的观照，都试图从事件抵达本质，用显微镜式的观察与X光式的透视对标本进行病理分析，既照亮沉积在生命与人性深处的黑暗，也像寒夜里迷路的孩子一样追寻荒野里每一簇不起眼的光明，感受每一缕轻微的暖意。他在直接来自真实故事和新闻启示的《喂饱两匹马》的后面，附有这样的自白："这与传统的伦理道德无关，与人的生存哲学有关。有些现实我们甚至永远无法抵达，因此，我们不能用传统的伦理道德去看这个现象，更不能用简单的想当然的可信不可信去看待小说。《喂饱两匹马》看似荒诞，实满怀温情，充满了关怀和隐喻，我试图把它写成一个寓言。"② 正如张大春所言："如果我们希望新闻是真的，有时却宁可希望它像小说一样假；如果我们相信小说是假的，有时却宁可希望它像新闻一样真。"③ 这种真与假、常与变、事件与寓言之间的变幻，吸引着作家拓展自己的想象空间，去探索潜在的审美可能性。但是，事件化或新闻化手法对急速转换的时代的刻录，在接近真实的路途上，也容易因为浮泛、表面和猎奇而偏离。只有始终以守护记忆的独立意识来进行持续的发问，事件才不会在繁复的堆积中阻断反思历史与眺望未来的视野。

朱山坡是一个有抱负的写作者，这种持之以恒的艺术信念推动着他不断超越自我。他说："每一个作家都拥有自己的神圣的领地，那里就是作

---

① 〔美〕W.C.布斯：《小说修辞学》，华明、胡苏晓、周宪译，北京大学出版社1987年版，第94—95页。

② 朱山坡：《喂饱两匹马》，《小说界》2009年第5期。

③ 张大春：《张大春的文学意见》，远流出版公司1992年版，第10页。

家的'原乡',它与作家的情感血肉相连,也是作家记忆中水草最丰满的地方。还比如福克纳的杰弗生、马尔克斯的马贡多、余华的海盐、苏童的香椿树街。高州城也许就是我的马贡多。"[1]朝着这个目标,朱山坡会以更加开阔的视野不断地挖掘下去,发现地层深处独特的艺术矿藏,使他笔下的米庄和高州变得更加鲜活,更加丰富多彩,具有更强的浓缩性与概括力。值得注意的是,只有当作家笔下的"原乡"真正具有无可替代的独特性时,它才可能在文学与艺术的谱系上占有一席之地。

---

[1] 孤云、朱山坡:《访谈:不是美丽和忧伤,而是苦难与哀怨》,《花城》2005年第6期。

在场感与复合美
——余一鸣小说近作漫论

在文脉兴盛的当代江苏文坛,余一鸣算得上是厚积薄发、大器晚成的类型。他在 20 世纪 80 年代就开始创作,时断时续,没引起足够的关注。进入新世纪以后,他的新作连珠,尽管数量不大,但每篇都有鲜明的特点,产生了广泛的影响。余一鸣在创作谈中认为:"我的小说大多取材于当下,是因为我个人认为,作为一个小说家,有责任有义务对当下现实进行思考和揭示,只要我们的时代还允许作家独立思考,还能让作家的批判精神有存在空间,那么,我们就不必回避。有句老话,作家是社会的良心。"①余一鸣有丰富的现实经验和深沉的生命体验,职业是中学语文教师,还有过惊心动魄的从商经历。正是因为有开阔的视野,他的作品动静相间,既有饱满的故事情节和丰满的人物形象,又有充沛的思想含量。正如周根红所言:"余一鸣的小说并非走马观花或概念式写作,他以细腻的笔法深入人物内心深处,刻画了心灵在异质力量挤压之下的些微战栗、扭曲和变异,写出了转型期社会的心灵变迁史,表达了这个时代的尖锐疼痛。"②

一

余一鸣的小说有很强的在场感,叙事者不是居高临下地俯视笔下的人

---

① 余一鸣:《我的小说作为小说》,《扬子江评论》2013 年第 3 期。
② 周根红:《资本的逻辑与时代的疼痛——余一鸣小说论》,《扬子江评论》2012 年第 4 期。

物,他隐藏在人流中,和形形色色的人物在共同的时空中呼吸,以耳闻目睹、亲历亲为的方式见证现实,以一种直接面对事物的进行时态,生动地呈现现实的动态图景。他如同一个潜伏者,记录事件现场,并试图发掘那些被遮蔽的现实面相。不少作家在面对现实时,都容易产生操控现实、过滤现实的冲动。正因如此,他们小说中的现实往往显得平面化,复杂性被人为地简化。在余一鸣的笔下,现实是粗粝的、赤裸的、朴素的,他将一些通常被置放于暗箱中或帷幕后的现实,不做修饰地披露出来。从《不二》《入流》到《愤怒的小鸟》《种桃种李种春风》,余一鸣的小说具有一种内在的锋芒,拒绝和生活和解。他真实地再现了现实的斑驳与杂乱,不对现实进行伪装和粉饰,写出了一个个来自乡村的人物曲折的生命轨迹,他们在藏污纳垢的现实洪流中浮沉,其中有随波逐流的东牛(《不二》),有丧尽天良的白脸(《入流》),还有迷途知返的谢无名(《放下》)。

对于一些表面优雅而内心虚伪的读者而言,余一鸣的小说蕴含着一种冒犯的力量,这就像在假面舞会上被揭开了面具。他的小说重点关注自身所熟悉的地域和特定的人群,见微知著地再现了当代中国迅速转换的时代进程。作者内心的记忆、现实和作品中的情境、事物相互叠,使得时空有一种立体交叉的层次感,启发读者自觉地体验周围的世界。尤其值得重视的是,余一鸣清醒地意识到抵达现场的艰难,时空的阻隔和观念的屏障都可能造成"在场的缺席"。在近年的小说创作中,越来越多的写作者热衷于追逐时尚的题材。一些作家笔下的现实和人物都是空洞的符号,这些作品要么是对新闻的复制,要么是道听途说的故事,这是一种写作者缺席的叙事,他们的思想与情感处于一种悬浮的状态,对什么都无动于衷。

余一鸣的在场叙事具有一种见证的意义。对于笔下五花八门的人物,余一鸣会不由自主地注入淡淡的温情,因为人物和作者声息相通,来自同一片土地,生活在同一城市,甚至血脉相连。作者对人物的喜怒哀乐、酸甜苦辣了如指掌,因而了解他们的苦衷和隐痛。但是,叙事者及其背后的作者有时也会忍无可忍,借助人物的语言和行动,表达出内心的忧虑。譬如《鸟人》中的胡森林在知道了尤总和王国庆的阴谋后,愤怒地大骂:"你们都是些什么人呵?猪狗不如!"《不二》中的秋生亲眼看到东牛让孙霞去银行行长那儿陪睡,也破口大骂:"老大,你猪狗不如。"似乎处处充满活力现实,背后隐藏着复杂的博弈。余一鸣的小说并不回避现实生活中丑陋、残酷的景象,敏锐地捕捉到欲望泛滥的背景下"恶"的嚣张,但其内心和小说中都有一条价值和道德的底线。他不愿意在小说中进行空洞的说教,他在克制的叙述中融入自己的价值理念,以批判性的立场坚持自己的现实关切。在和何同彬对话时,余一鸣讲道:"揭露正是为了挽救,愤怒是因为抱有希望。我自以为可以冷眼看世界,坐在电脑前其实做不到。相比较纷繁世象,讲究和唯美真的是一种轻慢和调戏。"[①]

　　细细留意余一鸣的文字,发现不少地方会提到"伤"这个字。譬如:《不二》中红卫的"伤痕""伤口""伤疤",《放下》中谢无名被蚂蟥叮咬的"伤口",《沙丁鱼罐头》中反复出现的"伤心""悲伤",等等。在《淹没》中,爬上塔吊讨薪的木木摔断了腿,作品中有这样一段文字:"木木用手指深深地插进草地,冰凉的寒意爬上木木的身心,草木青青,蚯蚓曲直,蛙鸣声声,木木想起幼年时跟着爹在刚开春的田野上犁地,雪白的犁片将躲藏的草根拦腰切断,那些白嫩的根茎淌出盈盈的汁液,木木的心里就会有痛;暗红的蚯蚓,被犁刀割成两截,无声地蜷曲、跳跃,酱油一般的血滋润了土地,木木的心里就会流血;而那些冬眠在土地中的美丽青蛙,它们在睡梦中突然被犁片截下前肢或后腿,甚至被开膛破肚身首异处,木木目睹那些尚活着的青蛙拖着残肢笨拙地移动,无奈地被翻滚的泥土淹没,木木会尖叫着拦住爹手中的犁把。而现在,木木的心就是断茎,木木的心就是割断的蚯蚓,木木的心就是那破碎的青蛙,但木木的伤痛这暮春的草不知晓,蚯蚓不知晓,青蛙不知晓。"[②] 作者以充满诗意的笔触表现往返于城乡之间的木木身心俱疲的创痛,这既是个体的创痛,又是烙有深深的时代印痕的创痛。在某种意义上,这些进城的农民肉体和心灵的双重创痛,是一种文化创伤。耶鲁大学社会学系教授杰弗里·亚历山大对文化创伤有这样的论述:"对这些创伤的反应将努力改变造成这种创伤的环境。对于过去的记忆将引导关于未来的思考。行动计划将不断发展,个

[①] 何同彬、余一鸣:《对话:文学与现实》,《小说评论》2014年第3期。
[②] 余一鸣:《淹没》,《钟山》2007年第1期。

人和集体的环境将被重构,而最终关于创伤的情感将平息下来。"① 也就是说,直面文化创伤的目的不能仅仅停留于揭示,而是要唤醒共同体意识,一起分担并消除这种创伤,激活社会责任感。

余一鸣的小说经常会运用反讽修辞,其中有言语层面的,也有情景层面的。譬如小说《不二》《入流》和《放下》,余一鸣将这三篇作品称为"佛旨中篇三部曲"。佛教中的"不二法门"是八万四千法门中的最高境界,这和《不二》中关于"二嫂"的故事,表面上并不搭调。作品中"二嫂"成了公关利器,成了纵横商界的"不二法门"。意味深长的是,此"不二"非彼"不二"。如果将某一特定时期的流行用语移植到另一时期,或将某一领域的专门术语移植到另一领域,语言与语境的错位就产生了压力,这就形成了反讽。"入流"作为佛教术语,是对"须陀洹"(梵语音译)的意译,也译作"预流",含义为初证圣果,预入圣道。证得须陀洹果以后,不再会堕入三恶道(地狱道、饿鬼道、畜生道),而是在须陀洹和三善道(天道、人道和阿修罗道)之间轮回。形成有趣对照的是,小说《入流》讲述的是在长江上采沙和运沙的从业者充满血腥的逐利手段。拴钱以亲弟弟为代价,和江湖大佬同流合污;小白脸对父亲白脸的残暴行为充满蔑视,自己却以"恶"的手段来"行善",他通过抢劫水上的船只来筹款,解决山里孩子的物质问题。佛教的"入流"是弃恶扬善,而小说《入流》中的"入流",用白脸的话说就是"长江上的道理攥在强人手里","大鱼吃小鱼,小鱼吃虾米,这是水里的规则。你不吃别人,别人就要吃掉你"。②也就是说,在这个弱肉强食的圈子里,放弃做人的底线才能出人头地。《放下》中的谢无名曾经做过中学语文教师,后来成了靠卖赝品造假画起家的奸商,又在意识到养殖刺蛄的严重危害后,为了保护葫芦湖与众人为敌。但是,他身旁的人都劝他"放下",这样才能你好我好大家好。谢无名不顾一切现实利益,"放下"了内心的贪欲,这与佛家的"放下"有相通

---

① Jeffrey C. Alexander, "Toward a Theory of Cultural Trauma", in Jeffrey C. Alexander et al. (eds.), *Cultural Trauma and Collective Identity*, Berkeley: University of California Press, 2004, p.3.

② 余一鸣:《入流》,《人民文学》2011 年第 2 期。

之处。而周围人念及现实利害关系的"放下",则是一种典型的市侩哲学。贺绍俊认为:"从'佛旨'来要求的话,我以为余一鸣的小说还有所欠缺,因为'佛旨'在他的构思中还不是那么地明晰,'佛旨'与小说形象贴合得不是那么紧密,如果他能对人间佛教的内涵做更深一步的了解,也许有助于小说的完善。但无论如何,'佛旨'是一个很有创意的构思……"①如果从反讽的角度来看,我认为余一鸣的重点并不是通过小说形象的塑造来阐释"佛旨",而是要揭示在价值混乱的语境中,神圣与世俗的界限被随意混淆,再好的经也被歪嘴和尚给念歪了。在《入流》中有一段文字耐人寻思:"主舱供着三位大神,分别是龙王爷、财神爷和观世音菩萨。你无法想象,这样的游船上还有这等神圣的去处。白脸不认为这是对神佛的亵渎,众生平等,妓女和赌徒更需要神灵保护和拯救。话说回来,这里的香客主要是客户,白脸不但要满足客户的身体需求,还要满足客户的精神寄托。拴钱从服务员那里请了香,一一叩拜,然后给每个神灵面前的捐箱捐了二百元,服务员立即拿来一个本子,翻到拴钱名下做了登记。船户们从来不担心这些钱的去处,他白脸再牛,终究是在神灵眼皮底下过日子。每年年底白脸都贴出一张告示,公示各人捐钱的去处,或是寺庙,或是红十字会,他本人也掏出一个大数目,列入其中。船老大们说,看来白脸也不是天不怕地不怕,敬畏之心,人皆有之。倒是岸上有些和尚无法无天,一炷香能报出天价,设了圈套恨不得把香客的钱袋掏空。"②一方面,信仰世俗化与实用化,膜拜者对神灵的虔心完全是为了功利,用商业交换的原则来看待自己的信仰;另一方面,无法无天的白脸偏偏要把自己打扮成一个大善人,尽管内心也有一种莫名的恐惧,但在作恶的深渊中无法自拔。这种外表与实质的双重悖谬,揭开了现实的一道细小的裂缝,让我们隐约窥见时代深处的精神折光。在《风雨送春归》中,郑明月对于"送春歌"的定位是:"这世上与谁都可能结仇,但没谁肯与人民币结仇。……送春本身是俗文化,你们把它当学问研究是好事,但是如果

---

① 贺绍俊:《化用人间佛教的智慧——评余一鸣的"佛旨中篇三部曲"》,《小说评论》2014 年第 3 期。

② 余一鸣:《入流》,《人民文学》2011 年第 2 期。

放在象牙塔里当神供着,那它就是一具僵尸。书上说,艺术的生命在于创新,我觉得,艺术的生命在于挣钱。水至清则无鱼,送春如果挣不着钱,只有傻瓜大过年的出来奔波。有钱挣,送春人才有劲头,才会想着法子把送春词编得精彩,把送春曲唱得动听。"①他的这些言论在这个崇尚商业的年代,很容易赢得广泛的认同。正是被膨胀的欲望激发出来的贪心,使得他家庭离散,自己也锒铛入狱。余一鸣的小说《丁香先生》也以反讽表现荒诞的现实。这个以"放屁"为核心线索的故事,有些许恶搞的味道,又让人读出"真作假时假亦真"的复杂况味。《说你什么好》中以古董鉴定为业的那五装神弄鬼,凭几句话就把民国仿货变成了高古青花,并宣扬:"行内有行内的规矩,行外有行外的规则。这规则就是胆小的被诱惑被哄骗被出卖,胆大的坐在上座做庄家。"②对于成王败寇的种种怪象,真的是"说你什么好"。余一鸣的小说创作借助反讽,揭示了现实的表与里、内与外、深与浅之间的重重矛盾。正如克尔恺郭尔所言:"事实上,一个人成长的环境越是聚讼纷纭,他越能从自然界里发现反讽。"③

二

从20世纪90年代以来,随着市场经济的推进,中国社会全面转型,人的观念、行为和思维方式也都处于动荡不居的状态之中。从乡村进入城市的人要接受更多的挑战,面对城乡之间的巨大反差,他们的生活方式、价值倾向乃至人格系统都容易发生潜在的变异。社会学家把这些处在人格转型乃至变异过程中的主体称为"边际人"。"边际人"的人格挣扎于故土与异乡、传统与现代、群体与个体之间,无法平息的、多重的内在冲突使得他们进退失据,在异质文化的夹缝中踌躇不定。著名社会学家金耀基认为,"人类学与社会学中所讲的'边际人'生活在二个不同且常相冲突的文化中,二个文化皆争取他的忠诚,故常发生文化的认同问题",

---

① 余一鸣:《风雨送春归》,《人民文学》2015年第10期。
② 余一鸣:《说你什么好》,《芒种》(上半月)2016年第2期。
③ 转引自〔英〕D.C.米克:《论反讽》,周发祥译,昆仑出版社1992年版,第69页。

"边际人人格在文化转变与文化冲突的场合必然出现","边际人之极,即会发生一种'认同之危机'"。①

在余一鸣讲述的乡下人进城的系列故事中,有淡淡的幽默,有无言的酸楚,这些故事可以帮助我们理解时代的现实面貌和精神状况,感受隐藏在堂皇的外表背后的荒谬和荒诞。最为重要的是,余一鸣在自身的生命体验的引领下,通过立体描述周围人的城市旅程,表现出这些内心充满自卑感和屈辱感的乡村灵魂的挣扎与反抗。他们试图从边缘进入主流,且其中的成功人士已产生以"主流"自居的幻觉,事实上,他们依然在边缘徘徊。他们以承受伤害和自我伤害为代价,获得世俗层面的成功,甚至以伤害或牺牲更弱势的人群的形式,来确证自己的成功感。他们反抗与生俱来的不平等,但即便他们拼尽全力奋斗,也只不过是从金字塔的基座往上爬,并逐渐成为不平等秩序的维护者。这些出身乡村的能人脱离了自己的故乡,立志将自己变成一个地道的城里人,并以自己身上的乡下人特征为耻。尴尬的是,正如《不二》中东牛的自我反思:"乡里人把我当城里人,有钱有势。城里人把我当暴发户,吃了你的,拿了你的,转过脸骂你是个土包子。"②在城乡的夹缝之间,他们的文化认同和身份认同都变得模糊而错乱,他们似乎可以在两个群体中灵活地选择自己的归属,但是,他们在清醒的时候也会发现自己不属于任何一个群体,故乡已经回不去了,而在那堵无形的城墙面前,又总是不得门而入。余一鸣笔下乡下人进城的故事,在刻画出这些能人的复杂人格的基础上,还以一种理解的同情揭示了这些人物的身份、性格和命运的多重悲剧性。

在错综复杂的文化矛盾中,一些进城的乡下人在无所适从的尴尬中迷失了自我,被内心的城市焦虑和灵魂阵痛所折磨。在传统人格与现代人格、城市人格与乡村人格、理想人格与现实人格的多重纠葛中,价值错位、道德混乱、身份困惑如同精神世界的雾霾,悄悄地弥散开来。在异质的且

---

① 金耀基:《现代化与中国现代历史——提供一个理解中国百年来现代史的概念架构》,见罗荣渠、牛大勇编:《中国现代化历程的探索》,北京大学出版社1992年版,第11页。

② 余一鸣:《不二》,《人民文学》2010年第4期。

常常相互冲突的文化之中反复出没，必然会导致一种文化的认同危机，形成一种内在同一性不够稳定的边际人格。余一鸣的《潮起潮落》穿梭在三个家庭相互纠缠的人际网络中，演绎了一个资本危机压迫下人性和伦理的闹剧。杨美丽和祖栋梁夫妇、汤总夫妇、范青梅和张大东夫妇，三对夫妻一台戏，小说中光怪陆离的现象、跌宕起伏的情节和幽暗曲折的人性，折射出利益至上的资本逻辑的残酷与混乱。发表于《人民文学》2014年第1期的《种桃种李种春风》是反思教育问题的小说力作，也是余一鸣继《愤怒的小鸟》之后在这一题材领域进行深度开掘的结晶。正如作者所言，择校问题"已经不是个别人的烦恼，也不止是一代人一个时代的烦恼"①。从乡下进城做保姆的大凤为了让儿子清华能够进入重点中学，不择手段，可以交出选票，可以卖地卖房，可以出卖色相，可以牺牲爱情。教育的目标是让下一代有尊严地活着，代价是上一代人自愿放弃乃至践踏自己的尊严，这种反讽性和悲剧性并没有被正视。作者通过教育这一窗口，展现了更为广阔的社会图景，诸如贫富分化、权力腐败、城乡差异等。在深入解剖典型标本的过程中，作者不仅揭示了教育的病灶所在，还进一步挖掘背后的社会文化根源。

弗洛姆认为："现代人把自己转化为商品；就其地位和在人格交换的市场上的条件而论，他把自己的生命能力当成投资，他应该用它来创造最大的利润。他与自己、与同胞、与自然相异化。他的主要目的是用他的技能、知识、他自身、他的'全部人格'为一场平等的、有利可图的交易而进行逐利的交换。"②在《不二》中，东牛为了得到贷款，终于低下头来，让孙霞陪银行行长上床。尽管他内心痛苦，通过深夜砌砖来发泄，但是，东牛还是毫不犹豫地做出选择。在反思自己进城以后的生涯时，东牛认为自己二十岁时是蚂蚁，二十五岁时是一只被阉了的公鸡，三十岁时是一头被随意薅毛的羊，四十岁时是一头大象，到头来在城市里还是一头只配在

---

① 余一鸣：《创作谈：多年来我以教书为生》，《北京文学·中篇小说月报》2014年第2期。

② 〔美〕弗洛姆：《爱的艺术》，刘福堂译，广西师范大学出版社2002年版，第86页。

泥淖里粪堆上打滚的猪。这种屈辱感，不但没有激发东牛改邪归正，反而强化了他以金钱来购买尊严的执念。在大环境的诱惑和消磨之下，东牛的精神防线一步步地向后撤退，一寸一寸往下滑，悄无声息地击穿自己曾经设置的人格底线。与其说是外部压力下被迫的选择，毋宁说是东牛自觉的妥协，正可谓"从善如登，从恶如崩"。银行行长恬不知耻地告白："东牛他要是一个女人都不肯让我，我怎么敢把身家性命托付给他，我怎么能把我的后半生和他绑在一起共生死？"①风险共担、权力共享、利益均沾成为潜规则，东牛、银行行长和孙霞是共谋者。

　　余一鸣笔下的人物，大多有较强的表演性，在正式场合扮演理想角色，在不断转换的社会场景下更换不同的人格面具，用光鲜的外部形象来掩饰自己真实的性格，以便得到社会的承认。然而，他们在私底下原形毕露，将在公众面前极力掩饰的一面发挥得淋漓尽致。群体意见和自我意见的频繁冲突，不同人格的交替出现，都会导致人格的分裂。《头头是道》以丁家村的沧桑浮沉和丁家村男丁的人生轨迹，表现世道人心的转变。随着金钱的地位日益显赫，知识文化迅速贬值，"一桌十四丁，十三个丁总请一个丁教授"的开篇场景为作品定下了基调——斯文扫地，丁大民土豪式的显摆在某种意义上是这个物质膨胀、精神萎缩的时代的缩影。作品中各色人等在饭局、酒局、茶局、牌局中的激情表演和人性碰撞，为我们提供了一幅观察这个社会的利益交换和阶层关系的剖面图。余一鸣善于以小见大，在细节的挑选和打造上也日益精粹，在保持小说一贯的鲜活感的基础上，使作品变得越来越耐读。

　　余一鸣的小说创作体现出一种复合美学。他创作的底色是现实主义，但融汇了象征与隐喻，也糅合了一些现代主义的手法，立体展示了作为矛盾集合体的社会百态与人生景象，他善于揭示人性的复杂性，将严肃与荒诞、悲剧与闹剧、沉重与轻佻并置于同一个文本之中，使得作品具有一种复调的美学特征。作者通过展示人物性格的不同侧面，描写多重矛盾冲突，使作品的审美质地呈现出丰富的层次感，艺术形式和审美蕴含皆繁茂多姿。与此相应，在语言风格上，余一鸣的小说也把书面语、地方方言、

---

① 余一鸣：《不二》，《人民文学》2010 年第 4 期。

乡村俗语、流行语熔于一炉，众声喧哗。一方面，作家通过将不同语言风格碰撞与混合，表现了这个正处于转型过程中的时代的不同声部，其中有共鸣，也有杂音。在《不二》中，红卫、东牛和孙霞等人聚会时，喜欢用方言相互调侃，因为"固城人欺负外地人听不懂，在这样的场合放肆地用方言调笑，有一种小小的快乐和得意"①。语言在这里不仅是"自己人"之间沟通的工具，还是对外人设置的一种屏障。《闪电》中的和生和春花，"师徒间说话成了店里的一道风景，普通话说着说着就改成了方言，比外语还外语，有的客人就把这俩人当成了两口子"②。

另一方面，余一鸣善于以特殊的语言风格来塑造人物性格。颇有嘲讽意味的是，《不二》中，在钓上一位女生后，"红卫嘴里念念有词，每个回合都念叨一个不同的词，金鹰，银都，德基。女孩在身下听不懂，说你说什么呢，红卫说这是我老家方言里的爱称。其实这些都是红卫曾经为女孩大把花费的商城"③。这极为生动的一幕，凸显出红卫被金钱和物欲所腐蚀的人格。在他奉为至上的交换逻辑里，所谓的爱情和浪漫都只是外在的伪装，是为了引诱天真的女生而营造的假象。他在意的只有成本和效果，"长线投入"不仅需要投入时间成本，还需要付出大量金钱。因此，不管是工程投资还是追逐女人，他都追求利益的最大化，而且对各种交易对手都怀有一种报复心理。红卫的身上有一种典型的狼性人格，他像狼一样贪婪和疯狂，为了达到目的不择手段。

在《淹没》中，李金宝进入南京后混成了汇恒集团的老总，他的员工中有一批是他带出来的老乡，尽管墙上规定上班时间必须说普通话，但是俩村里人在一起憋着嗓门刚用普通话聊上一句，方言就会在乡亲们的笑骂声中脱口而出。方言成为这群人强化认同的纽带，也是他们在李金宝的庇护下所享有的特权。用方言表达，可时时提醒他们和故乡之间存在无法摆脱的精神纽带，从而潜在地抗拒强大的城市的同化。方言在某种意义上成了这群进城的乡下人内心的城堡，在获得归依感的同时，也导致自我封闭。

① 余一鸣：《不二》，《人民文学》2010年第4期。
② 余一鸣：《闪电》，《创作与评论》2014年6月号（上半月刊）。
③ 余一鸣：《不二》，《人民文学》2010年第4期。

正如金宝所说的那样："你以为你腰包里有俩钱撑着就是城里人了？"

余一鸣近期的小说创作在直面现实的同时，开始回过身去，关注与他本人命运相连的历史和记忆。从字里行间，时时可以感受到他深藏内心的怀旧情结，其中既有对个人记忆的反思，也有对群体的历史记忆的唤醒。在怀旧情结中，通过主体的情感投射，重温美好的记忆。更为重要的是，怀旧情结也是对现代化进程中产生的迷茫感和失落感的一种心理反弹。布罗代尔认为，"文明本质上主张守旧和反对革新，因而对市场、资本和利润一般持否定态度"[1]。对于重义轻利、仁爱和谐的传统乡村文明，余一鸣确实在内心中有隐隐的眷恋，但他又清醒地意识到当代乡村不能在封闭中停滞，而且对经济发展有更为迫切的需求。余一鸣在作品中并没有将文明和现代化对立起来，他关注的是文明如何与现代化进程相互融汇，达到文化的统一，而不是以牺牲文明的代价来换得经济的片面发展。余一鸣的《风雨送春归》以灵动的笔触展示了老家"送春"习俗的遗存，讲述了村子里几户人家的悲喜家事，以批判的眼光审视商业冲击下民风与人性的变异。在拜金潮流的冲击下，曾经是送春人的郑明月、不满于生存现状的王一花和官运受挫的丁卫国，都被熟人哄骗进了传销集团"1040工程"，人财两空的丁卫国在沉重打击下含恨而终。在畸形膨胀的欲望的催逼之下，陷入传销骗局的受骗者为了解套，摇身变成了骗子，形成了一种恶性循环。在良心的谴责下，郑明月幡然悔悟，主动向跟随他学习送春唱曲的徒弟——卧底警察志高交代了"1040"的账目。这篇小说通过描写送春习俗的衰变，深层次地展现了如今面临多重冲击的乡村的挣扎，乡村的文化传统和伦理秩序已经难以维系，而离开乡土进入城市的农民又难以找到立足的根基。

---

[1] 〔法〕费尔南·布罗代尔：《十五至十八世纪的物质文明、经济和资本主义（第二卷 形形色色的交换）》，顾良译，施康强校，生活·读书·新知三联书店1993年版，第614页。

三

余一鸣产生较大影响的作品是中篇小说,他的短篇小说创作没有引起足够的重视。像《鸟人》《把你扁成一张画》等作品,有较为明显地接受西方现代派影响的痕迹,通过夸张的变形来揭示现实的荒诞。《鸟人》中的胡森林从乡村进入城市后,当起了专门调查不正当男女关系的"调查员"。巧合的是,胡森林的调查对象居然是一起租过房子的王国庆。当他决定放弃这桩生意时,王国庆坦白了自己是被尤总雇来引诱胡一萍的。在迷惘之中,他假扮起了鸟人,爬到樟树上过夜,帮胡一萍无辜的儿子豆豆摘下挂在树上的白气球。《把你扁成一张画》中,林浩然和二狗为拍卖公司当托,炒高价格。当林浩然发现一个乡下女人为一幅书法赝品举牌时,他及时跟进,搅黄了这笔生意。良心发现的林浩然在和老板论辩时,竟然被一股莫名的力量挤到了一幅画里,"两边的画纸汹涌澎湃,水一般将那背影淹没"。余一鸣曾在创作谈中说:"我们这个年纪的作家都追过各种潮流,学习过现代派手法,勇敢的人成了'先锋作家',虽然没有战士永远能做先锋,也没有作家能永远站在文坛的潮头,但是先锋的意识和理念已经浸淫了创作的文字,只是难以说得清道得明。"①《鸟人》和《把你扁成一张画》通过对现实的夸张和变形,制造诙谐幽默的效果,以隐含的讥讽强化对现实的洞察力。值得注意的是,过度的戏剧性有时也会削弱作品的艺术表现力。

可喜的是,余一鸣的短篇小说日臻成熟。通过对自己的艺术探索的反思,他意识到极端的形式如同一柄双刃剑,开始调整自己的努力方向,寻求写实和象征的有机结合。他说:"渐渐地,我还是不再刻意经营那样的荒诞或悬浮,但是重新用现实主义笔法,我总想打破传统的规范,总是渴望追求文字表达的自由。"②《闪电》《稻草人》《情怀》等短篇,叙事非常精练和简洁,扎根于日常经验,枝叶繁茂,又没有过多的旁逸斜出,

---

① 余一鸣:《课堂内外的短篇小说意识》,《芒种》(上半月) 2016 年第 2 期。
② 余一鸣:《课堂内外的短篇小说意识》,《芒种》(上半月) 2016 年第 2 期。

有较强的可读性。与此同时，作者拒绝世俗生活的泥淖，而是通过隐喻、象征、寓言化等手法，将具象与抽象、经验与想象糅合在一起，虚实相生。尤其值得肯定的是，像《稻草人》中的稻草人，曾经是乡土中国常见的景致，而今逐渐淡出人们的视野，稻草人的命运和乡村衰败的现实进程具有内在的一致性。

《闪电》开篇的叙事扎实而低调，毫不张扬，足疗店的学徒和生满师后留在了店里，遇到了因南边扫黄而逃散过来的老乡春花，"闪电"的到来掀起了和生内心的波澜，他也明白了春花故态复萌，给王总当短暂的情人。被王总包养了六七年的"闪电"，因为男的有了新女人，以死抗争。"闪电"的死如同一道闪电，将现实生活撕开了一道凌厉的伤口，也照亮了现实阴暗的一面。但是，"闪电"转瞬即逝，现实照常运行。春花拉着和生，遵照原计划回县城开办起"养身中心"，当起了老板娘。和生忍辱负重，以牺牲自己尊严的代价，过着富足的生活。可难以摆脱的内心的折磨，使得他患上了"闪电恐惧症"："人不可能一世都闭着眼，闭久了总想睁开试试。夜天如人，哪怕是长夜它也存醒一次的念头，那闪电就是夜天睁了眼，把丢开了的忘记了的掩盖了的世界照彻。"①闪电作为作品中的核心意象，具有高度浓缩的象征意义。余一鸣在篇幅不长的作品中，寄托了不显山露水的深意，那就是对不合理的现实的不满和批判，尽管现实会掩埋阴暗的记忆，但是，人性中期盼光明的冲动，总会驱使那些不安的灵魂去揭开真相，去追求有尊严的生活。

余一鸣对都市的阅读与分析，总是以乡村文化为背景和底色。他通过对比乡村文化，发现都市独特的景观，扫描都市空间里的人生百态和人性景象。而且，他在审视衰败的乡村时，也把城市的现实状况作为参照系，挖掘隐藏在现实表象背后的文化问题与精神根源。余一鸣的《稻草人》篇幅不长，不到一万字，但内涵丰富，意味深长。省级重点中学副校长雷风景清明节返乡上坟，担任副乡长的堂弟雷风光全程陪同。在破败的半山坡村旧址，雷风景看到奶奶精心地编织稻草人，而且将稻草人编织成村中老人的模样。在魔幻的氛围中，雷风景看到了已经去世的儿子禾禾和弟媳

---

① 余一鸣：《闪电》，《创作与评论》2014年6月号（上半月刊）。

小静，与亡灵的邂逅和对话，反衬出现实人生的无奈与尴尬。雷风景的妻子宋云岫用炒股票和打麻将来麻痹自己，堂弟雷风光则用不停工作来麻痹自己。在返程的路上，兄弟二人出了车祸，这场不幸迫使他们反省自己，追问内心："他俩不仅是血脉相连的同族兄弟，也同是被掏空了灵魂的稻草人。"

　　阅读余一鸣近年的短篇小说，不难发现他求新求变的探索轨迹。在象征与写实、概括与讲述之间，他不断调整自己的叙事节奏与叙事风格。就《稻草人》《闪电》《说你什么好》而言，与《鸟人》《把你扁成一张画》相比，这几篇显得更加圆熟，对象征和隐喻手法的运用不着痕迹，令人耳目一新。尽管也有评论者认为，《稻草人》中两兄弟都是"稻草人"的说法"看起来实在有些突兀，又太过'应题'"[1]，但总体而言，余一鸣不断地自我反思与自我调整，走向了更为开阔的艺术空间。

---

　　[1] 曹霞：《我们都是稻草人——评余一鸣的〈稻草人〉》，《文学教育》（上）2015年第11期。

复调的青春叙事
——李修文论

青春总是充满着可能性。它使人既可以豪气冲天又可以自暴自弃，本能地爆发出一种愤世嫉俗的反叛性，同时因为幼稚和轻信而易受蒙蔽。它燃烧的热力可以熔化钢铁，但现实的轻轻一击也能使人走向崩溃的边缘。以青春为对象的叙事，总是活跃着刻骨铭心的成长体验。内心的躁动和对未来的期待赋予作品以永不停留的活力，它是激情的、动感的、标新立异的言说，其中的固执和投入像飞蛾扑火一样，我行我素。与此同时，青春叙事因跳跃的思维、急切的语速和盲目的自恋，而往往是感性的、肤浅的、表演性的、时尚化的，只能把握事物的表面。在猎奇和渲染的怪圈中，人迷失了自我，忽略了对现象背后的历史文化逻辑的探寻。青春和青春叙事一样，它们同时面临着"成长"过程中的危险和希望，在磨炼和考验中学会放弃，在蝉蜕和转换中获得新生。

值得注意的是，当代文学中的青春叙事在相当长的一段时期内，都是一种先验的、模式化的叙事；青春被定位为个体为了神圣目标而自我完善，逐渐抛弃软弱、颓废、感伤的小资产阶级劣根性，"与工农相结合"，成长为坚定的革命战士的过程。也就是说，这样的青春是个性逐渐丧失的群体化过程。作品中，性格的锋芒逐渐黯淡是人物无法挣脱的宿命，个体成为被鲜明的群体本质所操纵的傀儡，而这样的叙事承担着社会教化和道德劝谕的使命。同时，青春叙事在很大程度上呈现为群体合唱，每一代作家都很难挣脱时代精神的限制，比如20世纪50年代杨沫《青春之歌》中的林道静，以忏悔和赎罪的姿态脱胎换骨，成长为历史主体；80年代知青文学中,"青春无悔"主题更是以一种群体宣言的形式遮蔽了历史的真实,也阻断了真正的个人反思与忏悔意识。这样的青春和青春叙事都是单调的,是被压抑和被限制的。

20世纪90年代以来的青春叙事,尤其是所谓"新生代"小说,在个性的旗帜下,试图颠覆固有的叙事模式。但是,在调侃、反讽的流行语调中,虚无主义的阴霾弥漫开来,在推倒的废墟上,青春同样是一场错误,甚至是一种折磨。在这样的背景下考察李修文的小说,就不难发现其写作的路途布满了陷阱。其一,是"影响的焦虑",一个作家为了确立自己的个性,既要吸收前人的优秀成果,又要避免重复前人的老路,只有这样才能突破和超越前人的局限,正如作家本人所言:"先锋已经成为我们头顶上的阴霾,摆脱它的影响的确是一个大问题。想要走出它的阴影非常困难。"①其二,是超越自我的焦虑。就青春叙事而言,就像一柄双刃剑,具有鲜活的创造力,毫无顾忌,但缺乏节制,常常将作家引入滥情和自我重复的歧途。李修文有这样的反思:"我现在痛感趣味对一个想走得很远的作家是有着伤害的。某种趣味的时间保持长了,就反而没有趣味了。"②

在李修文那些所谓的"戏仿小说"之中,洋溢着一种愤世嫉俗的激情。《大闹天宫》破除了孙悟空、二郎神、托塔天王等诸神头上的光环,凸现其世俗的一面,甚至表现其变态、自虐、恶俗的品性。《解放》中,自杀的朱湘和坠机的徐志摩死而复活,两人都极力地逃避"诗人"生涯。《苏州》中的"白痴"唐伯虎成了受雇佣的密探,却可笑地被自己所监视的人"反跟踪",而且死于非命。《心都碎了》中的花木兰在"性倒错"的苦闷中难以自拔。《像我这样一个女人》中的李清照也是面目全非:"你们愿意把我当成谁,那么我就是谁。我也许就是你们熟悉的李清照,当然也有可能是别的女诗人,一句话,我就是你们对号入座的那个人。"③《西门王朝》中的潘金莲和西门庆成了受封建家法制度迫害的苦命鸳鸯,以毁灭的激情坚守着变态的爱情。这种质疑式的写作,把文学从神圣、崇高、沉重等中

---

① 姜广平:《"我希望走向开阔"——与李修文对话》,《莽原》2002年第6期。
② 姜广平:《"我希望走向开阔"——与李修文对话》,《莽原》2002年第6期。
③ 李修文:《浮草传》,新星出版社2012年版,第234页。

心话语的压迫下"解放"出来,使文学不再单纯地扮演着政治工具和启蒙符号的角色。应该说,文学的多元化首先是文学功能的多元化,它既可以负载家国想象、神圣忧患等宏大主题,也可以作为消遣的、游戏的、审美的对象。只有不同形态的文学相互交融与激荡,才能形成健康的文学生态,才能避免主流声音一统天下的局面。

《不恰当的关系》《洗了睡吧》《地下工作者》《小东门的春天》等作品很少引起注意。作品中的主人公和叙事者都在肉体和精神的双重困境中难以自拔,一种无法克服的"存在之烦"如影随形,尽管作品的叙事太过琐碎,但以一种特殊的敏感,表现了置身于无法摆脱的困境中的个体没来由、无目标、无对象的烦恼和苦闷,在折磨主人公的无聊感中散发出虚无主义的怪味。正如《小东门的春天》的结束语:"有时候,一个人,没看到他想看的东西时会发疯,同样,看到了也一样会发疯。很无聊,是吗?"值得注意的是,作品中弥漫着一种被扭曲了的不满和抗议,不仅反叛现实,而且主人公也对自己充满了鄙视与抗议,他没有自己的价值基点,他不清楚现实应该怎么样,但他清楚现实不应该这样。一种不满的情绪弥漫,对什么都不耐烦,结果只能是阉割了自己的行动能力,主人公在怀疑一切的过程中沉入虚无的深渊。

就小说的叙述形式而言,李修文的"戏仿小说"中依稀摇晃着余华、王小波和李冯的影子。余华的《河边的错误》《古典爱情》《鲜血梅花》,王小波的《寻找无双》《红拂夜奔》《万寿寺》,李冯的《十六世纪的卖油郎》《我作为英雄武松的生活片断》《另一种声音》等作品,都笼罩着李修文的同类作品。而李修文表现"存在之烦"的作品与朱文的《什么是垃圾,什么是爱》等作品形成了一种内在的呼应。如果停留于机械的模仿,李修文就很难有日后的精进,一种难得的清醒使他意识到,"想象力出了问题,走到歧途了,是一种过于被趣味所牵制的想象力"[①],有一段时间他非常轻慢自己的这类作品,认为是雕虫小技。这样清醒的认知和特殊的文学气质,推动着李修文突破形式的束缚。这正如成长的青春一样,越来越饱满的身体使本来合体的衣服变得越来越小。在李修文的写作

[①] 姜广平:《"我希望走向开阔"——与李修文对话》,《莽原》2002年第6期。

中，追求极端和唯美的审美趣味从蒙昧状态走向自觉的认同，其中还包含着对人性之中恒在困境的关切，对于底层挣扎的卑微人生的悲悯。同时，对于完美的执着往往使生命更加痛楚地意识到世事的无常与难以避免的残缺，这种混合着完美主义与悲观主义的气质，导致李修文作品中挥之不去的阴郁、感伤、绝望的情绪氛围。因而他作品中的人物往往难以摆脱颓废和自毁的宿命。在某种意义上，《滴泪痣》和《捆绑上天堂》仅仅是对早期作品中此类气质的发展与升华。

李修文"戏仿小说"中的主人公，都具有一种悲剧气质。他们的理想与现实、精神与肉体、意志与行动，都处于一种分裂状态，不仅与外部世界构成一种对抗，而且自己也成了自己的牢狱。《大闹天宫》中的孙悟空成了天庭里的大内密探、玉帝面前的带刀护卫。这个崇尚自由的精灵成了权威的卫士，成天在一些无头案中瞎折腾。更为悲哀的是，尽管对"天堂"充满了不满，但因为"没有性别"，即使心甘情愿地回归凡间，也无法享受凡人的乐趣，"做一个人却不能享受做人最大的乐趣"，只好无奈地放弃了做人的念头。而《解放》中的朱湘"不肯承认自己的衰老"，在漫长的十五年间，站在屋后的台阶上撒尿成了检验自己是否年轻的唯一办法。《金风玉露一相逢》中的"林黛玉"是一个厨娘，相貌粗壮、丑陋，却偏偏痴迷多情、富裕的"贾宝玉"，被自己的爱情幻想折磨成了"花痴"。从这些人物的困境中可以看出，李修文的"戏仿小说"已经不再限于仿写，而是颠覆一种具体的文类或文本，越来越呈现出借题发挥的倾向。其实，作家的这些文本都有着共同的精神内核，那就是对人性的悖论的追问，讲述的都是一个个"幻灭"的故事。

就"戏仿小说"的叙事语态而言，大多数叙事者的口吻是冷漠的、旁观的。这种叙事口吻的审美魅力来源于文本中贯注的智性，但在李修文的笔下，叙事姿态逐渐地从不介入走向共鸣式的精神交流，调侃、戏谑的油嘴滑舌转向感同身受的双向互动。在《金风玉露一相逢》《心都碎了》《西门王朝》等作品中，都有大段大段的内心独白，在叙事格调上呈现出抒情慢板的幽雅。我认为，李冯在其"戏仿小说"中，"用眼角的余光"打量着自己的叙事，体现了一种潜入文本的功夫，扮演着"垂帘听政的叙事者"

的角色,在作品中闪烁着"智慧的余光"。①与李冯相比,李修文显然更容易被自己的叙事和想象所感动,他从最初的游离于文本之外,渐渐地与人物息息相通,甚至自说自话。第一人称的叙事者、主人公和作者之间的界限逐渐模糊,渗透着一种暧昧的、相互印证的叙事情感。《不恰当的关系》和《我的江湖》中的主人公,已经恍惚地具有《滴泪痣》和《捆绑上天堂》中的人物的气质,他们深深地陷入了玫瑰色的爱情骗局,不无自欺欺人的意味。即使"幻灭",依然无怨无悔地追寻,这种选择让人联想到堂吉诃德身上流淌的悲剧英雄的血液。

还应该注意到的是,李修文笔下的人物天生残缺。他们或在生理上具有先天的残障;或身世飘零,孤苦无依;或被压抑在社会的最底层,表现出一种"多余人"的自怜自伤。《地下工作者》中的主人公生活在一种毫无意义的失重和失控状态中,拿自己没办法,与世界、别人甚至自己都缺乏有意义的联系,像浮尘一样生活在世界的"黑洞"之中。《王贵与李香香》的"戏仿"似乎也偏离了方向,作者在消解阶级对抗的意识形态意味的同时,表现一对苦命男女的悲情人生,他们的努力总是难以逃脱苦难的掌心。而《肉乎乎》描写一个下岗者的悲惨境遇,面对得了怪病的儿子,他只能眼睁睁地看着儿子走向死亡,绝望的内心被一种幻觉所笼罩,他感觉这个世界也和儿子一样病态地发胖,所触及的任何地方都是肉乎乎的。作者有这样的表达:"我似乎听到一个声音,这个声音要求我写感情,写人性,写和我祖母长得差不多的街头女丐,写和我姑姑差不多境遇的失业者,写出他们的爱和怕、希望和恐惧。"②

通过透视李修文的创作轨迹,不难发现其作品逐渐地呈现出浪漫主义文学的质地。在虚无的废墟上,李修文以一种海市蜃楼式的幻景来重建信心与信念,而这种努力源于这样清醒的思考:"我觉得今天中国作家的笔下,有一个问题是非常令人困惑的:我们所写的我们不信。这个问题是特

---

① 参见黄发有:《垂帘听政的叙事者》,《当代小说》2001年第8期。
② 李修文:《访谈:之所以如此》,见阳燕:《我读李修文:青春的叙事》,武汉大学出版社2007年版,第56页。

别巨大的。"① 当然，其"信"与"不信"的标杆并非实存与否，而是极力地恢复想象的魅力，甚至把幻象视为个人的内在中心，将虚幻、神话、奇迹等元素作为一种超越性的实在，并进而蔑视庸庸碌碌的现世图景。正如作家所言："'奇迹'等同于谎言。可是，事实果真如此吗？我的答案是否定的，我觉得我们笔下的世界就和我们的爱情一样：它往往并不理会事情的固有布局，而是经常在自行设定的隧道里任意飞翔，不需要任何理智、妥协和救援。'奇迹'在很大程度上等同于希望——可以这样说吗？……毕竟，写作并不是下棋，我坚信一个作家的笔下没有边界，我们描述的奇迹可能并不代表我们的生活和我们能够过上的生活……"② 如果进一步地辨析，我们不难发现李修文的审美趣味更接近"消极浪漫主义"。在我个人看来，源自"积极浪漫主义"与"消极浪漫主义"的区分，具有浓郁的意识形态意味，是在二元对立思维支配下的变形逻辑。其实，"积极"也可以理解成"空洞"与"盲目"，"消极"也可以理解成"低调"与"清醒"。在某种意义上，"消极浪漫主义"更接近浪漫主义的本质。

《滴泪痣》演绎的"爱与死"的悲剧，将所谓的"浪漫"与"消极"，的悖论推到了极致。作品中表达的"美"，"美得让我一阵哆嗦"；而"绝望"像油漆一样涂抹成作品的底色。作品中，"我"与蓝扣子、安崎杏奈与辛格、筱常月与她的前后两个丈夫之间，上演的都是灵魂与肉欲、向往与恐惧、欢悦与不幸、燃烧与毁灭、唯美与颓废的双重变奏："我在爱，与此同时我在厌恨。"与宣泄相伴的"气泡一般的虚无感"，使作品弥漫着谷崎润一郎和村上春树笔下的残忍的阴柔，展示着一种带毒的美丽，一种堕落的清醇，就像罂粟花一样妖冶和糜烂。在作品中，作者展示了更加全面的叙事功底，在气氛营造和细节描写上，都显得精致和巧妙。比如："我"和一起做小生意的蓝扣子被殴打时，"她在哭，她捧住脸是为了不让别人看见"；而"我"笑着对她仰起手中仅有的几张纸币："去喝啤酒？""两个异域沦落者的绝望之爱"在一个细节中以浓缩的形式弥散开来，笑与泪的纠葛爆发出一种独特的审美冲击力。就文体而言，

---

① 姜广平：《"我希望走向开阔"——与李修文对话》，《莽原》2002年第6期。
② 李修文：《大雪五尺深》，《山花》2002年第5期。

作品复合童话与祭文双重文体特征，是站在青春的灰烬中祭奠"永不复还的青春"。《滴泪痣》的语言同样具有一种内在的诗性，独白语体在渴望着合二为一的爱与意志之间冲撞。叙事情感在倾诉与对话之间流动，形成一种背景音乐式的情感旋律，回旋往复，使语言具有一种潜在的节奏感。同时，作品中频繁的场景转换，樱花、雪国、温泉、瀑布等异域景观与主人公情感变迁的对应，物我交融的描写，都使语言具有了一种色彩感，而这样的色彩不是冷漠的、静止的，它成了人物内心状态的外在投射，比如，御苑的宁静安谧和秋叶原的灯光夜景都具有一种象征性内涵。

《捆绑上天堂》关注的依然是边缘人的爱恨情仇。在城市打工的沈囡囡爱上了身患绝症的"我"，触发动机是"我"长得很像沈囡囡已经病逝的弟弟。为了赚钱给弟弟治病，沈囡囡才来到城市谋生；而为了找钱给"我"治病，沈囡囡走上了偷窃的歧途。为了逃避失窃者的追踪，沈囡囡失手杀人；而为了逃避警察的追踪，沈囡囡跑到钟楼窗台，就在听取警察的劝说时，她紧抓着的窗户突然脱落，人坠楼而死。"我"以自杀殉情。作品中，影视的画面切换与转场手法成为结构的中枢，《滴泪痣》中抒情的心理描写被紧张的情节铺排所冲淡，那种富于张力的人物语言也被日常语言所取代。在激情叙事之中，作者寄寓了一种忘我的同情，它推波助澜地强化了情节的紧张性，这种极端美学具有强烈的审美感染力，紧紧地抓住了读者的眼球，使他们欲罢不能。

在世纪之交的中国文学中，冷漠的、旁观的叙事成为一种主导性潮流，理想与崇高在饱受历史与现实的嘲弄之后，成了"虚伪"的代名词，而激情在不少作家的叙事中，演变成了"欲望"的替身。在一个追求实利的年代里，超越的向度变得越来越萎靡。在这样的语境中，浪漫化就有其补偏救弊的作用。正如浪漫主义诗人诺瓦利斯所说，"这个世界必须浪漫化，这样，人们才能找到世界的本意"，"低级的自我通过浪漫化与更高、更完美的自我同一起来"，"在我看来，把普遍的东西赋予更高的意义，使落俗套的东西披上神秘的外衣，使熟知的东西恢复未知的尊严，使有限的东西重归无限，这就是浪漫化"。[①]

[①] 转引自刘小枫：《诗化哲学——德国浪漫美学传统》，山东文艺出版社1986年版，第33页。

不过,"浪漫化"同样是一柄双刃剑。时下,个别批评家把"畅销"作为指责一些作家的理由。将"畅销"等同于"庸俗",我认为这种逻辑很荒唐。问题的关键之处在于,作家在抓住读者眼球的同时,必须考虑如何抓住读者的心灵,李修文作品的浪漫化倾向,显示出他的审美潜质。但是,对于一个"希望走向开阔"的作家而言,他必须避免浪漫化的历史性弊病,那就是相信欲望万能的理念、矫揉造作和浮华激越的风格。将浪漫化推向极端,很容易使作品沾染上如白先勇所言的中国小说的两种通病——"感伤主义(sentimentalism)"和"过火的戏剧性(melodrama)"。以事件作为作品的核心会使作品停留在事象的表面,无法触及生活中隐而不彰的内在逻辑,无从描写那些复杂的思想细节,偏爱描写可见动作而排斥对内心状态的深入分析。《捆绑上天堂》对于戏剧性的过度强调,就使作品给人"做戏"的感觉,而且,心灵不在场的煽情不但不能弥合叙事过程中的情感裂缝,反而使各种叙事元素诸如少数民族地区的风情展示、欲望图景、身份反差等,游离于作品的整体之外,使叙事给人以拼凑的印象。当然,不成熟才可能继续提升,而"成熟"是一种静态的描述,所谓"完美",意味着达到顶点了,继续下去就只能下滑了,用一句时髦的话说:青春没有失败,青春叙事的不成熟与活力同在。

凝望与倾诉

——评关仁山的小说创作

关仁山当过农民、教师和县政府秘书,1984 年他以通俗路径开始创作生涯,出版长篇小说《魔幻处女海》《胭脂稻传奇》和长篇报告文学《小镇太阳神》等。1990 年他到渤海湾黑沿子渔村深入生活,转而创作以《苦雪》开篇的《雪莲湾风情录》系列小说,展示渔村别具一格的情调风习,描绘渔民独特的生存状态和命运轨迹。从《太极地》开始,关仁山的视线逐渐从沧海向厚土飘移,淡化了对文化和风俗氛围的营造,试图以笔触追捕变动不居的现实进程。

作家渐行渐远,却又始终割不断与乡土的血肉关联。血缘与地缘纽带的双重牵系造成了作家与私人性的隔膜,对宏大话语深怀由衷的艳羡。他无法忍受看客的冷漠,由于缺乏与对象之间的视距,也容易被汹涌的潮流所裹挟。他的笔触总是渗出将心比心的殷切和感同身受的真切,但视野的局限也使作家不可避免地残留着没被现代文明完全改造的乡土人格。

一

关仁山作为一个海的歌者而崭露头角。"雪莲湾风情录"弥漫着雄浑的阳刚之气,把塑造人物与雕刻海魂协调起来。险恶环境不但没能摧垮渔人的生命意志,反而激发桀骜不驯的抗争。《苦雪》中的老扁迷恋上了与海狗的肉搏,认为"生命与生命的厮杀,才显出尊严和名声"。八贵(《红旱船》)、海骡子(《秋殇》)、海膘子(《躁潮》)、福林(《风潮如诉》）和老棒子（《太阳滩》）在面对肆虐强暴的自然灾难时，都表现出非凡的胆识和魄力，履险如夷。大海的磨难成了衬现人的本质力量的必要背景，对象与人的互渗和交融，使对象成为肯定和实现人的个性的依据。关仁山说："下海，即使是苦难，对我也有着妙不可言的诱惑。海即人，人即海。"① 博大、浩然和深邃的海之气韵溶解进主体的精神世界，陶冶他的情操。

关仁山在描写人与大海的对立和交融时得心应手，但在表现人与社会的关系时，变得局促和畏缩。他在创作谈《雪莲湾的诉说》中说："人可以改变自然环境，却无力挣脱世俗。人可以在与自然搏斗中显示伟大崇高，却在与人的纠缠中懦弱、萎缩。"② 八贵、海骡子和海膘子在陆上的生涯不仅没获得归宿感，还变得失魂落魄，被自我匮乏羁绊着追求爱情和实现人生的步履。在《风潮如诉》中，大狱的"铁镣铐"没能销蚀福林敢爱敢恨的气魄，名誉和权力的十字架却埋葬了他的爱情和生命，人类社会的文明形态难道真成了异化人性的"纸镣铐"？《太阳滩》中的老棒子在社会旋涡中如履薄冰，重上太阳滩却使他如枯木逢春，在与儿童的嬉戏中返璞归真。关仁山隐隐流露出一种顺从自然造化运行的生命态度，以期在退回根柢中"复归于婴儿"，"复归于朴"。

现代文明给人类带来了福音，但它对生态的空前破坏也把人类导向厄运。在《裸岸》《守夜人》中，人们对大自然的掠夺和蹂躏无异于自戕。正因如此，关仁山才会心醉神迷地表现老扁（《苦雪》）和疙瘩爷（《海眼》）以身殉道的抵抗。《海眼》中吞没了家园的海啸寄托了作者对未来的沉重忧思，发出了让人触目惊心的警示。作者不愿使自己的自然意识落入古老的"天人合一"观的窠臼，试图注入鲜冽的生态保护意识。但过于强烈的倾诉欲挤除了丰沛的生命感悟，在"劈头盖脸"的渲染中变得干涩和单一，声调的提高并没有强化声音的穿透力。

与陆地文化相比，海洋文化总是具有更大的漂流性和开放性。但在关仁山笔下，大海成了逃离时代制约的避难所，表现出与世隔绝的封闭性，

---

① 关仁山：《关仁山小说选》，花山文艺出版社1994年版，第346页。
② 关仁山：《雪莲湾的诉说》，《小说月报》1993年第5期。

这和徐福入海寻找神山以求长生的举动颇有渊源。水来土掩，这是被土性文化改塑了的静海，它的物质根源是自然经济方式，它的精神内核是自然生存观念，即人们只能以自然所赋予的生物化力量同自然发生联系，人与大海之间完全是"自然人"同"自然物"的对等关系。

当关仁山将视线从渤海湾移向大平原时，他对自然崇拜观念采取了先抑后扬的表现方式。《惑土》中的老满将自己如庄稼一样播植在深土中，死也要"吻着一片热土"，他那沉重的悲凉竟然激不起丝毫波澜。关仁山借此表明城市文明已开始动摇乡村文明的基座，斑斓的诱惑牵引着年轻一代冲脱土地的羁绊，去远方寻找理想。"城里和乡下活法就是不一样"，这种念头折磨且支撑着多梦的人，他们一边回望纯朴宁静的乡村，一边忐忑不安地向陌生世界靠拢（《红雀东南飞》）。在夹缝中穿行的农民邱满子（《太极地》）终于成为副乡长，但"他改造着太极地，又不断地丧失自己"①。在良心与利害之间左支右绌的困境，逼使倪焕广（《戏荒年》）和石广（《咀嚼疼痛》）甩脱"公家人"的紧箍咒，无可奈何地回归乡土。在《破产》中，工厂破产后，被徒弟遗弃的韩老祥诚心诚意地回家种地。在《九月还乡》中，进城农民在城市的挤压下纷纷还乡，尽管丰收仍然被压价和白条所嘲弄，但土地是他们别无选择的退路。关仁山在揭示农民进退两难的困境的同时，对安土重迁的传统倾注了太多的缅怀和悲悯，城市梦寻的破灭喻示生命的乐土不在异乡而在家乡，离乡只带来人格分裂和独自啜泣，背叛乡土就是忘却本原，只有仰仗土地才能使自己进退有据。背叛的失败加深了农民对土地的依赖。《冻土地带》中的九月将卖身钱用于公益事业，艰难竭蹶地为村里上下奔走。作者将人物归乡的目的归结为"修补过失"和"重新找到生命栖息地"②，通过赎罪来求得乡村的接纳和认可。难道离开乡土本身就是一种罪过？

我们固然不应该简单割断人与自然的亲密纽带，但也不能轻描淡写甚至美化自然对人的束缚，倾倒在田园诗意的怀抱。这会使我们缺乏一种清明的理性，无法意识到农民远行的阻碍首先来自自我局限。"依附—逃离—

---

① 关仁山：《太极断想》，《中篇小说选刊》1995年第3期。

② 关仁山：《不信春风唤不回——关于〈冻土地带〉及其它》，《春风》1996年第10期。

依附"的命运怪圈不但不足以成为为野性和纯朴辩护的证据，反而衬托出了远行真正的艰难性和重要性。自然经济方式和自然生存观念为他们提供了最后的物质依托和精神屏障，但同时也成为安于现状、浅尝辄止的病根，荒蛮的大海和板结的土地不应该成为他们作茧自缚的宿命。套用人与自然、城市与乡村的对峙模式就如将奔腾的生命之流引入石砌的渠道，这种将意向理智化的方法固然可以使主体避免接踵而来的困惑，用一套脱离行动的理论来排除整体经验的影响，但这种删繁就简的切割和聚光也会使本质被淹没进黯淡的背景。

二

民俗文化沟通了传统与现实，联结着民众的物质状态和精神追求。民俗的变异往往源于社会转型。"雪莲湾风情录"透过民俗与人的镜像关系，考察了社会转型期的价值冲突和价值错位。在金钱的鞭打下，源远流长、绚丽多彩的节日文化已不再被视为圣典，它们不是被弃若敝屣，就是沦为金钱的附庸。在《太阳滩》中，"渔人聚魂儿的节日"已经失去了加强亲族联系、整合集群意识、积淀社会文化等传统功能。作者将传统节日文化描述成纯粹精神性的文化现象，是悖于史实的。中国历史上的商品交换大多是通过年节、庙会、赶墟等社群集会来进行的。民俗文化的衰变及其功能转换折射出传统人伦秩序的摇荡和崩解。市场经济为受制于共同体社会的个体松绑，既激发了个体独立意识又打开了欲望的闸门。这不能不招引出作家的困惑、焦灼和期待。

一方面，关仁山十分偏爱表现两代人关系的叙事结构，将人物置放在细密复杂的人伦关系网络中进行表现。这样，严格和宽泛意义上的"家"就成了一个单元，每个个体都可以从中找到与社会相对应的存在方式，个人的价值是在与他人的关系中实现的。作品中的个体就不仅仅为自己而行动，同时也为整个群体而行动，自觉地服从集体的完整性。这种艺术选择在传达作家关注群体价值的忧患情怀时，也不能不伴随着个体对群体的附从和屈就。

关仁山对两代人之间的撕裂状态的描绘，折射出历史与现实、传统与现代的抵牾。现代化进程必然打破生物血缘和传统名分的胶合与束缚，两代人的殊异选择隐现出历史无情的推移。《苦雪》《醉鼓》《大雪无乡》《海眼》《红旱船》和《蓝脉》都极力凸现两代人之间剑拔弩张的对立状态。其中的老人形象显然跌入了单一模式,透过他们的僵滞和沉痛,作者一边揭示现代进程的阻力和代价,一边鞭挞欲望泛滥和道德沦丧。而新一代人中固然有唯利是图者和唯新是崇者,有在新与旧的夹缝中跌入泥淖者,也有历尽坎坷依然不屈不挠的探索者。《海眼》中的梭子花冲破了一手遮天的权力网,勇敢地脱颖而出。《红旱船》中的喜梅子九死不悔地抗争着,不让自己重蹈母亲的覆辙。《蓝脉》中黄大宝乘舟楫泰然自若地征服重重险滩,超脱道德陷阱和内耗藩篱。遗憾的是,关仁山笔下多是些扁平人物,那些涵纳不同性格质素的人物固然疏浚了作品的凝滞,但由于作家惯于将相异的性格侧面都推到极致,这就使这种人物呈现出一种劈裂状态。

另一方面,关仁山又表现出模糊两代人的差异的倾向。《秋殇》《乡村商人》《眩秋》的主人公都滑入了上一代人可悲的辙印。《九月还乡》中的杨双根父子都对土地魂牵梦萦,而《戏荒年》中的倪焕广竟然通过祭祖以祈望祖先指点迷津。作者在凸现这种精神传承时,怀着批判集体无意识的初衷,但在后期作品中,批判的激情逐渐黯淡,无枝可栖的焦虑使作家对家族主义伦理表露出掩抑不住的情感认同。作者笔下的节日民俗,几乎都由那个面容晦暗、符号化的老族长主持。黄家船、醉鼓、邱家窑、单家灯和立佛丹等祖传匠艺都是职业的血缘继替,而反复出现的寒食节更是家族的祭祀节日。家族的堡垒在内部为最高结合体,为成员提供高度的安全感和归依感,对外界却采取封闭式的冷待甚至倾轧式的对抗,《蓝脉》和《闰年灯》所表现的家族世仇便是例证。关仁山对家族传统的心仪蕴涵着从中寻找复兴力量的历史动机,但他又缺乏痴迷的历史主义信心。历史评价与道德评价的两难,使关仁山表现出价值选择的模糊性,这常常导致其自我拆解。

值得注意的是,作家的近作表现出探索人性奥秘的热望。《红雀东南飞》塑造了一个从质朴转向贪婪的"我爹",《落魂天》中的老顺子从一个怯懦的老人变成靠捞死尸发财的疯狂的拜金者。《西圣峪墓场》更是一则古老的道德寓言,死里逃生的花奶奶从慈悲者骤然转变成嗜血者,一度步入迷途的老石匠被独眼猎人悲壮的死唤醒了良知,慷慨赴死。这些老人并非天生奸恶,是命运的胁迫将他们推向恶的怀抱,其中显然包裹着性善论的内核。但是，缺乏铺垫的性格转换就如强行将东风折成西风，人物成了观念世界中的玩偶。

《福镇》《破产》《大雪无乡》和《守夜人》都隐藏着一个用善去感化恶的模式。感化意愿夹藏着对现实缺憾的无奈和认可，试图调和历史与道德的冲突。驾驭宏伟叙事的愿望驱策作家去追捕热点话题，这显然不是长期偏居县城的关仁山的优长，对一些半生不熟的理论的触摸常常造成叙事的断裂。为了弥补这种缺失，关仁山只好用大幅度的闪跃腾挪来绕开暗礁，试图缝合裂隙。在这种无奈的搪塞中，话语的内涵被抽空，成为一种单纯的传导。而且，通过宣扬道德感化和个人修行来控制嗜欲，激浊扬清，这种偏道义论会抑制个体的独立性和创造力。

三

关仁山偏爱场景描绘，以场景再现生活的律动。他以纵横捭阖、起伏跌宕的笔法描绘严酷的事件、关键的转机和矛盾的激化，在情节的编织上推波助澜，表现爱恨情仇、生死恩怨的大喜大悲。因而，戏剧性成为作品最显著的审美特质。

关仁山笔下的"老字号"人物大都是被历史所嘲弄的背时英雄。他们自认为有一种独立自足性，实际上已经失去了存在的依据。《苦雪》中的老扁、《海眼》中的疙瘩爷和《闰年灯》中的单五爷都付出生命的代价，以挽留行将逝去的价值，但被放大至无限的行动不仅扑空，还常常被权势者利用。《蓝脉》中的黄老爷子试图以死明志，却被人"当小丑一样打量"。而《醉鼓》中的老鼓澄清世风的决心和行动，也被谣言贴上了欺世盗名的标签。他们以过去对抗现在，以记忆代替现实，他们的严肃与荒诞不经的环境所构成的强烈反差，造成了强烈的喜剧效果。

神龙见首不见尾的老阴阳先生如一团晦暗的云徘徊于作者笔下，他的谶语如一根根绳索捆住了一代代人的灵魂。老一代人在吉凶难料时，几乎都向卜卦寻求襄助。《秋殇》《躁潮》《乡村商人》和《眩秋》中年轻的主人公也没能挣脱宿命的束缚，使渐入佳境的生命追求急转直下，功亏一篑。这种蒙昧与文明形态的共存和对比，贻笑大方。更为荒唐的是，《大

《雪无乡》中的潘老五不仅不反省自己的过失,还装神弄鬼地向卜卦和风水寻求救治濒临绝境的企业的灵丹妙药。天命的不可违逆压抑了人的主体性与自尊心,同时也使人在认命过程中获得一种精神解脱,它往往成了推卸主体责任的托词。令人扼腕而叹的是,作者在揶揄对象的同时也情不自禁地流泻出认同感。关仁山在《夏日絮语》中说:"算命先生说,我命里喜水。"[1] 又在《雪莲湾的诉说》中说:"村里有位算命先生说我利见于河海,命里喜水,我就努力待下去。"[2] 宿命意识的侵扰使作家对对象的愚昧抱着一种暧昧的态度,作品的喜剧性就呈现出一种涣散和泛化的特征。

关仁山在《忙冬》《戏荒年》《咀嚼疼痛》和《碎镜子》等近作中表现出对诙谐和讽刺效果的偏嗜。在《戏荒年》中,当周围的人"都在戏弄荒年"时,倪焕广的认真就无法不遭受戏谑。对比之下,反常的成了正常,正常的反倒成了反常。在《咀嚼疼痛》中,纷乱的现实使退休的乡长产生心理倾斜,觉得"瞅啥东西都是歪斜的",当他因中邪风歪了脖子时,倒发现"眼里的景物正正道道了"。关仁山渴求以似实而虚、意蕴渺远的讽刺锋芒,使讽刺不拘泥于具体事物而获得一种整体性,闪露出向反讽挪移的迹象。但他按捺不住褒贬好恶,甚至不愿让主体短暂隐匿,这又使反讽呈现出一种含混性。

关仁山对乡土的亲和常常打断他那冷静的审视,嘲笑乡亲们的缺憾让他于心不忍。于是,扼制不住的悲悯与同情便如暗潮涌动。最让作家无法释怀的还是那些背时英雄,即使遗世独立的精神是在稚拙和荒唐的背景中显现的,其悲壮也不能不唤起作家的崇敬。笑中有泪,悲喜交集,表面的喜剧性遮挡不住深层的悲剧性。

喜剧转换成了悲剧。在写人物的磨难与抗争的同时,关仁山也"力图触摸农民劣根的精神内核"[3]。他们的悲剧是社会悲剧,同时又是性格悲剧,是鲁迅所说的"几乎无事的悲剧"。聚族而居遵循群体规范的乡村生

---

[1] 关仁山:《夏日絮语》,《小说家》1995年第6期。
[2] 关仁山:《雪莲湾的诉说》,《小说日报》1993年第5期。
[3] 关仁山:《不信春风唤不回——关于〈冻土地带〉及其它》,《春风》1996年第10期。

活使个体被"群"的阴影所笼罩，他们一方面感到丧失自我的孤独，一方面又仰仗"群"的庇护宣泄内心被压抑的原欲冲动，以谣言和唾沫构陷出轨的个体，这种群体的非理性力量常常被心术不正者利用为满足私欲的工具。《净村》《蓝脉》《海眼》《醉鼓》《风潮如诉》《九月还乡》和《冻土地带》的主人公无不遭受到这种无形力量的狙击，个体的独立和远行变得异常艰难。他们不满于社会合力的沉重压抑，但对血亲依傍感和共同体安全感又充满留恋。于是，在兜了一圈之后又飞回原地，匍匐于传统的神案前，信奉传统伦理和宗教迷信。这种无法打破的重复中透出无限的苍凉和难言的悲怆，但其中隐约浮现的宿命意识也消磨了抗争意识和悲剧精神。

美被毁灭带来痛苦。对现实存在的某种合理性的理解，对人物的苦衷的默认，使作家产生了对现实缺憾进行补救的愿望，善良地希望美好的人有一个理想的结局。这样，悲剧性又被人为地稀释，作品在悲剧与喜剧形态之间震荡和闪回，给旨趣罩上了一片朦胧而斑驳的光芒。《福镇》《破产》《大雪无乡》和《守夜人》的转机都显得极为勉强。《冻土地带》中的九月从命运低谷朝希望奔进，先前的阻力转化成助力，各种难题迎刃而解，可这种攀升显然太过轻巧。作家最终没能摆脱传统的"中和"原则的制约，将悲与喜按一定比例混合在一起并不能实现浑然一体的审美境界，两者的相斥容易使作品呈现出一种板块状态。关仁山说，"希望是劳动者的第二灵魂"①。真正的希望并非空洞的安慰，而是波涌不息的生命过程，绝不凝固和终止于一个圆满的结局。作家应该通过人物性格的丰富蕴涵揭示可供多种设计的未来的开放性结构。如果割断现实的制约放飞希望，就失去了必然性的根基，成为纯粹的偶然性，不能不带有宿命的意味。

为了追求戏剧性，关仁山习惯于强调人物性格的多面和命运的落差，将矛盾和冲突显化。这固然酣畅淋漓，扣人心弦，但作品为此付出了程式化的代价，甚至背离了生活。加上他惯于使用密不透风的表现技法，这种不留白的外部堆砌几乎阻断了作品通向深层空间的幽径，缺乏内在激情支撑的语言，没能揭示更为丰富而深邃的蕴意。

---

① 关仁山：《我们共有一个家》，《当代作家评论》1997年第2期。

文化渡者的东方情怀

——从许世旭看中韩文学交流

从文化发生学的角度上考察,韩国、日本和中国的文化拥有共同的根系,然后沿着不同的方向开枝散叶,花繁果丰。通过近千年的审美探索,中、韩、日三国的文学家和艺术家以自出机杼的艺术创造,从不同角度诠释东方情怀,为博大精深的东方美学注入新质和异趣,使之在西方审美思想席卷全球的文化格局中,为世界提供了一种具有内在差异性的文化参照。尽管中、日、韩三国的文艺创造渐行渐远,日益强调文化和美学的独立性,但是,具有强大生命力的汉字文明如同无形的精神脐带一样,使三者在文化的底蕴上遥相呼应。正如许世旭所言:"汉字是中华文化的结晶,也是世界文明的标志。所以当作书面文字者,取其保留记忆之作用,又所以当作艺术文字者,取其绘画性、整齐性、和谐性、简洁性等。"①

韩国作为与中国接壤的邻国,受中国文化的深入影响可谓由来已久。历史学家认为韩国接触汉字文明的时间不会晚于公元前2世纪。汉字在相当长的历史时期内,是韩国人表情达意的唯一书写介质,汉文文学在18世纪以前都占据着非常重要的地位。直到19世纪末20世纪初,在开化思想涌入和言文统一运动崛起的背景下,汉字在学校教育和现实生活中都逐渐退居边缘,韩国文字成为官方文书和日常生活中的主导性语言。基于此,韩国文学史家赵润济认为:"汉文文学一般来说在韩国不会再有了,也没

---

① 〔韩〕许世旭:《华文是宜于抒写东方情怀的方法》,《亚洲华文作家》1995年第46辑。

有再有之必要。即使是有，那也属于过去之遗留，它们作为有前但绝后之存在，等待着其消亡的那一天之到来。"[1] 姜玮、黄玹、金泽荣、金允植、尹喜求、郑万朝等生活于19世纪中后期至20世纪初期的汉文作家的写作被视为夕阳斜晖。难道他们真的成了韩国汉文文学的守灵人？

　　幸运的是，韩国汉文文学的血脉不仅没有断绝，而且由于许世旭的杰出创造而绽放出新的生机与希冀。许世旭和此前的韩国汉文作家的显著区别是，他娴熟地运用现代汉语而非古典汉语进行写作，他同时运用韩语和汉语，进行双语写作，他的汉语写作是非母语写作。这些嬗变表明许世旭的文体创造使韩国的汉文写作实现了从古典形态向现代形态的转型与跃迁。在韩国现代汉文文学的发展过程中，许世旭是富有开创意义的文化先驱。必须特别指出的是，东南亚、大洋洲、欧美等地的汉文作家大都是中国移民及其后裔，这种写作属于母语写作或半母语写作，而许世旭是一个纯粹的韩国人，这种文化身份使其汉语写作本身具有了不容忽视的文化交流意义，这种"冲破了国界"的写作架起了中韩文化交流之桥。

一

　　韩国汉文文学自古具有一种文化互动性，韩国的汉文作家在创作时潜在地将汉文化视为重新认识韩国和自身的文化参照系，某种共通性激发了他们的文化寻根意识，而双方的差异则是构筑和谐、宽容的精神空间的文化资源，是实现多元文化的互补与整合的必要条件，差异性使文化交流能更好地相聚在一种相互理解的氛围之中。也就是说，韩国汉文文学是对中、韩文化的互有回应的双向阐释与精神重构。对于韩国文学中蕴涵的东方美学思想，诗人痖弦认为："这思想体系的重要内容有：各国历史先贤圣哲的文化思想，孔子的伦理意识，道家的清净无为，佛家的自我观照，禅宗感觉与逻辑相克相容的别才别趣，以及东方人亲近自然、标举兴会、重视顿悟、倡导率真的生活理念等。……而在写作的方法上，东方文学特别重

---

[1] 〔韩〕赵润济：《韩国文学史》，张琏瑰译，社会科学文献出版社1998年版，第460页。

视道、气、情、志、文、质、神、境……的建构，对于语字的选择，意象的塑造，感情的抒发，形式的设计，都有一套简洁、浓缩的艺术文法可循。这一套文法源远流长，东方的诗人、艺术家，人人熟悉，人人善用。一直到今天，特别是东亚几个文字、文化历史演进关系密切国家的现代诗人，依然把这样的审美体系奉为创作的圭臬。"[1]这种东方情怀正是韩国汉文文学的灵魂所在，也是它从古典形式向现代转型的文化内驱力，它的创造性转化推动韩国现代汉文文学在困境中再生。

许世旭1934年出生于韩国全罗北道任实郡，祖父和父亲都是汉学家，他自幼便受到家学的熏陶和训练。1959年毕业于韩国外国语大学中文系，1960年到中国台湾留学，以《李杜诗比较研究》和《韩中诗话渊源考》分别获得台湾师范大学中国文学硕士学位和博士学位。1968年学成回国后，任教于韩国外国语大学中文系，曾任中文系主任、东方语文学院院长等职，后调任高丽大学中文系教授，又历任韩国中文学会会长、韩国教育部汉字审议委员等。许世旭从1956年起便用韩文写诗，1961年开始用汉语写作现代诗歌和现代散文，并蜚声文坛，是第一个用中文创作新诗的韩国人。许世旭在留学期间曾参加中国文艺协会、中国诗人联谊会等文学团体。许世旭至今已出版韩文的《中国古代文学史》《中国文化史概论》《中国现代诗研究》《中国随笔史》等论著、诗文集二十余部，出版中文的诗集《雪花赋》《东方之恋》，散文集《城主与草叶》《许世旭散文选》，诗与散文合集《藏在衣柜里的》《许世旭自选集》，学术专著《韩中诗话渊源考》，等等。其中《东方之恋》和《许世旭散文选》分别是外国作家在中国大陆出版的第一部用汉语写作的诗集和散文集。另外，许世旭还用中文翻译出版了《韩国诗选》《春香传》《徐廷柱诗集》和《初薰 金良植诗选》等。2010年7月4日，许世旭病逝于首尔，其毕生精力都奉献给了双语文学创作与中国文学研究事业。

在许世旭的汉文创作中，诗歌占据着独异的地位，它以绵延之维贯穿诗人的生命历程，而最主要的是其中熔铸着作家对中国诗学的独特感悟与

---

[1] 痖弦：《深耕东方——金良植女史中译诗集小引》，见金良植：《初薰 金良植诗选》，许世旭、金学泉译，创世纪诗杂志社1997年版，第10—11页。

无尽依恋。诗人在《东方之恋》的自序中诚挚地倾诉:"我的中文诗,是韩中'混血儿',借中国的文字和模型,抒我自己高丽的情怀。……我在写中文诗的过程中老隔不开中国旧诗的营养与影子,因为我原本自那边来的,而且我也以为并没有必要把传统彻底隔开。我的所以写新诗,甚至所以写现代诗者,只是丢弃了那些几千年的框子而已。我觉得诗质并无新旧之分,至于题材风格,也入而复出,出而复入,只要写真实就足……"①这种诗观对传统乳汁的眷顾深深地烙刻着一种东方情结,它已经摆脱了对西方趋之若鹜的追赶冲动,在继承中创新,深切地意识到只有根深才能叶茂。《邮差》中有这样两节诗句:

> 每一个爷爷,曾嘱咐邮差,
> 请把他的遗信,投给他的孙儿。
>
> 正把装满了的那些信搬运上路的,
> 插足在一个祖父和一个孙儿之间的邮差啊②

这两节诗的表层语义朴素简单,但其中无疑深含不易被察觉的象征意蕴,即将阻断的传统和鲜活的现实有机地衔接起来的命意。许世旭何尝不是一个文化邮差呢?是他,使韩国沉寂了数十年的汉文写作得以复兴,他的写作正如一艘邮船,连接"爷爷的时代"和"孙儿的时代",他必须填补"父亲的时代"的空白,这种承上启下的意义实在是功德无量。这首诗让我联想到收入《续古文观止》的周容的《小港渡者》,文中的渡船人对在傍晚时分要赶入蛟州城的作者说:"徐行之尚开也,速进则阖。"③许世旭也像这个渡者,他倾毕生之力推动中韩进行文化对话,焚膏继晷地积累艺术的慢功,避免"以躁急败",在打破长期的文化隔绝乃至文化敌对之后,

---

① 〔韩〕许世旭:《东方之恋》,生活·读书·新知三联书店1994年版,"自序",第1—2页。
② 〔韩〕许世旭:《东方之恋》,生活·读书·新知三联书店1994年版,第7页。
③ 王文濡编:《续古文观止》,花山文艺出版社1991年版,第25页。

通过接续断裂的文化纽带来寻找共同的文化基因。

东方神韵始终贯串着许世旭的诗歌创作,其脉络是由稀薄而醇厚,由浮泛而沉潜。我非常欣赏痖弦的一句话:"是的,东方诗人随着西方笛声起舞的时代早该结束,我们自己丰厚的文学遗产,足可开发出新的生命,亚洲现代诗人应该在我们的思想体系中向世界发言,辐射出东方的艺术光辉,唯如此,我们才能对世界文学作出重大的贡献。"① 在写于1967年的《顶点——写在三九九七公尺的玉山上》中有这样的诗句:"而我站的脚跟下的泥土,是一直养过我,/ 毋论何洲何国的,都是一样湿湿的气味里。"② 尽管其中的东方情怀还显得相对模糊,但超越国界的意识已经喷薄而出。在写于1983年1月的《追随东方——考察欧洲汉学有感》中,东方情怀已经相当强烈,豪迈壮阔的想象使诗歌中跃动着激情的烈焰:"北欧之风雪,呼呼悲鸣的时候 / 就想回家,想热乎乎的米饭。"③ 血液里流淌的对东方文化的与生俱来的亲和赋予诗句以宣言的意味:"爬上了阿尔卑斯 / 却想朝遥远的东方引吭长啸 / 能叫潜龙翻身醒来飚飚升起么。// 每逢走尽了青砖的城砦 / 听着蟋蟀般的古筝 / 每逢摩抚了雄伟的石柱 / 疑是远自黄河跳来的龙身。"④ 正是在与西方文化的撞击中,诗人内心沸腾的东方情怀如岩浆一样汹涌而出。这种发自肺腑的壮喝由于与真切的生命体验水乳交融而具有一种直透纸背的文化穿透力。

许世旭诗歌创作的古典意蕴主要表现为典雅的意象组合方式。意象抒情是诗歌文体沟通诗人主观情意与客观对象的主导途径,意象来自表象,被反复使用的表象经过意义的积累和储存之后转化为意象,它携带着丰富的信息层面和文化密码,意与象的相互撞击和强化使意象成为社会文化的审美载体。《所谓二十年——兼赠杨牧》一诗的意象颇得中国古典诗

---

① 痖弦:《深耕东方——金良植女史中译诗集小引》,见金良植:《初葜 金良植诗选》,许世旭、金学泉译,创世纪诗杂志社1997年版,第12页。
② 〔韩〕许世旭:《东方之恋》,生活·读书·新知三联书店1994年版,第45页。
③ 〔韩〕许世旭:《东方之恋》,生活·读书·新知三联书店1994年版,第1页。
④ 〔韩〕许世旭:《东方之恋》,生活·读书·新知三联书店1994年版,第1—2页。

歌尤其是唐诗的风韵，其中的"笛声""梅鹿""松涛""白鸟""蓝湖""跫音""青鸟"等意象动静相兼，视觉意象与听觉意象彼此呼应，这种意象组合流渗着一种典雅、细腻、通灵的东方感性，既古色古香，又散发出现代意趣。《流向地心的脉流》中有这样的诗句："山寺风磬，叮当响／烧茶沸腾，雨潇潇／月下有客，跫音长……"① 这节诗不仅在意象的选择与组合上，而且在句式的整饬对仗上都深得中国古诗的堂奥。许世旭还擅于化用唐诗中经典的意象组合，使之与现代生活结合衍生出新的情思。《幽腾美地山》别出心裁，"太阳之下山海隔远，／而山约黄昏后，所以／山峦很会荡漾起来"，诗中对"人约黄昏后"的化用使山被拟人化，山与海的相互思慕犹如恋人之间的刻骨忆念，妙趣横生。《花不溅泪》弥漫着一种唐朝的风韵："花不会笑，更不会溅泪，／当浪子心飘飘的时候，／你才是一朵花。"这首诗化用了"感时花溅泪，恨别鸟惊心"，前面的几节诗对"花"与"鸟"进行拟人化的表达，而这最后一节则以反拟人化的陡转将抒情主体内心所承受的感情煎熬有力地凸现出来。《致槟榔屿》一诗最后一节化用了白居易《问刘十九》中的"绿蚁新醅酒，红泥小火炉"，把诗人远在异乡的欲说还休的感受表现得曲隐幽深。而《冬日海滨》中"细语的浪花／是离离的原上草"一句则化用了白居易《古原草》中的起句，这种意象组合运用了通感手法，使意象在视觉与听觉之间不着痕迹地滑动，动与静也相互转换。这种化用在许世旭的诗中真可谓俯拾皆是。许世旭对意象常常采取组合方式，因为孤立的意象往往只能表现瞬间感受，而组合则将这些瞬间感受扩张开来，成为透视人类生存境遇的多棱镜，将生命的丰富多彩展现出来。但过多使用组合也会导致简单化，造成诗境的僵滞。

王昌龄所作的《诗格》中有这样的表述："诗有三境：一曰物境。欲为山水诗，则张泉石云峰之境，极丽绝秀者，神之于心，处身于境，视境于心，莹然掌中，然后用思，了然境象，故得形似。二曰情境。娱乐愁怨，皆张于意而处于身，然后驰思，深得其情。三曰意境。亦张之于意而

---

① 〔韩〕许世旭：《东方之恋》，生活·读书·新知三联书店1994年版，第74页。

思之于心，则得其真矣。"① 许世旭状写山光水色、异域风情的诗作所追求的是物境，《山中》《幽腾美地山》和《山中闲事》让人联想到王维诗的清幽与旷远。《追随东方》《顶点》等激情澎湃的诗作追求的是情境。意境是一种较难抵达的高妙境界，它要求诗人既能在神游中穿透表象掘示意蕴，又能保留意象鲜活灵动的魅力而非使之成为概念的演绎。尽管很难说许世旭的诗登上了意境的七宝楼台，但它们体现了对意境苦心孤诣的追求。许世旭诗中其实潜存着一种时间主题，诗人对之所做的开掘正是一条向意境伸延的幽途，但至今为止，这似乎尚没有引起研究者的足够重视。他的大部分诗都以黄昏、夜晚或早晨为时间背景，诗中往往出现时间状语，而这种作为衬托的背景和作为修饰的状语不仅悄然地延展成意象，还上升成画龙点睛的主题意象。晨昏蒙影的自然状态与情感的恍惚、心理的幽深和意义的模糊互相呼应，这给诗作带来一种恍兮惚兮的朦胧美，它寄托着诗人美妙神奇、含蓄不尽的遐思。《所谓二十年》中的一些诗行颇为精彩："这一刻刚刚醒酒的时候，好凉呀！/ 所谓二十年酒前和酒后的那么一段路。/ 所谓二十年，/ 也是红烧的晚霞里，翩翩振翼过的，/ 那小小儿的青鸟，她细致的爪痕。"② 这种醉醒交加、雪泥鸿爪的时间感觉不仅闪现着扑朔迷离的朦胧美，而且还具有一种使事物的结构呈现出不可分割的整体状态的混沌性，这就在诗中蕴蓄着如老子所言的浑成的道，"道之为物，惟恍惟惚。惚兮恍兮，其中有象；恍兮惚兮，其中有物"。《二十年前》中，"晶莹的眼帘里 / 我搜不到二十年前吾俩的雾色"，这节诗同样神态混茫、神象恍惚，把诗人有限的兴味引入无限的沉思与神往。《只要你闭住眼睛》更是漾动着一种影影绰绰的美感。

许世旭的汉文诗歌创作深得台湾新古典主义诗歌的精髓，他以一个旁观者的视角超越了现代汉诗写作中古典与现代的二元悖论。正如蒋勋在《雪花赋》的序言中所言："古典与现代，在他的诗中没有扞格。许多中

---

① 转引自胡经之主编：《中国古典美学丛编》（上册），中华书局1988年版，第245页。

② 〔韩〕许世旭：《东方之恋》，生活·读书·新知三联书店1994年版，第19—20页。

国现代诗人掉在两个泥淖中,其一是酱在古典诗的格局与词汇之中,古典的意象不能转化,变成一堆古典骨骸的堆砌;其二是害怕古典,远离古统,生怕古典变成了现代的障碍,一味地强调'新',而结果失去了传统的滋养,无论在词汇与意境上都越趋贫弱。"①确实,对于出身于汉学世家的许世旭来说,古汉字文明犹如鲜活的血液滋养着他的精神生命,而对现代中国的文化命运的深切关注,又使其诗作中流淌着奔腾不息的现代活力。《岁鸟日记》《南港隐居》等诗篇是台湾的历史与现实留在诗人内心的回响,如同"晨鸟敲醒了我","还要叮叮当当地弹动/开始打刷了我肺脏里的黑墙"。而《踯躅!踯躅!》《长安追思》《丝绸路起点话别》等写作于成都、西安的诗篇,贴近中国百姓的日常情境,诗人内心对古中国文明的向往与认同,如同千里奔徙的疲倦的燕子终于找到了心灵的归宿。正是心中强烈的文化依恋,才使诗人会有撞开一扇千年之门的震撼:"我在仿古的书院街/拐入东木头街的时候/忽然堵住了喉咙/眼帘起着薄雾。"②《寄给胡适之先生》想象与胡适跨越时空的精神对话,浓缩了诗人对现代中国的曲折历程的复杂体味。令人感慨的是,在中国大地纷纷扰扰的都市红尘之中,诗人总能从当局者熟视无睹的细小事物之中洞见汉文化的遗迹和历史背影。基于此,许世旭的汉文诗歌实践,尤其是其鉴往知今的慧眼,对过度强调与古典断裂的现代汉诗的发展,具有不容忽视的启示意义。

二

许世旭常常以"儒家后裔"自居,其汉文创作中也弥散着强烈的儒家情怀。其写景的诗作,多蕴含虚实互动、有无相生的空灵意趣,隐约中浮现出道家的审美观念。像《花不溅泪》《化石》《夜墙》《月声》等诗作,那种物我交融、欲语忘言的境界,又分明透露出情思幽眇的丝丝禅意。但是,其诗歌创作的核心旨趣无疑是以人为本的儒家美学,孝悌之德、仁义

---

① 蒋勋:《序许世旭先生诗集》,见〔韩〕许世旭:《雪花赋》,联经出版事业公司1985年版,第2页。

② 〔韩〕许世旭:《东方之恋》,生活·读书·新知三联书店1994年版,第243页。

之道如同无形的精神之链,贯穿其创作生涯。

许世旭在《柏油路上》《门里人家》等散文中剖视了困守在城市中的人被紧张的生活节奏所压迫的状态,邻里间相安无事却冷漠无情,在清晰的利益分割面前信奉物化的生活准则。诗作《靠着墙壁说愁》和《独居》表现了现代人在残酷竞争中无处安顿心灵的苦闷与孤独。许世旭在《关于〈靠着墙壁说愁〉和〈独居〉》的题记中有详细的说明:"鬓发斑白的年龄,反而忙碌,可能由于介在农业人情社会的尾巴与产生机器社会的尖端中间。这种忙碌中,很容易孤独,也很容易倦累;这种忙碌中,常去乘浪凑热闹,也想脱轨而索居,这是活着的现代人的矛盾。天天反复着离合聚散,天天苦尝着败颓挫折。"①《故乡者》中,诗句"故乡等在小桥流水/故乡活现在灶火中"。深刻地凸显了远离古朴的自然村社状态的游子漂泊在陌生城市的失落感,也饱含着对自由自在、天人合一的生存状态的怀乡情愫。用诗人自己的话说,创作的初衷在于"守护故乡,坚持反文明、反机器"。

崇拜李白的许世旭的汉文诗作激情昂扬,表现出一种挣脱俗世枷锁的浪漫追求。但是,其总体的美学追求并不过度强调极致的、张扬的美,而是具有内在的包容性,入世的人间情怀与出世的独立人格在互动中构造出一种中和之美。正如他在散文集《移动的故乡》的自序中所言:"我只是行云流水的脚步,如果遇到山就写山,遇到水就写水,不必强求主观,也不是硬要现实,更不是匕首投枪,只要不离人间就足也。……须溶解诗情画意,她的语言,不必热烈,她的色彩,不必浓艳,最好保持温暖,保持明亮。"②"不离人间"和"温暖"等核心词,非常有概括力地凸显出诗人积极入世以补偏救弊的儒家士大夫情结,以及追求不偏不倚、统一和谐的融融之境的中和美学。著名散文研究学者林非表示:"就说许世旭的散文吧,从它的字里行间,有时还真可以感觉到《国策》或《史记》的那股豪气,陶渊明或李商隐的那种情韵,而最使我感动的还在于,许世旭这

---

① 〔韩〕许世旭:《东方之恋》,生活・读书・新知三联书店1994年版,第187页。
② 〔韩〕许世旭:《移动的故乡》,百花文艺出版社2004年版,"自序",第2页。

颗热忱和执拗的心,总在苦苦地追求着善良和完美的人生境界。"① 确实,许世旭殚精竭虑、孜孜以求的人生态度,非常准确地诠释了儒家"知其不可为而为之"的人生态度,在残缺的人世中从不放弃追求完美与永恒的信念。

朱自清的《背影》表现了父亲的舐犊之情与儿子的无限感念,这一浸润着儒家伦理亲情的经典名篇激起了许世旭的强烈共鸣。他将此作引入韩国显然寄意遥深,不仅借以祭奠亡父,而且希望唤回在现代商业社会日益沦亡的人伦和谐,希望挽回儒家文化。也就是说,他的文化交流实践勃发着强烈的人文关怀。他不掺杂半点虚饰,而是身体力行,这种熠熠闪光的人格魅力如钢筋铁骨一样支撑着他的文化交流实践。他的诗歌《木马行——哭先父》同样写作于1972夏天。散文《送辞》中,面对临终前备受病痛煎熬的父亲,许世旭感到锥心之痛,后来因父亲病情陡然加剧,他满含热泪跪在父亲身旁,哽咽着说道:"爸!您到您平常喜爱的青山去,永远住在那儿不知该有多么舒服!现在您将变成仙鹤展翅翩翩,到那无尘染的天国获得永生,请您忘掉一切,无牵无挂地飞去吧!那将是非常轻盈愉快的,您喜爱的子女们有一天也将会回到您的身边去的。"② 四小时后,其父撒手人寰,这段话成了他的"送辞"。意在减轻父亲的痛苦的愿望中蕴含着一种撕心裂肺之痛,在决绝中流出似水的温情。《新月西沉时》同样是一篇追念父爱的散文。而1992年除日写于西安的《长安追思》则字字无法抑制对先父的感恩与牵萦:"我走在小胡同的/非常唐朝的石板路,/忽然想起了先父/因而幻听着他的嘱咐。"③ 这表明人伦亲情已经熔注进诗人的血液,它绝不会被时间所冲淡。尤其值得注意的是,诗人对中国古代文明的依恋与对父亲的爱戴,在此合二为一。正是因为有了这种东方伦理的支撑,诗人的东方情怀才能在世界政局的风云变幻中坚定不疑,生生不息。除《鸡初鸣时》《我的拐杖》等诗作外,散文《移动的故乡》《白飘飘的棉裙》《再也移不动的故乡》等都是怀念母亲的诚挚篇章。《移

---

① 林非:《许世旭印象》,《华文文学》1992年第2期。
② 〔韩〕许世旭:《移动的故乡》,花山文艺出版社2004年版,第65页。
③ 〔韩〕许世旭:《东方之恋》,生活·读书·新知三联书店1994年版,第243页。

动的故乡》的开篇洗净铅华且不同凡响："有的人是以自己出生的地方为故乡，有的人是以亲族聚居的地方为故乡，而我是以父母所在，尤其母亲所在的地方为故乡。"①父亲去世之后，许世旭的母亲便轮流到散居各地的子女家中照看孙子孙女，于是，"我的故乡被浓雾掩遮，随着母亲所在而移动着，又随着老母那憔悴的塑胶袋搬来搬去"②。这些朴实无华的文句与作家绝不矫饰的真情在交相辉映中产生了无穷魅力，瘂弦称此作为"韩国的《背影》"确实不是过誉之词。基于此，许世旭所从事的文化交流同时是一种人格交流，是从心到心的精神灌溉。韩国现代汉文文学在现代建构中不仅创造性地阐释着东方审美理想，而且把东方人格作为内在的精神基点。

　　许世旭以"写诗且做学问"和"右则写诗，左则散文"的双栖性架起了中韩文化交流之桥。他的中韩互译则是另一种双向交流。早在1962年他就将韩国的小说名著《春香传》译成中文，交由商务印书馆出版。他译成中文的还有《韩国诗选》《徐廷柱诗集》《初莫　金良植诗选》，而译成韩文的则有《庄子》《中国名诗选》《中国现代诗选》《中国现代散文选》《阿Q正传》等。尤其是1972年他在父亲去世一个星期后翻译的朱自清的《背影》，在韩国《随笔》杂志发表后产生了巨大反响，韩国教育部门很快就将它收入中学教材，并一直保留至今。许世旭的汉语写作本身就是一种文化交流，而他为中韩文化交流所做的实际工作同样不容忽视。韩国古典汉文作家不少为文化使臣，其作品的文化品格与职业素养、角色意识密不可分，而在世界一体化进程日益加速的现代社会，文化的全球化使世界汉文文学流注着一种多元互动的审美共性。作为非母语写作的韩国汉文文学家，在全球化的文化背景中，许世旭将汉语文化作为一种认识自我的参照系，一种精神自觉。因此，韩国现代汉文文学与其古典形态相比，在视野上更为开阔，不再限于对中国经典文本的简单模仿，而是在兼收并蓄的基础上进行审美创造。就许世旭而言，他的汉文文学创作具有一种难得的学者情怀，这使文本创造活动与文化交流实践相得益彰。除了

---

① 〔韩〕许世旭：《移动的故乡》，百花文艺出版社2004年版，第60页。
② 〔韩〕许世旭：《移动的故乡》，百花文艺出版社2004年版，第62—63页。

已出版的《中国古代文学史》，许世旭还著有《中国近代文学史》和《中国现代文学史》。他说："中国文学是人类的骄傲，研究它，不仅是中国人的义务，也是全世界人的义务。"[①] 这种博大胸襟不能不令人叹服。

  正是血液中流淌的儒家文化的精神基因使许世旭对中国深怀眷恋，因为这片陆地埋藏着他的文化之根。许世旭十六岁便接受中国文学的熏陶，但直到五十岁后他才得以与魂牵梦萦的山水相见。他反复踏上长江之旅和中国西北之行，他从山光水色中倾听古代文人的跫音，捕捉浩瀚文明的精神背影。他的文化交流实践愈行愈远，向纵深处发展，在他去世后的今天依然余响未绝。汉字是汉文化的载体，许世旭对汉字的精髓了如指掌。随着中韩文化交流日益繁荣，韩国来华留学生日益增多，我相信，许先生倾注毕生心血的创造性实践和积极倡导，能为韩国汉文文学开创辉煌的未来。

---

① 赵丽明：《我原本自那边来——读许世旭〈东方之恋〉》，《国外文学》1998年第 3 期。

空灵的探险

——许达然散文简论

许达然无疑是个早慧的作家。他大学时出版散文集《含泪的微笑》，初试锋芒，就风靡台湾文坛。1965年他赴美留学，先后获哈佛大学硕士学位和芝加哥大学博士学位，现任美国西北大学历史学教授。他十六岁时便获台湾新新文艺奖（1956年），后又获第一届青年文艺奖散文奖（1964年）、散文金笔奖（1978年）和吴浊流文学奖新诗奖（1980年）等多种奖项。他的主要作品有散文集《远方》（1965年）、《土》（1969年）、《吐》（1979年）、《水边》（1984年）、《人行道》（1985年）、《春天去看树仔》（1986年）、《防风林》（1986年）、《远近集》（1988年）和诗集《违章建筑》（1986年）等。

许达然曾主编《台湾当代散文精选》，他为之撰写了《散文台湾　台湾散文》一文，此文沉淀了他对散文独具只眼的理解与感悟。他认为散文在语言运作上大抵有三种。第一种把文章当作写出来的日常话语。平铺直叙，仿佛连修饰也多余，是写给人用口念的。第二种文白夹杂。穿插成语，感慨时请古人作证，抄袭悲伤，是写给人用眼看的。第三种锤炼文字，凝聚意象。交融诗情，创造意境，是写给人用心读的。许达然孜孜以求的显然是第三种境界，他的散文亦诗亦文，回旋着雅致的诗韵、蓬勃的诗情。他的许多短章，在文体特征上将散文的联想思维和诗歌的想象思维有机地熔于一炉，记叙和抒情相得益彰，令人耳目一新，表现出散文的诗化倾向。

踯躅于豪华都市的物质丛林，沉重的压抑感和厌倦感驱使人们逃避心灵，通过降低灵魂的敏感度来自我麻痹，在自欺欺人中与现实妥协。物化现实的潜在的侵蚀还使人们把物质作为精神和情感的参照系，拟物化的表达大行其道。而许达然显然不愿将心灵密封在用精神水泥浇铸的容器里，他选择以一种温和的方式抗拒走马观花、堆砌物象的"物化散文"。他试图以心灵的琼浆，养护那些被犀利的感觉雕琢得晶莹剔透的文字。许达然最有个性的文字当属《看着湖》《台湾山海经》《草坪》《白桦树和野兔》《相思树》《冬天的考试》《山情》《木瓜树》《鸟岛》等状写山光水色、花草树木和飞禽走兽的篇章。它们的魅力并不在于许达然挖掘了自然物象的观念内涵，也不在于他把自然物象视为主体心灵的客观对应物。在这个物欲横流的年代里，备受狭窄空间挤压和激烈竞争胁迫的都市人都潜在地具有遁逸山林的冲动。于是，当前许多沽名钓誉、才思枯竭的文人趋之若鹜，高举着"生态意识"的大旗贩卖"自然"。相较而言，许达然这组散文中流露的"生态意识"并不见得如何高妙和奇崛。最为动人的地方是童趣盎然的感觉方式，那种跳脱的好奇心常常在不经意间撞开一扇精神的闸门，那本来显得凝滞的文字顿时变得舒缓而流畅，熠熠的灵思腾起迷蒙的彩雾，字里行间闪耀着迸发自感觉之涡的心智的吉光片羽，丝丝入扣的缀合又凝结了作家对散文的文体精神和台湾的时代状貌的触摸。时下不少贴着"天人合一"标签的文章只不过是作家用文字的软绳将自己和自然强行捆绑在一起，是一厢情愿，而许达然常常出人意料地迸射出一些通灵的文字。这当然不是在居高临下、守株待兔的状态中捕捉到的，而是他内心那块不曾被污染的精神领地在与自然撞个满怀时的拥抱和扩充。被年深日久的世俗生活所缝合的翅膀骤然张开，翔舞于灵地的上空，人与自然之间的天然通道在长期壅塞之后被意外地疏通。

当前的大陆和台湾散文都充斥着虚假的文字。许达然最为卓异的地方就是秉持一种自得其乐的童真，正是这种童真的释放使他的思维方式具有天然的诗性色彩，这和原始人以移情为媒介而形成的"交感巫术"具有某种相通之处，即不约而同地认为山川大地、河泽草木都有人的性情脾气。对自然的人化的理解即移情是许达然散文的审美思维，它使作家和世界变得亲近。"沙滩上还散布着很多没被我们践踏的鸟印，湖水忙着和阳光打交道，也不来扫；而我们又莫名其妙地赖在这里，水鸟宁可调侃浪也不肯来歇歇。"（《看着湖》）"雾再缱绻也散了，我们一转身，竟有小池如镜，静静把一块天拉下去反省。可是不久山水就吵起来了。瀑布耐不住山的岑寂，强把自己降成溪，琤琤争着要流到海。泉水也不甘寂寞，潺潺缠着我们。"(《台湾山海经》)"他希望木瓜长得和拳头一样大时才摘。然而木瓜不明白他的等待，受不了成熟而落下来，碎了。"(《木瓜树》)透过这些从许达然的散文中随意俯拾出的句子，可以发现他擅用拟人修辞。将主体客体化的移情和将客体主体化的拟人是一物两面，它们的琴瑟唱和使许达然的散文内蕴着一种物我交融、主客不分的同一性关系。许达然在移情体验和拟人表达中意识到了人己、物我之间的畅通无碍，打破了个体内在的封闭性，实现了人与自然、人与对象的圆融性梦境。《溪》的拟人表达使作品既像写溪又像写人，因文字层面的模糊性而拥有意义的丰富性。"流通到中学时，溪边还像庄家小姑"；"进大学后，溪仿佛镇上自拉二胡的少妇"；"入社会后，古意的溪被修理得遍体伤痕"。前面摘录的三句段首句已足以反映出人和自然同时遭遇到的时间困境。但遗憾的是，许达然显然过分依赖拟人表达，常常给人招数用老的印象，他的一些文字无疑是在思维僵硬状态下挤出来的。任何通灵的感性都极难抵达收放自如的化境，它是不期而至的心灵震颤，刻意追求和无节制的采伐难免牵强附会，弄巧成拙。

作为一个受过严格的学院训练的学者，许达然不可避免地在其散文创作中刻下深深的理性思维烙印。对纷繁世态若即若离的观察使他变得沉潜和清醒，而无法彻底冷却的生命激情却不时杂糅其间，这导致《武庙文章》《庆祝以后》《真不美》《观光饭店》《奈何》《桥》《黑白漫画》《缤纷》《动物园》等描述世相的篇章显得驳杂。这类文字婉而多讽，绵里藏针，颇有丰子恺的黑白漫画的效果。作家的幽默感使他能够不拘泥于一时一事，而是通过对某一社会细部的立体造影，透射出世道人心的变迁。在一个尔虞我诈的险恶人世里，人的本性不断地被名利的尘垢掩埋，成年往往意味着告别童心。在庸俗进化论的视野中，成年人的童心无异于自取灭亡的毒药和自我逃避的麻醉剂。而许达然的幽默的魅力恰恰来自童心的滋养，奇妙地集合于他身上的童心的感性和学者洞达万世的理性，使他的幽默散文形成一种潜在的对话效果，两种声音的碰撞使作品内蕴着丰富的阐释空间，言外之意让人回味无穷。童心的感觉方式与学理的思维方式都和世俗的成人世界有着精神距离，这双重距离使作家看取社会的视点具有双重旁观效果，感性的直觉和理性的清明使其幽默既显得灵动和诙谐，又显得客观而冷峻。这样的感知方式使许达然的散文文体有一种内在的弹性和节奏感，沉重的思索与烂漫的抒写相得益彰，很少陷入滞涩与枯燥的泥淖。

为了强化散文的幽默的效果，许达然常常营造戏剧场景。这种追求显然得倚仗想象与虚构。《真不美》《年末的主角》《化装晚会》《行》《很好的理由》《音乐的画像》《砚倦》《垃圾箱旁的樟树》《榕树与公路》等篇章都程度不同地调用了想象与虚构的艺术手段。文中常常有对话出现，"我""我们""你""他"等人称往往同时在文中表演，作品综合了散文、戏剧小品和短篇小说的文体特征。另外，许达然对想象与虚构的偏爱还有着深在的心理背景，即对丑恶的精神生态的厌烦和逃避。他在一本文集的自序中说，自外回台湾一年，看到家乡美丽得不对劲，写起来心情就更凝重了。除了看见的，他也写些想象的，想象时他总带点希望：这世界可以不必这么不像话的。想象的介入使作品虚化，虚实错杂的风格容易削弱作品的审美力度。复杂的心绪使作家俯瞰尘世的讥贬姿态显得有些踉跄，现实的磕绊常使他的纵跳戛然而止，陡然落下，被不易察觉的叹息所裹缚。想象的思维方式的运用还使许达然的作品呈现出模糊的寓言色彩，诙谐中淀积着一种若有若无的哲理成分，但虚与实的相互干扰和相互消解也造成了一种恍惚的效果，依靠想象而生的希望也显得轻飘，这既削弱了批判的锋芒，又遮盖了象征的面容。

媒体时代任何新颖的言说似乎最终都逃不过陈词滥调的命运，当作家在不经意间驾轻就熟地驶入别人开辟的言路时，他的自我表达就成了一种若有若无的影子。为避免淹没于喧哗之中，许达然苦心孤诣地寻找属于自己的言说方式。他偏爱诗化的语言，希望跳跃的语词在挣脱语法规则过于严厉的羁绊时，也带动思维挣脱先入之见的羁绊。因此，许达然的陌生化的语言是对读者既定的接受机制的一种偏离和挑战，乍读甚至给人一种佶屈聱牙的印象，但细嚼之下又往往能拨动精神深处已锈蚀的心弦，回响轻微而悠长。显而易见，许达然苦心冥想地试图把语言的音韵、节奏作为诠注心灵的符码，借此打捞起现代人欲说还休的隐衷。复沓和巧用谐音是他极为偏爱的语言操作方式，他志在使作品获得节奏感和音乐美，同时也突出作品的幽默与戏谑色彩。"山峥嵘，人争荣；山巉岩，人谗言；攀上巅峰，反倒癫疯了。"（《台湾山海经》）"静对诗人是镜与境，镜上虽无尘，境里却有声……站起来，仅仅沉默就沉没了。"（《静默？》）这些都是典型的许达然句式。而《镜界》《火火》《光观》《拥抱》《意述》《诸相》等篇几乎都以语言对作家的强烈触发为圆心,以想象为半径画圆。这样,意在破除窠臼的艺术经验在凝固化后变成了一副温柔的枷锁,使作家的不少篇章都带有绕口令的性质,显得拗口而琐屑,饶舌的炫技在近乎枯燥的智性表演中滑离了初衷。

  值得重视的是许达然对时间的敏感,这是长期浸淫于历史学之中的作家的一个情感和思想的爆发点。《历史的讽刺》是一篇博识沉潜、神韵无穷的思想随笔,其间跃动着许达然对丧失历史感的现实社会生发的焦灼和忧患。他认为,在几乎什么都污染的现代文明,放逐历史是可怕的"时间污染",人用很多办法谋杀时间,但时间继续,人却成了时间的牺牲者。许达然的这类散文的灵魂是涌动着切肤之痛的人文关怀,那种倾注其间的鲜活的生命体验使抽象的思辨变得活灵活现。《僵》《忆》《忘,记》等篇章也有异曲同工之妙。这些文本中的哲学含量所放射的主要是思想的光芒,但作家对攀沿于时间之绳上的生命主体的麻木与敏锐、恐惧与冷漠、挣扎与屈从的深刻体察,无疑在揭示灵魂深度的险途上敞开了一道别样的风景。

  总体而言,许达然的散文最明显的优势往往又是软肋所在。此话说得有点玄,但许达然最为拿手的技法大都因为缺乏必要的节制而变得呆板,比如拟人修辞,比如幽默手法,比如文字的音韵、节奏。当一种创造性思维方式在屡试不爽后作为一种成规固定下来时,受内在惯性驱使的文字就成了一种循规蹈矩的例行公事。因此,许达然的散文风格显得太过独特,独特得近于类型化。当形式趋于僵化时,蠕动于形式之下的生命的跳动也就趋于寂然,剥离了淋漓血肉的形式只能是苍白的空壳,技巧越成熟文字越容易流于空洞的游戏。而且,如果散文家对生命的崭新体认附丽于单调的形式,微妙的韵致也就被抹得了无痕迹。法国当代小说家西蒙在小说《草》里感慨:创造历史是忍受历史,忍受历史是创造历史。许达然所钟爱的这句话极为贴合他自身的生存状态与写作状态。任何一位作家都是在翱舞中羁囚,又在羁囚中翱舞。没有任何束缚的神采飞扬仅仅意味着主体误把镣铐当成了手镯。

  在许达然的散文创作中,贯穿着他对空灵之境的追求。他最动人的笔意也正是那种返璞归真的清澈与"梵我一如"的混沌,但空灵之美既让人惊叹又让人觉得惊险,因为对空灵的追求在没有深厚的精神底蕴做支撑时往往会滑向空洞,这样,独辟蹊径的艺术探险也就与莽撞的冒险走到了一起。

批评就是发现

后 记

感谢中国作家协会副主席吴义勤先生和《中国当代文学研究》执行主编崔庆蕾先生的约稿！感谢山东文艺出版社出版"新时代文学批评丛书"！这一契机使得我能够集中精力检视近年来写下的文学评论，反省自己的文学批评实践。这些年杂事多了，加上忙于应付各种教学科研任务，参加各种会议，有限的闲暇大都用来搜集史料，撰写科研项目的结项成果，文学评论确实写得少了。我翻阅了最近十年写的评论文章，发现大多数是短文，而且这些短文中一大半是根据会议的发言稿整理而成的。重读这些文字，有些自己也不太满意，心生惭愧。对于从事中国当代文学研究的学人而言，撰写文学评论具有重要意义。尤其对于半路出家的我来说，学习文学评论写作是必要的补课。从攻读硕士学位开始，我花了大量的时间阅读文学作品，撰写过不少作家论。在2007年人民文学出版社出版的论文集《想像的代价》中，我选收了解读丰子恺、余华、莫言、林海音、白先勇、朱文、张旻、艾伟的评论文章。

2005年以后，我研究的重点逐渐转向文学媒介、文学制度和文学史料。在当代文学的地盘上耕耘，作家、作品是绕不过去的存在，但随着研究视野的转换，审视作家、作品的角度和方法都出现了明显的变化。譬如：在研究文学期刊时，阅读刊发于各种刊物上的文学作品，除了衡量作品的艺术品质，还会审视编者的选稿标准和编辑风格，考察期刊作者队伍的构成。为了了解网络文学的文体特征和审美风格，这些年还读了不少网络文学作品，读后体会大都没形成文字，有时读完几百万字，留下的只是几百字的简短评语。收入本书的作家论，大都是应约而写。感谢各地文学评论期刊编辑的约稿，使得我能够暂时远离杂务和成堆的史料，挤出时间系统阅读一个个作家的作品，保持对于创作现场的敏感度，通过作品这一窗口观察作家的创作轨迹与时代的潮起潮落。书中收录了四篇成文较早但没结集的作家论，算是审视自我的镜子。时过境迁，其中难免会留下年轻时的浅薄，部分说辞可能显得似是而非。如果有些想法尚未完全过时，对我而言，也算是一种安慰吧。

利用编选这本论文集的机会，我盘点了一下这些年写下的文字。除了研究文学媒介、文学史料的文章，我发现自己对文学评论、文学史研究的现状与问题依然怀有兴趣，不断从同行的最新进展中汲取滋养，获得启示。收入本书第一辑"批评之批评"的文字，内容和形式都比较驳杂，有综合研究，也有个案分析，从不同侧面回应文学评论与文学史研究的发展。不管是文学评论还是文学史研究，都与所处时代息息相关。研究主体一方面要深刻把握时代的流向，另一方面要保持自身的自主性，不能随风转向，应当通过独立不倚的判断，发现那些有价值的、有活力的、有潜力的思想与形式，尤其是发掘那些被遮蔽的、被忽略的好东西。